ALICIA GIMÉNEZ-BARTLETT

# Spanische Blumen

*Buch*

Hauptkommissarin Petra Delicado und ihr Mitarbeiter Fermín Garzón erhalten den Auftrag, einen Vergewaltigungsfall aufzuklären. Kaum haben die beiden ihre Ermittlungen aufgenommen, kommt es zu zwei weiteren Vergewaltigungen, die offensichtlich derselbe Täter begangen hat. In allen Fällen wurde den Opfern ein mysteriöses Mal in den Arm gedrückt, dessen Form an eine Blume erinnert. Die geheimnisvolle »Blume« gibt Petra und Garzón Rätsel auf. Dennoch verfolgen die beiden schließlich eine heiße Spur, aber dann geschieht ein Mord, der all ihre Theorien zunichte macht; sie müssen noch einmal ganz von vorn anfangen.

Doch nicht nur der komplizierte Fall bereitet Petra Kopfzerbrechen, auch die Vorurteile ihrer männlichen Kollegen, besonders die dickschädelige Sturheit Garzóns, machen ihr zu schaffen. Wird es Petra unter diesen Voraussetzungen gelingen, den Täter zu finden …

Ein hintergründiger und witzig-ironischer Kriminalroman aus Spanien, in dessen Mittelpunkt eine unkonventionelle und selbstbewußte Frau steht, die sich in einer von Männern dominierten Welt zu behaupten weiß.

*Autorin*

Alicia Giménez-Bartlett, geboren 1951, studierte Philologie in Valencia und Barcelona. Sie veröffentlichte zahlreiche Romane und zählt zu den erfolgreichsten spanischen Autorinnen der Gegenwart. 1997 wurde sie mit dem Premio Femenino Lumen ausgezeichnet. Alicia Giménez-Bartlett lebt und arbeitet in Barcelona.

ALICIA
GIMÉNEZ-BARTLETT

# Spanische Blumen

Roman

Aus dem Spanischen
von Sybille Martin

GOLDMANN

Originaltitel: »Ritos de Muerte«

*Umwelthinweis*:
Alle bedruckten Materialien dieses Taschenbuches
sind chlorfrei und umweltschonend.
Das Papier enthält Recyclinganteile.

Der Goldmann Verlag
ist ein Unternehmen der Verlagsgruppe Bertelsmann

Genehmigte Taschenbuchausgabe 4/98

Umschlaggestaltung: Design Team München
Druck: Elsnerdruck
Verlagsnummer: 43943
Redaktion: Susanne Wallbaum
KR · Herstellung: Heidrun Nawrot
Made in Germany
ISBN 3-442-43943-4

1 3 5 7 9 10 8 6 4 2

# 1

Einige Zeit nach meiner zweiten Trennung bemühte ich mich, ein Stadthäuschen mit Garten zu finden. Ein schwieriges Unterfangen, aber es gelang mir. Ich wollte glauben, daß es etwas mehr war als eine Laune. Zu viele Jahre in Wohnungen mit funktionalen Möbeln und großen Kühlschränken. Es bot sich die Gelegenheit, allein an einem ruhigen Ort zu leben, und das sollte eine weitere Veränderung darstellen. Das Haus, im Stadtteil Poblenou, unweit vom Zentrum, stand zwischen anderen, ebenso alten und heruntergekommenen Häusern, das Ganze flankiert von Fabrikhallen, Speditionen und Busdepots. Eine ziemlich desolate Landschaft, so sehr man sich auch bemüht hatte, das Viertel zu sanieren. Sonntags aber waren die Firmentore geschlossen und die Lastwagen verschwunden, und man konnte sich in ungewohnter Stille erholen.

Ich denke, ich verband mit dieser Veränderung die Vorstellung, mich besser zu organisieren, im Garten hinter dem Haus etwas anzupflanzen und gelegentlich etwas Warmes zu essen. Für jedes große Projekt braucht es nichts weiter, als vorab ein Szenario zu ersinnen, der Rest ist dann eine ununterbrochene Reihe von Folgeerscheinungen bis zum glücklichen Ende.

Die Maurer benötigten sechs Monate, um das Innere zu renovieren, und als sie fertig waren, hatten sich meine dürftigen Ersparnisse für Dinge wie Fensterrahmen und Gasleitungen erschöpft. Eine Kripobeamtin verdient nicht viel, so daß es unmöglich erschien, wieder etwas anzusparen, reine Illusion. Ich war trotzdem zufrieden, denn alles in allem war es ziemlich gut geworden. Einen Tag vor meinem Umzug begutachtete ich das Ergebnis: weißgestrichene Türen, viel Licht… In der Küche fielen besonders die eingepaßten Schränke und ein zierlicher alter Herd auf, der von der Renovierung verschont geblieben war. Daneben hatte ich einen Herd mit Glaskeramikplatten installieren lassen, das war der letzte technologische Schrei. Ich würde komplizierte Rezepte ausprobieren, Schmorbraten, an denen selbst Großmütter die Geduld verloren hätten, Gemüseeintöpfe und Suppen, für deren Zubereitung ich einen ganzen Tag benötigen würde. Wenn möglich, würde ich mich vom Fastfood verabschieden, würde aufhören, beim geringsten Anlaß essen zu gehen. Eine Veränderung ist eine Veränderung, und entgegen dem allgemeinen Glauben muß sie bei Kleinigkeiten beginnen.

Pepe half beim Umzug; es war unvermeidlich, daß er mir half. Ich wußte, daß ich ihn nicht in mein neues Haus hätte kommen lassen dürfen. Aber ich dachte, es sei kindisch, seine Anwesenheit jetzt noch zu fürchten, also half er mir. Wir hatten uns so freundschaftlich getrennt, daß es fast eine Gemeinheit gewesen wäre, sein Angebot abzulehnen. Er sah aus wie immer: abgewetzte Jeans und Pullover, und die Brille saß fast auf der Nasenspitze. Ich verspürte einen Schauder bei seinem Anblick. Wie hatte ich einen so jungen, so hilflosen Mann, fast noch einen Jungen, heiraten können? Und darüber hinaus, wie war das möglich gewesen, nachdem ich zuvor gerade einer verwirrenden und schwierigen ersten Ehe entronnen war, die in einer schmerzhaften Scheidung geendet hatte? Die Polizeipsychologen hätten viel dazu zu sagen gehabt. Aber sie waren schlicht zu beschäftigt mit der Lösung von Fällen, um über Privatangelegenheiten zu urteilen, und es wäre mir auch nicht eingefallen, sie zu konsultieren. Schließlich war ich Kripobeamtin geworden, um gegen das Nachdenken anzukämpfen. Ich wollte *Action*. Während der Arbeitszeit nur praktische Gedanken, Induktion, Deduktion, immer im Dienste des kriminellen Objektes, nie wieder gedankenverlorene innere Meditationen am Tresen einer Kneipe.

Pepe stellte die Bücherkisten ins Wohnzimmer. Verschwitzt und staubüberzogen blieb er stehen und sah aus dem Fenster.

»Hast du was gegessen?« fragte ich.

Er zuckte trübsinnig die Schultern und lächelte, als wäre das mit dem Essen ein Luxus, der anderen menschlichen Wesen vorbehalten sei. Ich bremste meinen Impuls, ihm ein Sandwich zu machen, ich hatte zu lange Mutter gespielt.

»Wer kümmert sich denn um die Kneipe?«

»Hamed«, antwortete er.

»Läuft's gut?«

»Ja.«

Ich stellte die rechtswissenschaftlichen und kriminologischen Bände neben den Paravent und ging in die Küche, um Getränke zu holen, dunkles Bier für Pepe und einen süßen Chinchón für mich. Keine weiteren wohltätigen Handlungen meinerseits, weder Freiwilligendienst noch Leidenschaft.

Pepe trank einen Schluck und bekleckerte seine Nase mit Schaum. Er ging ein paar Schritte vor dem unordentlich mit Kisten gefüllten Regal auf und ab und gähnte.

»Gibt es noch etwas zu tragen?«

»Die Blumentöpfe, Pepe, sie stehen am Treppenabsatz im Eingang. Es macht dir doch nichts aus, sie hereinzuholen?«

In jenem Winter schneite es. Ein Grund, sich an ihn zu erinnern, denn in Barcelona kommt das eher selten vor. Doch die Lawine der Ereignisse war so überwältigend, daß ich diesen Winter schon wegen eines einzigen in Erinnerung behalten hätte, auch ohne meinen frisch bepflanzten Garten weiß zu sehen. Ich zog in das neue Haus und begann ein unabhängiges Leben, aber eher die Umstände denn das Schicksal bewirkten, daß mir mein erster Fall übertragen wurde und ich demzufolge inmitten von Schnee und Eigentum Kommissar Garzón kennenlernte. Selbstverständlich hatte sich der anfängliche idyllische Eindruck von dem Haus ziemlich bald verflüchtigt. Die Wasserleitungen froren ein. Der kleine Hinterhof, den ich frisch bepflanzt hatte, wirkte nach wie vor jämmerlich. Die Geranien verwelkten, und die Erde sah klumpig und hart aus unter dem Rauhreif. Ich setzte mich fröstelnd vor den nicht genug Wärme ausstrahlenden Kamin und versuchte, mich in einen Wälzer über *Neue Polizeitechnologien* zu vertiefen. Das Buch war gerade aus dem fernen Chicago-Englisch ins Spanische übersetzt worden. Die Mehrzahl der Beispiele, auf die sich der Text bezog, hatte nichts mit unserer duldsamen Nationalpolizei zu tun, die so anders war als das FBI. Aus Erfahrung wußte ich, daß diese komplexen technologischen Apparate noch Jahrhunderte brauchen würden, bis sie in Spanien Anwendung fänden. Und mir waren trotz meiner brillanten Ausbildung als Rechtsanwältin und meines Studiums an der Polizeiakademie nie herausragende Fälle übertragen worden. Ich wurde als »Intellektuelle« angesehen, und außerdem war ich eine Frau. Gleich zu Beginn hatten sie mich ins Polizeiarchiv abgeschoben, wo ich mich mit Archivierung, Publikationen sowie der Bibliotheksführung beschäftigte, was mich aus Sicht der Kollegen zur reinen Theoretikerin machte. Einmal hatte ich verlangt, für den aktiven Dienst eingeteilt zu werden, und es wurde mir gewährt. Ich ermittelte in ein paar Diebstählen, bei denen es nicht einmal notwendig war, Nachforschungen anzustellen. Ich war nicht zur Polizei gegangen, weil mich Thriller oder Kriminalromane angeregt hatten: Verfolgungsjagden, Schlägereien, viel Whisky, schlechte Manieren... Aber immer nur im spekulativen, rein theoretischen Stadium zu verharren, frustrierte mich unweigerlich. Bei meinen Ausflügen in den Außendienst war ich diese Enttäuschung auch nicht losgeworden: aufgebrochene Bankomaten, Berichteschreiben über »Anfänger«. Einmal mußte ich ein paar jugendliche Taschendiebe verhören, die sich unverschämt benahmen und mich »Puppe« nannten, obwohl die Bezeichnung umgekehrt angebrachter gewesen wäre. Trotz alledem verzweifelte ich nicht, noch wandte ich mich an meine Vorgesetzten. Was auch immer geschehen mochte, ich glaubte fest daran, daß ich eines Tages in den aktiven Dienst eintreten und mein Prestige steigern würde.

Wenn ein Wasserrohr einfriert, besteht die einzige Lösung darin, die Daumen zu drücken und den Himmel anzuflehen, daß nicht das Schlimmste geschehen möge. Das Schlimmste ist, wenn das Rohr platzt und ausgetauscht werden muß. Ich bemerkte es, als ich nach einem harten Arbeitstag nach Hause kam und duschen wollte. Das Geräusch beim Aufdrehen der Wasserhähne hörte sich wie ein bedrohlicher Ruf aus dem Jenseits an. Ich wußte, daß die Angelegenheit nicht sofort zu beheben sein würde, zog meinen Bademantel über und setzte mich erst einmal hin. Es war ein chaotischer Tag gewesen: Wenn es in Barcelona schneit, sind die Leute entspannt und weniger hektisch, aber sie sind mit dem Auto unterwegs. Fahren ist unmöglich, und man muß mit gebührender Geduld warten, bis sich der jeweilige Stau auflöst. Anfangs überwiegt noch das Lachen, und die Verkäuferinnen kommen mit zu den Schneeflocken emporgestreckten Händen aus den Geschäften gelaufen. Später, wenn alles steht, breitet sich Mißmut aus, es gibt Hupkonzerte, die Leute verspäten sich, und die Fußgänger müssen feststellen, daß ihr Schuhwerk der Feuchtigkeit nicht standhält. Da war nichts zu machen. Ich schenkte mir einen Chinchón ein und legte eine Klassik-CD auf. Sie hatte Hugo gehört, aber die Platten hatte ich mitgenommen. Pepes Sammlung hingegen hatte ich vollständig zurückgelassen, Heavy Metal und afrikanische Folklore waren zu heftig für meinen Geschmack. Nachdem ich eine Weile damit gekämpft hatte, den Kamin anzufachen, setzte ich mich hin und begann zu lesen. Das Zimmer war voller Rauch, die Geranien waren tot und die Wasserrohre im Begriff zu platzen, aber: Hatte ich das Haus nicht ausgesucht, um solche Augenblicke zu genießen? Ein gutes polizeiwissenschaftliches Buch, Chopins Klaviermusik, die Einsamkeit... Plötzlich klingelte das Telefon. Es war der Kriminalrat. Ich war überrascht, seine Stimme zu hören, denn er rief mich nie zu Hause an. Aber noch überraschender war sein offizieller Ton.

»Sie müßten sich persönlich im Kommissariat einfinden, Petra. Sie werden für einen Einsatz gebraucht.«

Zu fragen: Ist etwas Schlimmes passiert? schien mir nicht angebracht, aber ich war an solche Anweisungen nicht gewöhnt und wußte nicht, was zum Teufel ich sagen sollte.

Der Kriminalrat bemerkte meine Verwirrung und rief aus: »Ich weiß, daß es nach zehn ist!«

»Das ist kein Problem, ich komme.«

Der Arme glaubte sicherlich, daß ich mit meinem Ehemann vor dem Fernseher säße oder mit den letzten Vorbereitungen für ein Soufflé beschäftigt sei... Niemand auf meiner Dienststelle wußte etwas über mein Privatleben. Ich hatte ein paarmal Kolleginnen zugehört, wie sie ihren Kindermädchen vor allen anderen am Telefon Tips gegeben hatten: »Gib ihr ein bißchen Reis ins Fläschchen, ihr Bauch ist etwas träge.« Meiner Meinung nach ging es so nicht, so sehr sie danach auch fähig sein mochten, das Rätsel mit den zehn kleinen Negerlein zu lösen; diese Frauen vergaßen, daß noch ein langer Weg vor ihnen lag. Ich hatte noch nie einen männlichen Kommissar dabei ertappt, wie er, besorgt um den kindlichen Speiseplan, zu Hause anrief. Und so weit waren wir noch nicht, daß eine Frau ohne Konsequenzen gewisse Schwächen zeigen konnte.

»Ich komme, so schnell der Verkehr es erlaubt, seien Sie unbesorgt.«

Vielleicht hatten meine Vorgesetzten all die Jahre geglaubt, daß sie mir einen Gefallen taten: eingebunden in einen Arbeitsrhythmus, der keinen Außendienst verlangte, verschont von Verbrechen und ihrer Häßlichkeit; ein guter Posten für eine Frau.

Ich zog mich wieder an und hüllte mich in einen pelzgefütterten Popelinmantel. Die Straße war schmutzig und voller Pfützen, und an den Bordsteinen zeichneten sich häßliche Reifenspuren ab. Jetzt regnete es, und nur auf den zwei, drei Bäumen am Straßenrand häufte sich noch weißglänzend und magisch der Schnee, als fände diese Nacht in einem norwegischen Wald statt. Eine Nacht wie geschaffen, um Chopin zu hören.

Als ich ankam, war es still im Kommissariat, keine Anzeichen von Raubüberfällen oder Gemetzel.

»Hauptkommissar Gonzáles hatte einen Skiunfall. Ich

möchte, daß Sie seinen Platz einnehmen, solange er krankgeschrieben ist.«

Das erklärte den Anruf, aber nicht die Rücksichtslosigkeit, den Wechsel zu so unpassender Zeit anzuordnen. Doch es fiel mir nicht mal ein, nachzufragen.

»Na gut«, antwortete ich.

»Wenn Sie einen Augenblick hier warten, stelle ich Ihnen Oberkommissar Garzón vor, mit dem Sie zusammenarbeiten werden; ich meine, er wird unter Ihrer Leitung stehen.«

Das war es also, was der Kriminalrat sagen wollte, und es war gut, daß er es so präzisierte, denn daß ich Hauptkommissarin war, verdankte ich meiner Ausbildung, noch nie aber hatte ich jemanden unter meiner Führung gehabt.

»Kommissar Garzón ist gerade aus Salamanca eingetroffen. Ein sehr angenehmer Mann.«

Ich nickte und dachte, daß dieser Garzón wohl ein Grünschnabel sein mußte, dem sie Manieren beizubringen gedachten. Auch machte ich mir keine großen Illusionen bezüglich der »Truppe«, die sie mir zur Verfügung stellen würden. Auf jeden Fall war mir immer noch nicht klar: Warum hatten sie mich herbeordert? Um die Ernennungen augenblicklich in imperialem Stil vorzunehmen? Vielleicht ja, der Kriminalrat war bekannt für seine Redseligkeit und seine Feierlichkeit.

»Er ist ein energischer Mann, der Sie gut unterstützen wird, sehr erfahren im Außendienst.«

Die Theorie vom unerfahrenen Neuling fiel in sich zusammen. Der Kriminalrat erhob sich aus seinem Sessel und öffnete die Bürotür. In völlig veränderter Stimmlage brüllte er: »López, sagen Sie Garzón, er soll herkommen!«

Im Flur antwortete niemand. Der Kriminalrat wurde ungeduldig: »Aber, wo verdammt… López!!!«

Während ich darüber nachdachte, wie schnell ein Diplomatenimage zerstört werden kann, erschien ein Beamter der Nationalpolizei mit erschrockenem Gesichtsausdruck und grüßte militärisch. Der Kriminalrat verzichtete auf Nachfragen und wiederholte verstimmt seinen Befehl. Dann lächelte er wieder und drehte sich zu mir um: »Das ist eine schwierige Nacht heute, auch wenn es nicht so wirkt.«

Schließlich kam Garzón herein. In meinen Augen sah er eher wie einer aus, der ein Bruchband oder irgendein anderes orthopädisches Hilfsmittel benötigt, jedenfalls nicht sehr energisch. Fast sechzig, mindestens siebenundfünfzig Jahre alt. Bezüglich des Alters hatte ich mich also geirrt, aber es war trotzdem klug gewesen, mir keine Hoffnungen zu machen. Er würde sicherlich bald in Pension gehen, er war grauhaarig, wirkte unbeholfen. Er gab mir so zögerlich die Hand, als hätten wir uns wie Kinder geschlagen und wären jetzt dazu angehalten, wieder Frieden zu schließen.

»Darf ich Ihnen Petra Delicado vorstellen, unser intellektuelles Juwel. Seit sie im Archiv arbeitet, ist alles perfekt organisiert. Sie hat in die Wege geleitet, daß wir jetzt ausländische Zeitschriften und Bücher beziehen, die von der UNO, der UNESCO, Interpol und dem FBI herausgegeben werden.«

»Mmmm…«, brummte Garzón.

»Und das ist Fermín Garzón, ein erfahrener Mann, der zuverlässig arbeitet. Sie werden sich verstehen.«

Auch ich sagte: »Mmmm…« Obwohl der Anblick seiner Hand das Gegenteil erwarten ließ, war sie nicht feucht und schlaff wie die eines Provinzbullen, sondern warm, trocken und kräftig. Wir schwiegen beide.

»Sie können sich wohl denken, daß ich Sie um diese Zeit

nicht nur dafür aus dem Haus geholt habe«, erklärte der Kriminalrat schließlich. »Ich möchte, daß Sie sich um einen Vergewaltigungsfall kümmern. Das Opfer hat die erforderlichen Aussagen bereits gemacht, muß aber noch einmal befragt werden, bevor es gehen kann.«

Garzón und ich nickten wie synchrongeschaltete Automaten.

»Oberkommissar Garzón hatte schon Gelegenheit, die Akte einzusehen, er wird Sie über die Sachlage aufklären. Im übrigen empfehle ich Ihnen, anschließend ein Bier trinken zu gehen, damit Sie sich kennenlernen.«

Das war neu. Der Kriminalrat Coronas erlaubte sich, ein Stückchen über seine strikten beruflichen Pflichten hinauszugehen. Das gefiel mir nicht, und ich hätte schwören können, daß es Garzón auch nicht gefiel. Er warf mir einen schrägen Blick zu und zog lächelnd eine Grimasse.

Als wir auf den Flur hinausgingen, wußte ich nicht, was ich zu meinem neuen Kollegen sagen sollte. Glücklicherweise begann er zu reden.

»Gut: Der Fall ist schnell erklärt. Ein siebzehnjähriges Mädchen ist Opfer einer Vergewaltigung geworden. Sie wollte ihre Mutter abholen, die in einem Altenheim als Köchin arbeitet. Als sie auf der Straße auf sie wartete, sprach ein junger Mann sie an. Er setzte ihr ein Messer an den Hals und zwang sie in einen Hauseingang.«

»Hat er sie anderweitig verletzt?«

»Wohl schon, obwohl sie nur eine Wunde am Arm hat. Sie werden es ja sehen.«

»War es eine normale Vergewaltigung?«

»Nur Penetration.«

»Würde das Mädchen den Jungen wiedererkennen?«

»Warum gehen wir nicht hinein und fragen sie?«

Er war wenig gesprächig, oder es war ihm unangenehm,

ohne dringende Notwendigkeit Details zu erläutern. Das schien im Prinzip ein vielversprechendes Zeichen. Unser Anfang war nicht schlecht.

In einem kalten Amtszimmer erwarteten uns das Opfer und seine Mutter, eine ziemlich ärmliche Frau in übelriechender, schmieriger Kleidung, die sich unaufhörlich die Augen abtupfte. Das Mädchen war weiß und hilflos wie eine Labormaus. Sie saß mit hängenden Schultern da und sah zu Boden. Die beiden bildeten ein merkwürdiges Gespann, als würde zwischen ihnen nicht die geringste Beziehung bestehen. Coronas, ein Mann in mittleren Jahren mit einer Neigung zum Innovativen, hatte etwas Geld lockergemacht, um die Ausstattung des Kommissariats zu erneuern. Ein paar Monate zuvor hatten wir sprachlos zugesehen, wie ein Umzugswagen vorfuhr. Die alten und düsteren Büromöbel wurden abgeholt, nur die Registraturschränke blieben uns erhalten, weil für neue das Geld nicht mehr reichte. Sie schleppten Stühle und Tische herein, billiges Design, Metallbeine und bunte Kunststoffbeschichtung. Das Resultat war zwiespältig: Es war nicht gelungen, die Schäbigkeit zu übertünchen, denn das finstere Ambiente eines jeden Kommissariats ähnelt in gewisser Weise einer Beratungsstelle der Sozialversicherung.

»Meine Tochter hat nichts getan«, war das erste, was die Frau sagte, als sie mich eintreten sah. »Sie hat es nicht herausgefordert.«

»Setzen Sie sich bitte.«

Ich blätterte im Protokoll, sah das Mädchen an und fragte: »Hast du sein Gesicht gesehen?«

»Nein.«

»Trug er eine Maske?«

»Eine Mütze, es waren nur die Augen zu sehen.«

»Und welche Farbe hatten sie?«

»Weiß ich nicht. Er war schlank und groß, mehr weiß ich nicht.«

»Hat er mit dir geredet?«

»Er sagte, wenn ich nicht stillhalte, wird er mich töten.«

»Hatte er irgendeinen Akzent, etwas Besonderes?«

»Weiß ich nicht, die Mütze verdeckte seinen Mund, und er hat geflüstert.«

»Wartest du immer an derselben Stelle auf deine Mutter?«

Die Mutter mischte sich ein: »Sie holt mich nicht jeden Tag ab. Ich will nicht, daß sie um diese Zeit allein unterwegs ist, aber sie hat darauf bestanden.«

Ich sah sie nicht einmal an. Ich wandte mich weiterhin an das Opfer.

»Hast du jemandem erzählt, daß du sie heute abend abholen wirst?«

Die Mutter mischte sich wieder ein.

»Warum sollte sie jemandem etwas erzählen? Sie ist ein anständiges Mädchen, es ist nur so, daß ich arbeiten gehen muß, weil mein Mann gestorben ist, verstehen Sie? Aber sie hat dieses Schwein weder provoziert, noch ist sie um diese Zeit draußen unterwegs.«

Ich stand auf und sagte mit leicht erhobener Stimme: »Wenn Sie nicht aufhören zu unterbrechen, werde ich Sie rausschicken müssen, Señora.«

Sie preßte die Lippen zusammen und murmelte etwas, das ich nicht verstand. Dann hörte ich mich sagen: »Gehen Sie raus und warten Sie draußen.«

Meine Heftigkeit überraschte mich selbst, aber ich hätte diese Gorgo in ihrem Bemühen, ihre Unschuld deutlich zu machen, nicht länger ertragen. Ich registrierte, daß mein neuer Kollege starr und mit offenem Mund neben mir saß. Die Mutter zog ein überhebliches Gesicht und berührte beim Hinausgehen ihre Tochter flüchtig am Arm. Ich konzentrierte mich auf den Verband etwas oberhalb des Handgelenks.

»War das der Vergewaltiger?«

»Ja«, sagte sie.

»Ein Schnitt?«

»Nein. Er war schon im Gehen, und ich glaubte, daß er mir nichts weiter tun würde, da drückte er seinen Arm fest auf meinen, und ich spürte einen stechenden Schmerz.«

»Können wir die Wunde sehen?«

Sie war irritiert. Der Arzt hatte sie gerade erst behandelt und den Arm verbunden. Oberkommissar Garzón ergriff zum erstenmal das Wort.

»Es gibt einen Bericht und Fotos vom Gerichtsmediziner. Um uns die Wunde anzusehen, müßten wir ihr den Verband abnehmen.«

»Ist mir egal, ich ziehe es vor, sie mit eigenen Augen zu sehen, danach kann sie noch mal zum Verbinden in die Ambulanz.«

Ich wartete nicht darauf, von irgend jemandem Zustimmung zu erhalten, schließlich hatte ich die Leitung. Langsam und in absoluter Stille wickelte ich den Verband ab.

»Das ist interessant«, rief ich aus.

Es war eine merkwürdige, eher oberflächliche Wunde in eigenwilliger Form, keine Kratzwunde und kein Schnitt. Genaugenommen war es ein perfekter Kreis aus winzigen Stichen, einer neben dem anderen.

»Sehen Sie das, Garzón?«

Er kam näher und sah mir über die Schulter. Ich spürte die Wärme seines mächtigen Bauches.

»So was habe ich noch nie gesehen«, sagte er.

»Hast du mitbekommen, wie er das gemacht hat, ob er etwas in der Hand hatte?«

»Ich weiß nur, daß er näher kam, aber ich habe nichts gesehen.«

»Wie hat er sich bewegt?«

»Er hat nur zugedrückt.«

»Hat er mit dir gesprochen, hat er etwas gesagt?«

»Fast nichts.«

»Hat er geflüstert?«

»Er hat geflüstert, aber so, als würde er schreien.«

»Würdest du sagen, daß er seine Stimme verstellt hat, damit du ihn nicht wiedererkennst?«

»Ich weiß nicht.«

Ich überlegte. Das unbewegliche Gesicht des Mädchens regte mich nicht dazu an, einen bestimmten Weg einzuschlagen.

»Hattest du irgendwann den Eindruck, daß du ihn kennst?«

»Ich habe doch schon gesagt, daß ich ihn nicht gesehen habe.«

»Ich weiß, aber er kann eine Bewegung gemacht haben, sein Gang …«

»Nein.«

»Nichts, was dir vertraut erschien, nicht einmal ein vager Verdacht?«

»Nein.«

Ich seufzte.

»Wartest du immer an derselben Stelle auf deine Mutter?«

»Ja.«

»Zur gleichen Zeit?«

»Ja.«

»Sind um diese Zeit noch viele Leute unterwegs?«

»Nur wenige.«

»Hast du irgendwann einmal einen verdächtigen Mann

gesehen, jemanden, der dich beobachtet hat oder dir öfter über den Weg gelaufen ist?«

»Nein.«

»Bist du zerstreut, ich meine, könnte es sein, daß dir jeden Tag ein Typ gefolgt ist und du es nicht gemerkt hast?«

»Vielleicht.«

»War der Mann nervös, als er dich überfiel?«

»Er wirkte nicht so.«

»Hattest du Angst, daß er dich umbringen könnte?«

»Ja. Er schien sehr sicher, er meinte es ernst.«

Ich sah ihr in die Augen.

»Hat er was davon gehabt, als er dich vergewaltigte? Verstehst du, was ich meine? Ich will wissen, ob er erregt war, ob er stöhnte oder ob es so was wie ein Zwang war.«

Angeekelt sah sie mich an. Vielleicht dachte sie, daß ich das spannend fand, daß ich schlicht perverse Neugier hegte.

»Ich habe Ihnen doch schon gesagt, daß er kalt und ruhig war.«

Sie war ebenfalls kalt. Ihre Antworten kamen emotionslos, ohne jegliche Regung, und es war offensichtlich, was sie dachte: Meine Fragen waren sinnlos. Das einzige, was sie wirklich wollte, war gehen.

»Ist gut. Geh noch einmal zum Doktor, er wird dir den Arm neu verbinden.«

Langsam stand sie auf, wobei sie den einen Arm mit dem anderen stützte und ein Stück Mullbinde hinter sich herschleifte. Gebeugt und blaß ging sie hinaus. Als sie an Garzón vorbeikam, lächelte er sie unbeholfen an und sagte: »Keine Sorge, wir werden den Scheißkerl finden.«

»Ist mir egal«, antwortete das Mädchen und heftete seinen ausdruckslosen Blick auf den leeren Aschenbecher, der immer leer bleiben würde, denn in diesem Raum war das Rauchen verboten.

Wir gingen auf den Flur hinaus. Die Mutter des Opfers stand auf, als sie uns erblickte, und wandte sich ostentativ an Garzón: »Können wir jetzt gehen?«

»Ja, Señora, ein Streifenwagen wird Sie nach Hause bringen.«

Sie ging dicht an mir vorbei, ihr Gesicht nur wenige Zentimeter von meinem Gesicht entfernt, und warf mir einen wütenden, haßerfüllten und verächtlichen Blick zu.

»Der habe ich wohl nicht besonders gefallen«, sagte ich zu meinem Kollegen.

»Na ja, eine Vergewaltigung ist etwas sehr Schwerwiegendes, und es handelt sich um ihre Tochter.«

»Glauben Sie, daß ich zu hart war?«

Es war, als hätte ich in ein Wespennest gestochen.

»Ob ich glaube … ? Gott bewahre mich davor, eine Meinung zu haben. Habe ich hier etwa die Leitung?!«

Das war es also. Wahrscheinlich fand Oberkommissar Garzón es erniedrigend, unter weiblicher Führung zu arbeiten. Hugo, mein erster Ehemann, ein außergewöhnlich intelligenter Mann, sagte immer: »Erwarte das, was zu erwarten ist, den schlimmsten Allgemeinplatz, die gewöhnlichste Platitüde, genau das wird geschehen, das Gewöhnliche, das Übliche: der hochnäsige Engländer und der Franzose mit dem Baguette unterm Arm, das ist das Drehbuch des Lebens.« Und es schien zu stimmen.

»Gehen wir jetzt ein Bier trinken?« fragte Garzón.

Es war offenkundig, daß er beabsichtigte, die Anweisung des Kriminalrats haarklein zu befolgen, obwohl er keine Lust dazu hatte. Wir gingen über die Straße ins *La jarra de oro*, eine Art Zweigstelle des Kommissariats, die nie vor drei Uhr nachts schloß.

»Sie auch ein Bier?«

»Ja«, murmelte ich. »Wo fangen wir an?«

»Morgen werde ich das Viertel durchkämmen. Ich werde mir die aktenkundigen Gauner vornehmen, die vorübergehend auf freiem Fuß oder wegen Sexualdelikten vorbestraft sind. Nachmittags treffen wir uns dann, und ich teile Ihnen mit, ob es einen möglichen Tatverdächtigen gibt.«

»In dem Viertel – Trinitat – befindet sich die Jugendstrafanstalt.«

»Da werden wir auch hin müssen.«

Die Kneipenbesitzerin brachte uns trällernd das Bier. Aus ihrem halbaufgelösten Knoten hingen ein paar Strähnchen heraus. Sie hatte Schatten unter den Augen und einen müden Gesichtsausdruck. Wahrscheinlich mußte sie am nächsten Morgen wieder früh aufstehen, und ich fragte mich, woher sie diesen Heldenmut nahm. Mir fiel nichts ein, worüber wir hätten reden können, aber wir waren hier, um einander kennenzulernen. Schließlich entfuhr mir das Allerdümmste.

»Wie gefällt es Ihnen in Barcelona?«

»Gut«, antwortete er. Es schien, als würde der Ausflug in die Höflichkeit hier bereits enden, aber nach einer Pause fügte er hinzu: »Schade, daß so viele Leute Katalanisch sprechen.«

»Verstehen Sie etwas?«

»Nein.«

»Vielleicht sollten Sie einen Sprachkurs machen.«

»In meinem Alter will ich nicht mehr in die Lehre gehen. Es ist ein mieses und zugleich gutes Alter; dir wird klar, daß du sehr wenig weißt, du merkst aber auch, daß du keine Lust hast, etwas Neues zu lernen.«

Möglicherweise war mein neuer Kollege gar nicht so konventionell. Vielleicht hatte er ein Faible für Philosophie.

»Jedes Alter ist mies«, sagte ich, mich auf das Gebiet des Wesentlichen vorwagend.

»Haben Sie mal diesen italienischen Unternehmer gesehen, der Autos produziert?« fragte er plötzlich.

»Agnelli?«

»Ja, diesem Typ ist es egal, ob er jung oder alt ist, er trägt Seidenhemden, ist braungebrannt und sieht gesund aus. Ich nehme an, es ist ihm auch egal, ob er was lernt oder nicht.«

»Aber er wird seine Probleme haben.«

Verwundert über das Ausmaß meiner Beschränktheit und meiner Vulgarität sah er mich an.

»Ja. Entschuldigen Sie, aber ich muß gehen. Wir sehen uns morgen. Ich werde die Fakten, von denen ich vorhin sprach, wohl nicht vor sieben zusammenhaben. Ich arbeite auch für die Guardia Civil, in einem Schmuggelfall.«

»Drogen?«

»Zigaretten. So was kommt neuerdings häufig vor.«

Mit hochgeschlagenem Parkakragen verließ er die Kneipe. Er hatte nicht zugelassen, daß ich das Bier bezahlte. Agnellis Hemden. Es war etwas verwirrend; noch konnte ich mir keinerlei Bild von diesem Mann machen. Zu meinem Ärger sprang mein Auto nicht an. Am nächsten Morgen würde ich früh aufstehen, meine Unterlagen ordnen und Vorbereitungen treffen müssen, damit das Archiv während meiner Abwesenheit weiterfunktionierte. Es war spät und kalt. Aber so war das kümmerliche Leben einer echten Kripobeamtin, lange Nächte in schäbigen Kneipen, extreme Temperaturen, Gewalt und unangemessen frühes Aufstehen.

Kein Lüftchen regte sich, als hätte die Kälte das ganze Leben eingefroren. Eine heiße Dusche wäre jetzt das Richtige gewesen, oder Chopin hören. Aber ich beschloß, mich sofort schlafenzulegen. Ich hätte diese vollendete Musik kaum genießen können, nachdem ich die leeren Augen der vergewaltigten jungen Frau gesehen hatte, als sie sagte: »Ist mir egal«, und das schreckliche Mal auf ihrem Arm.

# 2

Hugos Anruf überraschte mich, und nachdem ich den anfänglichen Anflug von Mißtrauen überwunden hatte, freute ich mich sogar darüber. Seit unserer Trennung waren die Pausen zwischen unseren Telefonaten immer länger geworden. Gewiß hatte es Phasen intensiveren Austauschs gegeben, aber die waren praktischer oder gerichtlicher Natur gewesen: die Scheidungsformalitäten und die allmähliche Auflösung der gemeinsamen Güter. Alle diese Telefongespräche waren heftig oder ironisch oder kalt gewesen. Hugo sah sich als verlassenen Ehemann, und mich hielt er für eine leichtfertige Verrückte, die, ohne lange darüber nachzudenken, die guten Aussichten für ihr Berufs- und Privatleben zunichte gemacht hatte. Diesmal überraschte mich sein höflicher, fast heiterer Tonfall. Er wollte den letzten gemeinsamen Besitz, einen Parkplatz in Ganduxer, verkaufen und brauchte dafür mein Einverständnis und meine Unterschrift. Ich fand, eine unvorhergesehene Zusatzeinnahme wäre phantastisch, und sagte ihm, er hätte freie Hand. Dann schlug er plötzlich vor, die Angelegenheit bei einer Tasse Tee zu besprechen. Unglaublich, nie zuvor war er zu so etwas bereit gewesen, obwohl ich es mehrmals versucht hatte. Ich beneidete diese zivilisierten Paare, die fähig sind, sich nach dem Bruch gegenseitig zu besuchen und unbeschwert zu plaudern. Wir hatten uns immer nur in Anwaltsräumen, Gerichtsgebäuden und an anderen Orten getroffen, die keineswegs zur Unterhaltung anregten. Diesmal würde es anders sein, und ich fragte mich, warum.

»Mir kommt das Geld gelegen«, sagte ich.

»Ich nehme an, eine Polizistin verdient gerade genug zum Leben.«

»Ich komm schon zurecht.«

»Vorher, als Anwältin, bist du sicher besser zurechtgekommen.«

»Ich habe mir gerade ein Haus gekauft, deshalb meinte ich, das Geld käme mir sehr gelegen.«

»Kann ich mir vorstellen.«

Mit diesen wenigen einsilbigen Sätzen gab er mir zu verstehen, daß meine Investition seiner Meinung nach ziemlich töricht gewesen war. Wenn unsere Begegnung mit solchen geistreichen Spitzen gewürzt sein würde, hätte ich ein Treffen bei einem Notar vorgezogen. Aber irgend etwas verbot mir, mich ständig mit ihm anzulegen, vielleicht mein Schuldgefühl, vielleicht das Eingeständnis, daß er im Grunde recht hatte, wenn er meine Leichtfertigkeit beklagte. Früher hatten wir lautstarke Kämpfe ausgefochten. Nach der Trennung hatte sich mein Zorn verflüchtigt, und seiner war in Ironie umgekippt, die zu haßerfüllt war, um mich zu treffen.

Hugo sah gepflegt und müde aus, als wäre er gerade nach schwerer Krankheit von einer Kur zurückgekehrt. Das Älterwerden schmeichelte ihm, seine grauen Schläfen, die Sorgfalt, mit der er sich kleidete. Während die Frist der blühenden Jahre ablief, taten Erfahrung und Geld ein übriges. Agnellis Hemden, wie Garzón gesagt hatte. Ich hatte mich im *La jarra de oro* mit ihm verabredet, wo sich sein gediegenes Äußeres von der Schlichtheit trinkender Arbeiter abhob. Wie immer zu Beginn einer Vorstellung richtete er den Blick gen Himmel. Gut, ich würde mir alles anhören, was er zu sagen hatte, wie immer bescheiden und zurückhaltend, ohne mein derzeitiges Leben allzu positiv darzustellen.

Als wir uns gesetzt hatten, ließ er den Blick über die Decke streifen, als würde sich in ihr das ganze moralische Elend dieser Kneipe verdichten. Auch den Kellner, der auf seiner Schürze die Landkarte der täglichen Flecken zur Schau stellte, betrachtete er geringschätzig.

»Bringen Sie uns zwei Tassen Tee.«

Er hatte für mich gewählt, sicherlich ohne es bemerkt zu haben.

»Ich trinke jetzt nur noch Tee«, gestand er mir. »Der Kaffee hat mich fast umgebracht. Du weißt ja, daß ich nach deinem Weggang ein böses Magengeschwür hatte, das nur langsam heilte. Obwohl ich wieder hergestellt bin, bin ich lieber vorsichtig.«

Das Geschwür blieb nie unerwähnt, auch nicht bei den Telefonaten. Der Augenblick unserer Trennung, den er unverändert mit »deinem Weggang« bezeichnete, zählte schon sieben Jahre zur grauen Vorzeit, aber mit diesem Geschwür war es wie mit den Nägeln von Jesus, es hatte eine unauslöschliche Spur hinterlassen, die irgendwann verehrungswürdig sein würde. Und ich war der römische Soldat mit der über dem Kreuz erhobenen Lanze, bereit zuzustechen, ich, und nur ich, war die Ursache seines Leidens. Er zog einen Stapel Papiere hervor, wagte es aber nicht, sie auf den klebrigen Tisch zu legen. So reichte er sie mir.

»In diesem grünen Dokument stehen die Verkaufsbedingungen, ich hoffe, du bist damit einverstanden. Nur in dem grünen Ordner, die anderen enthalten finanzielle Einzelheiten, um die ich mich kümmern werde.«

Dieses Wohlgefallen an dem grünen Papier diente dazu, meine Unfähigkeit, praktische und organisatorische Dinge zu handhaben, deutlich zu machen. Sein Gesprächsstil war gefährlich wie ein Minenfeld, aber ich benutzte schon seit langem einen Detektor.

»Ich sehe keinerlei Schwierigkeit. Der Preis scheint mir angemessen, ist alles in Ordnung.«

»Du mußt mir die Vollmacht unterschreiben. Und wenn der Verkauf abgeschlossen ist, wirst du vor dem Notar erscheinen müssen.«

Der Kellner kam mit den beiden Teetassen. Hugo prüfte die Marke auf dem Etikett, an dem der Teebeutel hing.

»Frühstückst du etwa jeden Tag hier?«

In seiner Stimme schwangen Zensur und Widerwillen mit.

»Frühstücken… Hier treffe ich mich mit meinen Kollegen, wir trinken ein Bier oder einen Kaffee. Diese Kneipe ist wie eine Zweigstelle des Kommissariats.«

Er blickte sich um.

»Das heißt, wir sind von lauter Bullen umgeben?«

»Ich weiß nicht, vielleicht.«

Wenn er jetzt anfing, über die Verkommenheit herzuziehen, die, wie er unterstellte, in Polizeikreisen vorherrschte, konnte man sagen, daß das Schema unserer seltenen Treffen gleich geblieben war: das Geschwür, das Geld und mein Abstieg, weil ich zur Kripo gegangen war. Ich wollte mich gegen die Überzeugung, daß Hugo immer recht hatte, schützen. Also versuchte ich ihn zu unterbrechen und Zeit zu gewinnen, bis wir unseren Tee ausgetrunken hatten.

»Hast du etwas von den Gálvaz gehört?« improvisierte ich.

Er sah mich an, als sei ich verrückt.

»Von den Gálvaz? Nein. Es ist nicht mehr so wie damals, als wir zusammen waren, Petra. Ich habe andere Freunde, mein Leben hat sich verändert… Ich glaube nicht, daß dich das sonderlich interessiert. Aber soviel ist sicher: Ich werde nächsten Monat wieder heiraten.«

Damit hatte er mich wirklich überrascht. In einer wenig natürlichen Geste hob ich beide Hände.

»Aber hallo! Das freut mich sehr, Hugo, das kannst du mir glauben.«

»Seit deinem Weggang sind sieben Jahre vergangen, diese Neuigkeit dürfte kaum noch ein Grund zur Trauer oder zur Freude für dich sein.«

Sein Lächeln wurde breiter. Ich trank einen Schluck Tee und verbrannte mir die Zunge.

»Wie auch immer, ich wünsche dir alles Gute.«

»Sie ist Anwältin.«

»Ich dachte, diesmal wechselst du den Beruf.«

»Sie wird nicht zur Polizei gehen, das versichere ich dir.«

Hugo warf mir nicht nur vor, daß ich ihn verlassen hatte, sondern auch, daß ich meine Position in unserer etablierten Anwaltskanzlei aufgegeben hatte. Ein Wahnsinn. »Einige Menschen haben die Gabe, alles zu zerstören, was noch an Gutem da ist.« Seine Sätze hallten noch immer in mir nach, peinigten mich. Ich wollte sofort verschwinden.

»Ich glaube, ich muß jetzt gehen.«

»Ein bißchen spät, daß du dich um mein Glück sorgst.«

Ich lächelte erneut wie ein Dummkopf. Jetzt würde er anfangen, mein Leben zusammenzufassen und eine Fehlentscheidung nach der anderen aufzulisten: eine verschmähte respektable Arbeit, eine kaputte standesgemäße Beziehung, eine absurde zweite Ehe mit einem viel jüngeren Mann, die auch in der Trennung geendet war …

»Ich muß wirklich gehen.«

Er trank seinen Tee aus. Als wir zum Tresen gingen, erblickte ich Oberkommissar Garzón. Ich fragte mich, seit wann er wohl schon da stand. Mir blieb nichts anderes übrig, als die beiden einander vorzustellen.

»Oberkommissar Garzón arbeitet mit mir zusammen.«

»In einem Fall«, stellte er klar.

Hugo hielt ihm eine schlaffe Hand hin. Er sah mich mitleidig an. Soweit hatte ich es also gebracht. Ich hatte die Sicherheit eines trauten Heimes gegen die Gesellschaft obskurer Bullen mit Wampe in betont gestreiftem Hemd eingetauscht. Ich hatte die Kühnheit besessen, das beneidenswert brillante Anwaltspaar aufzulösen, um in einer elenden Kneipe wie dem *La jarra de oro* herumzuhängen. Er ging hocherhobenen Hauptes und mit verächtlichem Blick, und ich blieb eingeschüchtert und heruntergeputzt mit Garzón zurück. Im Versuch, mich wieder in meine professionelle Rolle einzufinden, bestellte ich noch einen Tee.

»Haben Sie etwas herausbekommen?«

»Nichts Wichtiges. Ich bin durch das Viertel spaziert, hab' herumgefragt... Niemand hat etwas gesehen, es gibt nicht den kleinsten Hinweis.«

»Haben Sie mit der Jugendstrafanstalt gesprochen?«

»Aber nicht viel rausgekriegt. Zumindest glaube ich nicht, daß es ein Gewohnheitstäter ist.«

»Dann müssen wir dem Direktor einen Besuch abstatten, um herauszufinden, ob es einer der Inhaftierten gewesen sein könnte.«

»Also, ich...«

»Meinen Sie, wir sollten diese Spur nicht verfolgen?«

»Ich sagte ja schon, ich...«

Wenn der Oberkommissar weiterhin diesen passiven Widerstand gegen meine Vorschläge leistete, würde ich nicht umhinkommen, ihn zur Räson zu rufen. Natürlich gab es die Möglichkeit, ihn im Guten zu gewinnen. Ich versuchte es, indem ich gegen eine meiner goldenen Regeln für Beruf und Privatleben verstieß: »Wissen Sie, wer der Mann ist, den ich Ihnen gerade vorgestellt habe?«

Ich bemerkte in seinem Blick einen Anflug von Überraschung, den er jedoch sofort unterdrückte. Dann kehrte er zu seinem feinen Mißtrauen zurück.

»Nein. Wenn Sie es mir nicht sagen…«

»Das ist mein erster Ex-Mann. Und denken Sie nicht, daß ich mich mit meiner Bezeichnung irre. Ich habe zwei Ex-Ehemänner, und dieser ist der erste.«

Ich lachte vorgeblich schelmenhaft. Zumindest hatte ich ihn aus der Reserve gelockt, in seinen Pupillen blitzte ein Funken Neugier auf.

»Aha«, bemerkte er ungerührt. »Nun, ich bin Witwer, Gott sei Dank.«

»Gott sei Dank?«

Er machte eine unbeholfene Geste.

»Ich meine, ich mußte mich glücklicherweise nicht von meiner Frau scheiden lassen, wir haben bis zu ihrem Tod zusammengelebt.«

Ich ärgerte mich. Mein Bedürfnis, sensibel zu sein, war verflogen. Mußte ich denn alle ertragen, die mir Vorwürfe machten? Ich schüttete meinen Tee in einem Zug hinunter und sah ihn hinterhältig an.

»Mal was anderes, Garzón. Haben Sie eine Ahnung, warum dieser Fall ausgerechnet Ihnen und mir übertragen wurde?«

Er war völlig überrumpelt. Ich holte zum nächsten mitleidlosen Schlag aus.

»Nun, wenn Sie es nicht wissen, werde ich es Ihnen sagen: Er wurde uns übertragen, weil sie sonst niemanden haben, so einfach ist das. Ich habe es heute morgen erfahren. Die anderen Kollegen bereiten eine ziemlich komplizierte Operation vor, irgendwas mit Drogen. Eine dieser Geschichten, wo dann Fotos von Unmengen sichergestellten Stoffs in der Zeitung sind.«

Das schien gesessen zu haben, aber er wand sich noch.

»Wenn sie momentan nicht an Personalmangel leiden und normalerweise nur ungern Leute aus anderen Kommissariaten abziehen würden, hätten sie uns dort gelassen, wo wir genug zu tun hatten: mich im Archiv und Sie bei Ihrem Schmuggelfall. Ich glaube nicht, daß sie für eine so verantwortungsvolle Arbeit genügend Vertrauen in uns haben. Schließlich und endlich sind Sie fast schon in Pension, und ich bin nur eine Frau.«

Meine Boshaftigkeit ließ ihn leichenblaß werden.

»Ich habe noch ein bißchen Zeit bis zu meiner Pensionierung, aber wie dem auch sei, ich befolge Anordnungen immer, ohne nachzufragen.«

»Das ist hervorragend für mich, da ich nun Ihre Chefin bin. Deshalb fangen wir sofort an, etwas Nützliches zu tun; gehen Sie und besorgen Sie einen Wagen, mit dem wir zur Jugendvollzugsanstalt fahren können, ich nehme an, der Direktor wird uns empfangen.«

Ich war begeistert von meinem kastrierenden Stil. Die Waffenruhe war zu Ende. Wenn Garzón ein Pinguin war, der in seiner Umgebung keine Eisberge duldete, würde ich so hart sein, wie eine Frau in dieser Position nur sein kann. Ich wurde nicht dafür bezahlt, Samthandschuhe zu tragen.

Der Verkehr war wie gewöhnlich dicht und zähflüssig, wir warteten an den Ampeln und ertrugen Hupkonzerte, aber Garzón saß ungerührt am Steuer wie der Chauffeur eines Leichenwagens. Der Direktor der Jugendvollzugsanstalt war eine Frau um die Fünfzig, elegant in ein Cheviot-Kostüm gehüllt, mit dezentem Schmuck... Als ich ihr den Grund unseres Besuches erläuterte, lächelte sie verkrampft.

»Natürlich haben wir hier Jungs, die bei irgendeiner Sexualstraftat erwischt worden sind, ist doch klar. Sie werden doch nicht alle befragen wollen...«

»Wir dachten, es dürfte genügen, die zu befragen, die Hafturlaub hatten, eine Ausgangserlaubnis …«

»Hören Sie, Hauptkommissarin, wenn ich ehrlich sein soll, muß ich Ihnen sagen, daß ich diese Polizeistrategie einigermaßen leid bin. Wenn in dieser Stadt eine junge Frau vergewaltigt wird, fällt Ihnen als erstes ein, hierherzukommen.«

»Und das erscheint Ihnen nicht normal?«

»Das hier ist ein Rehabilitationszentrum, man sollte meinen, daß wir diese Jungs wieder in die Gesellschaft eingliedern wollen, aber wenn Sie sie so eifrig weiterverfolgen …«

Ich war auf diese unangemessene Reaktion nicht vorbereitet. Wenn ich den Respekt meines Untergeordneten nicht verlieren wollte, mußte ich schweres Geschütz auffahren.

»Ich verstehe, was Sie meinen, aber Sie haben auch nicht die Leitung der ›Stadt der Kinder‹; hier sitzen Verbrecher, und ich möchte Sie daran erinnern, daß die Vergewaltigung in diesem Viertel stattgefunden hat.«

Garzón nickte schweigend zu dem sich unerwartet heftig entwickelnden Wortwechsel. Die Direktorin zog ein unendlich haßerfülltes Gesicht, hob beschwichtigend die Hände und sagte, Geduld vortäuschend: »Ist schon gut, ich werde mich dem offiziellen Vorgehen nicht entgegenstellen und versuchen, etwas herauszubekommen. Um welches Datum, sagten Sie, handelt es sich?«

Als sie ging, steif und mit leicht gerötetem Gesicht, flüsterte ich: »Ihre Jungs sind wohl Heilige.«

Mein Kollege blieb ungerührt wie zuvor und zog ein Gesicht voller klösterlicher Andacht. Vermutlich dachte er, daß wir Frauen zu ungesunder Hysterie und Schwestermord neigten. Eine Furie zu sein war nur eine Frage der

Gewöhnung. Garzón verteidigte das seine, was auch immer das sein mochte, genauso wie die Direktorin mit echtem Sportsgeist ihre Schützlinge verteidigte. In dieser für mich neuen Welt mußte ich mir erst etwas zur Abwehr zulegen, und mit meiner Autorität anzufangen, war nicht das Schlechteste.

»Lauter Engelchen«, murmelte ich noch einmal.

Plötzlich sagte Garzón: »Vielleicht sind sie auch nicht alle Teufel, einige gliedern sie sogar wieder ein.«

»Sie wissen doch, daß Schaum zerfällt, wenn man versucht, ihn zu berühren.«

Was bis zu diesem Augenblick nur Vorsicht mir gegenüber gewesen war, verwandelte sich langsam in erbitterte Abneigung. Garzón verachtete mich.

Die Direktorin kehrte zurück und seufzte.

»Also, mal sehen...« Sie stöberte in Listen und Blättern. »Von den vorbestraften Sexualtätern hatte an jenem Tag nur einer Freigang, Jorge Valls. Aber ich bezweifle, daß er etwas damit zu tun hat. Dieser Junge verhält sich vorbildlich. Er ist seit einem Jahr bei uns und hat sich immer gut benommen. Er studiert Informatik, und er hilft jeden Tag, die Küche zu putzen. Kein einziges Mal ungehorsam, nicht einmal Streit... Seit drei Monaten geben wir ihm gelegentlich am Wochenende Freigang. Ehrlich gesagt, ich glaube nicht...«

»Warum wurde er eingewiesen?«

»Laut den Psychologen ein merkwürdiger Fall, ungewöhnlich für sein Alter. Er lauerte Mädchen auf Schulhöfen auf und zeigte ihnen Pornos, Fotos von Nackten, Orgien, Gruppensex...«

»Das ist ungewöhnlich für sein Alter?« fragte Garzón.

Die Direktorin warf ihm einen leutseligen Blick zu.

»Man betrachtet das als eine Perversion, die eher Erwachsenen angemessen ist, einschließlich Greisen, würde ich wagen zu behaupten. Sie kompensieren ihre physische Unfähigkeit mit diesen indirekten Praktiken. Die Jungen pflegen aktiv zu werden, einige masturbieren oder spielen den Exhibitionisten, aber dieser …« Sie blätterte weiter in ihren Papieren. »Nein, Jorge hat sich nicht exhibitioniert.«

»Das ist seltsam. Worauf führen Sie das zurück?«

Die Direktorin schien erfreut, in Garzón einen höflichen und sensiblen Zuhörer gefunden zu haben. Er war offensichtlich im Begriff, mir zu demonstrieren, wie man Menschen behandelte, ohne sie anzugreifen.

»Na ja, wir wissen nicht genau, worauf wir das zurückführen sollen, die Psychologen sind in ihren Analysen vorsichtig, manchmal braucht es Jahre, bis die Dinge ans Licht kommen. Aber er stammt aus einer schrecklichen Familie, der Vater ist arbeitslos und Alkoholiker, die Mutter verschwindet monatelang ohne irgendeine Erklärung. Dieser Junge hat in einem moralisch desolaten Umfeld gelebt.«

»Dann hat also die Gesellschaft Schuld daran«, bemerkte Garzón wie ein alter Linker.

Die Direktorin antwortete wie aus der Pistole geschossen: »Die hat sie immer.« Die beiden sahen sich verständnisinnig an und richteten danach ihren Blick auf mich, als sei ich eine arme Aussätzige.

Ich biß die Zähne zusammen und fragte: »Zu welcher Zeit hat er das Zentrum verlassen?«

»Von fünf bis elf.«

»Ich muß mit ihm reden.«

»Tut mir leid, aber es gibt gleich Abendessen.«

»Nur einen Augenblick.«

Sie gab meinem Drängen nach, was ihre Abneigung gegen mich noch vertiefte.

Der Speisesaal war so düster wie das ganze Gebäude.

An den Wänden hingen Bilder und Fotos, offensichtlich von den Insassen angefertigt: Hirtenszenen, Vögel. In einer Ecke stand eine vertrocknete Kiefer, an deren holzigen Ästen kleine Kunstperlen hingen. Ein unnützer Versuch, ohne eine Spur von Schönheit. Man atmete staubige Leere. Nach kurzer Zeit erschien Jorge Valls, ein Junge mit durchdringenden Knopfaugen und absolut gewöhnlich gekleidet. Ich stellte mich vor. Sichtlich eingeschüchtert schlug er die Beine übereinander, wobei er eine Hand in der Hosentasche behielt.

»Man hat dir gesagt, wen wir suchen, nicht wahr?«

Er nickte.

»Dann kannst du uns vielleicht sagen, wo du an dem Tag zur fraglichen Zeit warst.«

»Ja, ich war zu Hause bei meiner Mutter.«

»Offensichtlich beträgst du dich sehr gut. Du hast gelernt, mit Computern umzugehen und suchst keinen Streit, tust, was von dir verlangt wird. Zumindest hier drin.«

»Draußen auch.«

»Sicher hast du es manchmal satt, immer ein Heiliger zu sein.«

Er wurde rot und reckte verlegen den Hals.

»Ich war bei meiner Mutter, und wir haben ferngesehen.«

»Eine Mutter ist eine Mutter, vielleicht macht es ihr nichts aus zu lügen.«

»Es waren auch Nachbarinnen da.«

»Wunderbar, du erinnerst dich sehr gut.«

»Die Nachbarinnen kommen jeden Nachmittag zu meiner Mutter und fragen, ob sie ihr vielleicht helfen können.«

»Anständige Leute.«

»Ja.« Er begann sich von meiner hartnäckigen Ironie ermuntert zu fühlen. »Außerdem dürfte allen klar sein, daß ich nicht rumlaufe und Mädchen vergewaltige, das habe ich nie getan.«

»Davon bin ich überzeugt.«

Er sah mich verständnislos an, ebenso wie Garzón.

»Du läufst nicht rum und vergewaltigst Mädchen, weil du das gar nicht kannst.«

»Aber was meinen Sie?«

»Daß du ihn nicht hochkriegst, oder er ist winzig, so was in der Art.«

Der Junge wandte sich flehentlich an Garzón, als wollte er ihn in der Angelegenheit zum Richter erheben.

»Hören Sie, sagen Sie ihr, sie soll aufhören, mich zu beleidigen, ich habe sie auch nicht beleidigt.«

Garzón zögerte und wußte nicht, was tun. Schließlich sagte er: »Also, das mit deiner Mutter und den Nachbarinnen läßt sich nachprüfen.«

Ich stellte mich taub.

»Nun verarschst du schon ein Jahr lang die Psychologen, und das nur, weil du ihn nicht hochkriegst.«

Er sprang auf und begann zu schreien.

»Mir reicht's, ich bin weder verpflichtet, hier zu sein, noch Ihnen zu antworten, das weiß ich sehr wohl!«

Er machte Anstalten, zu gehen, aber ich hielt ihn zurück.

»Wir werden es nachprüfen, und ich schwöre dir, sollte das mit den Nachbarinnen nicht stimmen, werde ich wiederkommen, um mich persönlich davon zu überzeugen, ob du in der Lage bist, zu vergewaltigen oder nicht.«

Er lief entsetzt aus dem Saal. Garzóns Augen stierten vor sich hin, als wäre er Augenzeuge einer Massenkarambolage geworden. Wir versanken in ein langes Schweigen. Der Geruch von gekochtem Gemüse waberte durch den Raum.

»Gehen wir, Oberkommissar?«

Etwas verwirrt lief er neben mir her. Ich versuchte, ihn zu provozieren, vielleicht würde er ja jetzt antworten.

»Finden Sie, daß ich zu weit gegangen bin?«

Er stieß ein undefinierbares Grunzen aus.

»Glauben Sie, daß meine Heftigkeit korrekt war?«

Er schnaubte: »Warum haben Sie das zu ihm gesagt?«

»Um ihn nervös zu machen.«

»Wofür?«

»Es ist doch gut, wenn sie nervös werden, oder? Wie auch immer, dieser Typ läuft herum und versucht, Schulmädchen zu verderben, ich glaube nicht, daß er besondere Behandlung verdient.«

»Ich weiß nicht, Hauptkommissarin. Wenn Sie erlauben, ziehe ich es vor, keine Meinung zu haben.«

Garzón zog sich erneut auf seine »Befehl ist Befehl«-Haltung zurück. Durch die düsteren Flure des grauen Gebäudes schlenderten wir zum Ausgang. Künstliche Blumensträuße, Kippen auf dem Boden, ein öder Hof, in dem die Leute in der einzigen Hoffnung herumspazieren, eines Tages von hier zu verschwinden.

Dieser verdammte Oberkommissar ließ sich nicht herausfordern, er verharrte in seiner respektvollen Verachtung. Weitere verletzende Auftritte würden nötig sein, um ihn davon zu überzeugen, wozu ich fähig war.

Als ich nach Hause kam, genehmigte ich mir einen Chinchón. Auf dem Sofa ausgestreckt, fragte ich mich, wer mein neuer Kollege wirklich war. Ein Bulle durch und durch, einer dieser Fünfzigjährigen, die ihr Leben damit zugebracht haben, an der Ecke einen Milchkaffee zu trinken und darauf zu warten, daß die Vorgesetzten ihnen Befehle geben. Und selbstverständlich brutal zu Häftlingen und Tatverdächtigen, mir konnte er nichts vormachen. Es war für ihn nur nicht akzeptabel, daß ich genau diese Methoden angewandt hatte. Von einer Frau erwartet man etwas anderes. Verständnisvoll gegenüber den Schwachen, solidarisch mit dem eigenen Geschlecht, gemäßigt im Ausdruck und darüber klagend, daß die Welt schlecht ist. Armer Garzón, er würde an dem Bissen schwer zu kauen haben, wahrscheinlich kannte er nicht einmal Shakespeare, Don Juan Manuel, *Der Widerspenstigen Zähmung* würde ihm nicht zur geistigen Orientierung dienen. Begrenzter Horizont, geradliniges Leben, das hatte nichts zu tun mit den tiefen Abgründen und plötzlichen Höhenflügen meines Lebens. Na gut, jetzt hatte ich einen Fall, etwas, das ich mir schon immer gewünscht hatte. Aber vielleicht war der Fall zu spät gekommen, wie es mit jedem Wunsch ist, der sich erfüllt. Er hatte mich zu einem ungünstigen Zeitpunkt erwischt, in einer Phase der Seßhaftwerdung. Irgendwie war es sinnlos zu denken, daß uns dieser Fall früher oder später entzogen würde; ich rechnete damit, und wann auch immer der Augenblick gekommen sein mochte – mir würde es gleichgültig sein. Bei Garzón war das anders, so sehr er auch sagen mochte, daß er über alles Bescheid wisse; er war erst kürzlich versetzt worden, und ihm kam es nur darauf an, seiner tadellosen grauen Karriere einen guten Abschluß zu geben. Aber ich konnte nicht zu ihm sagen: Kommen Sie, Oberkommissar, lassen wir die Späßchen, erfüllen wir das Protokoll, und weiter zur nächsten Sache. Nein, ich mußte ausharren und zeigen, daß ich ein böses Tier sein konnte, daß ich die Zügel der Untersuchung fest in der Hand hielt; eine Frau kann sich den Luxus zurückzuweichen nicht gestatten, schon gar nicht, wenn sie Fallschirmspringerin, Kripobeamtin oder Busfahrerin ist. Und Garzón mußte die Befehle einer Anfängerin wie mir schon ertragen, auch wenn er sich über alle Straßen des Landes geschleppt, Betrunkene verhaftet und Nutten eingesperrt hatte. Das war zuviel für uns beide; ich hoffte, sie würden uns den Fall bald entziehen.

Ich hatte miese Laune. Nach meiner neuen Lebensplanung war das nicht der richtige Moment, telefonisch eine Pizza zu bestellen; ich sollte mir etwas kochen. Ein paar tiefgefrorene Erbsen würden reichen. Ich ließ die Wohnzimmertür offen, um Musik zu hören. Keine Nachbarn über und unter mir, keine schimpfenden mittelmäßigen Zeugen. Aber um neun Uhr klingelte es. Es war Pepe.

»Meine Katze ist tot!« rief er aus, als ich öffnete.

Mit einer unwirschen Handbewegung ließ ich ihn eintreten. Ich würde ihm etwas zu trinken anbieten, wie es sich gehörte, aber so konnte das nicht weitergehen.

»Pepe, du kannst nicht immer herkommen, wenn dir eine Katze stirbt.«

»Aber ich hatte doch nur eine.«

»Du weißt ganz genau, was ich meine. Ich habe jetzt ein Haus und will die Ruhe genießen. Wir haben uns getrennt, erinnerst du dich?«

»Ich wußte nicht, daß ich dich verärgern würde. Wir sind Freunde, und meine Freunde pflege ich zu besuchen.«

»Und wenn ich nicht allein gewesen wäre?«

»Dann wäre ich sofort wieder gegangen.«

Es war wichtig, daß er nicht zum Abendessen blieb, das hätte meinen ersten normalen Arbeitstag zunichte gemacht, viel mehr, als ich mir eingestehen mochte. Wir waren gute Freunde, er hatte recht, und ich würde immer den Eindruck haben, ihn je nach den Gezeiten meiner persönlichen Verfassung hin- und hergeworfen zu haben, um ihn danach allein und naß am Strand liegenzulassen. Obwohl das nicht stimmte. Jetzt war er schon den zweiten Tag in Folge da. Zu gefährlich und völlig absurd.

»Ich glaube, sie ist von einem Auto angefahren worden, sie war im Hinterzimmer der Kneipe, sie kam und ging, wie es ihr gefiel, das weißt du ja. Als ich sie fand, lief Blut aus ihrem Maul, und sie konnte nicht atmen. Ich brachte sie zum Tierarzt, aber der konnte nichts mehr für sie tun.«

Seine Begeisterung für Katzen habe ich nie teilen können. Als wir verheiratet waren, hat mich sein schnurrendes Tier, das sich überall zusammenrollte, auf dem Bett oder auf meinen Pömps, gestört.

»Tut mir sehr leid. Nimm dir ein Bier, und dann gehst du, morgen muß ich ziemlich früh aufstehen.«

Er setzte sich und sah sich in meinem kleinen Wohnzimmer um. An der Wand standen noch die unausgepackten Umzugskartons.

»Wenn du willst, helfe ich dir morgen.«

»Nein danke, morgen nicht. Sie haben mir einen Fall übertragen, und ich werde einen langen Tag haben.«

»Das ist es doch, was du wolltest.«

»Es handelt sich um eine Vertretung, ich bin sicher, daß sie mir den Fall entziehen, sobald ein anderer Hauptkommissar verfügbar ist.«

»Bist du nicht erfahren genug für einen Mord?«

»Es ist kein Mord, es ist eine Vergewaltigung.«

Keiner meiner Ehemänner hatte jemals näher mit der Polizeiarbeit zu tun gehabt. Für Hugo tat ich nichts anderes als monotone Bibliotheksarbeit, allerdings in schmutziger, mir nicht gemäßer Atmosphäre. Pepe hingegen schien überzeugt davon, daß die einzige Aufgabe eines Kripobeamten darin bestand, geheimnisvolle Mörder zu stellen. In beiden Fällen: zuviel Fernsehen.

»Eine rituelle Vergewaltigung?«

»Laß es sein, Pepe, es ist schon spät, ich möchte nicht darüber reden.«

Als ich ihn kennenlernte, amüsierte mich sein Hang zur Übertreibung sehr. Er schien mir ein attraktiver und süßer Junge, eine Erholung von allen Widrigkeiten des Lebens. Er lebte auf einer anderen Ebene. Je nach meiner Laune konnte ich seine Leiter erklimmen oder herabsteigen.

»Ich glaube, ich werde mir keine Katze mehr kaufen.«

»Das scheint mir vernünftig.«

»Ich bin es leid, alles zu verlieren, was ich liebe. Je weniger emotionale Bindungen, desto besser.«

»Du weißt, daß das immer meine Philosophie gewesen ist.«

»Ja, ich weiß.«

Seinerzeit hatte ich alles versucht, eine Heirat zu vermeiden, mir hätte es genügt, zusammenzuleben. Aber er bestand darauf. Seine Mutter war Witwe, eine sehr traditionsbewußte Frau; den Gang zum Standesamt zu verweigern wäre einem lautstarken Krach gleichgekommen. Was machte es letztendlich auch? Später, nach ein paar Monaten, ging seine traditionsbewußte Mutter eine Beziehung mit einem Taxifahrer ein und verschwand nach Madrid. Sie sagte ihrem Sohn nicht einmal auf Wiedersehen. Dann hatte auch ich ihn verlassen, und nun war diese verdammte Katze tot. Trotzdem würde er nicht zum Abendessen bleiben.

»Ich habe von einem System erfahren, wie man erfrorene Pflanzen regenerieren kann. Vielleicht funktioniert das ja mit deinen Geranien.«

Das interessierte mich, und ich hörte aufmerksam zu.

»Das läßt sich nicht in fünf Minuten erklären; wenn du willst, komme ich an einem der nächsten Tage vorbei und probiere es.«

Wieder ein Angebot. Ich würde mich nie von ihm befreien können.

»Du kommst und zeigst es mir, ich will es lernen.«

Bier und Tee waren ausgetrunken, kein Grund mehr, weiterzuplaudern. Also stand er auf und ging direkt auf einen Schrank zu.

»Die Haustür ist dort«, sagte ich.

Bedächtig änderte er die Richtung, zog seinen Anorak an und ging.

»Tut mir sehr leid mit deiner Katze.«

»Ja, mir auch, sie war ein sehr verständnisvolles Tier, sie hat mir in einsamen Stunden Gesellschaft geleistet.«

Mutter Teresa hätte ihn an ihren Tisch gebeten und ihm einen Teller Reis serviert. Ich nicht, ich verfluchte ihn sogar, denn die Erbsen waren zu Mus verkocht. Aber es gab keinen Grund zur Verzweiflung, auf mich wartete ein neuer Tag; mit etwas Glück würden sie morgen nicht verkochen.

## 3

Ich war im Archiv und ordnete einige Unterlagen, als mich Garzón höchstpersönlich anrief. Ich bekam dort nicht besonders viele Anrufe, so daß mich das etwas überraschte. Seine vom langjährigen Rauchen brüchige Stimme erkannte ich sofort.

»Petra? Tut mir leid, wenn ich Sie störe, aber es muß sein. Zu meinem Bedauern muß ich Ihnen mitteilen, daß wieder ein Mädchen vergewaltigt worden ist. Das geht uns an, denn sie hat auch die Blume.«

»Die Blume?«

»Sie wissen schon, dieses merkwürdige Zeichen auf dem Arm.«

Die Blume. Der Oberkommissar war also nicht nur mitfühlend, sondern hatte auch noch eine poetische Ader. Es wäre interessant zu erfahren, was sich hinter diesem dicken Wanst noch für Geisteskräfte verbargen. Ich ging sofort zur Mordkommission.

Die Angelegenheit wurde langsam häßlich. Wie heißt es in schlechten Filmen: Wir haben es mit einem Vergewaltiger zu tun. Einem traditionellen Vergewaltiger, mit Opferritualen und dem ganzen Mist; vielleicht war Pepe doch kein völliger Spinner. Dieser Überfall hatte nicht im Stadtteil Trinitat stattgefunden, sondern in La Verneda; wir würden uns einen neuerlichen Besuch bei der verhaßten Direktorin der Jugendvollzugsanstalt sparen. Auch in diesem Fall hatte es außer der Blume keine offenkundige Gewaltanwendung gegeben. Der Angreifer, ein großer und offensichtlich junger maskierter Mann, hatte die junge

Frau angesprochen, als sie von der Arbeit kam. Er bedrohte sie mit einem Messer und schleppte sie zu einem prekärerweise eingezäunten Grundstück. Dort ließ er sie auf eine Bierkiste steigen, die er zweifellos vorher dorthingestellt hatte, und über den Zaun springen. Auf diesem Gelände vergewaltigte er sie.

»Das Mädchen hat erklärt, daß es vorher weiter oben Berührungen gegeben hat«, sagte Garzón.

»Und was heißt das?«

»Mammasuktion und solche Sachen.«

»Wollen Sie damit sagen, daß er ihre Brüste betatscht hat? Soll es das heißen?«

Er sah mich feindselig an.

»Ja, das soll es heißen.«

Mein Gott, wo hatten sie bloß diesen Bullen hergeholt, aus einem Priesterseminar? Warum wurde er ausgerechnet mir zugeteilt? Es gab mittlerweile eine ganze Menge Frauen bei der Polizei, und es war ihm bestimmt schon öfter mal eine über den Weg gelaufen. Warum, zum Teufel, sagte er Mammasuktion? Hatte er nie vor einer Frau geflucht? Rief er Exkremente statt Scheiße?

»Und, ist der Vergewaltiger gekommen? Ich meine, hat er seinen Samen in den Körper der Frau abgesondert?« fragte ich mißgestimmt.

»Offensichtlich nicht. Das Mädchen ist gerade aus der Ambulanz gekommen, eine Sozialarbeiterin ist bei ihr. In einer Stunde dürfen wir sie weiter befragen.«

»Weiter? Hat schon jemand angefangen?«

»Der Kriminalrat.«

»Erster Wink, Sie werden sehen, bald dürfen wir wieder zu unserer Routinearbeit zurückkehren.«

Er antwortete nicht. Wir hatten eine Stunde Warterei auf dem Flur vor uns, und ich war drauf und dran, zu gehen und ihn dort stehenzulassen. Dennoch bemühte ich mich um Gelassenheit. Wir gingen zum Kaffeeautomaten.

»Nehmen Sie Milch?«

»Ja.«

Wie zwei Schüler, die aus dem Unterricht geflogen waren, setzten wir uns auf eine Bank.

»Hören Sie, Garzón, seien wir ehrlich, Sie mögen Frauen nicht besonders, stimmt's?«

Er sah mich ehrlich entsetzt an. Ich merkte, daß ich konkreter werden mußte.

»Ich meine, Sie würden einen männlichen Kollegen vorziehen, einen männlichen Chef.«

Es schien, als hätte ich ihm Gelegenheit gegeben, etwas lange Durchdachtes zu erklären. Mit Kaffeetropfen auf den Lippen wandte er sich mir zu.

»Sehen Sie, Hauptkommissarin, wenn ich ehrlich sein soll, und darum haben Sie ja gebeten, werde ich Ihnen sagen, was ich wirklich denke. Ich bin kein Macho, das mal vorweg, ich denke, es ist in Ordnung, daß Frauen arbeiten, es ist normal, ich akzeptiere es, es ist gut so. Aber in der Praxis verkompliziert eine Kollegin bei bestimmten schwierigen Aufgaben die Situation sehr.«

»Warum?«

»Denken Sie an die Bahn. Nach den neuen Bestimmungen kann eine Frau Gepäckträger, Maschinist, Schmierer sein… aber was ist in der Praxis geschehen? Die Frauen sind für bestimmte Arbeiten einfach nicht kräftig genug, und man mußte ihnen helfen; sie brauchten eigene Umkleidekabinen… alles in allem ein einziges Theater.«

»Ich verstehe Sie nicht. Was hat das mit unserem Fall zu tun? Für diese Arbeit braucht es weder besondere Kräfte, noch ziehen wir uns um.«

»Das war ein Beispiel, in unserer Situation gibt es andere Probleme.«

»Daß man Suktion sagen muß statt lutschen, ist es das, was Sie ärgert?«

»Ich fühle mich irgendwie dazu genötigt, ja.«

»Nun, halten Sie sich meinetwegen nicht zurück, Oberkommissar, auch ich sage verdammte Scheiße und beschissen.«

Er schluckte.

»Sie das sagen zu hören ist auch heftig. Verstehen Sie doch, es ist eine Frage der Erziehung.«

»Und was zum Teufel, meinen Sie, soll ich tun? Zeichensprache anwenden? Das Resultat wäre noch schockierender.«

Er wand sich verstimmt.

»Machen Sie es mir nicht noch schwerer; eben jetzt untersuchen wir einen Fall von Vergewaltigung, und ständig gibt es Anspielungen. Außerdem – mit einem Mann weiß man, wie man reden muß, und sei es über Fußball. Mit Ihnen hingegen … Im Kommissariat in Salamanca gab es nicht viele Frauen, nur die Beamtinnen im Erkennungsdienst.«

Plötzlich tat er mir leid mit seinen Bemühungen, Vorurteile in vernünftige Argumente zu verwandeln. Ich verstand ihn. Das war allerdings sehr gefährlich: Erst kommt das Verständnis und dann das Mitleid. Und ich hatte mir vorgenommen, das nie wieder zuzulassen.

»Sie können nach Hause gehen, Oberkommissar. Ich glaube, es reicht, wenn ich das Mädchen befrage.«

Er verstand kein Wort. Er sah mich mit offenem Mund an, als wäre ihm befohlen worden, sich kopfüber ins Meer zu stürzen. Auch ich verstand meine Reaktion nicht wirklich, aber ich wußte, daß ich auf der Hut sein mußte, wenn die ersten Anzeichen von Mitleid auftauchen. Dostojewski hat das für die einzige Rettung des Menschen gehalten, aber offensichtlich sprach er nicht speziell von der Frau.

»Wie Sie befehlen«, sagte der Oberkommissar.

Er stand auf und ging den Flur entlang, umgeben von einem Hauch von Ungerecht-behandelt-worden-Sein, den man auf hundert Meter Entfernung wahrnehmen konnte. Ich hatte nicht das Richtige gesagt; ich hätte ihn anschreien sollen: »Hören Sie, Garzón, kommen Sie mir nicht mit irgendeinem Mist von wegen der Bahn, ich bin Ihre Chefin, also lassen Sie die Geschraubtheiten und verhalten Sie sich normal!«

Die Leute akzeptieren Rüffel viel eher als wohlerzogene Kälte. Aber ich hatte mir Reue ebenso verboten wie Mitleid, also dachte ich nicht länger darüber nach, und holte mir noch einen Kaffee.

Im Raum stand noch immer die gereizte Atmosphäre, als eine Beamtin mich rief und sagte, die Zeugin sei zur Vernehmung bereit. Ich warf den Plastikbecher in den Papierkorb und beeilte mich. Diese ganze ärgerliche Geschichte mit dem Oberkommissar machte es mir unmöglich, mich auf den Fall zu konzentrieren. Sollte sich dieser Fall zu dem eines Wiederholungsvergewaltigers auswachsen, würde er schnell öffentliches Interesse wecken, und sie würden ihn mir und selbstverständlich auch meinem streitbaren Kollegen aus der Hand nehmen. Was sollte ich dann tun? Protestieren? Meine Arbeit im Archiv war auch nicht schlecht, dorthin würde ich zurückkehren.

Das zweite Opfer wirkte ähnlich auf mich wie das erste: ein kleines, hilfloses und erschrockenes Mäuschen, das fliehen möchte. Sie war ohne Begleitung, die Eltern waren schon gegangen. Nach dem, was sie mir erzählte, würde einer ihrer Brüder sie abholen, wenn wir sie gehen ließen. Sie hatte blondgefärbtes, krauses und von zu vielen Dauerwellen und Haarspray kaputtes Haar. Kaum siebzehn Jahre alt. Wie die erste schien sie nicht sehr gern zu reden. Sie arbeitete in einem Friseursalon in ihrem Viertel.

»Ich wasche Haare und helfe, den Salon zu reinigen. Abends schließe ich ab.«

Bei dieser letzten Aufgabe hatte der Vergewaltiger sie überrascht. Anhand früherer Akten hatte ich herausgefunden, daß eine große Zahl von Vergewaltigungen sich am Wochenende ereignete, an den Ausgängen von Kneipen und Diskotheken. Das war Anlaß genug, die Ermittlungen in eine bestimmte Richtung zu lenken. Man durchkämmte die nahegelegenen Vergnügungsstätten, befragte die Gäste und den Freundeskreis nach irgendeinem Jungen, der im Laufe der nächtlichen Tour einem Rausschmeißer durch sein Verhalten aufgefallen war. In diesem Fall war dieses Vorgehen nicht möglich. Trotzdem konnten die Freundschaften und Beziehungen des Mädchens nicht außer acht gelassen werden, besonders jetzt, da es zwei Opfer vermutlich desselben Vergewaltigers gab. Die Markierung war eine Gemeinsamkeit der beiden Mädchen, obwohl sie einander überhaupt nicht kannten.

Sie bestätigte, daß sie sein Gesicht nicht gesehen hatte, aber Aussehen und Statur beschrieb sie genauso wie das erste Opfer.

»Er kam mit irgendwas näher, drückte zu, und ich spürte einen heftigen Schmerz.«

»Hielt er es in der Hand, dieses Objekt, mit dem er dich markiert hat, stieß er damit zu oder so was?«

»Das kann ich nicht sagen.«

»War es etwas, das an seinem Handgelenk hing, vielleicht ein Armband?«

»Ich weiß nicht. Plötzlich spürte ich den Schmerz, ein heftiges Stechen. Mir wurde schwindelig.«

Ihr kleines und wenig attraktives Gesicht war verschwommen, im Begriff, sich vollständig aufzulösen. Sie war so zerbrechlich, daß ich fürchtete, sie könnte jeden Moment zusammenklappen.

»Du mußt mir eine Liste mit den Namen aller deiner Freunde geben. Du hast doch sicher viele Bekannte und möglicherweise auch einen festen Freund.«

»Mein Freund ist es nicht gewesen. Und meine Bekannten auch nicht.«

»Wir werden ihnen nur ein paar Fragen stellen.«

Sie brach in Tränen aus.

»Ich werfe ihnen doch gar nichts vor.«

Plötzlich verstand ich sie.

»Du willst nicht, daß sie es erfahren, stimmt's?«

Sie weinte und gab keine Antwort. Selbstverständlich, ihr standen Schmach und Schande bevor; das Zusammensein mit ihrem Freund würde nie wieder so sein wie früher.

»Hör mir gut zu, du hast keinerlei Schuld an dem, was dir geschehen ist, du brauchst dich nicht zu schämen.«

Sie nickte ungeduldig: »Ich weiß, das hat man mir schon gesagt, ich weiß.«

Die Sozialarbeiterin hatte ihre Arbeit getan. Ich kam mir ziemlich dämlich vor, diesem Mädchen die Grundrechte der Frauen zu erläutern. Ich betrachtete das Mäuschengesicht, eines dieser Mäuschen, die wir in der Falle haben und lange betrachten können, der zarte Flaum, die Augen wie zwei winzige Knöpfchen. Stundenlang Haarewaschen und über das reden, was man am Samstag gemacht hat, über Horoskope, die Frisur, Mode, Illustrierte. Möglicherweise war es nicht ihr Freund oder irgendeiner ihrer Freunde gewesen, gefangene Mäuse wie sie. Na gut, was hatten wir beim ersten Mal getan? Eine naheliegende, zu oberflächliche Spur verfolgt. Der Junge aus der Vollzugsanstalt hatte nicht gelogen, sein Alibi war geprüft worden und stimmte. Diesmal mußten wir tiefer gehen, ins Schwarze treffen.

Ich hielt Garzón telefonisch auf dem laufenden. Er antwortete einsilbig. »Gut, gut.« Er würde sich darum kümmern, die Adressen dieser Jungs herauszufinden, sie aufsuchen und befragen.

»Das gleiche müssen wir mit den Freunden des ersten Opfers machen, verstehen Sie?«

»Ich werde mich darum kümmern.«

Knapp und effizient wie ein Uhrwerk. Vielleicht würde sich unsere Beziehung so – unter den Parametern von schlichter Autorität und strikten Anordnungen – bessern. Wegen des verdammten emotionalen Überbaus verloren Sportler entscheidende Wettkämpfe, taten Geschäftsleute falsche Schritte, konnten Polizisten eine Untersuchung verhunzen. Nüchtern bleiben.

Als ich im Kommissariat fertig war, ging ich ins Fitneßstudio. Ein Polizist muß in guter körperlicher Verfassung sein, das hatte ich auf der Akademie gelernt, wenngleich das für meine Archivarbeit nie nötig gewesen war. Ich ging zu einem gut besuchten Kursus für Rhythmus- und Muskeltraining. Ich war zwar die älteste Teilnehmerin, aber bei dieser uniformen Bekleidung verwischte sich der Altersunterschied schnell. In der Umkleidekabine erzählten diese jungen Dinger die gleichen Albernheiten, die sie auch gesagt hätten, wenn ich nicht dagewesen wäre. Es war eine angenehme Ablenkung; in dieser frivolen Atmosphäre konnte ich normalerweise alles vergessen. Aber an diesem Tag, mit einer Zwei-Kilo-Hantel in jeder Hand, war das anders. Ich konnte meine Sportkameradinnen nur schwerlich losgelöst von dem brutalen und tragischen Kontext wahrnehmen. Jede von ihnen hätte am Ausgang vergewaltigt und mit einer Blume markiert werden können. Alle schienen mir geeignet dafür zu sein, in einen Alptraum gestoßen zu werden. Jeden Moment, ohne triftigen Grund. Ich betrachtete sie, wie sie mit kerzengeradem Rücken die Beine in der Luft kreisen ließen, und begriff, daß es mir von jetzt an schwerfallen würde, das Leben zu genießen. Die zerbrechlichen Mädchen schienen ideale Opfer dieses Hurensohns zu sein. Das war bis jetzt der einzige gemeinsame Nenner.

»Und die soziale Schicht«, sagte Garzón ein paar Tage später. »Die beiden sind Arbeitermädchen mit geringem Familieneinkommen und ohne berufliche Ausbildung.«

»Das ist wahr. Aber glauben Sie nicht, daß wir etwas überstürzt vorgehen, wenn wir die beiden Fälle in Zusammenhang bringen?«

»Ich bin sicher, daß diese beiden Vergewaltigungen von ein und demselben Typ begangen wurden. Denken Sie an die Markierung.«

Plötzlich merkte er, daß er sich zu spontan und zu wenig offiziell verhalten hatte; er erinnerte sich daran, daß er verärgert war.

Die Nachforschungen bei den Freunden der Opfer hatten nicht das geringste Licht ins Dunkel gebracht. Dennoch waren sie für mich persönlich erhellend. Niemals wäre mir eingefallen, mich mit der großen, durch die Stadt streifenden Horde von ausgestoßenen Jugendlichen zu beschäftigen. Es handelte sich weder um Randfiguren noch um Verbrecher, sie alle waren mehr oder weniger in das soziale Netz integriert. Dennoch schien das Netz unter ihnen zu reißen und sie rücksichtslos fallenzulassen. Wenn sie nicht arbeitslos waren, erledigten sie Hilfsarbeiten: Boten, die auf klapprigen Mofas für ein paar Stunden kleine Pakete ausfuhren und dabei die Abgase auf den Straßen einatmeten; Supermarktkassiererinnen, die den ganzen Tag im Stehen arbeiteten und mit mechanischen Bewegungen ihre Registrierkassen bedienten. Sie fuhren mit Bussen aus entlegenen Wohnvierteln ins Zentrum und kehrten gerade rechtzeitig zum Abendessen nach Hause zurück. Die paar, die ich befragte, hatten leere, müde Augen und konnten ihre Jugend kaum betonen, indem sie sich nachlässig kleideten oder die Haare nach der neuesten kitschigen Mode trugen. Sie wußten nichts von den Vergewaltigungen, hatten weder Erkenntnisse noch Verdächtigungen anzubieten. Sie zeigten sich aber auch nicht empört über das, was geschehen war, sie antworteten einfach. Jemand hatte ihre Freundin vergewaltigt, eine Sauerei, ja. Aber auf ihren Plebejerschultern konnten haufenweise sinnlose Dinge abgeladen werden. Sie waren daran gewöhnt, die Last zu tragen, sahen die Dinge über sich hereinbrechen, ohne besonders überrascht zu sein.

»Was machst du sonntags?«

»Rumziehen.«

»Rumziehen?«

»An Automaten spielen, ein Weilchen in der Diskothek rumhängen.«

»Was hat Salomé gemacht?«

»Salomé? Na, das gleiche. Manchmal habe ich sie sonntags gesehen, manchmal auch nicht.«

Die Familien befanden sich in der gleichen würdelosen Situation. Die Eltern waren Arbeiter oder arbeitslos, und fast alle Mütter verrichteten Hilfsarbeiten: Sie putzten Treppenhäuser oder Fenster in einer Bank oder nähten für Konfektionsfabriken Säume um.

»Schöne Aussicht. Diese Jugendlichen sehen das Leben nicht rosarot. Stimmt doch, oder?«

Oberkommissar Garzón wußte nicht, wovon ich redete.

»Und wer sieht es so?«

Jetzt würde er mir erzählen, daß er als Junge schwer hatte schuften müssen. Aber nein, er schwieg. Wer das Leben rosarot gesehen hatte, war ich, ein versnobtes Mädchen, das zufällig bei der Polizei gelandet war. Eine »echte Intellektuelle«, wie es mein Chef so schön ausgedrückt hatte? Ich sah mich gezwungen, mein mürrisches Verhalten aufrechtzuerhalten, denn wenn ich es änderte, hatte ich die Hundeaugen Garzóns vor mir, die mich beobachteten.

»Es scheint, als hätten uns die Gespräche mit all diesen Jugendlichen nicht ein Stück weitergebracht. Schlagen Sie eine andere Vorgehensweise vor?«

Er sah mich wie ein Landarzt mit hochgezogenen Augenbrauen an.

»Und sagen Sie mir jetzt nicht, daß Sie tun werden, was ich anordne, das weiß ich schon.«

Er wurde ein bißchen rot und schüttelte den Kopf.

»Ich werde mich in den Kneipen in La Verneda umsehen. Der Typ könnte da irgendwo Stammgast sein. Vielleicht hat er in jener Nacht besonders viel getrunken, um sich Mut zu machen.«

»Sehr gut, also los, verlieren wir keine Zeit.«

Er zog ein verhalten ironisches Gesicht.

»Frau Hauptkommissarin, die Kneipen, die ich meine, sind nur nachts geöffnet, das müßten Sie eigentlich wissen.«

Ich tat so, als hätte ich die Frechheit nicht herausgehört. »Einverstanden, dann gehen wir heute nacht. Sagen Sie mir, wo und um welche Zeit.«

Nächtliche Unternehmungen machten mich fertig. Ich hatte gehofft, einen ruhigen Abend in meinem neuen Haus zu verbringen. Aber ich fand nicht den richtigen Ansatz dafür, mich einzurichten, ihm meinen Stempel aufzudrücken. War es eine Wahnvorstellung gewesen, sich solch ein Leben vorzunehmen? Aber die Sache mit den Vergewaltigungen würde irgendwann abgeschlossen sein, danach würde alles ins tägliche Fahrwasser zurückkehren. Und dieses Fahrwasser, nahm ich mir vor, würde ich kontrollieren, ebenso wie den Strom.

In der Absicht, etwas auszuruhen, zu duschen und zu Abend zu essen, fuhr ich nach Hause. Ich würde mich geduldig auf den Abend mit dem Verführer Garzón vorbereiten. Ich schaltete die Heizung ein und betrachtete die erfrorenen Geranien. Vielleicht war Pepe hier gewesen, um sie wiederzubeleben, und hatte mich nicht angetroffen. Ich ging in die Küche und entschied mich für eine Fertigsuppe. »Suppen wie hausgemacht« orakelte eine bunte Aufschrift. Darunter war ein Foto von einer attraktiven Frau, die in den Armen eine dampfende Suppenschüssel hielt. Sie und die Suppenschüssel bildeten das Heim. Was wollte ich mehr? Nicht einmal die Geranien fehlten mir.

Nach dem Abendessen legte ich mich in die Badewanne, deren Wasser ich mit Erdbeersalz gewürzt hatte. Ich schloß die Augen. Wie lange würde es noch dauern, bis sie uns den Fall entzogen? Gaben sie uns auch nur die geringste Chance, ihn zu lösen? Was war los? War ich im Begriff, Gefallen am Team der Mordkommission zu finden? Es schien nicht gerade viele Vorteile aufzuweisen: unregelmäßiger Dienstplan, deprimierendes Umfeld, mehr Verantwortung. Und alles weit entfernt von der brillanten Theorie des Bösen, die man sich aus Büchern und Dokumentationsmaterial im Polizeiarchiv zusammenbasteln konnte.

Das Telefon klingelte. Ich rechnete mit dem Oberkommissar, aber es war Hugo. Er benötigte genauere Informationen von mir, um die Verkaufsunterlagen auszufüllen.

Erinnerte er sich wirklich nicht mehr an meine Personalausweisnummer? Sicherlich tauchte sie irgendwo in unseren Scheidungspapieren auf, also wollte er sich entweder nicht die Mühe machen, sie herauszusuchen, oder aber er wollte aus irgendeinem Grund mit mir sprechen. Er war freundlich, sogar entspannt, und seine bevorstehende Heirat kam auch wieder zur Sprache. Sie würden die Hochzeitsreise nach Paris machen.

»Elvira ist sehr traditionell, sie wollte nicht in ein exotisches Land reisen, das ist ihr zu gewöhnlich. Sie möchte am Seine-Ufer entlangspazieren und in einem Restaurant im Quartier Latin zu Abend essen.«

Zum erstenmal erwähnte er ihren Namen, er klang gut. Als ich noch mit ihm verheiratet war, versuchte er mehrmals, mich zu überreden, meinen Namen offiziell ändern zu lassen. Petra schien ihm wenig distinguiert; daß meine Großmutter so geheißen hatte, war ein Unfall gewesen, der nicht ein ganzes Leben lang bestimmend sein sollte. Celia gefiel ihm besser. Glücklicherweise hatte ich mich nach einigem Zögern geweigert. Trotzdem war ich seitdem nicht mehr in der Lage, jemandem meinen Namen zu nennen, ohne einen Anflug von Schuld zu empfinden. Petra war wirklich schrecklich.

»Mir ist es egal, wohin wir fahren. Wir haben das ganze Leben vor uns und werden noch oft Gelegenheit haben, die Welt zu bereisen. Findest du nicht auch?«

»Natürlich.«

Merkwürdige Situation. Warum erzählte er mir das alles? Die Tragödie des modernen amerikanischen Mannes besteht in den Telefongesprächen mit der Exfrau, eine schwer zu ertragende Belästigung: Gesuche um Rentenerhöhung, Vorwürfe von vor hundert Jahren, erneut aufflammende, beunruhigend zärtliche Momente. Vielleicht war es im spanischen Fall umgekehrt, und es kam uns Ex-Ehefrauen zu, die Brüche der Vergangenheit zu ertragen. Die Vorstellung, daß Hugo mich jedesmal zum Reden anrufen könnte, wenn er sich mit Elvira gestritten hatte, ließ mir die Haare zu Berge stehen.

»Ja Hugo, du hast noch alle Zeit der Welt zum Reisen.«

Was hätte ich sonst sagen können? Und nachdem ich es ausgesprochen hatte, fühlte ich mich schon wieder schuldig, wie immer.

Garzón wartete in einem Pub auf mich, einer miesen Kneipe, die aussah wie ein Lagerhaus. Er hatte schon begonnen, den Besitzer zu befragen, einen Riesen, der am rechten Ohr einen Messingring trug. Man brauchte ihn nur ansehen und wußte, daß er sehr wütend war: Bullen, die in seiner Kneipe Fragen stellten, waren keine Empfehlung für die Gäste, je früher wir uns verzogen, desto besser. Doch die Gäste schienen sich nicht allzu sehr um unsere Anwesenheit zu scheren. Es waren hauptsächlich Glatzköpfe und Mädchen in schwarzen Netzstrumpfhosen und Plastikjacken. Die Musik prallte von den nackten Wänden ab und schlug mit bedrohlichem Echo, das irgendwo zwischen dem Grollen eines Gewitters und dem Stampfen eines Ozeandampfers auf hoher See lag, in die Raummitte zurück. Ich hätte mich liebend gern von diesem Ort entfernt und bewunderte erstmals Garzóns Professionalität. Er war immun gegenüber dem Getöse und der Feindseligkeit, schrie dem Besitzer seine Fragen ins Ohr, zeigte ihm Fotos von den vergewaltigten Mädchen und überprüfte ungerührt die Alibis, als hätte er sein ganzes Leben in Jugendschuppen wie diesem verbracht. Nach einer Weile nickte er mir zu, und wir gingen. Ich hatte weder den Mund aufgemacht noch aufmerksam seine Befragung verfolgt.

»Er weiß nichts, aber ich glaube, selbst wenn er etwas

wüßte, hätte er den Schnabel nicht aufgemacht. Er sieht aus wie ein … mieser Kerl.«

Mir war klar, daß er nach diesem Zögern das Wort *Scheißkerl* hätte ausstoßen wollen, aber der Oberkommissar machte weiterhin Konzessionen an meine Weiblichkeit. Wir fuhren in die zweite Kneipe auf seiner Liste; auch nicht gerade ein Teesalon. Bis dahin hatte ich nichts von der Kompetenz bemerkt, über die mein Kollege in Sachen »Außendienst«, wie das in der Polizeisprache hieß, verfügte. Der Ton, den er den Befragten gegenüber anschlug, war neutral, aber nachdrücklich, und er setzte hartnäckige Freundlichkeit ein, die, sobald einer seiner Gesprächspartner Anzeichen von Vergeßlichkeit aufwies, in verschleierte Drohungen umschlug. Er war weder dreist noch besonders zynisch oder extrem höflich. Er hatte in seinem Leben viele Kneipen betreten, daran bestand kein Zweifel. Hier war der Besitzer ein ziemlich harmloser Typ, der darauf bestand, uns zu einem Bier einzuladen. Aber er redete nicht. Er wußte von nichts, noch kannte er jemanden, der uns hätte weiterhelfen können.

In der fünften Kaschemme war ich der Verzweiflung nahe. Theoretisch hätte das »Durchkämmen von Kneipen« seinen Reiz haben können, so was wie ein Leitfaden zwischen Soziologie und einem Bad in der modernen Kultszene. Aber Theorien zielen auf das Qualitative und vergessen die Wiederholung. Ich hatte es satt, kahle Wände und nackte Tresen zu sehen, die immer gleichen Fragen des Oberkommissars zu hören. Ich hatte die Nase voll von dröhnender Musik und Bier. Es war fast ein Uhr morgens, und ich fragte mich langsam, ob alle diese Stunden als Überstunden oder als normale Arbeitszeit angerechnet würden, wobei es wahrscheinlicher war, daß sie gar nicht bezahlt würden, weil in diesem Beruf so was mit dem Gehalt abgegolten war. Die Vertraulichkeit, Auskunft darüber von meinem Kollegen einzuholen, konnte ich mir nicht erlauben, für solche Brötchen war unser zwischenmenschlicher Ofen nicht gemacht. Also füllten wir uns unter Jugendlichen unterschiedlichster Cliquen, die angesichts unserer Fragen an totalem Gedächtnisverlust litten, weiter mit Bier ab.

»Glauben Sie, daß wir auf diese Art etwas erreichen, Garzón?« fragte ich schließlich.

Er wappnete sich mit Geduld und seufzte.

»Sie sehen ja, wenn es sich um Vergewaltigung handelt, scheint die Kontaktaufnahme schwierig. Niemand weiß etwas. Außerdem nehmen alle das Thema ernst, sie faseln nicht herum und geben keine Hinweise, die sie nicht ganz sicher belegen können. Es ist logisch, daß sie andererseits keine Informationen haben, diese Dinge geschehen ganz im Verborgenen. Bei Raubüberfällen oder beim Schmuggel singen sie schneller, da finden sich Spitzel. Wie auch immer, wir sind verpflichtet, das zu tun, wir müssen die Möglichkeiten eine nach der anderen ausschließen.«

Ziemlich überrascht von seinem Wissen sah ich ihn neugierig an.

»Hatten Sie schon mit Spitzeln zu tun?« fragte ich.

»Es ist eine meiner Spezialitäten, ihnen Vertrauen einzuflößen. Das ist auch jetzt meine Aufgabe, in der Sache mit dem Zigarettenschmuggel.«

»Ach ja? Und wie machen Sie das?«

»Ich schlage mich so durch.«

Mir taten die Füße weh. Drei Stunden mit dem obligatorischen Ausschließen von Möglichkeiten vertrödelt. Drei Stunden in Jugendkneipen, die für mich nichts Neues mehr waren. Nicht umsonst war mein frischgebackener zweiter Exmann Besitzer eines friedlichen und anarchistischen

Ökolokals, wo zum Alkohol Weizenkleiebällchen angeboten wurden. Ich hatte es für ihn gekauft, und das war die Lösung seines Lebens. Pepe hatte sein Soziologiestudium beendet, aber es war ihm selbstverständlich nie eingefallen, sich auf diesem Gebiet eine Arbeit zu suchen. Wir hatten uns in der überfüllten Gerichtskneipe kennengelernt, wo er als Kellner arbeitete. Ich dachte, er wäre der ideale Gegenpol zur Ernsthaftigkeit meines früheren Lebens. Viel später, als wir uns zur Heirat entschlossen, hatte ich ihm vorgeschlagen, einen Teil des beim Verkauf meiner gemeinsamen Wohnung mit Hugo erzielten Geldes zu investieren, um die Kneipe aufzumachen, die er sich so sehr wünschte. Er tat sich mit einem Freund aus dem Maghreb namens Hamed zusammen, und sie eröffneten das *Efemérides*, einen Laden, dem sie den Charakter ihrer Weltanschauung aufprägten. Er war glücklich, denn dort konnte er mit Menschen seines Alters und seiner Wellenlänge zusammen sein: mit der Wissenschaft verfeindete Neonaturalisten, Wehrdienstverweigerer, Parteimitglieder der Grünen, zeitgenössische Stoiker, Kernkraftgegner und Sympathisanten der unglaublichsten Aktivitäten. Eine etwas verlotterte, aber überzeugte Bruderschaft. Bei solchen Cliquen hatten wir es in dieser Nacht nicht versucht, denn es war ziemlich unwahrscheinlich, daß eins der vergewaltigten Mädchen mit jemandem aus dem *Efemérides* befreundet war. Aber das galt im Grunde für alle Kneipen, die wir besucht hatten, denn diese Mädchen sahen nicht so aus, als hätten sie jemals mit irgendeiner Szene zu tun gehabt, sie waren viel zu einfältig, grau, wie vom Strom der Stadt mitgerissen, ohne jeglichen Boden, auf dem sie wurzeln könnten.

Wir waren fertig. Auf Garzóns Liste standen keine weiteren Namen. Ich fühlte mich so deprimiert, durchgefroren und erschöpft, daß ich den Oberkommissar bat, in eine letzte Kneipe zu gehen, diesmal nicht aus Berufsinteresse, sondern um einen scharfen Schnaps zu trinken.

»Morgen müssen wir früh raus«, wandte er ein.

»Na gut, wenn Sie nicht mitkommen wollen, gehe ich allein.«

Ich betrat eine heruntergekommene Musikkneipe, einen dieser traurigen Orte, wo einsame Menschen unverbindlich anbändeln können. Alternde, füllige, auffällig herausgeputzte Frauen und halbglatzige Fünfzigjährige in Mohairanzügen und mit großen Roleximitaten am Arm bevölkerten den Raum.

Ich bestellte einen Cognac.

Aus dem Augenwinkel sah ich, daß Garzón mir gefolgt war. Er stützte neben mir die Ellbogen auf den Tresen und bestellte das gleich wie ich. Wir schwiegen. Es gab nichts zu besprechen. Im Hintergrund ertönte einer dieser populären süßlichen Boleros. *Sag mir, warum wir uns trennen. Sag mir, warum die Zeit mit unserer Liebe gespielt hat.* Ein ausgesprochen widerwärtiger Typ spielte mit der Kamee, die am fleischigen Hals einer Frau hing. Er hob sie hoch und ließ sie dann auf ihre üppigen, nur von einer dünnen, kunstseidenen Bluse bedeckten Brüste zurückfallen. Ich sah Garzón an, der in sich gekehrt dasaß und in kleinen Schlucken das Unglück schlürfte, das sich seinen glasigen und stumpfen Augen darbot. Ich unterstellte, daß der Bolero sein Innenleben durcheinanderwirbelte.

»Gute Musik, nicht wahr?« sagte er, etwas verwirrt, weil ich ihn beobachtete.

Ich lachte. Er drehte mir sein Gesicht ganz zu, wieder einmal überrascht über meine Dummheit.

»Boleros erzählen immer die Wahrheit über die Liebe. Wenn Sie sich auf den Text konzentrieren, werden Sie hören, daß alles drin ist.«

Jetzt war ich überrascht. Ich fand es nicht richtig, ihm zu sagen, daß mir die Musik grotesk und grob vorkam.

»Darüber habe ich nie nachgedacht.«

»Dann denken Sie darüber nach.«

*Niemand wird je erfahren, wie sehr ich dich geliebt habe, niemand wird je erfahren, wie weit meine Leidenschaft ging.*

»Meine Frau und ich haben oft nach Boleros getanzt. Bei Feierlichkeiten und Familienfesten, Sie wissen schon.«

Seine Augen wurden noch trüber.

»Haben Sie Ihre Frau sehr geliebt?«

Er nahm einen langen Schluck und raffte sich plötzlich auf.

»Sie haben sich ein falsches Bild von mir gemacht, Hauptkommissarin.«

Ich protestierte nur, um ihm einen angemessenen Einstieg zu ermöglichen.

»Nein, ich...«

»Doch, ich weiß sehr gut, was ich sage, ein falsches Bild, das haben Sie von mir. Sie sehen in mir einen gefühllosen Chauvinisten, einen unsensiblen Mann, aber ich versichere Ihnen, das stimmt nicht. Ich sehe die Frau ganz oben, ich erhebe sie im Sinn des Wortes auf einen Sockel. Ich glaube, sie ist ein wunderbares Wesen, voller Geist, schön und perfekt wie eine Blume.«

Seine Begabung für Metaphern war sichtlich begrenzt, das Zeichen des Vergewaltigers sah aus wie eine Blume, die Frau war wie eine Blume... Er lächelte mich an, ich glaube, zum erstenmal. Ich hätte ihm sagen sollen, daß Blumen im Grunde nichts anderes seien als austauschbares Material, daß Blütenblätter leicht abfallen konnten und daß die Geister sich als ätherische Wesen darstellten und deshalb weder zählen noch Raum einnehmen.

»Ich versteh Sie ja, Garzón, obwohl Ihnen aufgefallen

sein sollte, daß diese weiblichen Tugenden bei der Arbeit mehr stören als alles andere, sie hemmen unsere Beziehungen. Mir würde es gefallen, wenn Sie mich wie einen Kollegen betrachten würden.«

Garzón leerte sein Glas, sog die Luft mit einem Fiepsen ein und sagte: »Für mich ist eine Frau immer eine Frau. Gibt es sonst noch was?«

»Ja, bringen Sie mich bitte nach Hause.«

Als wir auf die Tür zugingen, brach eine dieser Knoblauchblüten – zerlumpter Geist auf zitterndem Blütenblatt – in ein kokettes und hysterisch anmutendes Gelächter aus, das ihrem geschniegelten Galan galt. Ich fuhr zusammen. Wir legten den Weg schweigend zurück. Es war ein unfruchtbarer Annäherungsversuch gewesen, besiegelt von dem »Gibt es sonst noch etwas?«, das jegliche Möglichkeit einer friedlichen Verständigung ausschloß. Ganz sicher war der Oberkommissar, an sein Lenkrad geklammert, gerade dabei, sich zu verfluchen, weil er zugelassen hatte, daß dieser ordinäre Bolero seine Emotionen hervorgekitzelt hatte.

»Ich will, daß Sie morgen mit Nachforschungen über die Familien der Mädchen beginnen.«

»Die Familien?« fragte er befremdet.

»Denken Sie daran, daß es Cousins, Onkel, nahestehende Männer geben kann, die sie belästigt haben könnten.«

»Und wie wäre dann das Zeichen zu erklären? Die Mädchen haben nichts miteinander zu tun, es gibt keine gemeinsame Verwandtschaft.«

»Egal, eine Sache kann über uns unbekannte Wege zur nächsten führen. Wir haben absolut keine Spur, also müssen wir jeden Faden aufgreifen.«

»Zu Befehl, Hauptkommissarin.«

Unter meiner Tür hatte jemand einen Umschlag durchgeschoben. Mißtrauisch öffnete ich ihn, vielleicht hatte es mit dem Fall zu tun, die Aussage eines Zeugen, der nicht erkannt werden wollte. Aber nein, das Mißtrauen verflog, als ich das Foto von der sich auf dem Sofa räkelnden Milena erblickte. Dazu eine Notiz von Pepe: »Ich dachte, du hättest vielleicht gern eine Erinnerung an die arme Katze. Ich komme wieder, wenn du mehr Fotos möchtest. Bis bald.«

Das war die Höhe, Pepe wußte, daß ich dieses faule und schmeichlerische Tier nie hatte ertragen können. Ein derart abwegiger Vorwand, um bei mir aufzutauchen, daß ich eigentlich hätte lächeln müssen. Die Ehe war eine fettige Substanz, von der immer Reste auf der Haut zurückblieben, so sehr man auch versuchte, sie abzuschrubben. Ich zerriß das Foto von der verfluchten toten Katze. Plötzlich war ich verärgert, weil ich die haltlosen Vorurteile meines Arbeitskollegen hatte ertragen müssen, weil ich so gefroren hatte, wegen der schrecklichen Kneipen, den Blütenblättern, den reinen Geistern und der Blume, besonders wegen der Blume. Es ist einfach, gelassen und ausgeglichen zu sein, wenn du von Intelligenz und Gemütlichkeit umgeben bist, genau darin besteht die Würze der Zivilisation.

## 4

Ein paar Tage später gab es eine dritte Vergewaltigung, wieder mit dieser Markierung auf dem Arm, und die Angelegenheit wurde allmählich Futter für die regionale und überregionale Presse. Die Meute fiel über uns her. Journalisten wollten Details wissen und bekamen sie: Das Opfer war achtzehn Jahre alt, arbeitete in der Nachtschicht im Konfektionsgewerbe, wohnte im Stadtteil Gràcia und hatte das Gesicht des Vergewaltigers auch nicht erkennen können. Trotzdem schienen, so wie die junge Frau ihn beschrieb, Größe, Aussehen, Methode und vor allem die verhaßte Markierung auf dem Arm darauf hinzuweisen, daß es sich um denselben Mann handelte; er mußte mit einer merkwürdigen Waffe ausgestattet sein, die diesen Kreis tiefer Einstiche auf der Haut hinterließ. Diese Angaben bildeten die offizielle Information. Aber, wie immer in solchen Fällen und ohne, daß jemand wußte, wie das hatte passieren können, sickerte bald mehr durch. Ein Titel traf es fast: »Die Ermittlungen in dieser Serie von Vergewaltigungen werden von zwei Kommissaren geführt, die kurioserweise nicht zur Mordkommission, sondern zum Archiv gehören.« – »In den Ermittlungen scheint es keinerlei Fortschritte zu geben. Bei den Polizeikräften herrscht totale Orientierungslosigkeit«, lautete ein anderer Titel. Die Jagd war eröffnet.

Diesmal war es schwierig gewesen, bei der Befragung klare Aussagen zu erhalten: Die junge Frau war sehr mitgenommen, bei der psychologischen Betreuung hatten sie ihr Beruhigungsmittel verabreicht, bis sie k.o. war. Der

Vater, ein Metallfacharbeiter, verlor alle Augenblicke die Beherrschung, schwor Rache, verfluchte die Justiz, die Polizei, jede Institution, die auch nur die geringste Verantwortung trug. Die Mutter weinte die ganze Zeit und bekam ebenfalls Beruhigungsmittel. Offensichtlich hatte das Mädchen Widerstand geleistet, weswegen es nicht nur die Markierung auf dem Arm, sondern obendrein noch einen Schlag auf die Nase erhalten hatte. Der Vergewaltiger hatte wie gewöhnlich nicht ein einziges Wort gesagt. Ausgesprochen vorsichtig hatte er im Schutze der Dunkelheit und der einsamen Straße gehandelt. Als der Kriminalrat mich zu sich rief, hatte ich keine Schwierigkeiten, auf das Hilfsmittel der Beschönigung zurückzugreifen.

»Jetzt haben wir schon eine Menge Fakten«, platzte ich heraus. »Es dürfte sich um einen Mann mit Persönlichkeitsstörungen handeln. Sie verstehen schon, verletzt von den Frauen und so. Er zieht Mädchen mit deutlich hilflosem Ausdruck vor, schlank, klein, zart. Das ist kein Typ, der leidenschaftlich vorgeht. Er ist kalt und agiert sehr vorsichtig. Er sucht sich die Mädchen aus, verfolgt sie ein paar Tage lang, bis er ihren Tagesablauf kennt, und wählt dann den idealen Zeitpunkt. Er ist schlau, spricht nicht, verhüllt sein Gesicht, wechselt die Stadtviertel. Er empfindet Stolz beim Ausführen seiner Untaten, wäre dem nicht so, würde er das makabre Ritual der Kennzeichnung mit einer Blume nicht ausführen. Irgend etwas muß in ihm einen kriminellen Trieb ausgelöst haben; vielleicht ist es nach zunehmender Anstauung zu einer Explosion gekommen, und deshalb erfolgen die Vergewaltigungen so schnell hintereinander. Trotzdem handelt es sich nicht um eine besonders grausame oder krankhafte Person. Es gibt keine weitere Gewaltanwendung, auch scheint es nicht so, daß er im Augenblick der Vergewaltigung viel Vergnügen empfindet, er hört vor dem Samenerguß auf, kennzeichnet das Opfer und verschwindet.«

Als ich meine Darlegung beendet hatte, sah mich der Kriminalrat einigermaßen überrascht an. Um die Wahrheit zu sagen, war ich selbst überrascht über die ganze Reihe von Schlußfolgerungen, die ich zustande gebracht hatte. Sie vermittelten den Eindruck, wir seien in unseren Nachforschungen weitergekommen, aber in Wirklichkeit war dem nicht so. Wir standen immer noch am Anfang, konfus, unentschlossen, nicht wissend, in welche Richtung wir ermitteln sollten. Garzón durchkämmte nach wie vor die Kneipen, und da sich der Fall in ein Serienverbrechen verwandelt hatte, ging ich die Polizeipsychologen befragen, im Versuch, ein Täterprofil zu entwerfen. Aber natürlich wirkte die Psychologie als wissenschaftliche Disziplin noch immer wie eine Mischung aus Intuition und Phantasie, soll heißen, sie war am wenigsten wissenschaftlich. Jedesmal, wenn ich mit dem jungen Team sprach, dem ich das Problem vorgetragen hatte, begannen die Aussagen mit: »Es kann sein, daß…«, was mir einen entmutigenden Stich versetzte. Was danach folgte, war so einleuchtend, daß es wie aus einem Handbuch wirkte: »Kindliche Komplexe, dominante Mütter, nicht aufgelöste Ödipuskomplexe, mögliche zeitweilige Impotenz, Unfähigkeit, normale Liebesbeziehungen aufzubauen…«

Eines Tages fragte ich den Chefpsychologen patzig: »Hören Sie, erscheint Ihnen das alles nicht zu simpel?«

Er war ein junger Mann, kaum älter als fünfundzwanzig, der im Kommissariat als ein Wunder an Mustergültigkeit galt. Er hatte promoviert und schwierige Masters-Abschlüsse gemacht, und auf seine Gutachten wurde blind vertraut. Er sah mich, an Mißtrauen gewöhnt, gelassen an.

»Und was erwarten Sie, Hauptkommissarin? Das

menschliche Verhalten ist vielfältig, unvorhersehbar, voller Tücken und Windungen, aber es basiert immer auf den gleichen Konstanten, den normalsten Dingen: Liebe, Eifersucht, Neid, Groll, Herrschaft. Deshalb sind Shakespeares Werke auch immer noch so aktuell.«

»Bringen Sie bloß nicht die Literatur ins Spiel.«

Er lachte.

»Wie auch immer, wir werden tun, was wir in solchen Fällen immer tun. Ich werde Ihnen die Lebensläufe der Männer geben, die im psychologischen Sinne mit Ihrem Vergewaltiger übereinstimmen und die nach verbüßter Strafe wieder auf freiem Fuß sind. Mehr kann ich nicht für Sie tun.«

Er hatte hübsche haselnußbraune Wimpern und langes, zu einem Pferdeschwanz gebundenes Haar. Ich stellte mir vor, was er über mich denken mochte: wortkarg wie alle Bullen, unfähig, abstrakt zu denken oder zu interpretieren. Und er hatte wohl recht, aber es war nun einmal so, daß ich wie noch nie in meinem Leben vor der dringenden Notwendigkeit stand, konkrete Fakten, eine Spur, festen Untergrund für den Start zu haben. Hypothesen zu formulieren war schön und gut, aber darunter, ein paar Schichten tiefer, befand sich die häßliche Realität. An welche Orte mußten wir gehen, wen befragen? Das war etwas, womit ich mich in meiner Welt aus gedruckten Texten nie befaßt hatte. Ich nahm die Dossiers, die mir der Psychologe angeboten hatte, und sah sie zu Hause durch. Überwiegend gewöhnliche Geschichten, darin hatte der brillante Junge recht. Typen, die auf dem Foto des Deckblattes ein angeekeltes oder erschrockenes Gesicht machten oder Grimassen schnitten, die nichts hergaben. Die familiären Lebensumstände waren bei einigen normal, bei anderen extremer. Junge Männer, die mit Frauen offene Rechnungen hatten;

Söhne von Müttern, die sich von ihnen abgewandt hatten oder zu besitzergreifend waren oder sie extrem schlecht erzogen hatten. Ein Heer von unterschiedlichen Müttern, übereinstimmend nur in dem Punkt, daß ihnen die Schuld an den Verbrechen zugeschoben wurde. Zum Glück hatte ich mich gehütet, ein solches Monster zu produzieren, indem ich mich den Mutterfreuden verweigerte. Ein paar der Männer verdankten ihr Ungleichgewicht enttäuschten Liebschaften oder sexuellen Störungen im Erwachsenenalter, aber im allgemeinen trugen die Mütter den Löwenanteil. Ich würde das alles dem Oberkommissar berichten und zusammen mit ihm dieses neue Material studieren müssen. Seit zwei Tagen arbeiteten wir jeder für sich, was für ihn eine Erleichterung gewesen sein dürfte. Aber jetzt mußten wir uns sofort zusammensetzen. Ich rief im Kommissariat an, aber da war er nicht, und ich mußte erst erklären, wer ich war, ehe sie mir seine Privatnummer gaben. Es war eine Frau am Apparat, was mich überraschte, und als ich seinen Namen nannte, sagte sie mürrisch: »Ach, der Polizist!« Dann ging sie ihn rufen, und ich hörte diverse Hintergrundgeräusche: klappernde Teller, ein ziemlich lautes Radio, Klopfen und Rufen an einer Tür … Ich nahm an, daß er sich in einer Pension eingemietet hatte. Garzón antwortete mit verhaltener Unruhe und schien nicht sehr erfreut darüber, mich am Apparat zu haben.

»Wollen Sie, daß ich ins Kommissariat komme?«

»Sehen Sie, Oberkommissar, ich weiß nicht, ob ich Ihre Freundlichkeit überstrapaziere, aber es ist so kalt und schon so spät … Was halten Sie davon, wenn wir uns ganz inoffiziell bei mir treffen? Kann auch sein, daß wir dann besser arbeiten können.«

»Ich komme sofort.«

Als ich ihn hereinbat, hatte seine Stimme einen spürbar

offiziellen Klang, aber einen Augenblick später entspannte er sich. Er betrachtete die Bücherkisten, die neben der Tür zum Garten standen.

»Ich bin gerade erst umgezogen. Gefällt Ihnen mein Haus?«

»Es sieht sehr gut aus.«

Selten hatte ich ihn lächeln sehen. Sein mexikanisches Bärtchen, durchzogen von weißen Fäden, hatte sich nur beim Trinken und Sprechen verzogen. Er war sorgfältig gekämmt und roch nach Kölnisch Wasser, wie morgens, wenn wir uns im Büro trafen.

»Kann ich Ihnen einen Cognac anbieten?«

Er zögerte. Seinem antiquierten Protokoll nach mußte er wohl ablehnen.

»Ich habe auch Kaffee da.«

Er zögerte noch immer.

»Ich werde beides herbringen, das wird uns wach halten.«

Er saß so steif in einem Sessel, als hätten sie ihn zur schicksalhaften Todesstunde am elektrischen Stuhl festgebunden. Ich hatte ihn aus seinem Zimmer geholt und an den Haaren zu mir nach Hause geschleppt, wo sich zwangsläufig größere Nähe ergab. Nicht zu vergessen, daß unser Umgang bis jetzt nicht einmal im entferntesten freundschaftlich gewesen war. Er war auf meinem Territorium, und es fiel ihm schwer, sich natürlich zu verhalten. Deshalb hielt ich es für das beste, direkt zur Arbeit überzugehen.

»Das wollte ich Ihnen zeigen.«

Wir lasen konzentriert eine Akte nach der anderen. Er machte Randbemerkungen, studierte jeden Bericht, blätterte zurück, verglich.

»Alle, die in Statur und Gewicht nicht mit der Beschreibung des Vergewaltigers übereinstimmen, müssen aussortiert werden«, sagte er.

»Und dann, was glauben Sie, welchen Weg wir einschlagen sollten?«

»Zuerst müssen wir sehen, in welchen Vierteln sie wohnen, wo sie sich aufhalten; wir müssen herumfragen und als nächsten Schritt die Alibis überprüfen.«

Ich sah eine ungeheure Menge an Routinearbeit vor mir, als würden wir hundertmal bei Null anfangen. Mich überfiel Trägheit, Schwaden, die mein Gehirn peinigten. Allmählich wurde mir bewußt, daß ich mich nicht wirklich auf den Fall eingelassen hatte, daß ich ihn sofort abgeben würde, wenn man mich darum bat, was bald sein dürfte. Deshalb fühlte ich mich träge; es war, als mußten wir das Gelände vorbereiten, damit andere es als flache Straße überqueren konnten. Unsere Tage waren gezählt, und vielleicht wünschte ich, daß es so war; vom Polizeispielen hatte ich genug. Irgendwann einmal hatte ich geglaubt, der schäbigen Atmosphäre einer polizeilichen Untersuchung standzuhalten, sei hart, aber nun wurde mir bewußt, daß die größte Härte in der schrecklichen Eintönigkeit lag, in der Langeweile, in dem Gefühl, immer neue Rückschläge zu erleiden. Garzón hingegen war kreuzfidel, weil er das tat, was er sein Leben lang getan hatte. Ein Bibliothekswurm und ein kürzlich aus Salamanca angereister Vorruheständler. Möglicherweise hatte uns der Kriminalrat nur deshalb nicht ausgewechselt, weil er den Journalisten, die ihn mit jeder neuen Spekulation gekreuzigt hätten, keinen Köder hinwerfen wollte.

»Was halten Sie von dem Material, Oberkommissar?«

Er schüttelte den Kopf und brachte die vor ihm liegenden Berichte durcheinander.

»Das ist wirklich ein schwieriger Fall.«

»Das finde ich auch. Ein Psychopath und Serienvergewaltiger ist weit mehr, als ich für meinen Einstieg erwartet hätte. Ich dachte, so etwas gibt's nur in Filmen.«

»Nun, Sie sehen ja, auch ich habe in Salamanca kaum mit Psychopathen zu tun gehabt. Wenn Sie meine ehrliche Meinung hören wollen, ich glaube nicht, daß dieser Typ verrückt ist. Mir kommt es eher so vor, als wäre er ein gelangweiltes Reichensöhnchen, das seinen Besitz satt hat. Also geht er in Arbeiterviertel, sucht sich dort ein Mädchen aus, findet Abwechslung und vergnügt sich.«

»Sie sind ja ein Marxist, Garzón!«

Er sah mich mit seinen ausdruckslosen Bratfischaugen an. Das war das letzte, was er hören wollte.

»Niemals, ich habe mein Leben lang nichts mit Politik irgendwelcher Art zu tun gehabt, niemals. Ich habe die Anweisungen meiner Vorgesetzten befolgt und meine Pflicht erfüllt.«

Er war wirklich verärgert. Mit Sicherheit fragte er sich, warum er unter so vielen Polizisten ausgerechnet auf mich hatte treffen müssen.

»Verstehen Sie mich nicht falsch, ich meinte nur, daß für Sie der soziale Hintergrund der Tatsachen entscheidend ist.«

»Es ist nur so, daß ich mich nicht gern irre. Stimmt schon, da draußen laufen ein paar ausgeflippte, vollkommen verrückte Typen rum, aber den Armen fällt es nicht ein, solche Kunststückchen zu vollführen und den Mädchen Blumen auf den Körper zu tätowieren. Die kommen direkt zur Sache.«

»Glauben Sie das ja nicht, jeder nutzt seine Vorstellungskraft so gut er kann, da gelten keine Klassenunterschiede. Es gibt eine Übereinstimmung zwischen den Mädchen, die mich geneigt macht, an einen Mann mit gestörter Persönlichkeit zu denken. Die drei sind zerbrechlich wie Porzellanpüppchen, dieser Mann traut sich nicht, sich einer kräftigen Frau zu stellen, Garzón.«

»Kann sein.«

Ich sah, daß sein Cognacglas leer war, und schenkte ihm ungefragt nach. Er tat, als hätte er es nicht bemerkt, und legte die Akten zu einem Stapel zusammen.

»Gut, das hier ist sortiert, morgen fangen wir an. Wenn wir auf einen stoßen, der es sein könnte, sollten wir eine Gegenüberstellung veranlassen.«

»Aber er war doch maskiert...«

»Wir maskieren alle, vielleicht klappt es trotzdem... Jedenfalls gibt es eine Fernsehjournalistin, Hauptkommissarin, die um mich herumschleicht, die Leiterin einer dieser Sensationssendungen.«

»Haben Sie ihr etwas gesagt?«

»Ja, daß wir hier nicht in den Vereinigten Staaten sind, daß die Polizei sich hierzulande nur um ihre Ermittlungen kümmert.«

»Gut gemacht.«

»Sie wird wiederkommen.«

»Vielleicht haben wir den Fall dann gar nicht mehr.«

»Fangen Sie schon wieder damit an? Sehen Sie, mir ist es egal, was sie mit uns machen, ich bin jetzt damit beschäftigt, weil es meine Pflicht ist, aber wenn man mich woanders hinschickt, werde ich ohne zu murren gehen.«

»Der Chef hat immer recht?«

Er war im Begriff, mich zum Teufel zu wünschen, als es plötzlich klingelte. Garzón fuhr erschrocken zusammen, aber ich wußte sofort, wer das um diese Zeit nur sein konnte. Ich bat Pepe herein, und stellte die beiden einander nur mit Namen vor, ohne weitere Erklärungen abzugeben.

»Ich wollte die Geranien retten«, entfuhr es ihm.

»Geht das nur nachts?« fragte ich.

»Nein, das ist egal, aber tagsüber bist du ja nie zu Hause…«

Garzón machte keine Anstalten zu gehen. Ich mußte Pepe wohl oder übel einen Kaffee anbieten, und er nahm erfreut an. Als ich mich in die Küche verzog, dachte ich, es könnte wer weiß was passieren. Zu meiner Überraschung war es bei meiner Rückkehr im leeren Wohnzimmer eiskalt, und die Tür zum Garten stand offen. Dort fand ich die beiden über die vermeintlichen Geranienskelette gebeugt, wobei sie fröhlich ihre Eindrücke austauschten, als handle es sich um ein Picknick im Grünen. Garzón sagte etwas, das ich nicht verstand, und bröselte feuchte Erde über die Stiele, womit er ihnen eine Art Massage verabreichte. Ich verstand nicht, was geschehen war, aber ich stellte fest, daß dies eine der lächerlichsten Situationen war, in der ich mich je befunden hatte, und ich war nicht bereit, sie hinzunehmen. Pepe mußte gehen, und zwar allein, ich traute ihm nämlich nicht, wer weiß, was er Garzón alles erzählte, wenn sie zusammen gingen. Ich schenkte mir noch einen Kaffee ein und drehte die Heizung hoch. Mit franziskanischer Geduld wartete ich, aber sie kamen erst nach zwanzig Minuten wieder herein. Sie betraten das Wohnzimmer und säuberten sich lachend die Hände. Garzón trank noch einen Kaffee.

»Dein Kollege meint, daß es nicht nötig ist, sie mit warmem Wasser zu gießen, wie ich dir raten wollte. Es reicht, wenn du Erde um den Stengel reibst, dann kommen sie wieder.« Er wandte sich an Garzón. »Woher weißt du so viel über Gartenarbeit?«

»Meine Eltern waren Bauern in einem Dorf bei Salamanca.«

»Das mit dem Wiederbeleben der Geranien hat mir ein

Typ erzählt, der immer in meine Kneipe kommt, einer, der Pflanzen nicht mit Kunstdünger behandelt.«

»Du hast eine Kneipe?«

»Ja, davon lebe ich. Weißt du auch, wie man einen Zwergbenjamini beschneiden muß?«

»Ich glaube schon.«

»Ich habe einen geschenkt bekommen und weiß nicht, wo ich die Schere ansetzen soll.«

»Keine Schere! Der Zwergbenjamini enthält einen sehr flüssigen Saft. Du solltest ihn mit den Fingern kürzen und die Stellen dann mit Watte abtupfen.«

»Also, das ist unglaublich!«

Ich wagte nicht einmal, sie zu unterbrechen. Offensichtlich bestand zwischen den beiden eine wechselseitige Sympathie. So sah ich mir die ungewöhnliche Vorstellung mit einem lächelnden, fast glücklichen Garzón an. In diesem neuen Licht war sein Gesicht nicht unangenehm. Seine Augen bekamen einen lebhaften Ausdruck, und der Bart stellte sich auf, wodurch er den wilden Ausdruck einer Seekuh nahezu völlig verlor. Augenscheinlich war er ein höflicher Mann, sein einziges Problem war ich. Ich erinnerte mich nicht, jemals irgendwem so unsympathisch gewesen zu sein. Aber ich hatte doch versucht, neutral und höflich zu sein. Sinnlos. Von jetzt an würde ich auf jegliche Strategie verzichten; ich begriff, daß unser Zusammenstoß unvermeidlich war. Wie auch immer, ob sie uns den Fall nun entzogen oder es uns gelingen sollte, ihn zu lösen – wenn alles vorbei war, würde ich Fermin Garzón nie wieder sehen, und wenn, dann nur im Vorübergehen.

»Glaubst du, du könntest einen Rhododendronableger akklimatisieren?«

Ich sah mich genötigt, die immer weiter ausufernden botanischen Erläuterungen zu unterbrechen.

»Meine Herren, es tut mir sehr leid, Sie zu stören, aber es ist schon spät…«

Pepe stand auf.

»Ich gehe jetzt, ich muß auch früh raus.«

Wir küßten uns freundschaftlich auf die Wangen, und er verabschiedete sich lautstark von Garzón. Ich begleitete ihn zur Tür, und als ich zurückkehrte, stellte ich fest, daß Garzón auch aufbrechen wollte.

»Ich habe mir aus der Liste ein paar Typen herausgesucht, die mir interessant erscheinen. Wenn es Ihnen recht ist, trommele ich sie alle zusammen, damit Sie sie um neun Uhr befragen können.«

»Das heißt früh aufstehen.«

»Ich bin daran gewöhnt, wenig zu schlafen. Ihr Bruder ist sehr sympathisch«, fügte er boshaft hinzu.

»Das ist mein zweiter Exmann, er gehört nicht zur Gattung der Brüder.«

Er lächelte ironisch. Ich war empört. Es war eine Sache, wenn er unser Berufsverhältnis auf eisiger Ebene halten wollte, mich zu beleidigen war etwas ganz anderes. Ich sah durch die Gardinen hindurch, wie sein Auto nicht anspringen wollte, und entschied, mich taub zu stellen, falls er um Hilfe bat. Aber schließlich sprang der Wagen an und rollte davon. Ich seufzte. Auf dem Tisch lagen noch immer die Fotos dieser Unbekannten, in der Luft hingen noch immer der Duft von Garzòns billigem Rasierwasser und der Weihrauchdunst, den Pepes Pullis immer verströmten. Verstimmt räumte ich die Aschenbecher und das Kaffeegeschirr ab. Durch das Fenster wirkte der Garten wie ein bedrohliches Loch. Dort waren die Geranien, trostlos wie Lazarus, und warteten darauf, daß es diesem Paar kitschiger Heilande gelingen möge, sie wiederzubeleben.

Um Zeit zu sparen, teilten wir uns die Arbeit. Garzón befragte einige der ausgesuchten Männer im Sitzungssaal und ich die anderen in unserem Arbeitszimmer. Wenn einer auf Bewährung raus ist und als mutmaßlicher Tatverdächtiger vorgeladen wird, nimmt er sich das in der Regel sehr zu Herzen. Dieses einfache Axiom lernte ich an jenem Januarmorgen, nachdem ich binnen kurzer Zeit mehr haßerfüllte Blicke geerntet hatte als in all den Jahren davor. Ich nahm die unendliche Müdigkeit dieser Kreaturen wahr, denen bewußt war, daß niemand ihre Wiedereingliederung in die Gesellschaft erwartete. Sie waren für ihr Leben gezeichnet, und es fiel ihnen ausnehmend schwer, auf natürliche Weise ihre Unschuld zu beweisen. Sie zögerten, änderten ihren Gesichtsausdruck und senkten den Blick wie ehrbare Bürger, die sich keinem Zöllner widersetzen können, ohne sich schuldig zu fühlen. Mir wurde klar, daß ich die Geduld aufbringen mußte, langsam zu sprechen, zu insistieren: Wann bist du hineingegangen? Wann bist du herausgekommen? Was hast du dort gemacht? Alles, was sie sagten, wurde aufgezeichnet. Stunden um Stunden näselnde Stimmen, freche Tonfälle, entnervendes Geschwätz. Und meine eigene Stimme, die mich selbst verblüffte, mein inquisitorischer Ton, der eher nach Lehrerin klang denn nach Polizistin, meine Beharrlichkeit.

Mitten in einer solchen Befragung tauchte Garzóns Kopf in der Tür auf.

»Erlauben Sie?« säuselte er, und diese Formel erschien mir so unzeitgemäß, daß ich keine Antwort wußte.

»Ob Sie erlauben?«

»Mein Gott, kommen Sie rein, Garzón!«

Er brummelte die Worte in seinen Bart, einen Millimeter von meinem Ohr entfernt flüsterte er: »Einer hat eben gestanden.«

Ich sah ihn überrascht an, doch sein Gesicht blieb ausdruckslos. Dann forderte ich einen Aufsichtsbeamten auf, den Mann bei mir abzuführen, und wir gingen in den Flur.

»Er hat wirklich gestanden?«

»Das ist ein Beknackter, ziemlich unangenehm und aggressiv. Ich nehme an, daß er es satt hat, zu Verhören bestellt zu werden, und nun hat er vor, ein bißchen mit uns zu spielen.«

»Und warum rufen Sie mich dann?«

»Er hat gestanden, und Sie sind die Chefin, Sie entscheiden, was wir tun.«

Gut für Garzón, er warf mich bewußt den Löwen vor. Ich war die Chefin, das schmerzte ihn, und das würde ihn immer schmerzen.

»Also gut, gehen wir zu ihm.«

Mir zitterten die Knie, ein aggressiver Durchgedrehter mit Vorstrafen wegen Sexualdelikten war vielleicht zuviel für mich. Als wir eintraten, hießen zwei Beamte den Mann aufstehen. Ich schickte sie hinaus. Garzón stellte mich vor.

»Hauptkommissarin Delicado wird dich befragen.«

Er sah mir direkt in die Augen, und ich konnte ihn mir genau anschauen. Er war groß und sah gut aus, provozierend.

»Setz dich.«

Er setzte sich und stemmte die Hände auf die Knie. Dann lächelte er ironisch.

»Also du hast es getan.«

»Ja, das hab' ich doch schon alles dem Bullen erzählt.«

»Nun, dann erzählst du es jetzt mir.«

»Noch mal!«

Die Verachtung schien wie Spucke in seinem Mund, ein natürliches Sekret.

»Erzähl doch erst einmal, was du an den Tagen gemacht hast, die uns interessieren.«

Er verdrehte die Augen.

»Hören Sie, jetzt reicht's. Ich hab' das alles erzählt, dort ist alles aufgenommen. Warum hören Sie es sich nicht einfach an und lassen mich in Frieden?«

»Mehr Respekt gegenüber der Hauptkommissarin!«

»Lassen Sie ihn, Garzón, lassen Sie.«

Ich setzte mich und knöpfte meine Jacke auf.

»Womit hast du sie markiert?«

Höchst sorgfältig zupfte er sich ein Hautfitzelchen vom Finger.

»Antworte, bitte.«

Er sah mich spöttisch an.

»Daran erinnere ich mich nicht.«

Garzón fuhr ihn an.

»Hör mal, du ...«

Ich hielt ihn sanft zurück. »Bitte, Oberkommissar, setzen Sie sich neben mich, kommen Sie.«

Dem Tatverdächtigen zugewandt, sagte ich: »Versuch dich zu erinnern.«

Er kniff seine kalten Augen zusammen und erklärte: »Mit einer Uhr.«

Mein Geist arbeitete schneller, ich dachte nach.

»Erklär das genauer.«

»Na, mit einer Uhr. Wissen Sie etwa nicht, was eine Uhr ist?«

»Du hast sie mit einer speziell präparierten Uhr markiert, willst du das sagen?«

»Na klar, mit einer normalen Uhr wird das kaum gehen.«

»Kannst du mir beschreiben, wie die Uhr aussieht?«

»Ja, mit zwei Zeigern, Zifferblatt und einem Rädchen zum Aufziehen.«

»Verstehe.«

Ich hörte Garzóns Kiefer knirschen.

»Und wo hast du die Uhr präparieren lassen?«

Er lächelte nicht mehr. Er griff mit beiden Händen um die Rückenlehne seines Stuhls, machte eine verkrampfte Halbdrehung und hob die Stimme.

»Hören Sie, mir geht die Geschichte ziemlich auf den Sack. Ich habe Ihnen gesagt, daß ich es war. Ich hab' ihnen den Schwanz reingesteckt und die Uhr hinterher. Die Tussis kriegen doch nie genug. Also habe ich ihnen die ekelhaften Mösen aufgerissen und ihn reingesteckt. Und alle sind vor lauter Geilheit gekommen, glauben Sie nicht, daß die geheult haben.«

Garzón stand auf, ging auf ihn zu und schüttelte ihn. Ich hielt ihn am Arm zurück und bat ihn, sich zu setzen.

»Keine Gewalt bitte.«

Ich räusperte mich und fragte sanft: »Wie heißt du?«

»Tomás«, antwortete er.

Ich zündete mir eine Zigarette an, achtete aber darauf, daß meine Hand nicht zitterte.

»Wunderbar, Tomás, ich werde dir keine weiteren Fragen stellen. Jetzt mußt du dich nur noch ausziehen.«

Er lächelte unsicher.

»Spinnen Sie?«

»Nein. Wir müssen nur etwas überprüfen. Zieh dich aus!«

»Kommt nicht in Frage, dazu haben Sie kein Recht...«

»Zieh dich aus!«

Garzón nahm sich eine Zigarette aus meinem Päckchen und drehte sie unangezündet zwischen den Fingern hin und her.

»Zieh dich bitte aus.«

»Nein, verdammt, ich zieh mich nicht aus, es gibt Gesetze, Sie können mich nicht...«

Ich stand auf, ging zur Tür und schloß ab. Der Junge beobachtete mich nervös. Ich ging auf ihn zu, und mit verhaltener Wut, die mir viel Kraft verlieh, schnappte ich ihn am Hemdkragen und zog ihn zu mir hoch.

»Wenn du dich nicht sofort ausziehst, schwöre ich dir bei Gott, daß wir dir eine Tracht Prügel verpassen. Das ist Gesetz.«

Er gab nach und fing an, sich wortlos auszuziehen. Von Garzón strömte die gleiche brennende Hitze aus wie von der Kochplatte einer Kneipe. Der Junge stand in Unterwäsche vor uns.

»Die Unterhosen auch, und stell dich gerade hin.«

Er war nackt. Sein gebräuntes junges Fleisch hob sich von den Tafeln, den Wänden und dem Porträt des Königs ab. Er hatte ein hübsches Geschlechtsteil und einen vollen, üppigen Hodensack wie eine Weinrebe. Er wußte weder, wie er stehen, noch wohin er schauen sollte.

»Gut, noch mal von vorn. Du sagst, daß du sie mit einer Uhr markiert hast.«

»Kann ich mich setzen?«

»Nein. Du hast sie vergewaltigt und dann mit einer Uhr markiert.«

Er bedeckte sein Geschlechtsteil mit den Händen.

»Die Hände nach hinten. Red weiter, wir hören dir zu.«

Jetzt brauchten wir nur noch zu warten. Er verlagerte sein Gewicht erst auf das eine, dann auf das andere Bein.

»Hören Sie, dauert das noch lange?«

»Sei still.«

Der Oberkommissar zündete sich endlich die Zigarette an, stieß nervöse Rauchsignale aus und hustete. Ich wandte meinen Blick nicht von dem Mann ab, ich sah direkt und ziemlich unverschämt auf sein Geschlecht. Er zog die Schultern ein, mit jeder Minute, die verging, wich er ein bißchen weiter zurück.

»Das ist nicht legal«, sagte er.

»Mädchen zu vergewaltigen und sie mit einer Uhr zu kennzeichnen auch nicht.«

Er zögerte.

»Ich war es nicht«, sagte er schließlich.

»Hast du das nicht eben noch behauptet?«

Er griff nach seiner Hose.

»Ich habe es nur in der Zeitung gelesen, dann haben Sie mich herbestellt, und ich dachte ...«

Ich unterbrach ihn.

»Ruhig, laß die Hose liegen, was du zu sagen hast, kannst du auch so sagen.«

Er war aufgeregt, seine Stimme bekam einen nervösen und flehenden Ton.

»Ich war es nicht, sehen Sie das nicht? Aber Sie belästigen mich ständig, seit ich auf Bewährung frei bin.«

»Wolltest du uns eine Lektion erteilen?«

»Ich wollte nur, daß Sie begreifen, daß Sie mit mir Ihre Zeit verschwenden. Ich habe mich gebessert, ich bin kein Verbrecher. Ich arbeite als Bote in einer Firma, hier haben Sie die Telefonnummer, Sie können anrufen und es sich bestätigen lassen.«

Garzón erhob sich. Ich warf ihm einen Blick zu und schüttelte den Kopf.

»Wir werden gar nichts bestätigen lassen. Wir werden weitermachen. Warum bist du verurteilt worden, was hast du gemacht?«

Er senkte den Kopf.

»Ich habe ein Mädchen befummelt, das gerade aus der Schule kam«, sagte er leise.

»Wie, ich verstehe dich nicht.«

»Ich möchte mich wieder anziehen!«

»Nein.«

»Bitte!«

»Du bleibst, wie du bist.«

Garzón stand auf und bat darum, hinausgehen zu dürfen. Ich gestattete es ihm und schloß die Tür wieder ab. Der Junge war so nervös und verstört, daß ich schon glaubte, er würde zu heulen anfangen. Aber er hielt mit hervorquellenden Augen und vor Erniedrigung hochroten Ohren durch. Ich zwang mich, weitere zwanzig Minuten in derselben Position zu verharren, ohne den Blick von ihm abzuwenden. Dann stand ich auf.

»Zieh dich an, du Jammerlappen. Über eine Vergewaltigung macht man keine Witze. Verschwinde und erzähl niemandem ein Wort von dem hier, oder ich werde dich rupfen.«

Bevor er ging, fragte ich noch mal: »Warst du es?«

Und er antwortete matt: »Ich schwöre Ihnen, daß ich es nicht war, ich schwöre es Ihnen.«

Garzón erwartete mich im Flur. Ich lächelte ihn an, als wäre nichts geschehen.

»Wenn es Ihnen recht ist, machen wir eine Pause und trinken einen Kaffee.«

Wir überquerten die Straße und betraten die Kneipe. Er war sehr schweigsam gewesen, aber als er die ersten Schlucke getrunken hatte, konnte er sich nicht mehr zurückhalten.

»Nicht schlecht, Hauptkommissarin, Sie haben mich überrascht! Sie waren ganz schön hart, aber es war immerhin eine unübliche Methode.«

Ich ging über die Bemerkung hinweg, als hätte ich nichts gehört.

»Wie finden Sie das mit der Uhr, Garzón? Ich denke, das ist eine interessante Möglichkeit. Eine Uhr ist ein Gegenstand, den man nicht in die Hand nehmen muß, aber man kann ihn tragen und jemand anderem auf die Haut drükken. Vielleicht gibt es eine Armbanduhr, die mit Stacheln eingefaßt ist, für irgendeinen Sport oder die Jagd, was weiß ich. Da sollten wir dranbleiben, vielleicht hat uns dieser Stümper etwas genützt.«

»Sie wissen, daß man uns das angehängt hätte, wenn jemand während des Verhörs reingekommen wäre.«

»Also, Oberkommissar, waren Sie denn so verwirrt, daß Sie nicht einmal mitbekommen haben, daß ich abgeschlossen hatte?«

»Verwirrt, ich?«

»Ich glaube schon.«

Wir sahen einander in die Augen. Er hatte noch immer dieses mitreißende metallische Lächeln im Gesicht.

»Gut, um ehrlich zu sein, Petra, kann sein, daß Sie recht haben, ich war etwas verwirrt. Jeder tut das, wozu er Lust hat bei einem Verhör, aber wenn ich ehrlich sein soll, sind Sie diesmal zu weit gegangen.«

»Warum?«

»Was soll ich sagen, Hauptkommissarin, einen Mann auf diese Weise nackt vorführen … das ist gegen die Rechte des Verhafteten.«

»Und ihm eine reinzuhauen nicht?«

»Wenigstens greift das seine Würde nicht an.«

»Ich hätte nicht gedacht, daß Sie mit der Würde so vorsichtig sind.«

»Nun, bin ich aber.«

»Und es kann nicht sein, daß Sie sich stellvertretend verletzt gefühlt haben in Ihrem Männerstolz?«

Das Lächeln erstarb.

»Nein, ganz sicher nicht. Aber wenn Sie es jetzt aus dieser Perspektive betrachten, glaube ich, daß Sie es insgeheim ausgenutzt haben, eine Frau zu sein.«

Eine Wolke von Wut umnebelte mich. Ich stieß ein theatralisches Lachen aus und hob die Stimme.

»Jetzt haben Sie's mir aber gegeben! Da hör' ich mir mein Leben lang die üblichen Beleidigungen an, und jetzt nutze ich es aus, eine Frau zu sein.«

»Ich weiß nicht, wovon Sie sprechen.«

»Aber ich weiß es. Wäre Ihnen das korrekter vorgekommen, wenn die Befragte eine Frau gewesen wäre? Wie oft haben Sie die sexuelle Würde von weiblichen Häftlingen in Frage gestellt, wie oft? Und wie oft haben Sie spöttische doppeldeutige Bemerkungen und Gesten gemacht? Mehr als einmal. Glauben Sie, ich schlucke das, daß die Polizei ein Gesangverein ist, in dem sich alle Welt um die Würde sorgt? Sie haben diese Dinge oft gesehen und gemacht, Oberkommissar, da bin ich ganz sicher, es schien Ihnen nur völlig normal. Soll ich Ihnen mal was sagen? Wenn es irgendwann einmal die Gelegenheit geben sollte, mein Geschlecht zu nutzen, werde ich sie bis zur Neige auskosten.«

Es war so laut in der Kneipe, daß glücklicherweise niemand zu uns hersah. Garzón flüsterte eine kurze Entschuldigung und ging. Er war rot vor Empörung und so verärgert, daß er nicht einmal die Rechnung bezahlte, worauf er sonst immer bestand. Als er an der Tür war, rief ich ihm hinterher: »Finden Sie das mit den Uhren heraus!«

»Zu Befehl«, glaubte ich ihn ausstoßen zu hören. Gut, jetzt waren alle Fehler gemacht, und der Geschlechterkampf war in vollem Gange. Ist das, was geschieht, unvermeidlich? Und wenn man manches vermeiden sollte, mußte notwendigerweise ich diejenige sein, die es tat? Bestimmt, schließlich und endlich war ich seine Vorgesetzte. Auf der anderen Seite konnte ich nicht zulassen, daß er sich mir auch nur einmal widersetzte. Was dann passieren würde, war ziemlich vorhersehbar: Garzón würde den Kriminalrat aufsuchen und um seine Versetzung bitten. Was unserem Chef wie gerufen käme, denn dann könnte er uns beide auf einmal loswerden. Bedauerlich, besonders wegen Garzón, der mir im Grunde recht sympathisch war.

Plötzlich kam ein Streifenpolizist herein und steuerte auf mich zu.

»Hauptkommissarin, im Präsidium fragt ein Mann nach Ihnen.«

»Wissen Sie, was er will?«

»Es geht um die Vergewaltigungen.«

»Ich komme sofort. Mögen Sie einen Kaffee? Ich lade Sie ein.«

Er lächelte freundlich.

»Nein danke, ich habe schon bei Dienstantritt eine Erfrischung gehabt.«

Die offizielle Sprache der Streifenpolizisten entzückte mich, hölzern und ausgesucht wie von einer antiken Instanz übernommen.

»Er wartet in der Empfangshalle auf Sie.«

Eine erfahrenere Polizistin als ich hätte sofort gewußt, daß es sich um einen Journalisten handelte; ich mußte ihn erst sehen, um argwöhnisch zu werden. Er arbeitete an einer Fernsehsendung zum Thema Straftaten und schreckte vor keiner Scheußlichkeit zurück: Verschwundene, Morde, Diebstähle ... aber das Prunkstück der Krone waren Vergewaltigungen, etwas, das die Zuschauer bewegte. Seine Chefin, Leiterin und Moderatorin des Hirngespinsts, war ein offensichtlich hübsches Miststück, eine Frau in meinem Alter, die ich schon einmal gesehen hatte. Zweifellos wollten sie eine große Sendereihe mit unseren Vergewaltigungen produzieren, wozu sie mich um Informationen und meine Mitarbeit baten. Der Abgesandte wunderte sich sehr, als ich ihm mitteilte, daß ich nicht daran dächte, ihnen zu helfen.

»Das ist die Sendung von Ana Lozano. Wir sind auf Platz eins der Einschaltquoten.«

»Tut mir leid.«

»Unsere Sendungen beeinflussen die öffentliche Meinung.«

»Das kann ich mir vorstellen.«

»Die Polizei pflegt uns immer zu helfen.«

»Hören Sie, das ist ein komplizierter Fall, zudem delikat. Wir können Ihnen nicht einfach so Informationen zuspielen.«

»Ich versichere Ihnen, daß die Reportagen so oder so gemacht werden, mit oder ohne Ihre Hilfe. Mehr noch, wenn Sie uns keine Fakten aus erster Hand liefern, ist es gut möglich, daß uns etwas entgeht oder versehentlich etwas falsch interpretiert wird.«

»Wenn Sie etwas Falsches bringen, verklage ich Sie.«

Er zuckte mit den Schultern und lächelte. Er war kein bißchen beleidigt, das war sein Berufsalltag.

»Gut, dann gehe ich jetzt. Sicher wissen Sie schon etwas über den Vergewaltiger.«

Ich lächelte: »Trinken Sie einen auf meine Gesundheit.«

Dann ließ ich ihn stehen. Vielleicht war ich dabei, Gefallen an Befehlen zu finden. Anordnen war gut, es löste eine gewisse Sucht aus, man konnte Dinge sagen, die in anderen Zusammenhängen ziemlich dumm gewirkt hätten. Es war, als würde man dem Spiel des Schicksals noch eine Karte zuschieben. Hatte der Oberkommissar recht? War ich zu brutal gewesen? Ich empfand keinerlei Reue, schließlich hatte ich keine Gewalt angewandt, sondern war nur so subtil gewesen, die Sachlage umzudrehen. Garzón hatte eine gute Diagnose abgegeben: Ich nutzte es aus, eine Frau zu sein. Der Rahmen war abgesteckt: Vorurteile, Konventionen ... Um die Szene umzudrehen, bedurfte es nur eines Quentchens Macht. Und das schien das Problem zu sein, ein Fünkchen Macht in weiblichen Händen. Aber die hatte ich jetzt, und wenn sie auch bis jetzt nicht mehr als ein Instrumentarium gewesen war, das ich nicht handhaben konnte, von heute an interessierte ich mich für die Partitur und erwog sogar die Möglichkeit, der Harfe, die, klug gespielt, prunkvolle Klänge von sich geben konnte, unbekannte Tonlagen zu entlocken.

# 5

Wie zu erwarten gewesen war, gab es keine Armbanduhren mit Klingen oder Stacheln um das Zifferblatt herum. Niemand hatte je von solch einer Uhr gehört. Anfangs sah das wie ein weiterer Fehlschlag aus, aber bei genauerem Nachdenken war es besser so, denn hätte es sich um ein Serienprodukt gehandelt, hätte es auch jeder besitzen können. So behielt die Waffe alle Merkmale der Einzigartigkeit. Und ich war nicht von der Hypothese mit der Uhr abzubringen, ich hielt sie für zu wahrscheinlich, um sie außer acht zu lassen. Trotzdem war der Weg erneut versperrt, und wieder wußte ich nicht, in welche Richtung ich ermitteln sollte. Ich schlug Garzón eine Gegenüberstellung der drei Mädchen vor. Es konnte das eine oder andere zutagetreten, irgendeine verschüttete Erinnerung, wir konnten Bewegungen vergleichen, Einzelheiten klarstellen, es konnte doch nur erhellend sein. Garzón, der geheimnisvollerweise nicht um Ablösung gebeten hatte, fand die Idee gut und half mir, das Zusammentreffen vorzubereiten.

Er bemühte sich, nach den jeweiligen Tagesabläufen der Opfer einen gemeinsamen Termin zu finden. Jedesmal, wenn wir sie zu uns baten, gab es bissige Antworten oder sie wußten gute Gründe anzuführen, um nicht mit uns zusammenzuarbeiten. Ich unterstellte, daß keine von ihnen auch nur im geringsten daran glaubte, daß unsere Nachforschungen zu einer schnellen Lösung führen würden. Auch hegten sie – und das war auffällig – keine Rachegelüste. Sie auf dem solidarischen Weg zu motivieren – »Wir werden ihn einsperren, damit er keine mehr überfallen kann« – war auch schwierig. Sie hatten das Unsagbare erlitten, und um solidarisch sein zu können, braucht es eine intakte Würde. Erniedrigung führt in ungeahntem Ausmaß zu Vereinzelung, sie bedeutet inneren Konflikt und Isolation. Da Garzón die Begrüßung übernehmen würde, vermied ich die ersten bösen Blicke. Ich glaubte ernsthaft, daß ein Zusammentreffen der Mädchen von gewissem Nutzen sein würde, sonst hätte ich es nicht herbeigeführt; mich deprimierte ja schon die schlichte Vorstellung, sie dort zusammensitzen zu sehen, ihnen in ihrer schutzlosen Situation noch öffentliche Schande zuzufügen.

Bevor ich ins Kommissariat ging, machte ich noch einen Umweg über das Fitneßcenter. Ich mußte dringend Aggressionen abbauen und ordentlich schwitzen. Eine Horde wilder Teufel hatte sich in meinem Innern zusammengerottet, und es galt, sie zu entfesseln. Während ich an das Verhör dachte, das mir bevorstand, gelangen mir die Bauchmuskelübungen besser denn je. Ich strengte mich bis zur Erschöpfung an. Beim Verlassen der Dusche kam eine der jungen Sportlerinnen auf mich zu. Ich registrierte, daß ein ganzes Grüppchen mich neugierig ansah.

»Du bist Polizistin?« fragte sie ohne Umschweife.

Ich erstarrte. Ich hatte meinen Beruf ihnen gegenüber nie erwähnt. Zu sagen, daß du Polizistin bist, reicht meist schon, damit sich um dich herum eine Aura des Mißtrauens bildet. Noch schlimmer wird es, wenn du erläuterst, daß du nur im Archiv tätig bist, dann denken sie, daß du nicht die Wahrheit sagen willst, daß du in finsteren, geheimen Einsätzen unterwegs bist.

»Woher weißt du das?«

»Dein Name steht in der Zeitung, und so viele Petra Delicados gibt's ja nicht...«

»Kann ich mal sehen?«

Sie hielt die Zeitung aufgeschlagen in der Hand. Ich nahm an, daß es bereits eine Unmenge Kommentare gegeben hatte. Die übrigen Mädchen schauten noch immer herüber, sie hatten ihre Toilette unterbrochen und sahen mich gebannt an.

»Hauptkommissarin Petra Delicado ist im Archiv tätig, aus dem sie seit ihrem Eintritt bei der Polizei noch nie herausgekommen ist. Oberkommissar Garzón ist eine Art bewegliche Münze innerhalb der Abteilungen und Kommissariate. Bleibt die Frage, ob einer der beiden die erforderliche Erfahrung für diesen Fall mitbringt. Bleibt zu vermuten, daß sie bald abgelöst werden bei Ermittlungen, die für sie offensichtlich eine Nummer zu groß sind. Der Fall des ›Blumenvergewaltigers‹ ist außerordentlich kompliziert und setzt ein soziales Alarmsignal. Viele Eltern beginnen sich zu fragen: Sind unsere Töchter durch die schlichte Tatsache, daß sie auf die Straße gehen, nicht ständig in Gefahr?«

Wer hatte das geschrieben? War auch egal, der Arm der Presse ist viel länger und reicht viel weiter als der des Gesetzes. Mein Besuch vom Vortag hatte mir eine Botschaft hinterlassen, die ich natürlich nicht verstanden hatte: »Wenn du mitmachst, ist es möglich, daß du Schwierigkeiten bekommst, wenn du aber nicht mitmachst, kannst du gewiß sein, daß wir alle hinter dir her sein werden.« Der Kriminalrat würde vermutlich zufrieden sein, das zu lesen. Ich sah auf, und da standen meine vormals heiteren Sportkameradinnen und sahen mich erschrocken an. Ich war Polizistin, unerfahren zudem, ich widmete mich schrecklichen Dingen, bewegte mich auf der dunklen Seite des Lebens. Sie würden mich nie wieder so ansehen wie früher, nie wieder vor mir singen, ich hatte sie aufgeschreckt wie Eulen in der Bodenkammer.

»Glaubst du, daß ihr den Schuldigen findet?«

»Selbstverständlich.«

Ihr noch vor Anstrengung gerötetes Gesicht wurde finster.

»Gegen Vergewaltigung Kastration«, sagte sie und gesellte sich wieder zu den anderen.

»Macht euch keine Sorgen, ich werde ihn nicht nur kastrieren, ich werde euch seine Eier in Zellophan verpackt schicken.«

Sie blieben mißtrauisch, wußten nicht, wie sie das verstehen sollten. Mißmutig packte ich meine Sachen zusammen und verzog mich. Alberne Mädchen, glücklich in ihrer Schlichtheit! Ich würde das Fitneßstudio wechseln müssen, vorausgesetzt, daß es jetzt überhaupt noch eins gab, in dem ich eine anonyme Mitbürgerin sein konnte.

Als ich im Kommissariat ankam, war ich so in Rage, daß ich an Garzón vorbeilief, ohne ihn wahrzunehmen. Er sprach mich an.

»Haben Sie das in der Zeitung gelesen?« fauchte ich ihn an.

»Nein.«

»Jetzt haben sie es auf uns abgesehen.«

»Aha.«

»Können Sie sich das vorstellen?«

»Als Sie mir von diesem Journalisten erzählt haben, dachte ich mir schon, daß so was passieren wird.«

»Ehrlich gesagt, Garzón, ich verstehe nicht, wie Sie es hinkriegen, so unsensibel zu sein. Sie spüren weder etwas, noch leiden Sie. Sie sind wohl an alles gewöhnt, oder?«

»Nein. In Salamanca gab's nicht viele Journalisten.«

»Und weiter?«

»Warum regen Sie sich so auf? Die Leute mögen Skandale.«

»Bis jetzt habe ich meine Arbeit in völliger Anonymität gemacht. Mich entsetzt schon der bloße Gedanke, daß es jemanden gibt, der seine Nase in meine Angelegenheiten steckt, der mich nervt und alles wissen will.«

»Das ist normal.«

Er trug einen grauen Nadelstreifenanzug mit Weste, aber er hätte genausogut die Toga eines Stoikers anhaben können. Was für ein Glückspilz! Außer seinem Kampf und seiner Abneigung gegen mich bremste oder beschleunigte ihn nichts. Die übrige Zeit verweilte er an einem vergnügten toten Punkt jenseits allen Unglücks oder Glücks, sogar jenseits jeglicher Meinung.

»Um ein guter Polizist zu sein, muß man jegliche Emotion vermeiden«, stieß er hervor.

»Und Sie sind ein guter Polizist?«

»Ich halte es schon dreißig Jahre aus.«

»Wissen Sie was, Garzón? Ich hab' die ganze Angelegenheit bis oben hin satt. Wenn sie uns jetzt entbinden, wäre das nicht mal schlecht. Wir stochern absolut im dunkeln herum, ohne Spuren, ohne Intuition, ohne einen verdammten Lichtschein. Und die Journalisten haben uns gerade noch gefehlt.«

Er setzte eine ausdruckslose Miene auf, und ich schnaubte weiter.

»Ja, ich weiß schon, Sie brauchen es nicht zu wiederholen. Sie tun, was Ihnen gesagt wird.«

»Genau das tue ich.«

Meine Ungeduld würde den Kommissar nur noch mehr gegen mich einnehmen. Ich vergaß immer wieder, daß er nicht mein Verbündeter war; ich war seine Chefin und eine verdammte Frau. In dieser beschissenen Untersuchung stand ich ganz allein da.

»Sind alle Mädchen gekommen?«

»Sie sitzen im Konferenzzimmer.«

»Nun, dann schauen wir mal, ob wir irgendeinen verfluchten Anstoß finden, um weiterzukommen.«

Meine Vermutung, daß es kein Blödsinn war, die Opfer zusammenzubringen, bestätigte sich. Zunächst einmal konnte ich deutlich feststellen, daß sie einander äußerlich sehr ähnelten. Auch wenn sie keineswegs gleich aussahen, konnte doch niemand leugnen, daß ihnen eines gemein war: große Zerbrechlichkeit. Schlank, zierlich, Augen wie die eines Blindenhundes, aufmerksam, aber desinteressiert. Und es war überdeutlich, daß sie sich nie verteidigen würden. Ihre völlige Schutzlosigkeit war ihrem Körper eingeprägt und verhinderte, daß sie reagierten.

Zu dem ihnen beschiedenen Leben hatten sie paradoxerweise alle wunderschöne Namen, die prachtvoll oder verführerisch klangen. Die Tochter der Köchin hieß Salomé, die Friseuse Patricia und die Schneiderin Sonia. Sie saßen weit auseinander, womit sie klarmachten, daß sie nicht irgendeiner Gruppe zugeordnet werden wollten. Sie vermieden es, einander ins Gesicht zu schauen. Es würde nicht leicht sein, sie zum Reden zu bewegen.

»Vielleicht ist es nicht nötig, daß ihr eure Aussagen wiederholt. Trotzdem gibt es ein paar Dinge, zu denen ich euch befragen muß, und wenn ihr drei gleichzeitig da seid, können wir mehr ins Detail gehen.«

Keine Antwort.

»Habt ihr mich verstanden?«

Sie antworteten immer noch nicht.

»Keine hat etwas zu sagen?«

Patricia murmelte schließlich: »Wir haben es doch schon so oft erzählt.«

Ich schlug einen mütterlichen Ton an.

»Ihr sollt euch nicht nur so aus Spaß an die unangenehmen Dinge erinnern. Wir versuchen, diesen Kerl zu erwischen, und jede Kleinigkeit kann uns helfen.«

Kleinigkeiten? Aber sie hatten doch praktisch keine einzige geboten. Ich warf einen Seitenblick auf Garzón, der wie ein Schlot rauchte, und ich hoffte, daß er wenigstens meinen Wechsel zur Sanftheit bei Verhören schätzen würde.

»Ich werde jetzt ein paar Dinge zusammenfassen, und wenn ihr etwas richtigstellen oder hinzufügen wollt, unterbrecht ihr mich.«

Ich hatte den Eindruck, als würde ich ohne Simultandolmetscher vor Koreanern eine Rede halten.

»Es war immer dunkel. Er hatte sein Gesicht mit einer Mütze verhüllt. Er sprach fast gar nichts, und wenn, dann nur flüsternd. Stimmt das bis jetzt?«

Sie blickten alle woandershin.

»Obwohl ihr weder sein Gesicht erkennen noch seine Stimme deutlich hören konntet, habt ihr alle mitbekommen, daß er ein junger, gesunder und athletischer Mann ist. Stimmt das?«

Es herrschte Schweigen. Ich faßte mich in Geduld und fuhr fort.

»Er wendete keine weitere Gewalt an.«

Patricia sagte ganz leise: »Mich hat er geschüttelt.«

Animiert von diesem ersten Versuch fügte Sonia hinzu: »Mich hat er geschubst und am Ärmel gezerrt.«

Ich hob die Hände.

»Wollt ihr damit sagen, daß er euch brutal behandelte, auch wenn er euch nicht geschlagen hat?«

Die beiden Köpfe deuteten ein Nicken an.

»Gut. Jetzt möchte ich, daß ihr drei scharf nachdenkt...«

Sie schauten erneut weg. »Ihr drei« war eine Kollektivbezeichnung, die zu akzeptieren ihnen schwerfiel.

»Als er euch diese Stiche zugefügt hat, wie hat er sich dabei bewegt?«

Einen Moment lang waren sie wie erstarrt. Patricia zeigte schüchtern auf Garzón.

»Kann er rausgehen?«

Ich hatte zwar darauf verzichtet, die konkrete sexuelle Aggression zu erwähnen, doch die unglückselige Markierung wirkte wie ein Symbol, vielleicht sogar noch beschämender als die Vergewaltigung selbst. Das Mal vereinte sie, es verwandelte sie in eine Art Herde, die zum Opfer bereit ist. Garzón schnaubte leise etwas in seinen Bart.

»Es macht Ihnen doch nichts aus, einen Augenblick rauszugehen, Oberkommissar?«

Ich war mir bewußt, daß dies eine weitere Ungerechtigkeit ihm gegenüber war. Ich, die ich mich bei allen Verhören ungewöhnlich rüde verhalten hatte, gab jetzt der Ziererei eines Mädchens nach, das in Wirklichkeit keinerlei Anlaß zu solch einer Forderung hatte.

»Selbstverständlich«, murmelte er.

Nachdem er gegangen war, änderte sich nichts, dieselbe Weigerung zu reden, dieselbe schuldbewußte Scham.

»Ja, und?«

Die Friseuse stand auf.

»So hat er es gemacht.«

Bei der Wahl eines Darstellungsobjekts zögerte sie einen Augenblick. Salomé kauerte sich zusammen, aber Sonia hielt ihr ihren Arm hin. Patricia umfaßte ihn mit der rechten Hand, drückte ihn gewaltsam nach hinten und preßte ihren linken Handrücken darauf.

»Jetzt mach du es, Sonia, wie du es in Erinnerung hast.«

Sonia wechselte mit Patricia den Platz und führte es fast identisch vor.

»Gut. Willst du es auch vormachen, Salomé?«

Die Tochter der Köchin war so aufgewühlt, als würde sie einen zweiten Überfall erleiden. Sie senkte den Kopf, so daß es nicht einfach war, sie zu verstehen.

»Mit mir hat er es genauso gemacht«, flüsterte sie.

»Es ist wichtig, daß du es vormachst.«

Schwerfällig stand sie auf. Über ihren zerschlissenen Jeans trug sie ein viel zu langes Hemd. Statt sich einer der anderen zuzuwenden, kam sie auf mich zu. Sie nahm meinen Arm, näherte den ihren und drückte mit überraschender Kraft zu. Dann hob sie den Kopf und sah mich wild an. Ich spürte, daß ihr ganzer Körper Haß verströmte. Mein Arm juckte, und ich zog ihn zurück.

»Ist gut.«

Bevor ich weitersprach, versuchte ich mich zu beruhigen.

»Das heißt also, daß er etwas am Arm trug und nur sehr kräftig zudrücken mußte, damit es sich in die Hand bohrte.«

Sie nickten.

»Hört mir genau zu. Könnte es sein, daß er eine Uhr trug, eine Armbanduhr?«

Sie dachten nach.

»Ich weiß nicht«, sagte Patricia.

Sonia mischte sich ein.

»Ist schon möglich, aber es könnte auch ein Armband gewesen sein oder etwas, das mit einer Schnur festgebunden war.«

Salomé blieb stumm.

»Was meinst du?« fragte ich sie.

»Ich weiß nur, daß es sehr weh getan hat«, antwortete sie.

»Würdet ihr sagen, daß ihr alle von demselben Typen angegriffen worden seid?«

Sie nickten alle gleichzeitig. Mir gelang ein Lächeln. »Das war's. Ihr könnt gehen.«

Sie verließen den Raum geradezu überstürzt, sie sagten nicht auf Wiedersehen, und ich tat es auch nicht.

Garzón kam wieder herein.

»Wie war's?« fragte er.

»Nichts Spektakuläres, aber jetzt können wir sicher sein, daß es sich in allen Fällen um denselben Mann handelt.«

Nun war er am Zug.

»Ich dachte, das wäre längst klar gewesen.«

»Nein. Es hätte sich auch um eine Bande handeln können, eine Gruppe von Widerlingen.«

Er verzog das Gesicht, und nur tiefer Respekt vor der Hierarchie hinderte ihn daran loszulachen. Sein Zigeunerbart sträubte sich vor Verachtung.

»Außerdem weiß ich jetzt, wie er es genau angestellt hat mit der Markierung.«

»Gut, sagen Sie mir, wie wir weiter vorgehen.«

»Wissen Sie, ob die Sozialarbeiterin hier ist?«

Sofort schlüpfte er in seine offizielle Rolle zurück.

»Ich werde nachsehen.«

»Ich will sichergehen, daß wir alles über den Überfall wissen.«

Armer Garzón, nachdem er flüchtig Haltung angenommen hatte, verschwand er. Bei ihm herrschte das Pflichtgefühl vor. Er sah ganz genau, daß ich im Moor feststeckte und unnütze Schwimmversuche unternahm, und trotzdem gehorchte er meinen Anweisungen, als kämen sie vom Papst. Einen Augenblick später kehrte er mit der Sozialarbeiterin zurück.

Sie war sehr diskret.

»Was wollen Sie wissen?« fragte sie.

»Erzählen Sie mir etwas über die Mädchen. Wie sind sie?«

Sie setzte sich und schlug die Beine übereinander.

»Die Mädchen? Na ja, Sie können es sich ja vorstellen, typischer Mob. Wenig Geld, wenig Hirn, wenig Bildung. Sie arbeiten ihre Stunden ab und verbringen danach ihre Zeit in Kneipen.«

»Glauben Sie, daß es jemand aus ihrem Umfeld getan haben könnte?«

»Was soll ich Ihnen sagen? In diesen Kreisen kann man nichts mit Sicherheit ausschließen. Es ist, als würde die ganze Welt plötzlich straffällig werden. Sie spielen an Automaten oder Billard, vielleicht dealen sie, vielleicht auch nicht. Wenn sie sich auf nichts einlassen, pflegen sie einen Mechaniker zu heiraten oder putzen zu gehen... Sie wissen schon.«

»Verkehrt eine von ihnen in Drogenkreisen?«

»Nein, sieht nicht so aus.«

»Sie waren die erste, die nach der Tat mit ihnen gesprochen hat. War irgend etwas an ihren Reaktionen auffällig?«

Sie nahm das mitgebrachte Notizbuch zur Hand.

»Mal sehen... diese Sonia war sehr besorgt wegen ihres Freundes, ein Bursche, der in einer Autowaschanlage arbeitet, weil dieser Scheißkerl sie markiert hat... Patricia war die Wütendste, sie sagte, sie hätte ihn gern umgebracht, hat sich aber sofort wieder zusammengenommen. Die andere, Salomé... ist ein seltsames Mädchen, redet wenig, wirkt so, als würde sie alles schlucken. Ich nehme an, sie war noch Jungfrau.«

»Die anderen nicht?«

»Glaub ich nicht. Hören Sie, diese Mädels wissen ziemlich gut Bescheid über das Leben, glauben Sie nicht, daß das Kinder sind, die ein Trauma erlitten haben. Ihre Lebensumstände sind ohnehin hart, dies ist nur ein weiterer Schlag.«

Ich musterte dieses Gesicht, das so unsensibel wirkte.

»Wollen Sie damit sagen, daß es im Grunde egal ist, daß sie vergewaltigt wurden?«

Sie fuhr zusammen und sah den Oberkommissar an, einen Zeugen der Provokation.

»Ich habe nichts dergleichen gesagt. Was wollen Sie damit andeuten?«

»Sie können gehen. Das war alles, was ich wissen wollte.«

Sie schürzte die Lippen, als müßte sie sich zurückhalten, um mich nicht anzuspucken. Dann verabschiedete sie sich lautstark, indem sie die Tür hinter sich zuschlug. Ich wandte mich Garzón zu.

»Haben Sie das gehört? Man sollte doch annehmen, daß ihre Arbeit hier darin besteht, die Opfer zu unterstützen.«

Garzón blieb ausdruckslos wie ein Engländer beim Tee. Er war offensichtlich nicht bereit, mir recht zu geben oder sich mit mir anzulegen.

»Wie kann sie ihnen helfen, wenn sie nur kleine Nutten in ihnen sieht?«

»Jeder hat seine eigene Art, seine Verpflichtungen zu erfüllen.«

Verfluchter Garzón, immer bereit, den Ball zu mir zurückzuwerfen, wobei er die Barriere zwischen uns immer schön aufrechterhielt.

»Ich gehe nach Hause, Oberkommissar. Rufen Sie mich an, wenn es was Neues gibt.«

Nicht einmal Chopin konnte mich beruhigen. Ich setzte mich in einen Sessel und legte die Beine hoch, fühlte mich aber ungemütlich und ging lieber in den Garten hinaus. Die Geranien waren starr wie immer, nur daß sie jetzt von einer Schicht Erde bedeckt waren, die sie noch schrecklicher aussehen ließ. Ich beschloß, mir etwas zu essen zu machen; es heißt ja, Kochen entspannt. Schon der Anblick meiner neuen Küche beruhigte mich. Sie war sehr schön geworden, weiträumig, mit einfachen Schränken ausgestattet, und sie hatte ein großes Fenster. Zärtlich zog ich die Vorhänge zu. Die Außenwelt voller Vorurteile und Dummheit, voller Sozialarbeiterinnen und Oberkommissaren blieb draußen ... Ich schlug ein paar Eier auf und begann, sie zu verrühren, ohne genau zu wissen, was ich mit ihnen tun sollte. Das Telefon klingelte. Es war Hugo.

»Um vier erwartet uns der Notar zum Unterschreiben. Wir könnten zusammen essen.«

»Tut mir leid, aber ich mache mir gerade ein Soufflé.«

»Ein Soufflé? Hast du wieder geheiratet?«

»Nein, aber ich versorge mich besser, ich treibe Sport, nehme aromatische Bäder, mache mir Obstsalat.«

»Und Soufflés.«

»Genau, und Soufflés.«

»Dann treffen wir uns kurz vorher im Café, ich muß dir etwas mitteilen.«

Zur verabredeten Zeit kam ich ins Café. Ich war schon im Begriff gewesen, mir wirklich ein Soufflé zu machen, um mich ihm nicht als Lügnerin präsentieren zu müssen. Glücklicherweise hatte ich mich zurückgehalten und mich auf eine schlichte Tortilla beschränkt. Hugo zeigte sich von seiner allerbesten Seite, ganz Kavalier. Er konnte sich bei meinem Anblick ein nervöses Zucken nicht verkneifen: Über seiner europäischen Zivilisiertheit schwebte noch immer die Feder Calderóns.

»Tut mir leid, daß du kommen mußtest, aber ich möchte vor meiner Heirat alles geregelt haben. Es wäre nicht sehr ehrenvoll, mit zwei Frauen gleichzeitig Besitztümer zu haben. Das verstehst du doch, oder?«

»Ja. Was soll ich denn unterschreiben?«

»Den privaten Kaufvertrag. Die Niederschrift bekommen wir in Kürze, und dann gebe ich dir auch den Scheck über den dir zustehenden Anteil.«

»Einverstanden.«

»Du sagtest, das Geld käme dir nicht ungelegen.«

»So ist es.«

»Hast du finanzielle Probleme?«

»Keineswegs. Aber du weißt ja, daß das Gehalt einer Polizistin nicht sehr hoch ist.«

»Wenn du die Kanzlei nicht verlassen hättest …«

Ich versuchte, sehr sanft zu sein: »Hugo, bitte.«

»Du warst bereits zu einem gewissen Wohlstand gekommen.«

»Ich weiß.«

»Und es war für eine Frau eine viel würdigere Arbeit.«

Da hätte ich ihn zum Teufel schicken sollen, aber ich war unfähig, es zu tun.

»Ich habe die Zeitung gelesen.«

»Aha.«

»Deprimierend. Sie werden dich kreuzigen. Weißt du, worauf du dich eingelassen hast? Ein Fall von Serienvergewaltigung, du wirst da nicht unbeschadet rauskommen. Die Presse wird dich überallhin verfolgen.«

»Ich kann mir meine Fälle nicht aussuchen, sie werden mir übertragen.«

»Blödsinn, Petra, das ist etwas, mit dem sich niemand die Finger schmutzig machen will, und du hast dir das aufgehalst. Ist es das, was du wolltest, als du zur Polizei gegangen bist?«

»Schau, ich …«

»Den ganzen Tag mit einem dicken Polizisten rumlaufen und in erbärmlichen Kneipen und Nuttenbars rumhängen? Du verspielst deine Würde. Sie wissen schon, daß du aus dem Archiv kommst, die Journalisten forschen dein Leben aus, sie werden ihre Nase in alles stecken, jetzt ist deine Unerfahrenheit aufgeflogen, später wird es was anderes sein.«

Zum Beispiel, daß ich mit ihm verheiratet gewesen war. Mein Gott, ich durchschaute seine Strategie, aber jenes merkwürdige uralte Schuldgefühl untersagte mir zu antworten. Er fürchtete, in mein zerstörerisches Leben verwickelt und beschmutzt zu werden. Ein geschlagener Hahnrei, verlassen und verspottet.

»Ständig in Begleitung dieses Oberkommissars – oder was auch immer er sein mag – mit dem Aussehen eines Tangosängers. Das ist keine Arbeit für dich.«

»Das ist eine vorübergehende Sache.«

»Es reicht, um dein gesamtes Image zu zerstören. Schau mal, ich habe Freunde, ich glaube, daß ich in irgendeiner Kanzlei etwas für dich finden würde. Ist dein Durst nach Veränderungen und Abenteuern nach all diesen Jahren noch immer nicht gestillt? Du bist eine törichte zweite Ehe eingegangen und damit gescheitert; daß es auch beruflich mit dir bergab geht, kannst du dir nicht erlauben.«

»Ich weiß nicht, ich …«

»Dann bitte doch wenigstens darum, von dem Fall entbunden zu werden, sag, du fühlst dich nicht in der Lage dazu, geh zurück ins Archiv. Ich bezweifle, daß sie dir das abschlagen werden, es wäre das Vernünftigste.«

»Ich werde darüber nachdenken.«

Er sah mich prüfend an und versuchte herauszufinden, ob er mich überzeugt hatte oder ob ich mich nur herausredete. Wahrscheinlich dachte er, er könnte mich endgültig überreden, wenn er mich wiedersah und mir den verdammten Scheck überreichte. Hoheitsvoll stand er auf, gab mir die Hand und ging ohne ein Lächeln.

Als ich nach Hause kam, warf ich die Tür mit einem furchterregenden Schlag zu. Das Licht ließ ich aus. War das das Schicksal einer Frau? Blieben die Ehemänner, Freunde, Geliebten, die irgendwann einmal in ihr Leben getreten waren, immer anwesend? Steckte sie ewig in der Vergangenheit fest? Und Hugo würde dasselbe auf sich bezogen denken: »Welche Verrücktheiten werden ihr noch einfallen? Wie wird sie mich noch kompromittieren?« Dabei hatte er recht: Ich war dem Ausmaß, das der Fall angenommen hatte, nicht gewachsen, und ich wußte nicht, was ich tun sollte, nicht einmal der Tangosänger half mir. Das Vernünftigste wäre gewesen, den Fall abzugeben. Hugo riet immer das Vernünftigste. Er offerierte mir die Möglichkeit, noch einmal von vorn anzufangen, nur daß ich nicht noch einmal von vorn anfangen wollte.

Das Telefon klingelte in die Dunkelheit hinein, auf der Suche danach tappte ich durch das Zimmer. Ich hatte mir nicht einmal den Mantel ausgezogen.

»Hallo?«

»Tut mir sehr leid, Sie zu stören, Petra, aber ...«

»Macht nichts, Garzón. Was ist los?«

»Es geht um den Vergewaltiger.«

»Ja, und?«

»Er hat es wieder getan.«

»Was?«

»Sie hören es ja.«

»Wie ist es passiert?«

»Nicht am Telefon. Er wäre besser, wenn Sie ins Kommissariat kämen, ich bin schon da.«

Verfluchter Garzón, was tat er immer im Kommissariat, wohnte er dort? Und warum konnte er nicht am Telefon reden? Ich rieb mir das Gesicht, aber das konnte mich auch nicht wachmachen; das Ganze war ein schlechter Traum, eine schreckliche Geschichte. Welcher Hurensohn konnte nur in so frenetischer Geschwindigkeit vergewaltigen und eine Blume nach der anderen aufdrücken? Wollte er auf sich aufmerksam machen, die Medien beschäftigen, die Polizei in Schach halten? Er war zweifelsohne ein Verrückter. Ich verließ das dunkle Haus, das ich nicht einen Augenblick gesehen hatte.

Die neuerliche Schandtat des Vergewaltigers machte die von Garzón angestellten sozialen Spekulationen zunichte. In diesem Fall handelte es sich um ein Mädchen aus gutem Hause. Die Tat war am späten Nachmittag in einem gutbürgerlichen, feinen Viertel begangen worden. Der Hergang entsprach Punkt für Punkt dem der vorherigen Taten: Penetration, kein zufälliger Hinweis, vermummtes Gesicht, junger, athletischer Mann, keinerlei aggressive Gewaltanwendungen bis auf die Markierung auf dem Arm. Die junge Frau kam vom Tennisspielen, er überraschte sie, drängte sie in eine Garageneinfahrt und vergewaltigte sie. Keine Zeugen. Wir konnten sie nicht befragen, sie hatte einen Nervenzusammenbruch erlitten und war im Krankenhaus. Bis die Schockwirkung nachgelassen hatte, würden wir keine Gelegenheit haben, sie zu sprechen. Ich wollte sie sehen, bestätigt finden, daß ihre physische Konstitution mit der der anderen Opfer übereinstimmte, denn ich war fest davon überzeugt, daß es sich um einen psychischen Beweggrund handelte; der Gedanke an andere Motive wirkte angesichts dieser raschen Folge von Überfällen absurd.

Aber der Vater des Mädchens war da. Er war ein einflußreicher Architekt, ein Typ um die Vierzig, und er schien mit einer außerordentlichen Portion Energie ausgestattet zu sein. Kaum hatte ich das Zimmer betreten und ihn gesehen, begriff ich, daß er die Polizei für jedes persönliche

Unglück verantwortlich machte. Er sah aus wie jemand, der eine Beschwerde einreichen will. Während er auf uns einredete, lief er völlig außer sich auf und ab. Wie ich von Garzón wußte, hatte er um ein Gespräch mit dem Kriminalrat gebeten. Als er meiner gewahr wurde, spuckte er übergangslos Feuer.

»Hören Sie, Hauptkommissarin, Sie beide sind bis jetzt ruhig in ihrem Trott geblieben. Gut, aber von nun an ist es aus damit. Ich will, daß Sie vierundzwanzig Stunden lang ermitteln, daß Sie Sonderkommissionen einsetzen. Ich werde mit allen Ihren Vorgesetzten sprechen, und ich versichere Ihnen, daß ich bis zum Innenministerium gehen werde.«

Ich sah ihn ohne jegliche Ironie an und überlegte, wo ich anfangen sollte.

»Und selbstverständlich werde ich als erstes fordern, daß Sie beide von dem Fall entbunden werden.«

Garzón schwieg unergründlich.

»Darf ich fragen, warum?«

»Glauben Sie, ich lese keine Zeitung? Wollen Sie mich auf den Arm nehmen? Ich weiß, daß Sie nicht qualifiziert sind, daß es eine Schande ist, wie dilettantisch Sie die Ermittlungen führen.«

»Glauben Sie alles, was Sie lesen? Denken Sie etwa daran, der Presse Fakten zuzuspielen?«

»Wenn mein Name oder auch nur das geringste Detail über die Vergewaltigung meiner Tochter veröffentlicht wird, verklage ich Sie.«

»Nun, da Ihnen die Presse wenig vertrauenserweckend erscheint, warum interessiert Sie dann, was über uns geschrieben wird?«

»Das ist nicht der passende Augenblick für naive Spielchen. Da draußen läuft ein Vergewaltiger frei herum; Ihnen erscheint das vielleicht normal, aber der Zufall wollte es, daß dieser Hurensohn meine Tochter überfallen hat, und dafür wird er bezahlen. Jetzt, verstehen Sie? Sofort, jawohl!«

Garzón streckte einen Arm in seine Richtung.

»Ich bitte Sie, beruhigen Sie sich.«

»Sagen Sie mir nicht, was ich zu tun habe! Man braucht die Zeitungen gar nicht zu lesen, es reicht schon, Sie anzusehen: eine Frau und ein alter Mann. Ist das alles, was die Polizei einem unbescholtenen Bürger zu bieten hat?«

Ich sah, wie Garzóns Kiefer arbeiteten. Zum Glück trat in diesem Moment ein Streifenpolizist ein.

»Hauptkommissarin Delicado, der Kriminalrat sagt, daß er Señor Masderius jetzt empfängt, wenn man die Sitzung unterbrechen darf.«

»Sie ist schon unterbrochen«, stieß Masderius hervor.

Wutentbrannt ging er, wobei er Garzón und mich ansah, als wären wir Schnecken in einem Salat, die ein für allemal entfernt werden müßten.

Garzón kratzte sich den Bart.

»Er ist sehr nervös«, sagte er.

»Sie entschuldigen ihn?«

»Wenn meine Tochter vergewaltigt worden wäre, würde ich vielleicht…«

»Die Ehre, nicht wahr, Garzón? Es gibt keine größere Schmach für einen Mann.«

»Ich ziehe es vor, nicht zu urteilen.«

»Das Beschissene ist, daß ihn der Kriminalrat empfängt. Ist Ihnen aufgefallen, daß er sonst nie jemanden empfängt, und schon gar keine Familienangehörigen?«

»Wir werden sehen.«

»In welchem Krankenhaus liegt das Mädchen?«

»Im Hospital Sagrada Familia.«

»Dann gehen wir sie besuchen.«

»Man wird uns nicht erlauben, sie zu befragen.«

»Wir werden es versuchen.«

Im Auto schaute Garzón sehr besorgt drein. Vier Opfer desselben Vergewaltigers waren ein Rekord, über den jeder nachgedacht hätte. Und wir hatten nicht die geringste Spur, nicht einmal einen Hinweis. Ich betrachtete ihn aufmerksam, in Wirklichkeit sah er gar nicht wie ein Tangosänger aus, Hugo hatte sich geirrt, er war eher ein Bärenbändiger, ein Ungar, der durch die Stadt spazierte und bereit war, mitten auf der Straße sein Schauspiel zu geben.

»Das soziale Motiv hat sich erledigt, Oberkommissar.«

»Ich wäre mir da nicht so sicher.«

»Ich möchte dieses Mädchen sehen. Schauen Sie genau hin. Ich bin davon überzeugt, daß sie einen hilflosen Eindruck macht, zart gebaut ist und wenig wiegt.«

»Glauben Sie, daß der Vergewaltiger ein schwächlicher Mann ist?«

»Darum geht es nicht. Ich denke an eine psychische Motivation; ein gedemütigter Typ, der sich nur bei kleinen Frauen traut oder sie auf besondere Weise sieht. Die zierliche Erscheinung ist das einzige, was die Opfer gemein haben. Das ist der wunde Punkt.«

»Das wird uns nicht viel weiterhelfen.«

»Zu wissen, was wir suchen, hilft immer, und hinterher wird es erklärt.«

»Hinterher?«

»Wenn wir den Vergewaltiger festgenommen haben.«

»Ich dachte, Sie warten nur darauf, daß uns der Fall entzogen wird.«

Ich antwortete nicht.

Im Flur des Krankenhauses stand Señora Masderius vor dem Zimmer ihrer Tochter. Unter dem Fuchsmantel trug sie einen weißen Jogginganzug und Turnschuhe. Das blonde Haar lag in schönen Wellen unordentlich um ihren Kopf. Als sie uns erblickte, bekam ihr Gesicht einen ängstlichen Ausdruck.

»Sie können nicht zu ihr«, sagte sie.

»Was glauben Sie, wann sie mit uns sprechen kann?«

»Meine Tochter wird das Nötige aussagen, wenn ein Richter es anordnet. Und wenn es sich vermeiden läßt, wird sie mit niemandem reden, weder mit der Presse noch mit der Polizei.«

»Señora, das geschieht alles im gesetzlichen Rahmen, wir müssen ihre Aussage aufnehmen.«

Sie strich sich unruhig über die Augen und wiederholte ihre auswendig gelernte Lektion.

»Wir wollen, daß Sie sie in Ruhe lassen.«

»Señora Masderius, Sie wissen doch, daß es laufende Ermittlungen gibt. Uns würde es schon helfen, wenn wir Ihre Tochter nur einen Augenblick sehen könnten. Dieser Mann hat schon andere Mädchen vergewaltigt, wir müssen ihn so schnell wie möglich fassen.«

Sie war eingeschüchtert. Jetzt schien es, als hätte sich in ihrem Innern der gesunde Menschenverstand lautstark zu Wort gemeldet.

»Lassen Sie uns eine Sekunde hinein. Wir werden sie nicht ansprechen, Sie haben mein Wort. Wenn wir sie gesehen haben, gehen wir.«

»Mein Mann …« Sie brach ab. Ihre Augen füllten sich mit Tränen, und die Spannung in ihrem Gesicht ließ nach. »Sie können reingehen«, sagte sie und setzte sich wieder auf die Bank. Sie ließ sich einfach fallen und sah, die Hände leblos auf dem Schoß gefaltet, ins Leere.

Im Zimmer herrschte das übliche flauschige Halbdunkel von Krankenhäusern. Das Mädchen lag im Bett und schlief, wahrscheinlich unter dem Einfluß von Schlafmitteln. Ihr Körper war kaum mehr als eine horizontale Linie, bedeckt von einem Leintuch. Das selbst im Schlaf noch ängstlich verzerrte Gesicht trug zarte, blasse Züge. Blondes Haar wie das ihrer Mutter bildete einen Heiligenschein auf dem Kopfkissen.

»Es wirkt, als wäre sie tot«, flüsterte Garzón.

»Sehen Sie? Sie ist sehr schlank.«

Vorsichtig hob ich ihren verbundenen Arm an. Ich dachte daran, daß unter dem Verband die bedeutungsvolle Blume pochte.

»Sie haben sie mit Beruhigungsmitteln vollgepumpt.«

»Ja«, sagte ich. »Aber wenn sie aufwacht, wird sie sich erinnern, und es bleibt ihr nur die Hoffnung, daß alles ein schlechter Traum gewesen ist.«

Garzón drehte sich nervös um.

»Ich versichere Ihnen, Petra, dieser Typ geht mir mächtig auf den Sack. Wenn wir ihn verhaften, werde ich ihm als erstes eine reinhauen.«

Zum erstenmal erlebte ich ihn betroffen, er hatte sich von seinen Gefühlen hinreißen lassen.

»Beruhigen Sie sich, Oberkommissar, wir dürfen unseren kühlen Kopf nicht verlieren.«

Hinter uns öffnete jemand die Tür, und wir schreckten hoch. Es war ein junger Arzt mit einer riesigen Brille und Bürstenhaarschnitt.

»Mir wurde gesagt, daß Sie hier sind.«

»Wir ermitteln in dem Fall.«

»Ich weiß, aber wir haben ihr Beruhigungsmittel gegeben. Sie sehen ja, daß sie nichts sagen kann.«

»Wann, schätzen Sie, wird sie reden können?«

»Nun, ich weiß nicht, bald. Wenn sie aufwacht, bringen wir sie jedenfalls in die Chirurgie.«

»In die Chirurgie?«

»Wir operieren ihr das Mal heraus, plastische Chirurgie.«

»So schnell?«

»Die Eltern wollen das so, vielleicht wäre es empfehlenswerter, wenn sie psychisch etwas stabiler ist, aber sie meinen, je früher, desto besser.«

»Man muß auslöschen, was nicht gefällt, nicht wahr? Als wäre es nie geschehen.«

Er zuckte die Achseln und sah mich mit philosophischem Blick an.

»Sehen Sie, es handelt sich um einen Eingriff ohne große Risiken, demzufolge ist es egal, ob er jetzt oder später vorgenommen wird, unter technischen Gesichtspunkten, meine ich.«

Wir drehten uns zum Bett. Die Schlafende hatte sich nicht bewegt, sie hörte uns nicht. Andere bestimmten über ihr Leben, sie war nur ein zerbrechlicher Körper, den man der Beruhigungsmittelchemie überlassen hatte. Der Arzt wandte sich an mich.

»Ich habe etwas für Sie, ich wollte es aufs Kommissariat schicken, aber wo Sie schon einmal hier sind… Warum warten Sie nicht in meinem Zimmer auf mich? Ich komme, sobald ich die Visite beendet habe. Die Stationsschwester wird Sie begleiten.«

Señora Masderius saß noch immer im Flur, sie hob nicht einmal den Kopf, als wir an ihr vorbeigingen. Ihr Ausdruck erschreckte mich, er war wie der einer Verlorenen in einem Labyrinth.

Im Arztzimmer sagte ich zu Garzón: »Haben Sie das Gesicht der Mutter gesehen? Ich würde sagen, sie braucht psychiatrische Hilfe.«

»Es ist immer das Gleiche, die unteren Gesellschaftsschichten kommen mit Schwierigkeiten besser zurecht. Das hat mir mal ein Gerichtsmediziner in Salamanca erklärt. Wenn in einer gutbürgerlichen Familie ein behindertes Kind zur Welt kommt, entwickelt sich die Sache zu einer Tragödie, wird zu einem Grund, sich zu verstecken. Wenn es sich aber um eine schlichte Arbeiterfamilie handelt, dann wird das Kind akzeptiert; sie halten es sauber, sie versorgen es, zeigen es den anderen, damit sie sehen, daß es lieb und sogar hübsch ist.«

Das war die längste Ausführung, die Garzón von sich gegeben hatte, seit wir uns kannten. Das Thema Klassenkampf schien das einzige zu sein, was seine Leidenschaft und Redseligkeit entfesselte.

Schließlich kam der Arzt. Er mochte ein oder zwei Jahre älter sein als Pepe, in den wichtigen Positionen waren alle jung.

»Habe ich Sie zu lange warten lassen?«

»Ich fühle mich in ärztlichem Umfeld wohl«, sagte Garzón.

»Das kommt daher, daß Sie gesund sind.«

Beide lachten. Na also, mein Kollege hatte nicht nur seine Stummheit überwunden, er konnte sogar höflich sein.

»Ich habe Sie hergebeten, weil ich Ihnen etwas zeigen muß. Also...«, er wühlte in einer Schublade, »das haben wir in der Ambulanz aus Cristinas Arm herausgeholt... hier.«

Er öffnete eine kleine Plastikschachtel voller Mullbinden. Dann nahm er eine Pinzette, hantierte damit herum und hielt uns schließlich ein so winziges Objekt vor die Nase, daß wir uns vorbeugen mußten, um es zu sehen.

»Können Sie es erkennen? Es ist so was wie ein winziger Stachel aus einem Silberkamm. Es steckte in der Wunde, tief drinnen in einem der Stiche. Offensichtlich ist es beim Herausziehen abgebrochen und steckengeblieben. Drumherum hatte sich eine Schwellung gebildet, aber das Gewebe hat es nicht abgestoßen.«

Wir glotzten mit tellerrunden Augen. Ich wagte nicht, mich zu bewegen, ich fürchtete, schon durch zu heftiges Atmen würde das einzige schlagende Beweisstück, auf das wir zählen konnten, davonfliegen.

»Glauben Sie, daß Ihnen das etwas nützt?«

»Selbstverständlich nützt uns das! Das ist der erste Beweis, den wir haben. Hat es jemand angefaßt?«

»Nein, ich habe es mit der Pinzette herausgezogen und es dann in diese Schachtel gelegt. Ich verstehe nicht viel von Gerichtsmedizin, aber ich habe den Eindruck, daß es sehr schwer sein wird, Spuren oder andere Reste an solch einem kleinen Gegenstand zu finden, besonders, nachdem er in einem menschlichen Körper gesteckt hat. Ich nehme an, daß nur Blut oder organische Körperflüssigkeiten von Cristina daran zu finden sind. Aber hören Sie nicht auf mich.«

»Wir werden es analysieren lassen.«

»Hoffentlich ist es von Nutzen, dieser Typ ist schon viel zu weit gegangen.«

»Das wissen wir.«

Er ließ uns einen Beleg unterschreiben, daß er uns ein medizinisches Beweisstück übergeben hatte, und verabschiedete sich so natürlich, wie er uns behandelt hatte. Ich steckte das Schächtelchen in die Jackentasche und hielt es fest, es war wie ein Talisman, der uns die unheimlichen Tore zur Höhle des Scheusals öffnen würde.

»Gehen wir ein Glas trinken, Garzón? Auf unseren Fund.«

»Nein danke, wenn Sie mir diesen Stachel geben, übernehme ich es, ihn sofort ins Gerichtsmedizinische Institut zu bringen.«

»Und hinterher, haben Sie keine Lust, hinterher einen mit mir zu trinken?«

»Nein danke, danach gehe ich schlafen. Wir sehen uns morgen, Hauptkommissarin.«

Ich legte die magische Schachtel in seine fleischige Hand. Er ging ohne ein Lächeln.

# 6

Pepe tauchte um acht Uhr morgens auf. Ich war gerade aufgestanden, hatte noch den Morgenmantel an und dachte, wenn er mich schon mit seinen Besuchen beehrte, könnte er sich wenigstens anmelden. Er begrüßte mich, als hätten wir uns zufällig im Bus getroffen. Ich hingegen war noch nicht in der Stimmung für Besuche. Meine Haut verströmte noch den Schlafesgeruch, und er hatte keinerlei Rechte mehr auf mich, so daß ich ihm eine Szene hätte machen und ihn hinauswerfen sollen, aber ich tat es nicht. Er bemerkte weder meine Verwirrung, noch regte ihn die Tatsache auf, daß er mich im Morgenmantel antraf. Er konzentrierte sich auf meine nackten Füße auf den Fliesen und rief: »Du wirst dir eine Grippe einfangen, wenn du keine Hausschuhe anziehst. – Soll ich Frühstück machen, während du dich anziehst?« fügte er hinzu.

Das, was Pepe unter Frühstück verstand, war nichts anderes als ein bißchen schwarzer Kaffee, den er, so gut er konnte, in der ihm unbekannten Küche zubereitete. Also machte ich die Toasts, suchte nach Keksen, wärmte die Milch auf und schleppte Butter und Marmelade heran. Pepe verschlang alles.

»Du bist hungrig, oder?«

»Ein bißchen, aber ich bin nicht nur zum Frühstücken gekommen. Ich muß dir etwas erzählen.«

Ich hoffte, es handelte sich nicht um eine seiner seltsamen detektivischen Schlußfolgerungen oder den Vorschlag, mir in meinem neuen Heim zu helfen.

»Gestern abend war eine Frau in meiner Kneipe, ungefähr in deinem Alter. Sie wollte etwas über dich erfahren.«

»Etwas?«

»Ganz allgemein. Ob es stimmt, daß wir verheiratet waren, seit wann du bei der Polizei bist, was du studiert hast, so was eben …«

»Na fein, die Journalistin hat dich ausfindig gemacht!«

»Später fragte sie auch, ob du eine Spur hast, irgendeinen Hinweis in dem Fall.«

»Ich hoffe, du hast ihr nichts erzählt.«

»Aber ich weiß doch gar nichts.«

Mißmutig beendete ich mein Frühstück. Offensichtlich garantierte das Vermeiden von Kontakten zur Presse kein ruhiges Leben. Pepe kaute auf einem Stück Toast mit Johannisbeermarmelade herum.

»Ihr habt keine Spur, oder?«

»Ach, nichts Wesentliches.«

»Ich denke, da ist eine von diesen merkwürdigen Sekten am Werk, die Opfer darbringen und blutige Liturgien abhalten. Niemand interessiert sich dafür, aber es gibt eine Menge Sekten, es laufen zu viele verrückte Typen herum, im Ernst, das sage ich auch immer zu Fermín.»

»Wer ist Fermín?«

»Wie, wer ist Fermín? Dein Kollege, Oberkommissar Garzón.«

Ich war fassungslos.

»Garzón? Wann hast du denn Garzón gesehen?«

»Schon öfter. Er kommt in die Kneipe, trinkt was oder ißt zu Abend. Er ist begeistert von Hameds Couscous.«

»Also wirklich, das ist unerhört!«

»Warum?«

»Er hat mir kein Wort davon gesagt.«

»Was hätte er denn sagen sollen? Er ist Gast in meiner Kneipe, weiter nichts.«

»Pepe, danke für die Informationen, aber jetzt gehst du besser.«

»Schon? Kann ich nicht noch eine rauchen?«

»Nein, ich muß sofort los.«

»Ich dachte, du bist in dieses Haus gezogen, um die Ruhe zu genießen.«

»Das geht dich nichts an. Wenn diese Journalistin wiederkommt, sag ihr, daß...«

»Wenn sie einen Kaffee bestellt, ist sie ein Gast, und ich werde sie gut behandeln.«

»Einverstanden, Pepe, mach, was du willst.«

»Das ist meine Pflicht.«

Ich schob ihn zur Tür hinaus und zog sie hinter uns zu. Wir gingen zu unseren Autos, und ich sah ihn in seine klapprige Diane einsteigen. Sie war das perfekte Auto für ihn: langsam, anachronistisch, mit großem Innenraum für seine Katzen. Ich mußte völlig verrückt gewesen sein, einen Mann zu heiraten, der so was fahren konnte. Ich spürte mein erhitztes Gesicht und den beschleunigten Puls. Diese Journalistin war mir auf den Fersen, und Garzón pflegte eine Kameradschaft mit Pepe – das war zuviel für einen Tag, der gerade erst begonnen hatte.

Im Kommissariat angekommen, suchte ich als erstes nach dem Oberkommissar. Er war im Konferenzzimmer, förmlich und imposant wie eine chaldäische Statue.

»Und wann, verdammt noch mal, teilt man Ihnen einen festen Arbeitsplatz zu, Garzón?«

Er war sprachlos angesichts meiner Einleitung.

»Ich nehme an, daß ich auf Wanderschaft bleibe, solange ich mit der Guardia Civil zusammenarbeite«, sagte er verständnislos.

»Noch immer in der Schmuggelsache?«
»Ja.«
»Immer hinter dem Spitzel her, was?«
Er wurde mit jedem Wort verstimmter.
»Ja, sicher.«
»Ist doch merkwürdig, daß Sie kaum in Barcelona sind und schon so viele Spitzel kennen.«
»Ich kenne sie nicht, ich bekomme eine Liste und stelle den Kontakt zu ihnen her. Aber das, so glaube ich, habe ich Ihnen schon mal erklärt.«
»Kann sein. Wie dem auch sei, es fällt Ihnen leicht, mit Menschen in Kontakt zu kommen.«
»Das ist möglich.«
Ich konnte mich nicht mehr zurückhalten.
»Hören Sie, Garzón, Sie werden sagen, daß ich mich in Ihr Privatleben einmische, aber es gibt etwas, das mich betrifft, und danach will ich Sie fragen.«
Sein Blick wanderte unruhig über mein Gesicht.
»Nur zu.«
»Stimmt es, daß Sie häufig in Pepes Kneipe sind?«
»Im *Efemérides*? Na ja, ich mag das Essen und die Atmosphäre dort. Warum?«
»Weil Sie mir nie erzählt haben, daß Sie da hingehen.«
»Das schien mir nicht nötig.«
»Natürlich nicht! Ich bringe das Thema nur aufs Tapet, weil eine Journalistin dort gewesen ist und Pepe über unseren Fall ausgefragt hat. Er glaubt, daß sie durch Sie auf das *Efemérides* gekommen ist.«
Ein schmerzlicher Ausdruck huschte über sein Gesicht. Er zündete sich eine Zigarette an, wobei er vorgab, ganz gelöst zu sein.
»Sie wissen doch, daß uns die Journalisten nicht in Ruhe lassen werden. Jedenfalls können wir ihr Treiben nicht be-

einflussen. Vielleicht wäre es klüger, ihnen ein paar Informationskrumen hinzuwerfen, vielleicht hätten wir dann unsere Ruhe.«

»Kommt nicht in Frage.«

»Meine Erfahrung sagt mir …«

»Nicht, solange ich die Ermittlungen leite. Diese Reportagen verstoßen gegen die Menschenwürde. Ich untersage Ihnen, denen auch nur einen einzigen Fakt zuzuspielen. Ich hoffe, daß ich das nicht wiederholen muß.«

Er schluckte die dicke Nuß. Seine Augen waren zu sanft, um Haß ausdrücken zu können, aber ich wußte, daß ich das Schlimmste getan hatte: Ich hatte ihn an meine Autorität erinnert.

Ein Streifenpolizist trat ein.

»Hauptkommissarin, Sie werden am Telefon verlangt.«

Es war der Experte aus dem Labor.

»Wir haben den Stachel untersucht, Hauptkommissarin Delicado. Ich schicke Ihnen den Bericht gleich rüber.«

»Sagen Sie mir schon was vorab?«

Er räusperte sich.

»Nun, äußerlich bietet dieser Stachel keine interessanten Fakten. Es gibt keine Spuren, keine Hinweise. Aber ich kann Ihnen etwas über seine Beschaffenheit sagen. Er ist aus purem Silber, ohne Legierungen, und mit einer Rhodiumschicht überzogen.«

»Rhodium?«

»Das ist ein Material, das Silber zum Glänzen bringt; es wird im Schmuckgewerbe benutzt. Glauben Sie, daß Ihnen das helfen wird?«

»Ich nehme an, ja. Jetzt haben wir wenigstens etwas, auch wenn es nur das ist …«

Ich wußte nicht, ob ich meinen eigenen Worten glaubte; ein Material, das im Schmuckgewerbe benutzt wird – das war nicht gerade ein spektakulärer Hinweis. Aber vielleicht hatte dieses Material spezielle Charakteristika, vielleicht war es typisch für das Kunsthandwerk oder wurde vor allem an einem bestimmten Ort verwandt. Es war zumindest ein Ansatzpunkt.

Garzón erwartete mich an der Bürotür. Ich dachte, nun sei der Zeitpunkt gekommen, die Feindseligkeiten offen auszusprechen, aber nein, er beschränkte sich darauf, mir mitzuteilen: »Der Kriminalrat will uns sehen.«

Ich hatte ein taktisches Wortgeplänkel mit den Verbündeten erwartet, und nun erklärte der Feind mir offen den Atomkrieg.

»Wissen Sie, was er will?«

»Nein.«

»Nun, dann können Sie sich es ja vorstellen.«

»Ich stelle mir gar nichts vor, Hauptkommissarin. Ich gehe hin, wo man mich hinschickt, erfülle meine Pflicht und stelle keine Fragen, das wissen Sie ja.«

Mit dem Karabiner in der Hand, bereit, auf mich zu schießen. Im Zimmer des Chefs würde er die Gelegenheit nutzen.

Die ausweichenden Blicke des Kriminalrats, sein Zögern und sein offenes Lächeln, als er zu reden begann, machten mir sofort klar, warum wir hier waren. Vermutlich hatte er überlegt, daß es sinnlos war, drumherum zu reden, denn er kam sofort zur Sache: »Ich habe Sie rufen lassen, um Ihnen zu sagen, daß Sie zu Ihrer gewohnten Arbeit zurückkehren können.«

Trotz seiner Direktheit verstand Garzón ihn nicht richtig: »Nach Salamanca?« fragte er.

Mit dieser momentanen Zerstreutheit gab er unserem Chef die Gelegenheit, die Spannung zu lösen. Der hob die Hände und brach in Gelächter aus: »Nein, Oberkommissar, Gott bewahre! Hier bei uns sind Sie gut aufgehoben. Was ich sagen wollte, ist, daß Sie beide auf Ihrem Arbeitsplatz benötigt werden, Hauptkommissarin Delicado im Archiv und Sie…«

»Entschuldigen Sie, ich habe es nicht gleich erfaßt.«

Er lachte grundlos.

»Und in dem Vergewaltigungsfall werden wir nicht mehr gebraucht?« fragte ich.

»Na ja, man meint, Sie haben Ihre Pflicht erfüllt, aber jetzt werden Sie auf Ihren eigentlichen Posten nützlicher sein.«

»Und der Fall?« insistierte ich.

»Den werden andere übernehmen.«

»Die Leute, die bisher mit wichtigeren Dingen beschäftigt waren?«

Er lachte nicht mehr, aber er handhabte die Anordnung in gewisser Weise tolerant: »Sie werden sehen, aus einer etwas höheren Perspektive nimmt man besser wahr, wie der Apparat funktioniert. Manchmal werden einige Leute hier benötigt, andere dort… es ist nur wichtig, daß der gesamte Apparat gut funktioniert. Ich glaube, das ist leicht zu verstehen.«

»Und es ist nicht eher so, daß Sie unter Druck gesetzt worden sind?«

»Ich verstehe Sie nicht.«

»Señor, Sie wissen, daß die Presse einen Aufstand gemacht hat. Außerdem hat der Vater des letzten Vergewaltigungsopfers gedroht, seinen Einfluß geltend zu machen. Müssen wir annehmen, daß er es getan hat?«

»Die Entscheidung, Sie von dem Fall abzuziehen, hat der Kriminaldirektor gefällt, das gleich vorweg. Außerdem haben Sie beide sich in dieser Untersuchung tölpelhaft genug angestellt, so daß es kaum nötig ist, irgendeine Rechtfertigung für Ihre Entbindung zu finden.«

»Was haben wir falsch gemacht?« fragte ich.

Der Kriminalrat wand sich auf seinem Stuhl.

»Ich kann Ihnen nichts Konkretes sagen, aber gibt es in dieser Geschichte etwa Anzeichen einer Aufklärung?«

»Kommen Sie mir nicht damit, Señor. Sie wissen, daß in Spanien nur ein Bruchteil der angezeigten Vergewaltigungsfälle aufgeklärt wird. Wie können Sie von uns verlangen, daß wir das gleich zu Beginn schaffen?«

»Hauptkommissarin Delicado, bitte! Ich kann mir den Luxus einer Diskussion mit Ihnen nicht erlauben, das ist absolut nicht üblich. Wenn Sie eine offizielle Beschwerde einreichen wollen, tun Sie das, andernfalls gehen Sie jetzt bitte.«

»Allerdings, Señor, betrachten Sie alles, was ich sage, als eine offizielle Beschwerde, und ich will festhalten, daß ich nur für mich spreche, und nicht im Namen von Oberkommissar Garzón. Ich möchte erklären, daß ich mich als Opfer eines schamlosen Machtapparats fühle. Man kann nicht einem Profi einen Fall übertragen, um einen momentanen Engpaß zu überbrücken und die Einmischung anderer Kommissariate zu vermeiden. Desgleichen kann man einem Profi nicht einen Fall entziehen, nur weil es eine entwürdigende Pressekampagne gibt oder weil ein direkt in den Fall Verwickelter sich hysterisch aufführt.

Mit allem Respekt gegenüber meinem Vorgesetzten möchte ich darauf hinweisen, daß ich davon überzeugt bin, daß mich diese ungerechte Behandlung nur aus dem simplen Grund trifft, daß ich eine Frau bin, ein Mitglied des Kollegiums, das herunterzuspielen oder zu bespötteln einfach ist und ohne Folgen bleibt. Ich protestiere gegen diese Entscheidung. Ich glaube, Sie schaffen einen gefährlichen Präzedenzfall. Außerdem glaube ich, daß die Unabhängigkeit der Polizei angesichts der sozialen Probleme ernsthaft in ihrer Glaubwürdigkeit geschädigt wird. Ich protestiere mit allem Respekt, Señor.«

»Das ist Ihr gutes Recht. Schreiben Sie alles auf und gehen Sie jetzt.«

Ich tat es mit allem Takt, den aufzubringen ich imstande war. Garzón blieb schweigend im Zimmer zurück. Ich wußte nicht, was er für ein Gesicht gemacht hatte, denn ich hatte ihn nicht einen Moment lang angesehen.

Ich ging Richtung Kneipe. Verdammt noch mal, dachte ich, wochenlang habe ich mir gewünscht, daß sie mir die ganze schmutzige Angelegenheit abnehmen, und jetzt fordere ich sie mit solchem Aufwand zurück. Ich stützte die Ellbogen auf den Tresen. Ein kindisches Aufstampfen, ein Affekt, eine Dummheit, für die ich zweifellos bezahlen würde. Ich bestellte ein Glas Weißwein. Warum hatte ich so gehandelt? Aus Eitelkeit. Dieser Scheißkerl von Vergewaltiger hätte monatelang vor meiner Nase Mädchen überfallen können, und was hätte ich getan? Nichts, außer sie in entwürdigenden Reihen vorbeiziehen zu sehen, schlangestehende Vestalinnen vor dem Opferaltar. Spurensuche, Nachforschungen, keinerlei Antrieb, den Schuldigen festzunehmen, und all das gewürzt mit burlesker Alltäglichkeit: Essenspäuschen, Streit mit dem Oberkommissar... Aber jetzt beabsichtigte jemand, mein hochheiligstes Ego anzugreifen, und ich sprang auf wie eine Katze, sah mich an der Schwelle zu wichtigen Entdeckungen aus einer Untersuchung herausgerissen. Bah! Plötzlich bemerkte ich, daß neben mir Garzón saß, die Ellbogen auf den Tresen gestützt. Ich begrüßte ihn mit einer vagen Bewegung und trank meinen Wein. Jetzt hatte er sich in einen unbequemen Zeugen meiner Dämlichkeit verwandelt. Ich roch sein Varón Dandy, ein verwirrendes und schweres Parfüm wie Großmutters Suppe.

»Ich habe mich mit Ihnen solidarisiert«, sagte er gutmütig.

Ich schwieg.

»Als ich ging, habe ich dem Kriminalrat gesagt, daß ich mich mit Ihnen solidarisiere.«

»Sagen Sie das noch mal.«

»Sie haben mich sehr gut verstanden, ich werde es nicht wiederholen.«

»Sie haben eine Dummheit gemacht.«

»Vielleicht.«

Ich nahm einen großen Schluck aus meinem Glas.

»Schauen Sie, Oberkommissar, ich bin mir keinesfalls sicher, ob ich richtig gehandelt habe.«

»Mir hat es gefallen, besonders das mit dem schamlosen Machtapparat. Es ist richtig, was Sie gesagt haben. Sie waren sehr gut.«

»Es war ein Ausfall, der zu nichts nütze war, außer daß ich mir vielleicht eine Rüge eingehandelt habe.«

»Das ist eine andere Geschichte, aber Sie waren trotzdem sehr gut, beherrscht, sehr vernünftig, stilvoll, offen gesagt draufgängerisch, wenn Sie mir diesen Ausdruck erlauben.«

Er hätte wohl kaum gesagt, was er nicht fühlte; er traute sich nicht mal, mich anzusehen, sondern verharrte neben mir wie eine Figur auf einem ägyptischen Wandbild.

»Ich denke immer noch, daß Sie Ihr Frausein ganz frech ausnutzen, aber, wer weiß, vielleicht ist es gar nicht so schlecht, auf die Waffen zurückzugreifen, die einem zur Verfügung stehen.«

Wir schwiegen einen Moment lang, dann fuhr er fort:

»Wenn Sie das Gesicht des Kriminalrats gesehen hätten, als Sie abrauschten! Es war ihm sehr unangenehm.«

Ich lächelte.

»Was hat er Ihnen über mich erzählt? Daß ich ein Mädchen aus gutem Hause bin, das sich bei der Polizei eingeschmuggelt hat?«

»So was ähnliches.«

»Kann ich mir vorstellen.«

»Vielleicht hat er seine Meinung inzwischen geändert.«

»Einen Scheiß wird er seine Meinung geändert haben! Und selbst wenn er es täte, sie haben uns den Fall entzogen, und das läßt sich nicht ändern.«

»Das ärgert Sie, nicht wahr?«

»Ich bringe gern zu Ende, was ich anfange.«

»Ich auch.«

Es waren nur wenige Leute im Lokal. Garzón trank seinen Grappa aus.

»Petra, ich habe den Eindruck, daß ich nie sehr freundlich zu Ihnen war.«

»Ach, vergessen Sie's!«

»Was halten Sie davon, woanders noch etwas zu trinken?«

»Fühlen Sie sich nicht in meiner Schuld.«

»Ich möchte nur, daß wir unsere Zusammenarbeit zivilisiert beenden.«

»Na gut.«

Wir spazierten über die Ramblas. Es war teuflisch kalt, aber mein eigenwilliger Hercule Poirot schien das nicht zu bemerken. Er trug seinen verknitterten Regenmantel unterm Arm und zeigte sein tapferstes Gesicht. Worauf begründete sich seine Verwandlung? Hatte er zum erstenmal Einwände gegen eine Anordnung gehört? Möglicherweise. In seiner langen Laufbahn war er doch sicher Zeuge etlicher Aufstände von unzugänglichen Gesellen gewesen, vielleicht sogar einer gewaltsamen Reaktion eines Untergebenen gegen seinen Vorgesetzten, aber es war offensichtlich, daß meine kühnen und rhetorischen Forderungen ihm neu waren und im Glanz der Rechtschaffenheit erschienen. Über fünfzig Jahre standhaftes Befolgen von Anordnungen dürfte gräßliche Nierenschmerzen verursachen, aber Garzón hatte sie ertragen. Dennoch hatten wiederholt gestellte lebenswichtige Fragen am Ende des Weges eine viel tödlichere Wirkung als alle gerauchten Zigaretten, als fettes Schweinefleisch oder Kaffee. Daran sterben die Leute wirklich – wenn sie sich eines Tages erstickt fragen, ob ihre lebenslange Haltung die Mühe wert war oder nicht. Ich hoffte, daß dies bei Garzón nicht der Fall sein würde, daß seine Solidarität mit mir nicht nur auf eine Anekdote hinauslaufen würde.

»Wissen Sie, daß wir eine Spur haben?«

Er verstand mich nicht. Ich berichtete ihm von meinem Telefongespräch mit dem Laboranalytiker über den mit diesem merkwürdigen Metall überzogenen Silberstachel.

»Es ist immer dasselbe!« rief er aus. »Wenn man glaubt, auf dem richtigen Weg zu sein, überstürzt sich das Ende.«

»Was wollen Sie damit sagen?«

»Ich philosophiere.«

»Aha.«

»Es erscheint Ihnen seltsam, daß dieser dicke Kommissar philosophiert, nicht wahr?«

»Durchaus nicht!«

»Aber so ist es doch. Du sagst dir: Gut, jetzt ist alles soweit in seinen Bahnen, ich werde ganz ruhig da bleiben, wo ich stehe, und plötzlich überstürzen sich die Ereignisse, alles fällt in sich zusammen, und man muß wieder von vorn anfangen.«

»In meinem Fall ist das nicht so.«

»Nein?«

Wir standen vor dem *Café de L'Ópera.*

»Gehen wir rein?«

Wir suchten uns einen Tisch zwischen jungen Pseudo-Bohemiens und ein paar Touristen. Garzón betrachtete die schmierige Vertäfelung, die verbrauchten Lampen, die Spiegel, die irgendwann einmal geglänzt hatten.

»Gefällt es Ihnen? Es ist ein Relikt aus der Vergangenheit, aber lassen Sie sich nicht täuschen, es ist nur wenig authentisch, in Wirklichkeit hat es gar nichts Unkonventionelles, die Kundschaft ist bunt zusammengewürfelt.«

Garzón kratzte sich den Bart.

»Ich mag den Luxus des vergangenen Jahrhunderts. Als ich in Barcelona ankam, habe ich mich vor das Portal des Liceus gestellt, nur um es zu betrachten. Der moderne Luxus ist anders, nicht so detailverliebt, nicht so unnütz.«

Ich betrachtete ihn neugierig. Er war der widersprüchlichste Typ, den ich je kennengelernt hatte. Bisher schien er ständig mit sozialen Problemen beschäftigt gewesen zu sein, und jetzt stellte sich heraus, daß er den bürgerlichen Geist pries.

»Sie wissen gar nicht, was ich dafür geben würde, hier eine Oper zu besuchen! Nehmen wir Madame Butterfly. Diese schöne, verzweifelte und hemmungslose Japanerin, die kleinen Brücken der asiatischen Gärten …«

Ich lachte auf. Ein wirklich exzentrischer Mann. Hatte nur die heroische Auseinandersetzung mit dem Kriminalrat diese Veränderung bewirkt? Ich wollte es nicht glauben. Zweifellos war ich ihm von Anfang an sympathisch gewesen. Vermutlich hatte er es satt, sich mir gegenüber herablassend zu gebärden und sich wie ein offizieller Vertreter des dominanten Geschlechts zu verhalten. Diese Wiederbelebung wurde langsam amüsant. Wenn sich die eisernen Klappen seines gestreiften Hemdes öffneten, erschien ein sensibler, verträumter Mann. Aber, wie er gesagt hatte, die Umstände rissen Narben ins Leben, und man mußte wieder von vorn anfangen. Soviele Schätze er auch als komischer Bulle bewahrte, sie waren nicht mehr für mich bestimmt. Da wir den Fall nicht mehr hatten, war es sehr wahrscheinlich, daß wir uns nie wiedersehen würden.

»Und wie ist es bei Ihnen?«

»Was?«

»Sie wollten mir gerade erzählen, wie Ihr Leben funktioniert. Erinnern Sie sich?«

Ich lächelte. Lange hatte sich niemand mehr für meine Art zu denken interessiert, das gehörte zu einer anderen Zeit, der Jugend, dem Fieber nach dem Gespräch. Garzón wartete auf meine Antwort. Er wirkte wie ein römischer Senator in einer südlichen Provinz. Ich sah seinen langsam kahl werdenden Hinterkopf im Spiegel.

»Sehen Sie… Sie haben gesagt, daß in Ihrem Leben alles gut funktioniert, und plötzlich gibt es einen unerwarteten Umschwung, der zerstörerisch wirkt. Bei mir ist es genau das Gegenteil, mein Leben ist nie in Ordnung. Wenn ich an einem Punkt angelangt bin, an dem sich alles wiederholt, dann will ich Veränderung. Dann steht ein Wechsel des Berufs, des Ehemanns, der Wohnung an… Ich weiß nicht, es ist eine ständige Unruhe, ich muß mir ordentlich die Hörner abstoßen, brauche eine Umwälzung, eine unerwartete Entscheidung, einen Bruch.«

Eine Gruppe von Studenten neben uns lachte schallend auf, aber Garzón nahm sie nicht wahr, er war in Gedanken versunken, wie hypnotisiert.

»Das heißt…, daß Sie Ihr Leben selbst bestimmen.«

»Nein, leider nicht! Das soll heißen, daß ich immer wieder in große Unzufriedenheit und Niedergeschlagenheit versinke, daß mich das Gute, was ich habe, belastet, daß ich die grundlegenden Elemente meiner Persönlichkeit nicht im Griff habe.«

»Nicht so schnell, Hauptkommissarin, ich habe nicht die gleiche Bildung wie Sie, ich komme nicht mit.«

»Reden Sie keinen Unsinn! Was ich sagen will, ist folgendes: Wenn ich etwas sicher habe, gibt es in meinem Innern einen unkontrollierbaren Impuls, der mich zur Veränderung treibt, der mich unbekanntes und gefährliches Terrain betreten läßt. Das hat dazu geführt, daß ich eines Tages meine Karriere als Anwältin hinschmiß und Polizistin wurde, mich scheiden ließ und wieder heiratete …«

»Und sich wieder scheiden ließen.«

»Genau. Das würde ich nicht gerade Selbstbestimmung nennen.«

»Aber Sie tun, wozu Sie Lust haben.«

Über die Ramblas spazierten noch immer merkwürdige Leute. Wir schwiegen eine ganze Weile. Garzón rauchte schon der Kopf vom vielen Nachdenken.

»Was es nicht alles gibt, eh, Hauptkommissarin?«

»Können Sie mal sehen.«

Mein leerer Magen war vom vielen Alkohol angegriffen, und ich schlug vor, etwas zu essen. Sein Gegenvorschlag überraschte mich, er wollte, daß wir ins *Efemérides* gingen. Ich wußte, daß das zuviel für mich sein würde, aber ich akzeptierte.

Pepe empfing uns wenig überrascht. In seinem Lokal ging es recht lebendig zu, es war voller junger Leute, die sorglos ihr Bier tranken. Jemand hatte ein Schild an die Wand gehängt, auf dem stand: »Auch ich habe mich vom ersten Stein befreit.« Hamed schenkte uns sein erfrischendstes Lächeln.

»Was habt ihr heute für ein Menü?« fragte Garzón wie ein echter Stammgast.

»Bohneneintopf mit Joghurt.«

»Haben Sie darauf Appetit, Hauptkommissarin?«

»Warum nicht?«

Pepe entkorkte Flaschen und servierte gelassen die Menüs. Man mußte anerkennen, daß hier alles gut organisiert war. Hamed stellte zwei dampfende Teller vor uns auf den Tisch, ich wandte mich an meinen Kollegen.

»Warum kommen Sie so gern hierher?«

Er schlang sein Essen hinunter, als würden ihm mehrere Hunde den Bissen streitig machen wollen.

»Ich weiß nicht, es ist angenehm hier, niemand schaut dich an, viele junge Leute. Pepe und ich unterhalten uns angeregt. Sein Standpunkt ist sehr eigenwillig.«

»Den kenne ich, den brauchen Sie mir nicht zu erläutern.«

»Außerdem habe ich die arabische Küche entdeckt, ein Grund mehr.«

Er bat um Nachschlag, und in freimütiger Harmonie aßen wir und tranken Wein, als hätten wir unser Leben lang nichts anderes getan und als wäre dies das größte Glück. Als alle Gänge serviert waren, kamen Pepe und Hamed zu uns an den Tisch, um ein wenig zu plaudern.

»Habt ihr den Kerl geschnappt?« fragten sie.

»Ich fürchte, nein.«

Pepe ergriff das Wort.

»Ich bin immer mehr davon überzeugt, daß es sich um einen Erstlingstäter handelt. Zweifelsohne hat der Mann sein Leben lang Gutes getan und ist jetzt stolz darauf, sich im Bösen zu versuchen. Er agiert aus verstandesmäßiger Überzeugung heraus, er experimentiert.«

»Das ist lächerlich«, bemerkte ich.

Garzón lachte.

Pepes Theorien, immer abgehoben, fern jeglicher Realität. Wie oft hatte er mich während unserer Ehe mit seinen unmöglichen Einfällen aus dem Häuschen gebracht! Alles das, was mir, als ich ihn kennenlernte, so originell erschienen war, hatte später einen schwärmerischen Hauch angenommen, den ich nicht ertrug.

»Wir sind nichts anderes als Tiere mit Verstand, nie wird eine Welt ohne das Böse existieren«, sagte Hamed.

»Besser, ihr hört auf zu spekulieren«, erwiderte ich. »Sie haben uns den Fall entzogen.«

»Was, warum denn?«

»Weil Petra eine Frau ist«, sagte Garzón, und ich hörte die Ironie in seiner Stimme.

»Das scheint mir nicht Grund genug.«

»Aber es scheint dir auch nicht schlecht«, sagte ich.

»Im Grund habe ich, seit sie dir diesen Fall übertragen haben, gedacht, eine Frau bei Vergewaltigung ermitteln zu lassen ist, wie einen Farbigen zu beauftragen, über die Apartheid zu urteilen. Zuviel Betroffenheit.«

Sie warteten darauf, daß ich explodierte, also mußte ich explodieren.

»Natürlich, Pepe, du hast recht, man sollte den Vergewaltiger auf frischer Tat schnappen und, bevor man ihm die Handschellen anlegt, fragen: Ist seine Absicht vielleicht gut?«

Sie lachten. Garzón am lautesten. Sicherlich war er erleichtert, einmal nicht Zielscheibe meiner feministischen Schmähreden zu sein. Pepe versetzte mir einen leichten Klaps auf den Kopf.

»Ist sie nicht eine leidenschaftliche Frau?«

Wie ein Vater, stolz auf sein Mädchen. Wir hatten dieses Spiel schon zu anderen Gelegenheiten gespielt, ich als kleines Mädchen unter seiner Obhut, er beständig und ausgeglichen. Wir hatten versucht, unseren Altersunterschied mit einem Rollentausch auszugleichen. Aber auch dieser liebevolle Köder zog nicht. Garzón schaltete sich ein.

»Abgesehen davon, daß wir es nicht geschafft haben, etwas herauszufinden, eines ist sicher: Alles scheint darauf hinzuweisen, daß sie uns den Fall so oder so entzogen hätten. Besonders seit in den Zeitungen darüber berichtet wurde. Aber Petra hat schon mündlich Widerspruch eingelegt, den sie nur noch schriftlich abfassen muß, und ich werde ihn unterschreiben.«

»Ich weiß nicht, ob es die Mühe wert ist. Ich habe gar keine Lust dazu.«

Pepe brachte uns Kaffee und einen Kuchen mit dickem Guß.

»Wenn das ein amerikanischer Spielfilm wäre, würdet ihr auf eigene Rechnung weiterermitteln, bis ihr den Typen habt.«

»Ich hasse amerikanische Spielfilme«, sagte Hamed. »Sie sind immer rassistisch. Außerdem ist mir die Action zu hektisch, ich verstehe nicht alles.«

Allmählich verstand ich, warum Garzón hierherkam, was er hier tat. Im Grunde nichts weiter, als in herzlicher Atmosphäre seine Abende zu verbringen, an widersinnigen Überlegungen teilzuhaben und herumzublödeln.

Nach einigen Gläsern auf Kosten des Hauses verabschiedete ich mich schließlich um zwei Uhr morgens. Garzón blieb sitzen und gab mir zum Abschied die Hand. Es war irgendwie neblig, dichte Schwaden zogen vorüber. Ich setzte mein Auto in Gang. Um diese Zeit war fast niemand mehr auf der Straße. Gut, das war's, es war zu Ende. Wir hatten eine kurze Zeitspanne unseres Lebens in einer schrecklichen Realität verbracht und hatten nichts ausrichten können. Wir waren lächerlich, nutzlos, pathetisch:

der dicke Oberkommissar und die Vierzigjährige, die Frauenrechte einforderte. Eine Posse!

In der darauffolgenden Woche gewöhnte ich mich wieder an meine Routinearbeit im Archiv. Es war, wie ein bißchen Manna gekostet zu haben: Wenn ich jetzt beides miteinander verglich, kam mir alles fade vor. In der Ermittlungsarbeit steckte ein enormes Potential an Aufregung, es wäre töricht gewesen, das zu leugnen. Es war wie eine Bahnfahrt; obwohl der Körper ruhig dasitzt, zieht alles an dir vorüber, alle Beteiligten handeln weiter. Du sitzt da und denkst nach, ordnest mit aufmerksamen Augen, um die Haltestelle nicht zu verpassen, die Fakten. Es war auch bewegend, so blindlings in Berührung mit der Realität zu kommen, Zeugin der moralischen Erbärmlichkeit, des Kummers, des Schreckens zu werden. In keinem Augenblick meines früheren Lebens hätte ich mich für fähig gehalten, das zu ertragen, aber es war verflixt einfach. Du urteilst nicht, du mischst dich nicht ein, deine Sensibilität stumpft ab, und schließlich glaubst du, daß die Vorsehung dich dort hingestellt hat, damit du das Unrecht abschaffst und für die Gerechtigkeit kämpfst. Aber selbst wenn es dir gelingt, den Schuldigen zu erwischen, kannst du nichts anderes tun, als alle in ihre Scheiße zurückzuschicken: das Opfer in sein Trauma und den Bösewicht ins Gefängnis. Dennoch war der Cocktail aus dem Kampf für das Gute und der Macht ein echtes Rauschmittel, das ich nie mehr nehmen würde.

Nach und nach gelang es mir, meinen früheren Frieden wiederzufinden. Ich ging früh nach Hause, machte mir was zu essen, trank mit irgendwelchen Freunden Kaffee und vermied es, zu erfahren, wer die Ermittlungen jetzt leitete. Eines Freitagabends begann ich, getrieben von meinem Perfektionsdrang, sogar, meine Bücher ins Regal zu sortieren. Irgendwann klingelte das Telefon, es war Garzón.

»Schalten Sie sofort den Fernseher ein, drittes Programm.«

Er sagte kein weiteres Wort und hängte auf. Erst dachte ich gar nichts, aber als ich auf das Gerät zuging, kam mir die Idee, daß sie womöglich die Festnahme des Vergewaltigers bekanntgaben. Dem war nicht so. Auf dem Bildschirm erkannte ich sofort Patricia. Sie sprach und sah dabei wie eine abgetakelte Berufsschauspielerin ohne die geringsten Hemmungen in die Kamera.

»Es war schrecklich«, sagte sie.

Dann fuhren sie die Großaufnahme zurück, und ich sah neben ihr Sonia und Salomé sitzen. Ihnen gegenüber, nur im Profil sichtbar, erkannte ich die Journalistin, mit der ich hätte reden sollen.

»Seid ihr wütend auf ihn?« fragte sie.

»Nein«, antwortete Sonia.

»Was wünscht ihr ihm?«

»Wir wünschen nur, daß er gefaßt wird, damit alle Mädchen unbesorgt unterwegs sein können.«

Sie hatten also ein perfektes Drehbuch für die Mädchen gebastelt, nicht ein falsches Wort, nicht eine, die bei dem erschütternden Drama außen vor stand. Wieder klingelte das Telefon. Es war Pepe.

»Im Fernsehen …«

»Ja, ich weiß, im dritten.«

Ich legte auf.

»War euer Verhältnis zur Polizei gut?«

»Die Chefin war eine Frau«, sagte Patricia mit Engelsgesicht.

»Dann war sie also sehr verständnisvoll.«

»Nein, überhaupt nicht. Meine Mutter hat sie angeschrien.«

»Sie hat sie angeschrien? Aus welchem Grund?«

Diese verdammte Sensationshascherin war bereit, schamlos zu übertreiben.

»Weil sie geweint hat.«

»Na fein.«

»Ja, und sie hat uns psychisch mißhandelt.«

Ich schluckte zweimal.

»Wie war das? Kannst du das genauer erklären?«

»Sie hat uns drei bestellt und fragte uns alles noch einmal. Wir schämten uns und mußten uns wieder an die Vorfälle erinnern.«

Hier unterbrach die Journalistin die Unterhaltung einfach und drehte sich zur Kamera. Die Mädchen blieben grau im Hintergrund. Nur Salomé hatte weiter geschwiegen, ich sah sie mürrisch und stirnrunzelnd dreinschauen.

»Sie haben es ja gehört. Man muß hinzufügen, daß die Polizisten, von denen die Mädchen berichten, bereits von dem Fall abgezogen worden sind. Trotzdem hoffen sie weiter, daß…«

Ich sprang auf und schaltete den Fernseher ab. Dann nahm ich ein Blatt Papier und begann zu schreiben:

An den verehrten Herrn Kriminaldirektor, Chef der Polizeidirektion Barcelona.

*Sehr geehrter Herr Direktor: Nachdem ich meine Würde in Frage gestellt sah und an meinem beruflichen Vorgehen unbegründete Zweifel geäußert wurden, muß ich Ihnen zur Kenntnis bringen, daß eine öffentliche Bedrohung über dem kleinen, aber wichtigen weiblichen Polizeipersonal schwebt, das unter Ihrer Leitung steht. Da ich Ihren Sinn für Gerechtigkeit kenne, erlaube ich mir, Sie zu bitten…*

Garzón rief zum zweitenmal an.

»Haben Sie das gesehen, Petra?«

»Ja.«

»So eine Scheiße.«

»Vergessen Sie's, Oberkommissar.«

»Ich bin sicher, daß sie dafür bezahlt worden sind, sich in dieser widerlichen Komödie zu präsentieren. Glauben Sie, daß der Vergewaltiger das gesehen hat?«

»Ist möglich, und ich frage mich, was das für Folgen haben wird.«

»Vermutlich geht uns das nichts mehr an.«

»Das werden wir sehen.«

»Was wollen Sie damit sagen?«

»Ich will gar nichts sagen. Ich bin sehr müde, entschuldigen Sie, ich glaube, ich werde ins Bett gehen.«

»Sie Glückliche, daß Sie schlafen können.«

»Sie nicht?«

»Ich bin mir nicht sicher.«

»Versuchen Sie es.«

*...die Entscheidung unserer Vorgesetzten bezüglich der Entbindung von dem Fall noch einmal zu überdenken. Das würde zeigen, bis zu welchem Grad sich die Polizei von Presseberichten beeinflussen läßt...*

Es klingelte erneut. Wieder Pepe, ungelegen wie immer.

»Hast du diese schreckliche Sendung gesehen?«

»Ja.«

»Ich nehme an, du bist...«

»Hör mal, Pepe, todmüde bin ich, also laß uns dieses unangenehme Thema auf einen anderen Tag verschieben, einverstanden?«

Ich ließ ihm nicht einmal die Zeit zu antworten. Armer Pepe, immer hatte er das Pech, sich mit meiner unangenehmsten Seite abrackern zu müssen.

# 7

Vierundzwanzig Stunden nachdem ich den Brief abgeschickt hatte, war uns der Fall auf direkte Anordnung des Kriminaldirektors wieder übertragen worden. Der Posten des Kriminaldirektors gehört zur Exekutive, die von oben Entscheidungen trifft, aber keine Einzelheiten klärt. Deshalb war es an mir, mit dem Kriminalrat zu verhandeln. Ich wollte, daß alles so weiterlief wie bisher: Ich leitete die Ermittlungen, und Oberkommissar Garzón war mein Assistent. Es wäre jedoch kindisch gewesen zu glauben, daß die neue Situation allein meinem Schreiben zu verdanken gewesen wäre. In Wirklichkeit mußte es nach unserer Entbindung eine ganze Menge interner Streitigkeiten gegeben haben. Das Image eines Polizeiapparates, der sich dem Druck der Presse beugt, war besorgniserregend. Aber auch das Auftauchen der drei Opfer im Fernsehen und das hinterhältige Interview, das sie zu Objekten gemacht hatte, dürften zu der Meinungsänderung beigetragen haben. Uns weiter draußen zu halten wäre gleichzusetzen gewesen mit dem Eingeständnis, daß es im Grunde leichtsinnig gewesen war, Garzón und mich überhaupt mit dem Fall zu betrauen. Und dann war da noch die Frage der Weiblichkeit, um so mehr, als es sich um einen Vergewaltigungsfall handelte. Setzte man in der Polizeidirektion Frauen nur für belanglose Aufgaben ein, obwohl sie qualifiziert waren? Das konnte man unmöglich zugeben, selbst wenn es stimmen sollte – oder gerade weil es so war.

Garzón war sehr zufrieden, als er von unserer Wiedereinsetzung erfuhr. Als ich ihm von dem Brief erzählte, war er baff.

»Warum haben Sie mir nichts davon gesagt?«

»Na ja, wenn ich nichts erreicht hätte, hätten Sie auch nichts davon erfahren.«

»Sehr geschickt!«

Dann ließ er sich in einer Reihe von komplexen Abhandlungen über die Vorgehensweise von Frauen aus – nie direkt, aber immer wirkungsvoll –, wobei er sich bis zu einem gewissen Grad in seine Überlegungen verwickelte, so daß ich unterbrechen mußte, damit das, was anfangs wie ein Lob geklungen hatte, nicht in einem Affront endete. Ich fand mich mit seiner Glückseligkeit ab, ich hatte ihn noch nie so euphorisch erlebt.

Zunächst mußten wir den Fall da wieder aufnehmen, wo ihn uns unsere vorübergehenden Vertreter übergeben hatten. Zu meiner Überraschung – im Grunde hatte ich immer gedacht, daß die anderen besser seien – waren sie in der Angelegenheit keinen Schritt weitergekommen. Sie hatten die ganze Woche damit zugebracht, sich über den Stand der Ermittlungen zu informieren. Gut, dann mußten wir also an dem Punkt weitermachen, an dem wir aufgehört hatten: bei dem Silberstachel. Ich bat Garzón, sich nach einem Juwelier zu erkundigen, der regelmäßig als Informant oder Verbindungsmann arbeitete oder der Polizei zumindest traute. Ich versuchte unterdessen herauszufinden, was in unserer Abwesenheit vorgefallen war. Nichts Wesentliches: eine gewisse Störung durch den Vater des letzten Opfers, etwas, womit ich schon gerechnet hatte; und die Mädchen hatten hunderttausend Peseten für ihren Fernsehauftritt erhalten, jede selbstverständlich. Das mußte für sie vielen Arbeitsstunden entsprechen, also würden sie wieder vor die Kamera treten, wenn man sie darum bat.

Ich mußte den Richter dazu bringen, eine absolute Nachrichtensperre betreffs der Ermittlungen zu verhängen. Sollten die Vergewaltigungen das Werk eines Einzeltäters sein, war ich davon überzeugt, daß dieser sich von seiner Berühmtheit antreiben ließ und daß die Starauftritte der Mädchen nichts anderes bewirkten, als seinem Ego zu schmeicheln und die Situation zu verschärfen. Aber es war schwierig, eine Nachrichtensperre zu erwirken: Es gab weder einen Angeklagten noch einen Tatverdächtigen, gegen den wir ein Ermittlungsverfahren einleiten konnten. Man würde außerdem behaupten, daß die Opfer mit ihrem Leben tun konnten, was sie wollten. Solange das skandalumwitterte Echo auf den Fall nicht verklungen war, würden sich die Aasgeier noch auf die kleinsten Fäulnisreste stürzen. In einem verzweifelten Versuch, den abartigen Prozeß zu stoppen, entschloß ich mich, sie aufzusuchen und sie davon zu überzeugen, daß sie keine Interviews mehr geben sollten. Ich wollte keine moralische Beurteilung von mir geben, dazu fühlte ich mich nicht berechtigt. Ihr Verhalten war verständlich, vielleicht hatten sie zum erstenmal in ihrem kurzen und langweiligen Leben irgendeinen Vorteil aus ihrem Unglück gezogen. Es wäre heuchlerisch gewesen, sich hinzustellen und sie zu verurteilen. Die einzige Taktik, die mir sinnvoll erschien, war, ihnen angst zu machen, was nicht sehr anständig, aber effektiv sein würde, wie ich hoffte. Ich notierte das in mein neues, nur für diesen Fall gedachtes Notizbuch, das meinen wiederbelebten Ermittlungselan demonstrieren sollte.

Um sieben Uhr abends an diesem verregneten Tag kam Garzón ins Büro. Er hatte seinen Auftrag ausgeführt, eine halbe Stunde später hatten wir eine Verabredung mit einem Juwelier. Er konnte uns erst nach Ladenschluß empfangen, denn er war ein angesehener Mann in Barcelona, Abkömmling der oberen Mittelschicht, und hatte nicht das geringste Interesse daran, seine Kundschaft erfahren zu lassen, daß er ab und zu mit den Bullen zusammenarbeitete. Er tat es aber und kassierte gut. Unter einem gemeinsamen Regenschirm kamen wir in seinem Geschäft an. Es war ein eleganter und luxuriöser Laden, automatisch sah ich an mir hinunter und bemerkte, daß meine nicht mehr ganz neuen Schuhe trieften. Der Juwelier empfand anfangs Widerwillen, dann Neugier, und schließlich blitzte in seinen Augen so etwas wie Spott auf. Wie jeder andere auch hatte er die Meldungen im Fernsehen verfolgt und erkannte in uns die beiden unfähigen Polizisten wieder, von denen so viel geredet wurde. Wir zeigten ihm den Stachel, und er betrachtete ihn unter der Lupe.

»Ich weiß nicht, was ich Ihnen sagen könnte, es ist ein Silberstachel, mit Rhodium überzogen.«

»Erzählen Sie uns von diesem Material.«

»Rhodium? Da gibt's nicht viel zu erzählen. Vor ein paar Jahren wurde es noch viel für Silberschmuck benutzt, es glänzt sehr, verschönert den blassen Schimmer von Silber, der Effekt ist sehr auffällig. Später hat man herausgefunden, daß viele Frauen allergisch darauf reagieren, und hörte allmählich auf, es zu benutzen.«

»Abgesehen vom Glanz, welche Eigenschaften hat es noch?«

»Keine, die mir bekannt wären.«

»Könnten Sie bestätigen, daß es das Silber härter macht?«

»Na ja, jedes Bad tut das, egal aus welchem Material.«

Garzón war zufrieden wie ein Schüler. Er fuhr fort: »Sie haben gesagt, daß es kaum noch benutzt wird.«

»So ist es.«

»Dürften wir erfahren, ob es einen Juwelier gibt, der es noch benutzt?«

Er schnaubte: »Jeder könnte es noch benutzen, oder keiner, ich weiß es nicht.«

»Da es ein veraltetes und nur noch wenig benutztes Material ist – glauben Sie nicht, daß es eine kleine oder alte Werkstatt geben könnte, jemanden, der nicht auf dem neuesten Stand ist und es noch verwendet?«

»Schon möglich.«

»Fällt Ihnen jemand ein?«

»Großer Gott! Wissen Sie, was Sie mich da fragen? Es gibt einen Haufen kleiner veralteter Werkstätten in Barcelona.«

»Ich verlange ja nicht, daß Sie mir jetzt gleich antworten. Nehmen Sie sich Zeit. Vielleicht könnten Sie uns eine Liste machen, anhand derer wir weiterarbeiten können.«

»Das wäre eine lange Liste.«

»Tun Sie es, bitte.«

»Also gut, aber ich bin mir nicht sicher, daß Sie das weiterbringt. Es gibt über die ganze Stadt verteilt kleine Werkstätten und Goldschmiede, die ohne Lizenz in ihrer Wohnung arbeiten. Sie machen Pfuscharbeit, Reparaturen für Verwandte und Bekannte. Sie können sich sicher vorstellen, daß die unmöglich alle zu erfassen sind.«

»Wir haben Grund zu der Annahme, daß der Mann, den wir suchen, nicht zu jemandem gegangen ist, der ihn kennt. Es ist wahrscheinlicher, daß er Anonymität vorzieht.«

»Diese Liste erfordert ziemlich viel Arbeit, und ich glaube trotzdem, daß sie zu nichts nütze sein wird.«

»Das ist unser Problem«, sagte der Oberkommissar. Er kannte seine Formeln, die geeigneten Füllwörter und den richtigen Moment, sie anzubringen. Wir verabschiedeten uns und gingen wieder in die feuchte Nacht hinaus.

»Was für ein Typ!«

»Alle, die für die Polizei arbeiten, sind irgendwie Fatzkes.«

»Wie können Sie so etwas sagen, Fermín?«

»Wie haben Sie mich genannt?«

»Sie heißen doch Fermín, oder nicht?«

»Ja, aber es ist das erste Mal, daß sie mich mit meinem Vornamen ansprechen.«

»Ich dachte, das ist Ihnen egal.«

»Es ist mir auch egal, nur tut ab und zu eine gewisse persönliche Note ganz gut, es nimmt dieser Arbeit etwas von der Härte.«

»Wollen Sie, daß wir uns duzen?«

»Nein, niemals, Sie sind Hauptkommissarin und ich Oberkommissar. Das wäre nicht korrekt.«

Ich lachte. Dieser Oberkommissar war ein verrücktes Huhn, oder er befand sich ironischerweise in einem Prozeß der Entmystifikation all dessen, was bisher für ihn wichtig gewesen war. Er glich kaum noch dem anfänglich so verbissenen Polizisten, der die Gesetzestafeln in der Westentasche zu tragen schien.

»Wie wär's, wenn wir ein Glas trinken gingen?«

»Heute nicht, ich bin müde.«

»Werden Sie früh schlafen gehen?«

»Ich werde noch ein bißchen lesen.«

»Nun, dann schau ich noch mal im *Efemérides* vorbei.«

»Was gibt Ihnen das?«

Er schlug den Mantelkragen hoch und wußte nicht, was er antworten sollte. Schließlich rechtfertigte er sich.

»Vielleicht ist es Ihnen nicht aufgefallen, aber die meisten Leute reden ewig das gleiche. Ich bin siebenundfünfzig Jahre alt, und das bedeutet viele Gesprächsstunden. Bei diesen Jungs dagegen weiß man nie, welches Thema sie ansprechen werden. Wir reden von der Landwirtschaft, von abessinischen Stämmen, über die Bibel. Wußten Sie, daß Hamed die Bibel ziemlich gut kennt? Er ist eine Art Abtrünniger, er sagt, sie erscheint ihm viel unterhaltsamer als der Koran.«

Plötzlich sah er mich an.

»Verstehen Sie, was ich meine?«

Ich nickte lächelnd, und er verabschiedete sich. Ich blickte ihm nach, wie er sich entfernte. Er sah aus wie ein Whiskyfäßchen. Vielleicht würde ihm eines Tages einer seiner Zigarettenschmuggler eine Kugel in den Leib jagen und ihn töten. Nichts würde sich ändern, und möglicherweise würde sich niemand an ihn erinnern. Aber vielleicht würde ein Gast des *Efemérides* ihm einen ungewöhnlichen Nachruf, einen knappen Satz oder einen Bibelvers widmen.

Am nächsten Morgen suchte ich alle Ärzte auf, die die Wunden von dem Blumenmal versorgt hatten. Bei keinem Mädchen waren allergische Reaktionen aufgetreten. In der letzten Klinik traf ich auf Señor Masderius.

»Was machen Sie hier?« herrschte er mich an.

»Wir haben noch immer keine Aussage von Ihrer Tochter.«

»Das eilt nicht, sie ist auf dem Weg der Besserung.«

Er haßte mich, als wäre ich die Vergewaltigerin.

»Hören Sie, Señor Masderius, wir treffen uns hier, weil ich ermittle, und ich nehme an, das sollte Ihnen nur recht sein.«

»Ermitteln Sie, was Sie wollen, aber halten Sie sich von meiner Tochter fern.«

»Sie wissen, daß Ihre Tochter offiziell vor Gericht erscheinen muß?«

»Das wird sie. Bis dahin will ich weder, daß Sie in ihre

Nähe kommen, noch, daß sie mit irgend jemandem Umgang hat, der sie an das erinnert, was geschehen ist.«

»So einfach lassen sich die Dinge nicht auslöschen.«

»Hab' ich Sie um Ihre Meinung gebeten? Sie haben Ihren verdammten Fall ja wieder, jetzt können Sie sich vergnügen, in der Zeitung auftauchen, sich Ihrem verfluchten Beruf widmen oder sich aufhängen, das ist mir egal.«

»In der nächsten Woche wird Ihre Tochter zur Vernehmung bestellt werden.«

»Sie erholt sich gerade von einem kosmetischen Eingriff.«

»Sie hätten bei der Polizei die Erlaubnis einholen müssen für diese Operation, Sie haben damit Beweise verschwinden lassen.«

Er wurde hochrot. Wir standen nahe bei der Rezeption, und die Empfangsdame sah uns besorgt an. Er hob die Stimme noch weiter.

»Sie haben nicht den geringsten Anspruch auf den Körper meiner Tochter!«

»Sie auch nicht!«

Die junge Frau kam erschrocken näher.

»Señor Masderius, bitte, ich habe die Rechnungen fertig gemacht, Sie können jetzt bezahlen. Kommen Sie gleich mit?«

Er faßte sich wieder, während ich eine verdammte Hitze in meiner Brust aufsteigen spürte.

»Es war mir ein Vergnügen«, sagte Masderius, und seine unsichtbaren Klauen schlossen sich haßerfüllt um meinen Hals.

Keuchend erreichte ich den Parkplatz. Ich würde mich nur schwerlich an diesen Streithahn gewöhnen können. Es ist eine Sache, Ärger vorzutäuschen und großschnäuzig eine Situation zu beherrschen, eine ganz andere ist es, sich vom Zorn hinreißen zu lassen. Eines wurde mir klar: Ein Polizist ist nicht der Weihnachtsmann. Niemand scheint ihn zu mögen, weder die Opfer noch die Zeugen, weder seine Vorgesetzten noch die Journalisten oder die Gesellschaft… Jeder Polizist tat gut daran, sich einen Hund zu kaufen, damit er sich eines Minimums an Liebe sicher sein konnte.

Im Kommissariat erwartete mich Garzón mit Sonia und Patricia. Salomé hatte von ihrer Mutter keine Erlaubnis erhalten zu kommen; wenn wir mit ihr reden wollten, sollten wir das bei ihr zu Hause tun. Ich hatte die Szene mit Masderius noch nicht ganz verwunden, also versuchte ich, mich nicht zu ärgern und die Mädchen anzulächeln.

»Ihr wart sehr gut im Fernsehen«, begann ich.

Die beiden sahen einander mißtrauisch an. Das Fernseherlebnis hatte zwischen ihnen wohl eine Art Freundschaft entstehen lassen, und man hatte ihnen offenbar beigebracht, daß wir Feinde waren. Mir blieb nichts anderes übrig, als zur Sache zu kommen und das mit dem freundschaftlichen Interesse zu vergessen.

»Ich habe nichts dagegen, daß ihr bei den Journalisten Erklärungen abgebt. Dennoch wäre mir wohler, wenn ihr euch darüber im klaren wärt, daß dieser Fernsehwirbel den Vergewaltiger anstacheln könnte, erneut ein Mädchen zu überfallen.«

Sie sahen mich nicht an. Sonia wippte mit einem Bein in der Luft.

»Auch zu eurem eigenen Nutzen wäre es besser, wenn ihr nicht mehr in dieser Sendung auftreten würdet. Jetzt behandeln euch die Leute wie Heldinnen, aber irgendwann werden sie es müde, sie vergessen euch, und ihr wart nichts anderes als ein Tagesthema. Dann wäre es noch schlimmer, in euer gewohntes Leben zurückzukehren.«

Patricia traute sich zu reden.

»Sie wollen nicht, daß wir in dieser Sendung auftreten, damit nicht bekannt wird, daß Sie die Ermittlungen schlecht führen.«

»Hat euch das die Journalistin erzählt?«

»Außerdem«, sagte Sonia, »was hat uns die Polizei für unsere Aussage bezahlt?«

»Gott!«

Ich rang die Hände. Wunderbar! Was zahlt ihr uns, wenn wir die Wahrheit sagen und solidarisch sind, wieviel für unsere Stimme? Ich war nahe am Verzweifeln. Garzón nickte mir zu, ich sollte ihn eingreifen lassen.

»Es könnte auch sein, daß der Vergewaltiger ausrastet und auf die Idee kommt, sich von jeder einzelnen von euch die Rechnung begleichen zu lassen.«

Sie sahen ihn an, als wäre er verrückt. Es war sinnlos, jeder Versuch war zum Scheitern verurteilt. Sie waren wie der beste englische Spion für eine Mission in Moskau ausgerüstet, waren vor jeder Taktik gewarnt worden, die wir hätten anwenden können, um sie zu überzeugen, einschließlich der des Angstmachens. Wir ließen sie gehen.

Dann machten wir uns auf den Weg zu Salomé, und dort war die Stimmung noch explosiver. Als ihre Mutter erfuhr, daß wir sie befragen wollten, nahm sie sich frei, um dabeizusein. Bei jedem zweiten Satz unterbrach sie uns wütend. Die Teilnahme an dieser Sendung sei eine Anklage und von sozialem Nutzen gewesen, behauptete sie. Salomé machte nicht einmal den Mund auf. In diesen Momenten haßte sie ihre Mutter genauso, wie sie mich oder den Vergewaltiger haßte. Der Haß in ihren Augen war so heftig, daß ich erschrak. Ich begriff, daß sie so oft im Fernsehen auftreten würde, wie man sie darum bat, willenlos wie ein Zombie, als einziges Lebenszeichen diesen nackten Haß in den Augen, gelegentlich besänftigt, andere Male sprühend.

Wir gingen wieder. Um diese Zeit war lebhafter Betrieb im Viertel. Die Werkstätten schlossen, aber die Geschäfte hatten etwas länger geöffnet. Kleine, enge, schäbige Kneipen mit zwei oder drei Kunden am Tresen, Kinder in Jogginganzügen, eilige Mütter.

»Haben Sie Lust auf ein Bier?«

Wir betraten eine galicische Kneipe. Ich setzte mich auf einen Barhocker, als handle es sich um einen gemütlichen Sessel, und war mutlos, nahe am moralischen Zusammenbruch. Jetzt war mir alles klar: Eine Vergewaltigung war eine Sache, die vergessen werden sollte, oder man zog irgendeinen Nutzen daraus. Wir würden nicht die geringste Mitarbeit von den Opfern erhalten. Das würde immer eine Angelegenheit der Familie bleiben, und die Vergewaltigte war das schwächste Glied, das die Ehre beschmutzt hatte. Dann galt es, sie zu neutralisieren, zu verhindern, daß sie redete, oder man ließ sie nach einem Drehbuch sprechen, aus dem noch ein gewisser materieller Vorteil herauszuschlagen war. Wen interessierte es wirklich, daß der Vergewaltiger geschnappt wurde? Mein Kollege schlürfte ungerührt einen Ribeiro-Wein.

Ich fragte ihn: »Glauben Sie wirklich, daß er eines dieser Mädchen erneut überfallen wird?«

»Das ist unwahrscheinlich.«

»Haben Sie gesehen, wie die Eltern die Hauptrolle an sich reißen?«

Er wandte sich mir zu.

»Sie sind tief erschüttert von all dem, nicht wahr, Petra?«

»Es ist abstoßend, die Familie ist eine abstoßende Erfindung, Garzón. Der eine will als einziges Heilmittel jeden Hinweis auf das Geschehene auslöschen, die anderen stellen ihre Mädchen wie Monster auf dem Jahrmarkt aus. Ich frage mich, ob sie nicht genauso schuldig sind wie dieser unselige Vergewaltiger.«

»Und trotzdem wird sich außer diesen verdammten Familien niemand um sie kümmern.«

Ich seufzte müde.

»Kann sein, daß Sie recht haben.«

»Wie dem auch sei, es freut mich, Sie so deprimiert zu sehen, so sind Sie wenigstens in der richtigen Stimmung für das, was ich Ihnen zu sagen habe.«

Ich erschrak. Garzón winkte beschwichtigend ab.

»Ganz ruhig, es ist nur die Liste der Juweliere und Silberschmiede.«

»Wie viele gibt es?«

»Einige hundert.«

»Hundert, die mit Rhodium arbeiten? Hat dieser Typ nicht gesagt, daß das Zeug nicht mehr benutzt wird?«

»Der Mistkerl hat jede Möglichkeit berücksichtigt.«

»Mein Gott!«

»Keine Sorge, wir werden sie alle durchkämmen.«

»Wir wissen ja nicht einmal, was wir suchen.«

»Sherlock Holmes hat noch mehr im Nebel gestochert.«

»Sie bekommen wohl nie kalte Füße, was? Und wenn der Vergewaltiger wieder zuschlägt?«

»Nein, jetzt vergnügt er sich mit Fernsehen. Ich bin sicher, daß er sich eine Zeitlang ruhig verhalten wird.«

»Hoffentlich.«

»Gewiß. Haben Sie Hunger? Ich schlage vor, wir essen zusammen zu Abend.«

»Ich weiß nicht, ob ich in der Stimmung bin.«

»Die schlechte Laune wird Ihnen schon vergehen.«

Wir gingen ins *Egipto*: lauter junge Leute und fröhliche Paare. Ich hatte keinen Hunger, aber Garzón war wie immer bereit, sich zu allem hinreißen zu lassen, Hauptsache, es war üppig. Schließlich hatte ich den Fall nicht zurückgefordert, um in tiefe Niedergeschlagenheit zu fallen, also versuchte ich, zufrieden zu sein und zu lächeln. Das Problem bestand darin, daß ich das hatte, was die Franzosen *un cœur simple* nennen. Ich wollte, daß die Dinge einfarbig wären, daß sie sich deutlich darstellten, in ein und denselben Lichtstrahl getaucht. Die Schuldigen: ruchlos; die Opfer: unschuldig; die Gesellschaft: abwartend und gerecht dem Bösen gegenüber; die Polizei: eine moralische Instanz gegen das Chaos. Ich war nicht auf diese umfassende Feindseligkeit vorbereitet, die uns von allen Seiten entgegenschlug.

»Sind diese Linsen nicht ziemlich gut?«

Für Garzón hingegen war das alles nichts Neues, er war den Umgang mit Opfern und Henkern gewöhnt, er wußte, daß das Verbrechen eine klebrige Substanz ist, mit der man sich besudeln kann, wenn man sie nur berührt.

»Vielleicht wären sie etwas pikanter noch besser.«

Jetzt steckten wir in der lebendigen Materie: unfähige Väter, tyrannische Mütter, primitive Opfer, die Macht des Geldes … Unsere Aufgabe war es nicht, Gutes zu tun, sondern unsere Pflicht zu erfüllen, und die Pflicht kam in eiskalten Anweisungen daher. Zum Schluß tupfte Garzón seine Linsensuppe mit Brot aus. Er zog einen Teil seiner Ausdauer aus dem Essen, man brauchte ihm nur zuzusehen.

»Ich bin völlig durcheinander, ich weiß nicht, wie ich mich verhalten soll.«

»Stellen Sie sich auf die Hinterbeine wie vorher auch!«

»Als Frau muß man überzeugend sein, sonst wird man nie ernst genommen.«

»Fangen Sie nicht wieder mit dem Nutzen der weiblichen Techniken an!«

»Schauen Sie, Fermín, es würde mich ärgern, wenn man in mir eine pedantische Intellektuelle sähe, aber sagen Sie mir: Kennen Sie Darwins Theorien?«

»Ja.«

»Und sind Sie mit ihnen einverstanden?«

»Wie es scheint, gibt es darüber keine Diskussion.«

»Sagen wir, die Natur beschenkt die Tiere im Laufe der Zeit mit den Waffen, die sie zum Überleben brauchen. Warum sollte ich also auf meine sensiblen Antennen und meine zusätzliche weibliche Hand verzichten?«

Er lachte, daß sein Buddhabauch vibrierte. Dann schwiegen wir eine Weile, denn er machte sich begeistert über sein Schweinekotelett her. Ich nahm an, daß die Abendessen in seiner Pension ungenießbar waren. Als er endlich fertig war, säuberte er sich mit der Serviette den Bart und platzte heraus: »Warum haben Sie sich scheiden lassen?«

Er hatte mich überrumpelt, in keinem Augenblick hatte ich damit gerechnet, daß er auf eine persönliche Ebene umschwenken würde. Ich drehte aus den Brotkrümeln auf der Tischdecke ein paar Figuren.

»Wann, das erste oder das zweite Mal?«

»Beide Male.«

Mein Lachen klang falsch und ich erwartete, daß er mir höflicherweise die Möglichkeit einräumte, nicht zu antworten, aber er blickte mich erwartungsvoll an, mit einer Unverfrorenheit, zu der nur ein Mann, der ausgiebig gegessen hat, fähig ist.

»Fragen Sie mich lieber, warum ich geheiratet habe, das ist nicht so schwierig.«

»Einverstanden, warum haben Sie geheiratet?«

Verfluchter Garzón, er wollte die Wahrheit wissen! Wie eine Studentin im Examen klammerte ich mich an meine Zigarette.

»Na gut, das erste Mal… Sie wissen ja, warum die Leute das erste Mal heiraten.«

»Ich verstehe nicht, was Sie damit sagen wollen.«

»Gut… wir waren jung, brillante Studenten, paßten nicht schlecht zusammen… Wir haben uns an der Uni kennengelernt und gleichzeitig unser Examen gemacht. Dann beschlossen wir, mit zwei weiteren Gesellschaftern eine gemeinsame Kanzlei aufzubauen, und die lief entgegen allen Prognosen sehr gut. Später übernahm Hugo nach und nach die Chefrolle, und ich stand wie eine Praktikantin da. Ich hatte einen sicheren Arbeitsplatz, aber ohne angemessene Position und den Ehemann als Chef. Das spricht doch für sich, oder nicht?«

»Ich nehme an, ja. Und dann?«

»Danach? Wir waren vierzehn Jahre verheiratet, Fermín! Wie kann ich das jetzt erklären?«

»Was ging noch schief?«

»Vierzehn Jahre sind nicht schlecht, nach so langer Zeit kann man einen Bruch nicht als Irrtum abtun.«

»Die Ehe gilt für ein ganzes Leben.«

»Ja, ich weiß.«

»War Ihr Mann untreu?«

»Hugo? Nein. Wir haben viel gearbeitet. Hugo hatte großen Einfluß auf mich, nennen wir es mal so, ich betrachtete die Welt aus seinem persönlichen und beruflichen Blickwinkel. So ausschließlich, daß ich am Ende glaubte, ausgelöscht zu sein, daß ich es satt hatte, mich immer vernünftig und anständig zu verhalten, die zweite an Bord zu sein. So floh ich eines Tages und entschied, die Juristerei aufzugeben und ihn zu verlassen. Aber hören Sie gut zu: Ich floh, ich war nie fähig, mich meinem Mann zu stellen und ihm zu sagen, was ich dachte, nicht im Büro und nicht zu Hause, vielleicht, weil ich wußte, daß er recht hatte. Bis heute habe ich dieses Trauma nicht überwunden. Ich widerspreche ihm nie.«

»Aha«, sagte mein Vertrauter.

Aber er war nicht desinteressiert, sondern lauschte mir wirklich hingebungsvoll.

»Und was ist mit Pepe passiert?«

»Wollen Sie alles über mich wissen?«

»Entschuldigen Sie, ich bin sonst zurückhaltender, aber da ich mich nie habe scheiden lassen, bin ich neugierig.«

»Ist schon in Ordnung. Außerdem, das mit Pepe war wesentlich einfacher. Ich lernte ihn zufällig kennen, und er war so bezaubernd! Es wäre klüger gewesen, ihm gegenüber gleichgültig zu bleiben, bedenken Sie die Konventionen! Es war ihm egal, ob er in einer Militärparade oder bei einer Prozession mitmarschierte. Ich dachte, daß diesmal ich die Zügel in der Hand halten würde. Außerdem verband uns die Arbeit nicht.«

»Und Sie haben sich geirrt.«

»Ich habe mich nicht geirrt. Wir heirateten, und tatsächlich war ich es, die die Zügel hielt; aber nach einem Ehemann-Vater hatte ich nun einen Ehemann-Sohn. Ich empfand Zärtlichkeit und Mitleid für ihn, ich regelte sein Leben, lachte über seine Witze, lernte seine Freunde kennen. In gewisser Weise gab es keine Konflikte, aber ich bemerkte, daß es mich im Grunde nicht reizte, für einen so großen Jungen die Mutter zu spielen.«

»Aber er hat Sie sehr geliebt.«

»Sagt er das? Kann sein, daß es stimmt, aber sehen Sie, ich brauchte kein schönes Kind mit blauem Schleifchen, das mir seine Liebe zeigt, sondern einen echten Ehemann.«

»Verdammt, Petra, Sie haben sich viele Gedanken über Ihre beiden Ehen gemacht!«

»Typisch für meine Generation, immer nach psychologischen Begründungen zu suchen. Sie glauben nicht an Psychologie, nicht wahr?«

»Ich … weiß nicht, vielleicht nicht so umfassend.«

»Sie waren ja auch glücklich mit Ihrer Frau!«

Ich blies den Rauch zur Decke hinauf. Garzón trank mit nachdenklichen kleinen Schlucken seinen Kaffee.

»Ich nehme an, ja.«

»Sie nehmen an?«

»Um die Wahrheit zu sagen, habe ich nie innegehalten, um darüber nachzudenken wie Sie. Vielleicht, weil wir ein Kind hatten, und dann die Arbeit – da blieb nicht viel Zeit.«

»Sie haben ein Kind, Garzón? Und ich verschwende hier unsere Zeit mit meinen Albernheiten. Vielleicht haben Sie sogar Enkel?«

»Nein, keine Enkel.«

»Erzählen Sie mir alles.«

»Da gibt's nicht viel zu erzählen. Ich habe einen dreißigjährigen Sohn, der in New York lebt. Er arbeitet als stellvertretender Direktor auf einer Onkologischen Station, deshalb sehen wir uns nur selten.«

»Haben Sie ihn schon einmal besucht?«

»Ja, einmal. Es war sehr nett, auch wenn mich alle für einen Südamerikaner hielten, und ich ständig erklären mußte, daß ich Spanier bin.«

»Aber das ist doch wunderbar!«

»Es scheint, daß er in seinem Beruf brillant ist und daß er es noch weit bringen wird.«

Voller Sympathie lächelte ich ihn an. Jetzt waren wir schon Freunde von Gottes Gnaden, wir hatten uns erzählt, was wirklich wichtig ist im Leben, Ehe, Kinder, Irrtümer, und all das im Dunste eines opulenten Essens und umgeben von Kaffeeduft. Jetzt wußte ich, daß Garzón entgegen meinem ersten Eindruck ein menschliches Wesen war, ein

Vater. Ihn mir als Chicano auf der Fifth Avenue vorzustellen, fiel mir leicht. Er mußte doch glücklich sein mit seinem Leben: eine geliebte Frau, ein talentierter Sohn und das Gefühl, ein erfülltes Arbeitsleben hinter sich zu haben. Der Oberkommissar hatte das Mittel ergriffen, das das Leben erträglich macht: Anordnungen ausführen, weder die Liebe noch das Glück analysieren und annehmbare Kinder großziehen.

Als wir uns verabschiedeten, war ich mir sicher, daß er sich jetzt auf den Weg ins *Efemérides* machen würde. Er suchte Gesellschaft und das Gespräch, und dort würde er es finden. Weder bemitleidete er sich, noch hatte er sich ein weltliches Ziel gesteckt. Um seinen Weg zu gehen, brauchte er weder den Alltag zu überhöhen, noch glaubte er an wundervolle Besitztümer wie den Kauf eines Hauses mit Garten.

In jener Nacht schlief ich nicht sehr gut. Ein aufregender Traum folgte dem nächsten. Meine jungen Sportkameradinnen schafften es wunderbarerweise, den Vergewaltiger zu stellen. Sie kastrierten ihn vor meinen Augen in der Umkleidekabine, und ich war unfähig zu reagieren. Dann baten sie mich, die blutigen Körperteile verschwinden zu lassen. Ich steckte sie in einen Turnbeutel und spazierte damit durch die Straßen, ohne zu wissen, was ich tun sollte. Schließlich hatte ich den genialen Einfall, sie im Garten zu vergraben, und drückte sie in der Küche durch den Fleischwolf. Als sie nur noch ein schmutziges Häufchen Hackfleisch waren, düngte ich damit die leblosen Geranien im Hof, die plötzlich zu wachsen begannen.

Um zehn Uhr erwartete mich eine schwierige Aufgabe. Señor Masderius war nichts anderes übriggeblieben, als zu erlauben, daß seine Tochter vernommen wurde. Sie kamen zusammen, und ich empfing sie allein. Garzón war mit den

Schmuckwerkstätten beschäftigt, von denen er bereits zweiundvierzig ohne jegliches Resultat aufgesucht hatte. Die mit Rhodium überzogene Blume war anscheinend ein Werk des Teufels gewesen, aber Ausdauer war der beste Weg. Ich konnte mir ganz genau vorstellen, was mich erwartete: ein angespannter Señor Masderius, der wie ein Zerberus über seiner Tochter wachte. Und genauso war es. Das Aussehen des Mädchens beeindruckte mich, sie sah noch schlechter aus als im Krankenhaus. Unter den Augen zeichneten sich dunkle Ringe ab, möglicherweise eine Folge der Operation. Dennoch gab es etwas in ihrem Blick, das ein Unbehagen ausdrückte, ein ungezügeltes Fieber, Unruhe, vielleicht Angst. Sie war das ideale Opfer für diesen Vergewaltiger: feine und zarte Züge, lange, durchsichtige Hände wie eine Renaissancejungfrau. Was war sein Motiv? Vielleicht immer erdrückt von fülligen Frauen? Ein Feigling, der sich nur bei schwachen Mädchen traute?

Cristina sah kaum auf, ihre Beschämung war enorm, größer als bei den anderen Mädchen. Wenn sie sprach, sah sie ängstlich auf ihren Vater. Mit Vergnügen hätte ich sie geschüttelt, damit sie reagierte, das wäre mir allemal lieber gewesen, als sie in diesem Zustand der Erstarrung zu sehen. Sie bezog sich auf die Reihe von Fakten, die ich schon auswendig kannte: keine blasse Ahnung von Gesicht oder Stimme, die Wunde auf dem Arm …

Da unterbrach ich sie: »Womit?«

»Das weiß ich nicht.«

»Mit etwas, das er am Handgelenk trug?«

»Vielleicht.«

»Du konntest nicht sehen, was es war?«

Sie schwieg einen Moment.

»Nein.«

Zum Verzweifeln. Ein Gespenst, das vergewaltigte, oder

ein sehr kluger und vorsichtiger Bursche. Immer die gleiche Geschichte. Ich fühlte mich vollkommen machtlos. Warum machte der Scheißkerl nicht einmal etwas anders? Und die Umstände? War es möglich, daß es nie Zeugen gegeben hatte, daß er keine Spur hinterließ? Warum hatte er bei keiner Gelegenheit den Drang verspürt, sich zu erkennen zu geben? Es handelte sich in der Tat um einen methodisch vorgehenden Mann, kalt, wenig leidenschaftlich, mit entsetzlicher Kraft in seine Obsessionen verstrickt.

Kaum hatte Cristina die letzte Frage beantwortet, machte ihr Vater auch schon Anstalten zu gehen.

»Einen Augenblick, Señor Masderius, vielleicht fällt Ihrer Tochter noch etwas ein, dann wäre es angebracht, daß wir uns noch einmal treffen.«

Er ließ mich nicht ausreden.

»Nicht im Traum! Cristina wird ein Jahr in die Vereinigten Staaten gehen und einen Intensivkurs in Englisch machen. Wenn es also keine gerichtliche Vorladung gibt, werden Sie sie nicht noch einmal verhören können. Jetzt sind Sie dran, erfüllen Sie Ihre Pflicht, verfolgen Sie dieses Schwein, nicht meine Tochter.«

»Aber ...«

Er wandte sich dem Mädchen zu.

»Hast du noch etwas zu sagen, fällt dir was ein, Einzelheiten, die du noch nicht erwähnt hast?«

Mit aufgerissenen Augen schüttelte sie den Kopf. Ich hatte noch nie jemanden in solcher Erstarrung gesehen.

»Guten Tag.«

Sie verschwanden wie der Oktoberwind. Ich blieb wie erschlagen auf meinem Stuhl sitzen. Dann reagierte ich, lief hinaus und sah sie ins Auto steigen. Ich rannte zu meinem Wagen und folgte ihnen. Wie ich es mir vorgestellt hatte, setzte er seine Tochter an der Haustür ab, vergewisserte sich, daß sie hineinging, und fuhr weiter. Wenn es irgendeine Möglichkeit gab, mit Cristina zu sprechen, dann war dies der Augenblick. Ich stellte das Auto ab, stieg zur Wohnung der Masderius' hinauf und klingelte. Kurz darauf erschien die Mutter in der Tür. Sie erkannte mich nicht wieder, und als ich mich vorstellte, verzog sich ihr Gesicht schmerzerfüllt.

»Mein Mann hat doch schon mit Ihnen gesprochen, und meine Tochter war auch da.«

»Ich weiß, Señora Masderius, aber in Anwesenheit ihres Mannes konnte ich mich kaum mit Cristina unterhalten.«

»Sie hat alles gesagt, was sie weiß.«

»Selbstverständlich, aber ich habe den Eindruck, daß sie nicht frei antworten konnte. Lassen Sie mich mit ihr sprechen, ich bitte Sie darum.«

»Merken Sie denn nichts? All das ist ein Alptraum, wir haben nichts damit zu tun.«

»Unglücklicherweise haben Sie sehr wohl etwas damit zu tun. Ihre Tochter ist vergewaltigt worden, das läßt sich nicht ungeschehen machen.«

»Gehen Sie, bitte.«

»Señora Masderius, dieser Mann läuft frei herum, wir müssen ihn finden, das ist kein schlechter Traum. Machen Sie die Augen auf, das Geschehene kann man lindern, aber nicht auslöschen. Lassen Sie mich rein.«

Sie trat etwas zurück und ließ mich ein. Ich schloß die Tür hinter mir. Sie blickte zu Boden und blieb so stehen, ruhig, ihre Arme hingen kraftlos herab. Ich beschloß, keine Zeit zu verlieren, und fragte sie nach dem Zimmer ihrer Tochter. Ich war zwar in der Wohnung, aber sie hätte es bereuen können; ich konnte keinerlei richterliche Verfügung vorweisen. Wir stiegen schweigend die Treppe der zweistöckigen Wohnung hinauf. Die Mutter öffnete mir die Tür, ohne anzuklopfen, und ich erblickte das kaum überraschte Gesicht Cristinas, ihren erschöpften Blick. Sie saß an ihrem Schreibtisch, auf dem Bett lagen die gepackten, noch offenen Koffer. Die Wände hingen voller Poster mit dem zerknautschten Gesicht von Bruce Springsteen. Ich fragte mich, was dieser rauhe Fernfahrer in so einem Zimmer zu suchen hatte; es sah wie ein kleines Luxusappartement aus.

»Es stimmt also, daß du abreist.«

»Ja.«

»Und deine Freunde?«

Sie sah mich verständnislos an.

»Ich meine, es wird hart sein, sie zurückzulassen.«

»Es ist nur für ein Jahr.«

Sie hatte ihre Lektion gelernt. Bei ihrer Rückkehr würde sich niemand mehr an die Sache erinnern.

»Gut, Cristina, ich weiß, daß wir gerade miteinander gesprochen haben; aber im Kommissariat hatte ich den Eindruck, daß du dich nicht frei äußern konntest.«

»Ich war nervös.«

»Wir waren alle nervös, dein Vater auch, aber jetzt sind wir beide, du und ich, ruhiger, und niemand wird erfahren, was du mir erzählst. Gibt es irgend etwas, das du noch nicht gesagt hast?«

»Nein.«

»Bist du sicher?«

»Ja.«

Ich setzte mich auf das Fußende des Bettes.

»Cristina, hör mir zu, dein Vater will sicher das Beste für dich. Es ist in Ordnung, wenn du dich nicht in finstere Angelegenheiten mischen willst, aber du mußt mir alles erzählen. Der Kerl, der dich vergewaltigt hat, ist ein Riesenschwein, und wir werden ihn ganz sicher schnappen. Aber er wird nicht einfach so in die Falle gehen, jemand muß uns einen Wink geben, einen winzigen Hinweis, denn ich versichere dir, daß wir keine Spur haben. Eine so winzige Kleinigkeit könnte ihn ein Stück weit in unsere Hände treiben. Deine Mutter hat das begriffen, deshalb hat sie mich hereingelassen.«

Sie sah mich mit tränenerfüllten Augen an.

»Ich war so unbeschwert, und jetzt muß ich nach New York. Ich kenne dort niemanden.«

Ich verschwendete meine Zeit. Dieses Mädchen steckte verloren am Ende eines Labyrinths, wo sich Antrieb und Sinn für die Realität verloren hatten. Ich mußte sofort gehen, sonst würde ich der Versuchung nachgeben und ihr sagen, daß mir ihr Vater genauso schädlich für sie erschien wie der Vergewaltiger.

»Ist gut, Cristina, ich werde jetzt gehen. Mach dir keine Sorgen wegen New York, du wirst bestimmt viele junge Leute kennenlernen. Ich wünsche dir viel Glück.«

Ich strich ihr freundlich über die Schulter, und als ich schon gehen wollte, hörte ich sie sagen: »Ich habe gesehen, womit er mich verletzt hat.«

Ich hielt einen Moment inne und wartete darauf, daß sich dieser Satz in Luft auflöste. Als das nicht geschah, drehte ich mich um.

»Du hast es gesehen?«

»Ja.«

»Was war es?«

»Eine Uhr.«

»Eine Uhr?«

»Ja, ich habe das Zifferblatt im Dunkeln leuchten sehen, und ich sah die grünen Zeiger. Dann hat er sie zugemacht.«

»Er hat sie zugemacht?«

»Ich hörte so was wie das Klicken eines Deckels und konnte nichts mehr sehen.«

»War es eine von diesen alten Taschenuhren mit Deckel?«

»Ich weiß es nicht, ich weiß nicht, was es war, es war dunkel, vielleicht habe ich etwas anderes gehört, wie soll ich das wissen?«

»Ist schon gut, in Ordnung, das ist schon viel. Jetzt werden wir ihn erwischen.«

»Das würde mir gefallen.«

Sie sagte nichts weiter, aber wenigstens hatte sie einen Wunsch ausgesprochen; vielleicht konnte sie sich sogar von dem Plan, den ihr Vater für sie erdacht hatte, freimachen.

Der Oberkommissar war sehr zufrieden mit dem, was ich über meine Fortschritte zu erzählen hatte. Die Nebel lichteten sich langsam. Er war seinerseits bei dem Juwelier Nummer fünfzig angekommen, was bereits ein Erfolg war und Gelegenheit zum Feiern bot. Wir gingen in die Kneipe. Der nächste Schritt bedeutete einen Rückschlag, wir mußten noch einmal zu unserem Informanten und ihn bitten, die Liste entsprechend auszudünnen. Welche von all den Werkstätten, die mit Rhodium arbeiten könnten, konzentrierten sich mehr auf Uhren als auf Schmuck im allgemeinen? Die Antwort würde die Übriggebliebenen nicht ausschließen, jeder Silberschmied hätte die Stacheln an eine Uhr anbringen können, ohne spezialisiert zu sein, aber vielleicht gelang es uns, immerhin einige Namen von der Liste zu streichen und Zeit zu sparen.

»Das läuft ja wie geschmiert«, sagte Garzón.

»Sie sind sehr optimistisch.«

Die Kälte ließ nach, und die Nacht war klar. Ich parkte das Auto, und als ich mein Haus betreten wollte, trat jemand aus dem Schatten und sprach mich an. Die Person stand an der Wand und ich konnte nichts sehen, aber einen Augenblick später trat eine Frau ins Licht der Straßenlaterne.

»Hauptkommissarin Delicado, haben Sie einen Augenblick Zeit?«

»Wer sind Sie?«

»Ana Lozano, erinnern Sie sich an mich?«

»Nein«, log ich.

»Ich bin die Direktorin der Sendung *Das komplizierte Leben*. Kann ich mit reinkommen?«

Ich hätte wissen müssen, daß der Aasgeier es wieder versuchen würde. Ein Rückfall in meine gute Erziehung ließ mich sie ins Haus bitten. Sie zog vergnügt ihren Mantel aus und suchte sich, ohne daß ich sie dazu aufgefordert hätte, einen Sessel. Dann wühlte sie in ihrer großen Tasche. Plötzlich begriff ich, daß ich Polizistin war und einer Fremden nicht die Tür hätte öffnen sollen. Nun konnte ich nur noch dafür sorgen, daß sie bald wieder verschwand. Sie bot mir eine Zigarette an und betrachtete die Bücherstapel.

»Sind sind gerade umgezogen?«

»Ja.«

»Ein sehr hübsches Haus.«

Plötzlich bekam ich schlechte Laune.

»Sagen Sie mir, womit ich Ihnen helfen kann.«

Sie lächelte mißgestimmt. »Sie erfüllen Ihre Pflicht, nicht wahr, Petra? Die Arbeit der Polizei ist eine heilige Aufgabe für die Gesellschaft. Aber mir wäre es recht, wenn Sie begreifen würden, daß die der Journalistin es ebenfalls ist. Die Tatsachen existieren für die Mehrheit nicht. In unseren Händen wird nicht nur die Meinung gebildet, sondern auch die Realität.«

»Sie sind so was Ähnliches wie Gott.«

»So was Ähnliches.«

Sie sah mich an, als wäre ich eine Eingeborene aus einem unberührten Landstrich.

»Ich würde ein Glas trinken.«

Das wäre der Augenblick gewesen, den Anstand sausen zu lassen und diese komödiantische Szene in ein spanisches Drama zu verwandeln. Aber meiner zivilisierten Trägheit folgend servierte ich ihr einen Whisky-Soda.

»Schauen Sie, Petra, so schlimm ist es doch nicht. Sie sind nicht aus besserem Holz geschnitzt als die anderen. Alle Polizisten arbeiten mit uns zusammen: Kommissare, Untergebene, sogar Ihre eigenen Vorgesetzten. Das ist ein Zeichen der Zeit. Mehr noch, wenn Sie es wollen, könnte ich die Informationsquelle geheimhalten.«

Ich lächelte wie ein Dummkopf, ohne zu wissen, worin ihre Ausführungen münden sollten.

»Hören Sie, Ana, es handelt sich nicht ausschließlich um eine moralische Frage, mir gefällt nur einfach Ihre Sendung nicht.«

»Weil wir Sie hart angefaßt haben?«

»Nein, weil sie geballter Mist ist.«

In keinem Fall durfte sie sich angegriffen zeigen.

»Ich verstehe, aus einem ästhetischen Blickwinkel betrachtet, könnte es den Eindruck erwecken, aber Sie sollten begreifen, daß es sich um einen Dienst an der Gesellschaft handelt, und die Gesellschaft ist in ihrer Mehrheit eben so, wie sie ist. Es liegt nicht in unserer Hand, sie zu verändern. Außerdem ist es auch nicht nötig, daß Sie uns Staatsgeheimnisse enthüllen, es würde genügen, wenn Sie uns vorab ein bißchen darüber informieren, in welche Richtung die Ermittlungen gehen, manchmal einen Hinweis bestätigen oder verneinen… Beispielsweise waren Sie doch heute bei dem letzten Opfer im Haus, oder?«

Mich streifte ein Hochspannungskabel.

»Sind Sie mir gefolgt?«

Sie setzte ein gelangweiltes Gesicht auf.

»Nun werden Sie aber nicht theatralisch! Sie fragen das,

als wäre es ein Verbrechen, aber das ist es nicht, auch wir stellen unsere Nachforschungen an, und wenn Sie nicht mitspielen ...«

»Sind Sie sicher, daß das legal ist?«

»Natürlich ist es legal! Und wenn wir uns einigen können, würden wir Sie sogar für Ihre Auslagen entschädigen.«

»Ist Bestechung auch legal?«

»Für eine Journalistin ist alles legal.«

»Gehen Sie bitte, und rechnen Sie nicht mit mir.«

Sie erhob sich mißmutig.

»Danke für den Whisky. Ich habe es gleich gewußt, als wir sahen, wem dieser Fall übertragen worden war. Es gibt immer Schwierigkeiten, wenn es sich nicht um echte Profis handelt, sondern um Dilettanten und Emporkömmlinge.«

Sie steckte ihre Zigarette ein und ging, ohne sich zu verabschieden. Sie hatte ihre aller Wahrscheinlichkeit nach übermäßig gut bezahlte Zeit mit mir vergeudet. Mich überrollte eine Welle der Empörung, und gleichzeitig wappnete ich mich mit Erklärungen. Es leuchtet ein, daß ein Polizist sich mit Ganoven, Verbrechen, geistiger Verwirrung, den abgelegensten Milieus auseinandersetzen muß. Es scheint sogar akzeptabel, daß es bei seiner Arbeit zu Reibereien kommt, zu Zusammenstößen mit den Vorgesetzten oder der Gerichtsbarkeit, aber, mein Gott, auch mit den Journalisten? Waren sie das neue Gewissen der Gesellschaft? Es wirkte wie eine englische Fuchsjagd: Trompeten, bunte Röcke und vierhundert herumjaulende Hunde.

Mir brannte das Gesicht. Von einem kindischen Impuls angetrieben, klopfte ich den Staub aus dem Sessel, in dem dieser Raubvogel gesessen hatte. Ich sah mich in meinem

Haus um. Es war mir noch immer fremd, hatte nichts mit meinem Leben zu tun. Die ganze Angelegenheit war wie ein verdammter Sprengsatz in meinen Händen explodiert, und wenn ich nicht aufpaßte, würde er mir entgleiten und in der Luft einen glänzenden Stern hinterlassen.

# 8

Ich erstattete dem Kriminalrat einen allgemeinen Lagebericht und versuchte, seine Haltung uns gegenüber einzuschätzen. Völlige Gelassenheit, es sollte kein Drängen oder gar Vorwürfe mehr geben. Die Dinge liefen so, wie sie laufen sollten. War der Zug erst einmal auf den Schienen, hätte man ihn nur durch einen kräftigen Stoß zum Entgleisen gebracht. Auch eine Art Trägheit. Aber stelle nie ein System in Frage, das dich protegiert, das ist eine Grundregel, um im Leben Erfolg zu haben. Der Kriminalrat behandelte mich respektvoller als zu Beginn der Ermittlungen. Ich schrieb das meiner feministischen Offensive zu, keinesfalls den Fortschritten, die wir gemacht hatten. Um auch nur einen Schritt weiter zu kommen, brauchte es offensichtlich einen auf Biß geschulten Mund. Ich dachte daran, dies Garzón mitzuteilen, ihm zu sagen, daß nach der Darwinschen Theorie auch die Frau gut ausgebildete Kiefer für gutturales Gebell haben dürfte. Das würde ihm gefallen, davon war ich überzeugt, es würde gewisse Reaktionen bei ihm auslösen. Es gestaltete sich schwierig, ihn zu erschüttern, nach einem langen Leben voller Langeweile begegnete er allen Neuerungen mit Widerwillen. Als ich ihm von meinem heftigen Gespräch mit Ana Lozano, ihrem Bestechungsversuch und meiner heroischen Widerstandskraft gegenüber dieser Zumutung erzählte, ließ er sich auch nicht aus der Ruhe bringen. Frustrierend für mich, die ich beherzte Zeugen für meine erste Heldentat im Dienste der Pflicht hätte gebrauchen können.

Als ich aus dem Zimmer des Chefs kam, fing mich ein Schutzpolizist ab.

»Hauptkommissarin Delicado, da ist eine telefonische Nachricht für Sie.«

»Eine was?«

»Oberkommissar Garzón hat den dringenden Wunsch geäußert, daß Sie schnellstmöglich in die Avinyó-Straße Nummer 36 kommen. Weitere Einzelheiten hat er nicht genannt.«

Ich filterte den Sinn der Mitteilung aus dem blumigen Beamtenstil heraus. Möglicherweise handelte es sich um etwas Wichtiges, Garzón neigte nicht zu Botschaften und Nachrichten zwischendurch.

Um schneller ins Zentrum zu gelangen, nahm ich die U-Bahn. Von weitem erkannte ich, daß die Hausnummer zu einer kleinen Werkstatt gehörte, eines dieser typischen Altstadtgeschäfte, die sich der Modernisierung widersetzt hatten. In dem winzigen Schaufenster hingen an einem Metalldraht ein paar Uhren. Ich trat ein, und noch bevor ich mir ein Bild von der Situation machen konnte, traf mich der entzückte Blick meines Kollegen. Ich begriff.

»Petra, dieser Herr hier sagt, daß er vor einiger Zeit so eine Arbeit angefertigt hat, wie sie uns interessiert.«

Neben ihm stand ein altes Männlein wie aus einem Roman von Dickens oder Balzac. Er sah mich überrascht an.

»Eine Frau!«

»Nun ja«, antwortete ich lächelnd.

Er hatte einen kahlen Schädel wie ein Neugeborenes und trug ein gestreiftes graues Jackett.

»Früher gab es keine einzige Frau bei der Polizei. Ich nehme an, daß alle Frauen, auch wenn man es ihnen angeboten hätte, eine Arbeit dieses Niveaus abgelehnt hätten.«

»Das waren andere Zeiten.«

Garzón sah mich spöttisch an. Ich beschloß, zur Sache zu kommen, das Thema schien mir zu gefährlich.

»Können Sie uns erklären, was das für eine Arbeit war?«

»Ich habe einen Kranz aus rhodierten Silberstacheln an eine Herrenuhr gelötet.«

»Wie sah die Uhr aus?«

»Ich weiß nicht, gewöhnlich, eine billige Uhr, wie man sie überall kaufen kann, mit Lederarmband.«

»Eine Digitale oder eine mit Zeigern?«

»Mit Zeigern.«

»Haben Sie einen Deckel, einen Verschluß angebracht?«

»Nein, ich habe nur die Stacheln angefertigt und sie in ein Rhodiumbad getaucht, sie sollten glänzen und sehr hart sein.«

Ich zog das Schächtelchen mit dem Beweisstück heraus.

»Könnte das einer der Stacheln sein, die Sie angebracht haben?«

Er tauschte seine Brille gegen ein schäbiges Vergrößerungsglas.

»Ja, könnte sein.«

»Erinnern Sie sich, wer Sie damit beauftragt hat?«

»Ja, ein junger Mann, groß, so um die Zwanzig.«

»Haben Sie seinen Namen und seine Telefonnummer?«

»Nein, er hat mir nur eine Kontaktnummer dagelassen.«

»Haben Sie ihn unter dieser Nummer angerufen?«

»Ich kam nicht dazu, er war schon vorher da.«

»Er hat Ihnen nicht gesagt, wofür er diese Veränderung an der Uhr brauchte?«

»Nein.«

»Und Sie hat das nicht gewundert?«

»Es kommen alle möglichen Verrückten hierher, wollen

Namen oder ganze Sätze in Schmuckstücke oder in kleine Herzen graviert haben. Ich habe Goldplaketten für Hundehalsbänder angefertigt, ich kann Ihnen sagen!«

»In Ordnung, können Sie uns die Telefonnummer geben?«

»Ich habe sie nicht hier. Sie ist bei mir zu Hause, wo ich die Bücher mit den nicht abgeholten Aufträgen habe. Hören Sie, was suchen Sie eigentlich?«

»Dann gehen wir zu Ihnen nach Hause?«

»Jetzt? Das ist unmöglich, außer mir ist niemand im Laden. Wenn ein Kunde kommt und es ist geschlossen, wer bezahlt mir den Ausfall?«

Es war wenig wahrscheinlich, daß er in einem kurzen Moment der Abwesenheit einen Kunden verlieren würde, es war ja kaum zu glauben, daß sich überhaupt ein Kunde in solch einen verwahrlosten Laden verirrte.

»In anderthalb Stunden mache ich zu, wenn Sie wollen, können Sie warten. Dort drüben ist eine Kneipe.«

An der Wand dieser schmutzigen Pinte hing ein Stierkopf, dem eine Mütze des Fußballclubs Barca aufgesetzt worden war. Deprimierend. Ich beklagte mich bitter bei Garzón.

»Finden Sie das normal? Wir sind auf einer superwichtigen Spur und müssen auf diesen ausgeflippten Alten warten. Was für ein Knauser!«

»Beruhigen Sie sich, Petra, die Dinge sind, wie sie sind, wir können ihn nicht zwingen. Kommt er Ihnen verdächtig vor?«

»Der Alte? Nein. Allerdings glaube ich nicht, daß es die Telefonnummer von dem Typen ist.«

»Glauben Sie, der Bursche geht so ausgetüftelt vor?«

»Natürlich, wer wird denn in solch einer Situation die eigene Telefonnummer angeben! Am liebsten würde ich diesen Verbrecher sofort schnappen und ihm die Eier abreißen.«

»Hauptkommissarin! Man sollte meinen, Sie seien ein kühler Profi!«

»Ich rieche Blut, Garzón. Hat der Typ die Nerven, sich vorsätzlich solch ein Werkzeug anfertigen zu lassen, um seine Opfer zu markieren? Das ist ein Monstrum, wirklich ein Verrückter.«

Mit der Bedachtsamkeit eines Franziskanermönchs zuckte der Oberkommissar die Schultern.

»Sie bringen mich zur Weißglut mit Ihrer Ruhe, man könnte meinen, Sie hätten in Salamanca jede Nacht mit Jack the Ripper zu tun gehabt!«

»Ich habe so manches gesehen.«

Ich bestellte noch einen Kaffee. Wenn es mir nicht gelang, gelassener zu werden, konnten die Ermittlungen jederzeit aus dem Ruder laufen. Es war besser, mich zu bremsen, die Maschine zu kontrollieren. Überrascht stellte ich fest, daß ich seit Jahren nicht so nervös gewesen war.

»Blöder Greis!«

Wenn ihm jetzt einfallen sollte, daß er diese Telefonnummer in seinen Notizbüchern nicht finden konnte, würde die schon fast greifbare Lösung des Falls vielleicht für immer im sumpfigen Moor versinken. Endlich erschien der verdammte alte Knacker in der Kneipentür, machte uns ein Zeichen, und wir folgten ihm. Wir stiegen die Treppe eines heruntergekommenen Hauses ohne Fahrstuhl hinauf. Der Alte blieb stehen, keuchte und ging weiter. Mit größtem Vergnügen hätte ich ihn geschubst. Ich verstand die Geduld meines Kollegen nicht, er wartete auf ihn, er half ihm, hörte sich seine Klagen über das fehlende Licht in einigen Treppenaufgängen und über die Altersschwäche an. Schließlich waren wir oben angelangt, aber das Warten nahm kein Ende. Wir mußten stehen bleiben, bis er an einem dicken Hausmeisterschlüsselbund den richtigen Schlüssel gefunden hatte und endlich unter einem Haufen vergilbter Papiere das Notizbuch auftauchte. Er ging die schmutzigen Heftseiten durch, blätterte, sortierte aus. Die Wohnung roch feucht und nach Küchenschaben.

»Ich glaube, die ist es.« Er las eine Telefonnummer vor.

»Haben Sie ein Datum, einen Namen, irgendeinen Hinweis?«

»Nein. Nur ›Krone aus rhodiertem Silber für Uhr‹.«

»Hat er sich geweigert, persönliche Angaben zu machen?«

»Ich habe ihn nicht danach gefragt.«

Ich sah ihm in die wäßrigen Augen.

»Ich möchte Sie bitten, uns den Jungen zu beschreiben. Es ist sehr wichtig, konzentrieren Sie sich.«

Offensichtlich gereizt rief er aus: »Was weiß denn ich, wie der Junge aussah! Ich bin achtzig Jahre alt und arbeite zehn Stunden am Tag ohne jegliche Hilfe. Glauben Sie, ich kann mich an alle erinnern, die in mein Geschäft kommen?«

Das machte mich wütend.

»Hören Sie, Sie sind verpflichtet, uns zu antworten! Das hier ist kein Witz, wir suchen einen Vergewaltiger, also, überlegen Sie gut, bevor Sie etwas sagen!«

Er wirkte nicht eingeschüchtert.

»Einen Vergewaltiger?«

»Antworten Sie!«

Garzón mischte sich ein und versuchte es auf die sanfte Tour.

»Sehen Sie, die Hauptkommissarin will nur, daß Sie sich ein bißchen anstrengen. Wir haben Verständnis für Ihre

Schwierigkeiten, aber jede Einzelheit könnte uns weiterhelfen.«

»Ich weiß nichts, und ich erinnere mich an nichts. Als er das erste Mal da war, habe ich ihn eine Minute gesehen, und als er die Uhr abholte, eine weitere. Sie haben kein Recht, einfach so in der Wohnung eines alten Mannes aufzutauchen und mich auf diese Art und Weise unter Druck zu setzen.«

Ich begriff, daß er langsam hysterisch wurde, und schwieg. Garzón nahm die Aussage auf.

»Ist gut, ist ja gut, beruhigen Sie sich. Wir lassen Ihnen unsere Telefonnummer im Kommissariat und unsere Namen hier, und wenn Sie sich an etwas erinnern, rufen Sie uns an.«

Er schob mich sanft in Richtung Tür. Auf der Treppe tadelte er mich vorsichtig.

»Sie sind zu barsch geworden, das ist kontraproduktiv.«

»Ich habe den Eindruck, daß er etwas weiß. Außerdem ist er ein unangenehmer Zeitgenosse.«

»Werden Sie nicht kindisch.«

»Und kommen Sie mir nicht mit Spötteleien.«

Er sah mich verzweifelt an, machte aber eine beschwichtigende Geste.

»Was ist der nächste Schritt, Hauptkommissarin?«

»Bringen wir die Telefonnummer ins Kommissariat. Sie werden uns sagen, wer der Teilnehmer ist.«

Die Telefonnummer gehörte einer Kneipe. Es wäre zuviel des Glücks gewesen, wenn sie die des Vergewaltigers gewesen wäre. Wenigstens handelte es sich nicht um eine ausgedachte Nummer. Das *Café del Picador* befand sich im Viertel del Clot. Als wir mit dem Auto hinfuhren, machte sich keiner von uns beiden allzu viele Hoffnungen. Es war nicht wahrscheinlich, daß der Besitzer involviert war. In einer Kneipe gehen viele Leute ein und aus, so daß es lächerlich war, an Verhöre zu denken. Außerdem, wie hätte denn die Frage lauten sollen? »Haben Sie jemanden mit so einer Uhr gesehen?« So dumm der Vergewaltiger auch sein mochte – eine bereits verworfene Hypothese –, er hätte seine stachlige Uhr nie in der Öffentlichkeit gezeigt.

Das Café war gewöhnlich und schmutzig. Geschwärzte Fensterscheiben, ein Tresen aus Kacheln und höllisch laute Spielautomaten, die immer wieder eine Karussellmelodie anspielten. Garzón ließ mich nicht aussteigen.

»Es ist besser, wenn Sie hierbleiben. Sollten wir noch einmal inkognito herkommen müssen, ist es besser, wenn einer von uns unerkannt bleibt, damit sie nicht gleich die Polizei wittern.«

»Sie haben recht, daran habe ich gar nicht gedacht.«

Er fühlte sich sichtlich geschmeichelt. Ich sah ihn mit offenem Mantel und in diesem braunen, ausgesprochen häßlichen Anzug auf das Lokal zugehen. Hätte man ein Schulkind gebeten, einen Bullen zu zeichnen, wäre das ein Porträt meines Kollegen geworden. Ich zündete mir eine Zigarette an, seufzte und fragte mich, ob mein Aussehen nicht genauso klischeehaft war. Nach einer Weile kam er mit federndem Schritt wieder heraus.

»Die Kneipe gehört einem kinderlosen Ehepaar. Es ist eine ganz normale Cafékneipe, in der die Arbeiter aus dem Viertel frühstücken und mittagessen. Abends ist sie geschlossen.«

»Nichts Verdächtiges?«

»Nein. Sie haben niemandem die Telefonnummer gegeben und sind nie gebeten worden, Nachrichten entgegenzunehmen.«

»Sie haben keine Neffen, es kommen keine Jugendcliquen her?«

»Man müßte sie überwachen. Was halten Sie davon, eine Woche lang?«

»Gut.« Ich biß mir auf die Lippen. »Es ist zum Verzweifeln, wir sind nahe an etwas dran, das wir nicht greifen können. Erinnern Sie sich an die Tantalusqualen?«

»Sie wissen doch, daß ich nicht so gebildet bin wie Sie.«

»Kommen Sie schon wieder damit? Verarschen Sie mich nicht, Garzón! Sie haben mir doch schon erklärt, wozu diese Art Bildung gut ist bei der beschissenen Arbeit, die wir machen. Hier zählen nur Fakten, jemand, der hereinkommt, ein anderer, der rausgeht, ein dritter, der was gesehen hat. Ich habe das Gefühl, wir sind von einem Haufen Geschwätz abhängig, um etwas zu erfahren.«

Er sah mich unverwandt an.

»Sie sagen interessante Dinge, Petra, aber, und das ist merkwürdig, Sie verachten Ihre eigenen Werte.«

»Die Werte hängen mir zum Hals raus, Fermín.«

Er lächelte verhalten und schüttelte den Kopf. In einem Auto, das nach Zigarettenrauch stank, vor dem *Café del Picador* mit einem Polizisten über Lebensphilosophie zu diskutieren! Buñuel hätte es nicht besser erfinden können, obwohl er vielleicht statt eines Polizisten einen Kardinal hingesetzt hätte.

Wir verbrachten zwei Tage mit dem Observieren dieser verdammten Kneipe. Was kundschafteten wir aus? Wir wußten es nicht genau. Es gab weder Veränderungen noch verdächtige Typen. Wir eilten hin, parkten in der Nähe und hörten Radio. Ab und zu blieb Garzón im Auto, und ich ging in die Kneipe, um einen Kaffee zu trinken. Nach wenigen Stunden war die einzige Verdächtige ich. Was trieb ich wohl dort? Die Eigentümer und die Gäste sahen mich mißtrauisch an. Was konnte ich wollen? Ich beobachtete große junge Männer und versuchte herauszufinden, ob sie eine Uhr trugen. Wir verschwendeten auf erbärmliche Weise unsere Zeit.

Als ich am Abend des zweiten Tages mein Haus betrat, war ich überrascht. Alles wirkte so weit weg, und es war mir egal. Ich versuchte nicht, Musik aufzulegen und mir etwas zu kochen. Ich war trunken von den Ermittlungen, sie hatten sich in eine Besessenheit verwandelt, und mein Haus, mein Leben und meine Privatsphäre waren mir schnuppe. Ich legte mich in das eisige Bett und deckte mich zu. Ein Scheißkerl, vielleicht ein Wahnsinniger, spazierte mit einem Markierungsinstrument für Mädchen in unserer Nähe herum. Ich fiel in einen leichten Schlaf und sah undeutlich ein Feld voller Blumen, deren Blüten mit blutigen Stacheln bewehrt waren. Der Wind wiegte sie betörend von einer Seite zur anderen. Sie konnten weder aufhören, sich zu bewegen, noch zu bluten. Sie waren zerbrechlich und preisgegeben, aber gleichzeitig fest im Boden verankert, weshalb es ihnen unmöglich war zu fliehen. Ich brauchte einige Zeit, bis ich das Telefonklingeln, das wie von weitem zu mir drang, zuordnen konnte. Nachdem ich den Hörer abgenommen hatte, brauchte ich nochmals einige Zeit, bis ich verstand, was Garzón sagte.

»Wiederholen Sie das, Oberkommissar, ich bin ganz schlaftrunken.«

»Der Alte hat gerade angerufen, endlich hat er sich erinnert.«

»Weiß er den Namen?«

»Nein, aber er hat sich an ein wichtiges Kennzeichen erinnert.«

»Welches?«

»Einen dunklen, fast schwarzen Zahn; einer von den oberen Schneidezähnen.«

»Gut! Jetzt haben wir etwas, wonach wir fragen können.«

»Wir werden es versuchen. Ich hole Sie morgen früh um sechs ab. Wir müssen mit den Eigentümern der Kneipe reden, bevor das Frühstück serviert wird.«

»Ich werde bereit sein.«

Selbstverständlich konnte ich nicht mehr einschlafen. Im leeren Gesicht unseres Mannes tauchte ein beunruhigendes Merkmal auf. Das Gespenst öffnete den Mund. Aber waren wir sicher, daß derjenige, der die Uhr trug, auch der war, der vergewaltigte? Konnte es sich nicht um einen Freund handeln, einen Vermittler? Wie auch immer, wir hatten eine zuverlässige Spur.

Punkt sechs Uhr verließ ich das Haus. Als vorbeugende Maßnahme gegen Erschöpfung hatte ich mir zwei Tassen kräftigen Kaffees eingeflößt. Ich sah Garzón wartend im Auto sitzen. Mit Sonnenbrille im frühmorgendlichen Dunst sah ich wohl höchst ungewöhnlich aus. Er machte mir ein verständnisvolles Zeichen und schien zufrieden.

»Endlich hat er sich erinnert, was, Hauptkommissarin?«

»Glauben Sie nicht, daß er es von Anfang an wußte und sich entschieden hatte zu schweigen? Und nun hat ihn sein Gewissen geplagt?«

»Daran habe ich auch schon gedacht. Er wirkte etwas erschrocken am Telefon. Er wird lange darüber nachgedacht haben, ob es angebracht ist, uns Fakten zuzuspielen.«

»Macht ihn das verdächtig?«

»Ich glaube nicht. Sie wissen ja, wie sich die Leute der Polizei gegenüber verhalten, je weniger sie sagen, desto besser. Sie haben höllische Angst davor, in etwas verwickelt oder zu einer Zeugenaussage bestellt zu werden. Wenn es sich um einen älteren Menschen handelt, ist die Sache noch klarer. Warum sollte er sich in seinem Alter in Schwierigkeiten bringen? Aber, wie Sie schon sagen, irgendwann quält sie ihr Gewissen.«

»Dann muß ihn das ja sehr gewurmt haben.«

»Glauben Sie das nicht, er hätte noch viel länger warten können mit seinem Anruf.«

Er parkte vor der noch geschlossenen Kneipe. Wir warteten auf die Eigentümer. Garzón steckte sich eine Zigarette an und trällerte vor sich hin. Ich, die ich mir gewünscht hatte, die Nacht möge schnell vergehen, weil ich mich in die Arbeit stürzen wollte, fühlte mich jetzt in unerträglicher Müdigkeit gefangen. Ich schüttelte den Kopf und bemerkte, daß mir Garzón nach einer Weile einen leichten Stoß mit dem Ellbogen versetzte.

»Schauen Sie, da sind sie.«

Das Ehepaar stieg aus einem Lieferwagen und war im Begriff, das Lokal aufzusperren. Wir ließen sie noch die Metalljalousie hochschieben und hineingehen. Garzón zog die Rockschöße seines Mantels zusammen.

»Gehen wir.«

Beim Anblick von uns beiden zog die Frau ein vielsagendes Gesicht. Der Oberkommissar hatte mich behutsam darüber aufgeklärt, wie die Leute auf die Polizei reagierten. Unsere bloße Anwesenheit schüchterte sie ein.

»Ich bin Oberkommissar Garzón und war kürzlich hier, erinnern Sie sich? Das ist Hauptkommissarin Delicado. Wir suchen einen Ihrer Gäste oder zumindest jemanden, der möglicherweise mehrmals in Ihrem Lokal gewesen ist.«

»Wir haben Ihnen doch schon gesagt…«

»Ich weiß. Aber es gibt da noch eine Kleinigkeit, die ich nicht erwähnt habe, die Ihnen aber vielleicht aufgefallen ist. Der Mann, den wir suchen, ist jung und groß und hat einen dunklen, fast schwarzen Zahn in der oberen Zahnreihe, hier.«

Garzón hob den Zeigefinger und verzog den Mund zu

einer grotesken chinesischen Maske. Sie schwiegen. Die Frau zögerte.

»Na ja… ich weiß nicht… Es kommt manchmal ein Junge hierher, der so einen Zahn hat.« Sie wandte sich ihrem Mann zu. »Ich meine Juan.«

»Aber Juan ist kein Gast.«

»Das ist ein Junge, der Bier ausfährt. Aber er wirkt nicht wie einer, der was anstellt.«

»Wir wollen nur mit ihm reden. Ist er groß und kräftig?«

»Ja. Was hat er getan?«

»Nichts, wirklich. Wissen Sie, wo er genau arbeitet?«

»Ja, in einem Getränkelager, zwei Straßen von hier.«

»Hat er die Telefonnummer von Ihrem Café?«

»Klar, er ruft jede Woche an, um unsere Bestellung aufzunehmen.«

»Sagen Sie mir genau, wo dieses Lager ist.«

Der Mann beschrieb Garzón den Weg, und der wandte sich an mich.

»Bleiben Sie hier, ich werde einen Blick darauf werfen.«

Ich blieb am Tresen sitzen. Der Mann band sich die Schürze um und ging geschäftig in die Küche. Während die Frau den Tresen sauberwischte, betrachtete sie mich neugierig.

»Wollen Sie einen Kaffee? Ich habe beim Reinkommen gleich die Maschine angestellt, er ist fertig.«

Ich nickte. Während sie mir den Kaffee servierte, begann sie zu plaudern und die Frage einzukreisen, die sie interessierte.

»Dieser Junge, Juan, bringt uns immer die Bierkisten. Manchmal kommt er auch vorbei, um etwas zu trinken. Er arbeitet ja um die Ecke. Er kommt aber nicht oft, glauben Sie ja nicht.«

»Kommt er allein?«

»Ja. Um ehrlich zu sein, auf mich wirkt er wie ein guter Junge, sowenig ich auch mit ihm zu tun hatte. Aber, was soll ich Ihnen erzählen, die Jugend ... ob sie Drogen nimmt, ob sie ...«

»Nimmt er Drogen?«

Sie verschanzte sich hinter den verschränkten Armen, mit aufgerissenen Augen und sichtlich alarmiert.

»Nein, ich rede nur, um zu reden. Ich weiß überhaupt nichts von ihm, nicht einmal, wie er mit Nachnamen heißt.«

Von diesem Moment an schwieg sie und warf mir nur noch ängstliche Blicke zu, während sie Brötchen aufschnitt.

»Ist Ihnen vielleicht aufgefallen, ob er eine merkwürdige Armbanduhr trägt, eine Uhr mit Stacheln, mit irgendeinem Deckel, damit man das Zifferblatt nicht sehen kann, oder so was in der Art?« fragte ich.

Sie zuckte die Achseln und schüttelte den Kopf. Dann leuchteten ihre Augen plötzlich bissig auf, und sie sagte: »Sie suchen den Vergewaltiger mit der Blume, der die Mädchen am Arm kennzeichnet, stimmt's?«

»Señora, reden Sie keinen Unsinn. Seien Sie unbesorgt.«

Die öffentliche Meinung. Das war es, was die verfluchten Journalisten erreichten: die Arbeit behindern und die Nase überall reinstecken. Es war unklug gewesen, die Uhr zu erwähnen. Ich stieg vom Barhocker und ging auf die Glastür zu, so wich ich den Fragen dieser Frau aus, die sich *Das komplizierte Leben* wahrscheinlich regelmäßig reinzog. Auf der Straße wurde es langsam lebendig, aber die Kneipe war noch leer. Während ich das dachte, tauchte in der Tür ein Junge auf, den ich am Eintreten hinderte. Er rieb sich die Hände vor Kälte. Ich trat zurück, und er kam herein. Ich sah weiter nach draußen. Da hörte ich einen halbunterdrückten Aufschrei hinter mir und wie die Frau mit entsetzter Stimme rief: »Da ist er!«

Ich drehte mich um. Mitten im Raum, zwischen Tresen und Tür, blieb der Junge stehen. Plötzlich drehte er sich halb zu mir um und sah mich einen Augenblick lang an.

»Polizei!« schrie ich.

Er stürzte zur Tür, und ich hielt ihn am Arm fest. Ich sah seine grauen, ausdruckslosen Augen, und dann spürte ich es, den wahnsinnigen Schmerz, hörte meine Nase krachen, mein Gesicht Stück für Stück zerbrechen, als würde eine riesige Kathedrale über mir zusammenstürzen. Auf dem Boden liegend versuchte ich die Geräusche in meinem Kopf mit der kreischenden Stimme in Einklang zu bringen. Es war die Frau. Ich atmete und schluckte Blut. Ich brauchte mich nicht zu sorgen, es war die Frau, und ich war weder verletzt noch tot, ich hatte nur einen Faustschlag ins Gesicht bekommen. Neben mir waren ein paar Stühle umgekippt. So gut ich konnte, rappelte ich mich hoch. Sofort kamen die Kneipenbesitzer herbeigeeilt. Sie weinte: »Mein Gott, setzen Sie sich! Sind Sie verletzt?«

Sie brachte ein sauberes Handtuch, das sich sofort mit Blut vollsog. Keiner von beiden wußte, was tun. Der Mann lief, um mir einen Cognac zu holen. Als er zurückkam, tauchte Garzón auf.

Die beiden redeten durcheinander und versuchten, ihm zu erklären, was passiert war. Der Oberkommissar kniete vor mir nieder und sah mich mit seinen gutmütigen Eulenaugen an: »Verdammt, Petra, der hat Ihnen aber ordentlich eine verpaßt!«

»Der Kerl ist mir entwischt«, murmelte ich.

»Vergessen Sie das jetzt, beruhigen Sie sich ein wenig.«

In der Ambulanz wurde mir versichert, daß meine Nase nicht gebrochen sei, es sei allerdings ein kolossaler Schlag gewesen. Ich war beeindruckt von meinem Spiegelbild, ein violetter Bogen umrahmte meine Augen. Ich mußte drei Stunden auf einer Krankenbahre liegen, und mir wurde eine Injektion zum Stillen der Blutung verabreicht. Der Arzt sagte: »Ein paar entzündungshemmende Mittel, und Sie werden wieder aussehen wie vorher.« Währenddessen kümmerte sich Garzón um alles: Ausfindigmachen und Informieren des Haftrichters, Steckbrief und Haftbefehl, das Absuchen der Umgebung durch Streifenpolizisten. Trotzdem kam er, um mich aus dem Krankenhaus abzuholen. Ich dankte es ihm, obwohl es eigentlich nicht nötig gewesen wäre, ich konnte selbst gehen. Ich fühlte mich schwach und benommen wie ein Mädchen, das gerade die Masern überstanden hat, und darüber hinaus dumm, weil ich dem Vergewaltiger, ohne Widerstand zu leisten, die Flucht ermöglicht hatte. Im Auto versuchte Garzón mich zu beruhigen.

»Es war nicht Ihre Schuld. Der Typ hat mich ins Lager kommen sehen und sich für alle Fälle in die Kneipe verzogen. Er glaubte, dort in Ruhe ein Bier trinken und dann zurückkehren zu können, ohne Verdacht zu erregen. Er wußte ja nicht, daß wir ihm so dicht auf den Fersen sind. Dann ist er über Sie gestolpert, da war nicht viel zu machen, Sie sind überrumpelt worden.«

»Was hat Ihnen der Lagerverwalter erzählt?«

»Nichts Besonderes. Er heißt Juan Jardiel und hat wirklich einen angeschwärzten Zahn. Er ist korrekt und fleißig. Der Mann war überrascht, daß wir ihn wegen eines Delikts suchen. Er wettete sein Leben dafür, daß der Junge nichts mit dunklen Machenschaften zu tun hätte.«

»Vielleicht ist er wirklich nicht der Vergewaltiger.«

Diejenigen, die im Umfeld eines Verdächtigen lebten, weigerten sich immer, irgendwelche dunklen Seiten anzuerkennen. Aber es war schwierig, zu glauben, daß dieser Junge nicht irgend etwas verbarg. Die Telefonnummer der Kneipe, der dunkle Zahn, der Angriff, die Flucht …

»Warum hat er wohl dem Juwelier die Telefonnummer der Kneipe gegeben?«

»Ganz typisch, die Leute kommen noch nicht mal auf die Idee, eine Telefonnummer zu erfinden, er hat einfach die genannt, die er im Kopf hatte. Im dringenden Fall kannten sie dort seinen Namen und konnten ihm eine Nachricht übermitteln, die für jemanden, der nichts von der Angelegenheit wußte, sinnlos gewesen wäre.«

»Schon. Glauben Sie wirklich, daß er der Vergewaltiger ist?«

»Wollen Sie ihm die andere Wange hinhalten?«

»Ich versuche, ihn nicht im Vorhinein zu verurteilen.«

»Urteilen ist Aufgabe des Richters. Wir haben diesen Kerl festzunehmen, als wäre er seit seiner Geburt schuldig.«

Ich lauschte dieser schrecklichen Bemerkung nach, und Garzón wurde plötzlich unruhig.

»Haben Sie sein Gesicht gesehen?«

»Einen Augenblick lang. Seine grauen Augen sind mir aufgefallen, ohne jeglichen Glanz.«

»Würden Sie ihn wiedererkennen?«

»Wenn ich ihn aufmerksam ansehen könnte, ja, aber in einem Metrowaggon …«

»Das kann schon genug sein.«

Da hatte ich mein Gesicht geopfert und war nicht einmal in der Lage gewesen, die Züge des Jungen in meinen Verstand einzugraben, um aus dieser Situation Nutzen zu ziehen. Ein Desaster. Ich versuchte Garzón mit meinem schmerzenden Mund anzulächeln. Er hingegen hatte sich geschickt verhalten und sehr schnell reagiert. Er hatte nicht nur die Vorverhöre geführt, sondern er war auch im Haus des mutmaßlichen Vergewaltigers gewesen, der selbstverständlich nicht da gewesen war. Er schilderte mir seinen Eindruck, der nichts Außergewöhnliches enthielt. Juan Jardiels Mutter war Witwe und hatte keine weiteren Kinder, eine ziemlich gewöhnliche Frau. Etwas merkwürdig war, daß die Verlobte des Jungen auch in der Wohnung lebte, eine schon vor Jahren von der Mutter aufgenommene Pflegetochter. Beider Reaktion auf die Ereignisse war Ungläubigkeit, und sie verweigerten hartnäckig jede Antwort. Die Hausdurchsuchung hatte zu keinem Ergebnis geführt. Wie auch immer, Garzón hatte eine gründliche Vernehmung anberaumt, an der ich teilnehmen konnte, er wollte sich keine Medaillen anstecken.

»Wenn Sie sich morgen besser fühlen, gehen wir noch mal in dieses Haus, aber vielleicht sollten Sie sich noch etwas ausruhen.«

»Ausruhen? Nichts da! Das einzige, was mich ärgert, ist, daß ich mich mit diesem Gesicht zeigen muß.«

»Es ist gar nicht so schlimm. Ich mache Ihnen einen Vorschlag. Bevor Sie schlafen gehen, trinken wir noch eine dieser Kreationen von Ihrem Exmann. Dann werden Sie sich gestärkt fühlen.«

Pepe und Hamed sahen mich eine ganze Weile an, wie man die Überbleibsel einer gehäuteten Schlange ansieht, neugierig und angewidert. Inzwischen war der Bluterguß noch auffälliger.

»Was für ein gewalttätiger Mensch!« sagte Hamed. »Bei den Muslimen wird es als großes Verbrechen angesehen, eine Frau zu schlagen, die nicht die eigene ist. Die Frau ist etwas Erhabenes und Zerbrechliches, wie eine Blume.«

Ich knurrte: »Na so was, noch ein Gartenliebhaber!«

Pepe reagierte sarkastisch auf meine miese Laune, aber

um seinen Mund lag ein gütiger Zug. Unvermittelt fragte er mich: »Gefällt es dir immer noch bei der Polizei?«

»Aber natürlich. Glaubst du, das ist nur ein Spiel für mich?«

Er strich sich die Haare aus der Stirn.

»Nein, das glaube ich nicht, aber du gehst Veränderungen immer mit großem Eifer an, und dann schlägst du plötzlich einen anderen Weg ein.«

Er spielte auf unsere Ehe an. Das überraschte mich, niemals zuvor hatte er mir den geringsten Vorwurf oder irgendeine ironische Bemerkung gemacht. Mein Auftauchen wie auch mein Verschwinden waren über sein Leben hereingebrochen wie biblische Tatsachen, und es schien, als hätte er alles mit hebräischer Geduld ertragen und dabei Jahwe angerufen.

»Ich habe dich mehrmals angerufen, aber du bist nie da.«

»Was wolltest du denn?«

»Die Bücher einräumen helfen.«

»Dazu habe ich jetzt keine Zeit.«

»Ich dachte, du hättest dir ein geordnetes häusliches Leben vorgenommen.«

»Das geht dich gar nichts an.«

Garzón unterbrach uns.

»Haben Sie gehört, Petra? Hamed sagt, daß diese Journalistin wieder hier war.«

»Sie ist ein normaler Gast.«

»Ich will nicht, daß du ihr irgend etwas erzählst, schon gar nicht über diesen Kerl, der mir die Nase zerschlagen hat, ist das klar?«

»Aber sie wußte es doch schon! Sie hat Pepe gefragt, wann du aus dem Krankenhaus entlassen wirst.«

»Das ist die Höhe! Ich fühle mich langsam verfolgt.«

»Kümmer dich nicht weiter darum, Petra, heutzutage ist das eben so.«

Ich zündete mir eine Zigarette an, und es entstand ein meditatives Schweigen.

»Es gibt etwas, das mich beunruhigt, Oberkommissar...« Garzón zog seinen feuchten Bart aus dem Glas. »Sehen Sie, als der Verdächtige vor mir stand, habe ich ›Polizei!‹ geschrien. Glauben Sie, das war gut?«

Er sah mich verwirrt an.

»Na ja, ich weiß auch nicht, was man sonst schreien sollte.«

»Oh, ich bitte Sie. Ich will wissen, ob das formal richtig war. Hätte ich nicht sagen sollen: ›Im Namen des Gesetzes: Stehenbleiben!‹?«

Garzón konnte zum erstenmal nicht folgen. Er sah mich an, als wolle er sich vergewissern, daß ich nicht scherzte.

»Was man sagt, ist nicht wichtig!« stammelte er schließlich.

Ich ließ nicht locker.

»Doch, das ist es. Die Formen sind immer wichtig, Oberkommissar. Sagen Sie uns, was Sie in all den Jahren immer gerufen haben.«

Er trank einen Schluck, dachte nach und sprach langsam, unfähig, den gleichen scherzhaften Ton anzuschlagen.

»Nun... vielleicht... vielleicht haben meine Kollegen und ich immer so was gesagt wie: ›Stehenbleiben, Polizei, beweg dich nicht von der Stelle, du Scheißkerl!‹«

Wir drei lachten auf, und Garzón, etwas verstimmt, fuhr fort: »Aber jeder andere Ausruf wäre genausogut gewesen.«

Wie zu erwarten, spekulierte am Tag darauf die gesamte Presse mit zahlreichen Einzelheiten über die Flucht des mutmaßlichen Vergewaltigers. Ich muß gestehen, daß ich die offiziellen Berichte meines Kollegen nicht gelesen hatte, deshalb erfuhr ich einige Dinge, die hier und da durchgesickert waren, aus diesen unsäglichen Artikeln. Der Verdächtige wirkte wie ein braver Junge. Seine Familie war einfach, litt aber nicht an Geldmangel. Die Mutter, seit langer Zeit Witwe, arbeitete als Putzfrau in einer Ambulanz der Sozialversicherung. Juan Jardiel ging täglich seiner Arbeit nach, verkehrte nicht in zwielichtigen Kreisen, nahm keine Drogen, trank keinen Alkohol und rauchte nicht einmal. Nichts schien auf ein kriminelles Profil hinzuweisen. Dennoch erwähnten die Journalisten seine Aggressivität und seine Flucht und spekulierten über die Motive, die ihn dazu getrieben haben könnten. Er mußte etwas zu verbergen haben, aber was konnte das sein? Ich befand mich auf der entgegengesetzten Seite dieser Überlegungen. Der Charakter des Verdächtigen, daß er Sohn einer Witwe war und eine Verlobte hatte, die von klein auf in der Familie lebte, waren meiner Ansicht nach ausgesprochen signifikant. Zuviel weiblicher Druck, zu viele Verpflichtungen. Seine tadellose Haltung bestätigte nur meinen negativen Eindruck. Worauf reduzierte sich das Leben dieses Jungen? Tägliche Arbeit, Rückkehr nach Hause, eine Verlobte, die gleichzeitig die Halbschwester war, eine Frau, die man nur schwerlich aus der Perspektive eines Verliebten wahrnehmen konnte... und das Verantwortungsgefühl, das Kinder einer verwitweten Mutter an den Tag zu legen pflegen. Das bringt nicht notwendigerweise einen Vergewaltiger hervor, aber es existierte die neurotische familiäre Prägung, die ich gesucht hatte, und ich war mir sicher, daß... War ich sicher? Noch nicht. Ich hatte einen großen Teil meiner anfänglichen Euphorie eingebüßt und empfand mich als ziemlich kleinmütig. Es war keine Angst vor der Aggressivität, die ich zu spüren bekommen hatte, aber der Blick in das Gesicht dieses Jungen hatte mich unversehens in die Realität zurückversetzt. Bisher war das Ganze ein Polizeispiel gewesen: Spuren, Nachforschungen, Vermutungen und Verdachtsmomente. Nicht einmal die Verletzungen der Opfer hatten mich von meinem abstrakten Denken abbringen können. Aber plötzlich hatten die Theorien an Substanz gewonnen. Es gab einen Mann, der war lebendig, er hatte leere und kalte Augen, die mir ins Gesicht gestarrt hatten.

Ich versuchte zu schlafen. Meine Knochen schmerzten, und ich fand nicht die richtige Schlafposition. Immer hatte ich geglaubt, daß das Reflektieren für einen Menschen härter ist als das Handeln, aber jetzt stellte ich fest, daß das Handeln die Fragen nicht ausschloß. Es treibt dich voran, verhindert aber nicht, daß du in die Löcher am Wegrand tappst. War es das, was ich mir immer gewünscht hatte? Fühlte ich mich freier, wenn ich mich nicht ausschließlich dem Philosophieren widmete? Wenigstens wurde es dann nie langweilig. Würde ich darum ersuchen, daß sie mich definitiv der Mordkommission zuteilten? Mir zitterten leicht die Knie, als ich mich daran erinnerte, daß ich am nächsten Morgen diese Frauen verhören sollte, die greifbaren Verbindungen Juan Jardiels zur Welt.

# 9

Die Wohnung der Jardiels war ungefähr sechzig Quadratmeter groß. Drei winzige Schlafzimmer, ein kleines Eßzimmer, eine enge Küche und ein gemeinsames Badezimmer. Señora Jardiel machte uns auf. Man hatte ihr und ihrer Pflegetochter mitgeteilt, daß sie an diesem Tag nicht zur Arbeit gehen sollten, damit sie unsere Fragen beantworten konnten. Sie war eine große, kräftige und starke Frau, entschieden keine Witwe, die Mitleid einflößte. Sie trug ein gräuliches Kleid, und in ihrem möglicherweise gefärbten Haar war keine einzige graue Strähne zu erkennen. Eine leichte Dauerwelle ließ das Haar harmonisch um ihren Kopf liegen. Als sie uns öffnete, änderte sich ihr Gesichtsausdruck nicht. Mit ernster, steinerner Miene ließ sie uns eintreten, betrachtete meine noch immer geschwollene Nase und machte eine kaum wahrnehmbare gekränkte Handbewegung. Sie zeigte keinerlei Bereitschaft zur Zusammenarbeit. Garzón bat sie, uns noch einmal die Wohnung durchsuchen zu lassen. Sie erlaubte es mißgestimmt. Da mein Kollege sich bereits umgeschaut hatte, zeigte er mir die Zimmer. Zuerst das von Juan, das absolut nichtssagend wirkte, obwohl gerade das mich aufmerksam machte. Nichts wies darauf hin, daß hier ein junger Mann lebte. Kein einziges mit Reißzwecken an die Wand gepinntes Poster, kein Bild eines Fußballclubs, kein persönliches Zeichen. Nur dezente kleine Bildchen von Landschaften und Blumen, die, wie ich später feststellte, überall in der Wohnung hingen. Ein schmales Bett, der Nachttisch, ein winziger Einbauschrank. Ich öffnete eine Schublade, aber sie war fast leer: ein Schuhlöffel, ein paar benutzte Bleistifte, Papiertaschentücher, eine Omnibusfahrkarte... Ich erzählte das Garzón, der mir bestätigte, daß es am Tage der ersten Durchsuchung genauso gewesen sei.

»Es ist unwahrscheinlich, daß sie etwas entfernt haben. Ich nehme an, es war immer so.«

Danach gingen wir ins Schlafzimmer der Mutter. Ein großes Ehebett nahm fast den ganzen Raum ein. Es herrschte sterile Sauberkeit. Nichts lag herum, keinerlei Anzeichen von Nachlässigkeit. Als einzige Dekoration die gleichen Bildchen an den Wänden. Als wir wieder in den Korridor kamen, stand dort ein Mädchen mit hängenden Armen und beobachtete uns. Es war Luisa, Juans Verlobte. Groß, kräftig, athletisch, ein resolutes und erwachsenes Gesicht, umrahmt von schwarzem Haar, so wie ich sie mir vorgestellt hatte. Sie grüßte kurz angebunden. Zuletzt untersuchten wir ihr Zimmer. Grundsätzlich glich es den anderen, nur ein alter Stoffhund auf der Bettdecke belebte die Einöde.

»Wir wollen mit Ihnen beiden reden.«

Wir gingen ins Wohnzimmer und setzten uns auf eine geblümte Couchgarnitur. Alles sauber und ausgesprochen ordentlich. Der Fernseher nahm einen zentralen Platz ein. In einem Bücherregal standen ein paar gerahmte Fotografien, die von unserem Platz aus nicht genau zu erkennen waren.

»Ich nehme an, daß Sie schon mehrfach gefragt worden sind, ob Sie wissen, wo Ihr Sohn sich zur Zeit aufhält.«

»Ja, und ich habe Ihnen gesagt, daß ich es nicht weiß. Es wäre mir recht, wenn diese ganzen Polizisten nicht mehr vor meinem Haus stehen würden. Juan hat nichts getan.«

»Wissen Sie, warum er dann geflohen ist?«

»Er wird einen Schreck bekommen haben.«

»Warum?«

»Jeder erschrickt, wenn die Polizei ihn sucht.«

»Das scheint mir nicht logisch.«

»Mir schon.«

Das erste Kreuzfeuer zeigte, daß ihre Haltung purer Widerstand sein würde. Sie war entschieden, robust, keineswegs weinerlich, und sie machte uns für die Flucht ihres Sohnes verantwortlich.

Ich fuhr fort, obwohl ich sicher war, daß es keinen Sinn hatte.

»Wissen Sie, ob er in etwas verstrickt ist, etwas Verdächtiges zumindest?«

»Juan hat nie etwas Illegales getan.«

»Hatte er persönliche Probleme?«

»Nein.«

»Haben Sie in letzter Zeit irgendeine Veränderung an ihm bemerkt?«

»Nein.«

Garzón rutschte unbehaglich auf seinem Sitz hin und her. Dann begann er in jenem rücksichtsvollen Tonfall zu reden, den ich inzwischen so gut kannte.

»Señora Jardiel, ist Ihnen klar, daß Sie besser mit uns zusammenarbeiten sollten, wenn Ihr Sohn sich wirklich nichts hat zuschulden kommen lassen?«

»Ich wüßte nicht, woran ich mitarbeiten könnte, ich habe nichts zu sagen. Mein Sohn hat einen Schreck bekommen, weil Sie ihn grundlos verfolgt haben. Vorher hatte er keinerlei Probleme, jetzt hat er eine Polizistin geschlagen, und schon können Sie ihn anzeigen. Deshalb hat er sich versteckt oder ist fortgegangen.«

Ich stand auf und trat ans Fenster.

»Und du, Luisa, hast du in letzter Zeit etwas Seltsames an ihm bemerkt?«

»Nein.«

»Lebst du immer hier?«

Zum erstenmal schaltete sich die Mutter spontan ein.

»Luisa ist die Tochter meiner Cousine, die mit ihrem Mann bei einem Autounfall ums Leben kam. Ich habe sie aufgenommen und großgezogen. Sie ist mit Juan verlobt, und sie werden nächsten Monat heiraten. Es sieht doch wohl jeder ein, daß ein Junge, der heiratet, nicht ein Vergewaltiger sein kann.«

»Was machst du beruflich?«

Die Frau antwortete wieder an ihrer Stelle.

»Sie ist Kassiererin in einem Supermarkt.«

Ich drehte mich um und ließ meinen Blick in dem kleinen, beängstigend engen Wohnzimmer umherwandern. Solange diese große, beschützende Karyatide anwesend war, würde das Mädchen nicht reden.

»Trägt Ihr Sohn eine Uhr?« herrschte ich sie an.

Sie durchbohrte mich mit einem wütenden Blick.

»Natürlich trägt er eine Uhr.«

»Und was ist das für eine Uhr?«

»Eine ganz normale Uhr, ich habe sie ihm gekauft.«

»Kaufen Sie Ihrem Sohn alle Sachen?«

»Ja.«

»Auch die Kleidung?«

»Ich sagte doch ja.«

»Wissen Sie, daß Ihr Sohn sich einen Kranz aus Silberstacheln um das Zifferblatt hat anbringen lassen?«

»Das ist Blödsinn, er trägt eine ganz normale Uhr, ich habe sie ihm vor fünf Jahren gekauft.«

»Und Sie haben in Ihrem Haus nie eine andere Uhr gesehen?«

»Nein.«

»Sind Sie sicher, daß es keinen Ort gibt, an dem Ihr Sohn so etwas aufbewahren könnte?«

»Nein, ich putze sein Zimmer und weiß, was er in den Schubladen hat, da ist keine Uhr.«

»Aber es gibt einen Uhrmacher, der ist sich sicher, die Arbeit mit den Stacheln für Juan angefertigt zu haben.«

»Alle Leute irren sich, wenn sie unter Druck jemanden wiedererkennen.«

Ich ging zu dem Bücherregal und bat um Erlaubnis, mir die Fotos anzusehen. Ein ziemlich altes fiel mir auf. Es zeigte einen ernsten Mann in mittleren Jahren mit Anzug und Krawatte.

»War das Ihr Mann?«

»Ja.«

Ich nahm ein anderes Foto zur Hand.

»Und das ist Juan?«

»Das wissen Sie doch, oder haben Sie ihn nicht gesehen? Vielleicht war er es gar nicht, der Sie geschlagen hat.«

Sie war eine Schlange, jederzeit bereit zuzuschnappen. Ich lächelte. Tatsächlich wäre es mir schwergefallen, die Züge des Mannes wiederzuerkennen, der mich angegriffen hatte. Seltsamerweise standen da nur Fotos von ihrem verstorbenen Mann und von Juan. Kein einziges von ihr oder Luisa. Die Mutter beobachtete mich, als würde ich ihr in einem unbedachten Augenblick etwas stehlen wollen.

»Ich werde die Fotos von Ihrem Sohn mitnehmen müssen.«

Das Mädchen kam ihr zuvor.

»Nein, bitte nicht.«

Die Frau kniff sie in den Arm.

»Laß sie.«

Sie kam zu mir und zog die Fotos aus dem Rahmen.

»Ich will, daß Sie sie mir zurückgeben.«

»Selbstverständlich, wenn wir sie nicht mehr brauchen.«

Auf dem Treppenabsatz roch es nach Essen. Die Tür

wurde mit Wucht hinter uns zugeschlagen. Es gab keinen Fahrstuhl. Wieder auf der Straße, atmete ich tief durch.

»Es ist schrecklich, wenn man so gehaßt wird.«

Garzón kam zu mir, nahm mich am Ellbogen, und wir gingen zum Auto.

»Nun, daran werden Sie sich gewöhnen müssen, das ist immer so. Wollen Sie, daß ich fahre?«

»Ich bitte Sie darum.«

Der alte Juwelier begann leise zu fluchen, als er uns kommen sah. Garzón sagte ohne Umschweife: »Beklagen Sie sich nicht. Wenn wir Sie aufs Kommissariat zitieren würden, wäre das schlechter für Sie.«

Aber der Alte fluchte weiter, tonlos jetzt, als bete er. Wir hielten ihm die Fotos unter die Nase.

»Es ist wichtig, daß Sie sich konzentrieren und uns sagen, ob das der Junge ist, der die Stacheln an seine Uhr hat anbringen lassen.«

Er schüttelte ostentativ den Kopf. In diesem Augenblick bereute er es, diese Arbeit als die seine wiedererkannt zu haben. Nur die Angst konnte ihn zum Kooperieren bewegen, aber er schien es nicht zu spüren, er war zu alt, um eine Verwicklung in die Angelegenheit ernstlich zu fürchten. Er verdrehte die Augen und sah die Fotos an.

»Könnte sein.«

Garzón tat so, als kämpfe er mit einer unpassenden Heiserkeit.

»Das reicht nicht. Schauen Sie es sich genau an.«

Der Alte rang die Hände und sah sich die Fotos mißmutig noch einmal an.

»Ich weiß nicht. Ich habe Ihnen doch schon gesagt, daß hier viele Leute herkommen. Meine Augen sind nicht mehr so gut. Wie soll ich mich da an einen erinnern, der vor Monaten hier war?«

»Was er in Auftrag gegeben hat, war sehr außergewöhnlich.«

»Deshalb erinnere ich mich an die Arbeit, aber nicht an ihn.«

Ich schaltete mich mit ruhiger Stimme ein.

»Also noch mal, es scheint mir völlig normal, daß Sie sich nicht im einzelnen an das Gesicht erinnern, aber gehen wir schrittweise vor, vielleicht ist das einfacher. War er so groß?«

»Mehr oder weniger.«

»Stämmig?«

»Nein, er war dünn.«

»Mit kurzem Haar und grauen Augen?«

»Das weiß ich nicht. Er war jung und hatte einen schwarzen Zahn, soll ich es noch mal wiederholen? Vielleicht wollen Sie ja, daß ich mir was ausdenke.«

Sein Alter und seine Einsamkeit flößten mir keinerlei Mitleid ein. Er war wie eine Figur von Dostojewski, unschuldig vielleicht, aber schäbig und erbärmlich. Ich versuchte, mich nicht von dieser literarischen Vorstellung hinreißen zu lassen.

»Wenn Sie vor Gericht im Zeugenstand erscheinen müßten, würden Sie dort sagen, daß Sie ihn wiedererkennen?«

Seine verbrauchten Züge verkrampften sich, und unter der durchsichtigen Haut schimmerten dicke Adern hindurch.

»Jetzt ist es aber gut! Da kommt so ein Hurensohn in meinen Laden, ich erledige eine Auftragsarbeit für ihn wie für jeden anderen Kunden, und dann habe ich einen Haufen Polizisten und Richter am Hals. Ich habe weder Angestellte noch Gehilfen in der Werkstatt. Wer wird mir den Ausfall bezahlen? Und die Unannehmlichkeiten, wer wird mir die abnehmen?«

»Das Gericht wird Sie als Zeugen vorladen.«

Bevor wir gingen, setzte Garzón zu einem letzten Versuch an, aber ich hatte den Eindruck, daß er ihn nur provozieren wollte.

»Sind Sie sicher, daß Sie ihn auf den Fotos nicht wiedererkennen?«

Stur wie ein Esel und am Rande eines Infarkts antwortete der Alte: »Ich habe Ihnen alles gesagt, was ich weiß.«

Ich war froh, diese verkommene Bude verlassen zu können. Wir tanzten einen absurden Tanz nach tropischem Vorbild: Arme und Hüften in Bewegung, aber die Füße fest an einer Stelle. Es schien unmöglich, in diesem verdammten Fall weiterzukommen. Ich seufzte.

»Haben wir alles im Griff?«

Der Oberkommissar seufzte ebenfalls.

»Eine Observierungseinheit vor das Haus der Jardiels, Telefon abhören, Steckbrief und Haftbefehl an alle Einheiten verteilen... Ich glaube nicht, daß wir mehr tun können.«

»Bewacht jemand die Kneipe und seinen Arbeitsplatz?«

»Dort fahren Streifenwagen.«

»Okay. Wir müssen die Opfer noch einmal verhören, ihnen die Fotos zeigen, fragen, ob ihnen etwas auffällt. Sie haben keine Vorstellung davon, wie schwer es mir fällt, diesen Mädchen noch einmal gegenüberzutreten.«

»Keine Sorge, das übernehme ich.«

»Ich wäre Ihnen dankbar.«

»Wo ist die Frau aus Stahl geblieben, die Tatverdächtige in die Mangel nimmt?«

»Ich bin ein bißchen müde. Außerdem muß ich Ihnen ja jetzt nichts mehr beweisen. Oder doch?«

»Das kann man nie wissen, Sie sind immer noch eine Frau.«

Wir lachten versöhnlich.

»Glauben Sie, daß wir diesen Kerl schnappen, Fermín?«

»Ich nehme es doch an.«

»Da er bisher ein unbeschriebenes Blatt war, wird er früher oder später Fehler machen. Das mit der Telefonnummer war einer, und es wird nicht bei dem einen bleiben.«

Garzón zündete sich eine Zigarette an und stieß den Rauch aus wie ein alter, ölverschlämmter Motor.

»Ich will Sie nicht beunruhigen, aber das ist einer der üblichen leichtfertigen Gedankengänge. Das menschliche Wesen besitzt mehr logische Fähigkeiten, als es scheinen mag. Wenn ein Krimineller die Ruhe bewahrt, ist die Wahrscheinlichkeit, daß er Fehler macht, minimal.«

»Aber dieser Typ weiß nicht, wo er hin soll, er muß sich in die Enge getrieben fühlen!«

»So würde es einem normalen Verstand ergehen, aber Sie sind davon überzeugt, daß dieser Junge nicht normal ist.«

»Er verhält sich krank. Haben Sie sich seine Mutter angesehen?«

»Ein wahrer Charakter! Und die Verlobte?«

»Schwer angeschlagen. Es muß ein Trauma sein, wenn dein Freund der Vergewaltigung bezichtigt wird.«

»Trotzdem wirkte sie gleichgültig, zumindest distanziert.«

Das stimmte. Obwohl auch das nicht ungewöhnlich war. Der Verstand konnte das Böse verarbeiten, aber das wirklich Schreckliche blieb für gewöhnlich draußen, geduckt, zu groß, um plötzlich in die zerbrechliche Höhle hineinzupassen.

»Mir fällt gerade etwas ein, Oberkommissar. Warum versuchen wir nicht, die Opfer Juans Mutter und seiner Verlobten gegenüberzustellen?«

»Verdammt, Petra! Sind Sie verrückt geworden? Wissen Sie, was Sie da sagen?«

»Ich weiß, daß das ziemlich heftig ist. Möglicherweise kommt es zu Szenen und Krach, entfesselt Emotionen. Aber vielleicht reagiert diese verfluchte Verlobte von Juan darauf, vielleicht wird ihr klar, daß ihr zukünftiger Mann diese Mädchen tatsächlich ver-ge-wal-tigt hat. Vielleicht bewirkt das eine Erschütterung, sie könnte uns sogar sagen, wo sich ihr Verlobter versteckt.«

Garzón nahm sich diesen Vorschlag sehr zu Herzen, er machte ihm das Leben schwer, und darüber hinaus zerstörte er das orthodoxe Ermittlungsschema. Aber auch nach unserer stillen Aussöhnung und trotz unseres betont freundlichen Umgangs miteinander war ich noch immer die Chefin, und ich hatte nicht die Absicht, meine Methoden zu diskutieren. Er beschränkte sich auf die Bemerkung: »Sie glauben zu sehr an Psychologie, Hauptkommissarin. Und ich war immer der Überzeugung, daß das eine Sache der Reichen ist. Für die einfachen Leute gibt es keine andere Psychologie als das schlichte und materielle Eigeninteresse.«

»Heißt das, daß nur die leiden, die nichts zu essen haben?«

»Nein, denn am Ende wird ihnen klar, daß das Leben ziemlich erbärmlich ist, auch wenn es keine finanziellen Probleme gibt.«

»Also, Garzón, das stimmt aber nicht mit Ihrer positiven Einstellung zu den Dingen überein. Wollen Sie mir das erklären?«

»Nicht im Traum! Sie sind es doch, die mich zum Philosophieren verleitet. Ich rede nichts als Unsinn. Wenn Sie das mit den Befragungen wirklich wagen wollen, wäre es besser, wir gingen schlafen.«

Schlafen. Ich für meinen Teil versuchte es nicht einmal. Ich war zu sehr von den Ereignissen gefangen, um mich einfach ins Bett zu legen. Also schenkte ich mir ein Glas ein, entschied mich für eine Sinfonie und legte meine Beine auf einen Schemel. Dann ließ ich meinen Blick über die halbgefüllten Regale und Wände gleiten. Mein persönlicher Stempel war unübersehbar: Lithographien von Chagall, Rechtsbücher und Romane, Platten von Beethoven und Chopin, Jazz, Erinnerungen an andere Zeiten, wertloses Kunsthandwerk... Hinweise darauf, daß hier ein Mensch mit seinem Wesen, seiner Vergangenheit, seinen Angewohnheiten lebte. Ich dachte an die Wohnung der Jardiels. Sie hatte etwas Beklemmendes gehabt: der falsche Glanz der großen Möbelstücke, die symmetrische Anordnung der Blumenbildchen in allen Zimmern. Eine schrecklich unpersönliche Atmosphäre, keiner der Bewohner hatte sein Territorium markiert, hatte Spuren seiner Persönlichkeit hinterlassen, sie alle bewegten sich in diesem reduzierten Raum mit der nichtssagenden Ausstrahlung eines billigen Hotels. Die Küchentücher sorgfältig zusammengelegt, ein Klodeckel mit gepunktetem Überzug. Ich stellte mir das Leben dort so vor: Frühstück an dem kleinen Küchentisch, die Mutter, wahrscheinlich im Morgenmantel, wie bei den anderen Mahlzeiten auch an der Stirnseite des Tisches. Immer mit mürrischer Miene. Ordnung und Sauberkeit schien die Parole zu sein. Jeder verschwand zu seiner Arbeit, und dann kehrten sie zurück, aßen gemeinsam und verbrachten den Abend vor dem Fernseher. Der Flur gefegt, die Wäsche gewaschen. Wie in einem Ameisenstaat: erfüllte Pflichten, eine perfekte Organisation. Jedwede persönliche Laune blieb draußen. Ja, das konnte es sein, sie fühlten sich wie unter einem Mikroskop, immer von der Mutter beobachtet. Ein junger Mann, der eiserner entpersönlichender Disziplin unterworfen ist, konnte explodieren, anders sein und sich darüber hinaus an einem so totalitären weiblichen Element rächen wollen, indem er sich schwächliche Mädchen aussuchte, viel zu verängstigt von der riesenhaften Mutterfigur. Ein Ausgerasteter? Eine bevorstehende Ehe mit Anzeichen von Widernatürlichkeit. Auch waren die klebrigen Mysterien der Mutter-Sohn-Beziehung zu berücksichtigen, diese dunklen, schwer nachvollziehbaren Unwegsamkeiten.

Ich war müde, aber ich mußte diese Angelegenheit aus meinem Kopf verbannen, bevor ich schlafen konnte. So ging ich mir ein Glas Milch aufwärmen, und als ich an der Haustür vorbeikam, sah ich den Umschlag, einen unter der Tür durchgeschobenen Brief. Es kam mir gar nicht in den Sinn, daß es um etwas anderes als den Fall gehen könnte. Ich hob den Brief auf, als wäre er ein Vogel, der sich erschrecken könnte, und setzte mich zum Öffnen in die Küche. Bestimmt war es ein Geständnis, eine sichere Spur, eine Denunziation. Aber es war eine Nachricht von Hugo. Lieber Gott! Konnte er nicht wie alle Normalsterblichen das Telefon, die Post, Privatboten oder wenigstens das Fax benutzen? Nein, er mußte auf seiner Außerordentlichkeit und seinen exaltierten Methoden beharren.

*Liebe Petra,*

*ich war in der Nähe, aber Du warst nicht da. Ich bitte Dich, Dir morgen von Deinen polizeilichen Pflichten ein wenig frei zu nehmen und mit mir zu Mittag zu essen. Ich werde das Vergnügen haben, Dir meine Frau vorzustellen. Sie wird uns bei dem Essen Gesellschaft leisten, bei dem ich Dir auch Deinen Anteil aus unserem letzten Verkauf überreichen kann. Gib meiner Sekretärin telefonisch Bescheid, und sie wird Dir Ort und Zeitpunkt nennen.*

Jedes Mal erinnerte mich sein Stil mehr an den eines Streifenpolizisten. Ich mußte auf all meine buddhistischen Quellen zurückgreifen, um diese Nachricht zu verdauen. Es war offensichtlich, daß er sich weigerte, auf den letzten Akt der Vorstellung zu verzichten. Er brauchte den doppelten Trommelwirbel, den zerzausten Chor, das stehende Publikum. Seine funkelnagelneue Ehefrau. Wie konnte die funkelnagelneue Ehefrau sich auf so etwas einlassen? Ein Mittagessen! Es hätte auch ein Frühstück sein können, eine Zwischenmahlzeit, eine schlichte Tasse Tee. Aber nein, es würde ein langes Mittagessen werden mit Aperitif, Pausen und Verdauungstrunk. Eine Qual.

Ich dachte daran, meine Teilnahme zu verweigern, aber es war immer das gleiche, ich konnte nicht. Im Grunde fürchtete ich ihn noch immer, fürchtete mich davor, mein schreckliches Bild in seinen Augen zu sehen. Die Schuldfrage und ich. Der Wahnsinn derjenigen, die alles gegen nichts eintauscht. Wo willst du hin, Petra? Was wird aus dir?

Fermín Garzón konnte nicht ans Telefon kommen, weil er nicht da war. »Er kommt nie vor ein Uhr nach Hause«, sagte mir seine Wirtin. »Aber er hat mir eine Nummer dagelassen, unter der er zu erreichen ist.« Es war die Nummer des *Efemérides*. Dort war er natürlich, glücklich unter den Gästen meines zweiten Exmannes. Gott allein kannte seine Beweggründe! Vielleicht war er eine verirrte Seele, vielleicht erinnerte Pepe ihn an seinen Sohn, der sich in den Vereinigten Staaten um die Wissenschaft verdient machte.

»Hören Sie, Oberkommissar, ich wäre Ihnen sehr dankbar, wenn Sie morgen die Verhöre und weitere nötige Schritte am frühen Nachmittag allein übernehmen würden. Ich werde mit jemandem essen gehen und mich vielleicht verspäten.«

»Na, Sie werden versorgt, was, Hauptkommissarin?«

Er hatte wohl schon ein Glas zuviel intus.

»Ja. Aber ich versichere Ihnen, daß das keine vergnügliche Angelegenheit ist. Mit einem Freund und seiner Frau.«

»Warum laden Sie mich dann nicht auch ein?«

Es waren wohl doch eher zwei Gläser zuviel.

»Ich weiß nicht…«

»Allein zu einem Essen zu gehen ist für eine Frau unpassend.«

Er scherzte, aber am Horizont war ein schwacher Lichtschein aufgetaucht.

»Hören Sie, Garzón, wissen Sie, daß Sie mir damit einen großen Gefallen täten?«

»Ich stehe Ihnen immer zur Verfügung«, sagte er plötzlich ernst.

»Wirklich, begleiten Sie mich zu diesem Essen?«

»Ist gebongt.«

Wahnsinn, lächerlich. Natürlich wußte Garzón nicht, worauf er sich da einließ, er hatte keine Ahnung vom Kern des Problems. Ihn mit meinem Exmann und dessen derzeitiger Frau an einen Tisch zu bitten, war fast ein Spektakel. Möglicherweise zuviel für ihn. Er hatte Stunden damit zugebracht, sich zu fragen, warum ich geheiratet und plötzlich und wiederholt die Scheidung herbeigeführt hatte, und jetzt hatte ich vor, ihn in ein weiteres Feld meines Privatlebens hineinzuziehen, das ihm noch mehr Fragen eingeben würde. Zuviel für ihn. Aber er hatte es ja gesagt. Was konnte ich anderes tun nach seinem voreiligen, prahlerischen »Ich stehe Ihnen zur Verfügung«?

Selbstverständlich hatte es sich gelohnt, Garzón zu diesem Essen mitzunehmen! Und wäre es auch nur dafür gut gewesen, Hugos Gesicht zu sehen. Aber das war noch das Geringste. Das Restaurant, in das er mich eingeladen hatte, war von kalter Eleganz, luxuriös und zeitlos. Dicke weiße Leinentischdecken und Porzellangeschirr, Kellner, die auftauchten und verschwanden wie geliebte Tote. Ich wollte meine Erbin in Hugos Herzen nicht allzusehr anstarren, aber ich hatte einen ersten und zuverlässigen Eindruck: halblanges glattes Haar, leicht geschminkte Augen, diskret im Gespräch, diskret in der Kleidung. Genau der Typ Frau, der ich hätte sein sollen. Hugo zeigte sich stolz an ihrer Seite, aber er war gehemmt. Sie auch. Alle waren wir gehemmt – bis auf meinen Kollegen, den berühmten Fermín. Er wirkte so zufrieden, als wäre dies die natürlichste Situation. Er war Spezialist in Sachen Exmänner, das mußte ein für allemal anerkannt werden.

Wir wählten das Menü, und das Essen begann mit belanglosem Geplauder. Hugo zeigte sich freundlich, aber wenn er mich anblickte, sah ich in seinen Augen Sarkasmus aufflackern. Seine neue Frau schien nicht die geringste Neugier auf mich zu hegen, oder sie war so kultiviert und gab vor, über den Dingen zu stehen. Wir sprachen von den Unannehmlichkeiten des Stadtlebens, der Verworrenheit von Tiefgaragen, von typischen Speisen der Region, vom Reisen im Flugzeug. Nichts Persönliches, keinerlei Anspielungen auf das Privatleben oder die Ehe. Garzón war in seinem Element, er plauderte, trank, aß mit gewohntem Appetit und bot dem Publikum einen mehr als sonderbaren Anblick: dunkler Anzug, gestreiftes Hemd und eine fürchterliche Krawatte mit violetten Punkten, die ich noch nie gesehen hatte. Hugo aber war augenscheinlich fasziniert von ihm. Er zollte ihm große Aufmerksamkeit, beobachtete sein Verhalten, seine Art zu reden, und ich unterstellte ihm, daß er sich ständig fragte, was eine Figur wie Garzón bei einem Familienessen verloren hatte. Ich war glücklich, die Anwesenheit meines Schupos hatte wie ein Zauber jegliche Spannung aufgelöst. Ich verhielt mich wie ein Kind, das sich in Voraussicht der elterlichen Schelte zum vereinbarten Treffen mit einem Freund eingefunden hat. Jedenfalls konnte Hugo seine Absicht als erfüllt betrachten: mir zu demonstrieren, daß er mit einer beruflich erfolgreichen, schönen und passenden Frau verheiratet war. Ich hingegen präsentierte mich in Begleitung eines Provinzbullen mit Schleife, meine Tage verliefen im Schmutz meines schrecklichen Berufes, und nicht einmal dabei hatte ich mich besonders hervorgetan. Ergo, *ich* hatte mich geirrt. Und was war der Irrtum? Unsere Ehe und unser vielversprechendes Leben zerstört zu haben, die Ursünde.

Beim Nachtisch, und das war unvermeidlich, trat die Bitterkeit zutage. Hugo wurde ätzend. So sehr er sich auch vorgenommen haben mochte, nicht zu übertreiben und gemäßigte Kommentare von sich zu geben, ein prächtiger dritter Akt war eine zu große Versuchung. Er wühlte in seiner Brieftasche.

»Ich bitte um Entschuldigung, Petra und ich müssen über Geschäftliches reden.« Er wandte sich mir zu. »Ich nehme an, alle hier am Tisch wissen, daß wir verheiratet waren, oder?«

Die neue Ehefrau lachte verhalten. Garzón sah die Angelegenheit ganz locker und trank seinen Kaffee, als befände er sich im *Efemérides*.

»Sind Sie verheiratet, Fermín?«

»Ich bin Witwer.«

»Und Sie haben nicht wieder geheiratet?«

»Nein.«

»Das ist schlecht. Eine zweite Ehe ist das Klügste für einen Mann. Beim ersten Mal lernt man, dann vergleicht man und kann besser einschätzen. Das ist fabelhaft, glauben Sie mir.«

Ich setzte ein mechanisches Lächeln auf und fragte mich, wie ich da unbeschadet rauskäme. Hugo fuhr mit seiner Vorstellung fort, immer sicherer. Seine Frau sah ihn künstlich alarmiert an, etwa so, wie man ein verwöhntes und bewundertes Kind beobachtet, von dem man nicht weiß, was es als nächstes tun wird.

»Man stellt fest, daß man bleibt, wer man ist, und trotzdem nicht untergeht, alles geht gut. Ein Zeichen dafür, denken wir, daß wir keinen gravierenden Fehler gemacht haben. Und mit jemandem an der Seite, der einen wirklich liebt, entsteht eine Art Aufblühen, eine Art Wiedergeburt. Heiraten Sie wieder, ernsthaft, es ist eine wunderbare Erfahrung, mein Freund.«

Garzón lächelte sein bestes Provinzschutzmannslächeln aus den fünfziger Jahren.

»Aber Petra will mich nicht heiraten, Hugo, und ich glaube nicht, daß ich eine bessere Frau finden würde. Ich habe nicht viel Glück.«

Wir alle lächelten, und Hugos Lächeln war so gepreßt, daß ich fürchtete, gleich Blut aus seinen Mundwinkeln laufen zu sehen. Chapeau, mein lieber Oberkommissar! Jahrelang in dunklen Dienstzimmern Wurstbrötchen essen und sich jetzt á la Oscar Wilde aus der Schlinge ziehen. Mein Herz würde ihm immer dankbar sein für diesen Geistesblitz. Hugo gab Herablassung vor, aber ich kannte ihn gut genug, um zu wissen, daß ihn das ärgerte. Was erlaubte sich diese Witzfigur? So war seine Exfrau, unfähig zu jeglicher Etikette, tauchte sie mit einem Hofnarren auf. Er biß sich auf die Lippen.

»Wußten Sie, daß Petra eine angesehene Anwältin war, bevor sie zur Polizei ging? Sie hatte eine brillante Karriere vor sich, sie war herausragend, intelligent und fleißig. Ich bin der Letzte, der ihr ihre Verdienste abspricht. Mich überrascht nur, wie sich eine so gebildete Frau beruflich derart verändern konnte, wenn man das so nennen kann. Petra war gebildet, wissen Sie? Ich habe keinesfalls die Absicht, ihren populistischen Heiligenschein zu verdunkeln, aber sicher ist, daß Petra immer darauf bestand, sich zum Abendessen herzurichten; sie konnte nicht zu Bett gehen, ohne vorher Beethoven gehört zu haben; sie kaufte in den besten Geschäften; redete nicht mit Leuten, die ihr vulgär oder intellektuell uninteressant erschienen; betrat keine Küche, um sich nicht die Hände schmutzig zu machen, nahm Ballettstunden, sprach zwei Halbtöne tiefer als die übrigen Gäste, gehörte dem einen und anderen Club an…«

Garzón schwenkte den gerade bestellten Anisschnaps hin und her.

»Als Kriminalbeamtin ist sie auch nicht schlecht. Sie sollten sie bei der Arbeit sehen. Sie bewegt sich zwischen Nutten und Schlägern, als wäre das gar nichts. Und wie sie suspekte Typen und Vergewaltiger verhört, ich kann Ihnen sagen. Gewiß, aus meiner Sicht geht sie manchmal etwas zu weit. Kürzlich hat sie einen kleinen Gauner ziemlich in die Zange genommen, splitternackt stand er da. Eine Stunde lang hat sie immer wieder seine Billardkugeln fixiert, es hätte nicht viel gefehlt, und der Typ wäre tot umgefallen. Und er ist umgefallen, wie der umgefallen ist. Ich glaube, es ist eine harte Probe, sie arbeiten zu sehen.«

Hugo starrte mich angewidert an.

»Stimmt das?« fragte er.

Und ich, die ich in ein einziges helles Lachen ausgebrochen war, beschränkte mich darauf auszurufen: »Ja!«

Elvira heftete den Blick auf die über die Tischdecke verteilten Brotkrümel. Hugo war hochrot im Gesicht. Er zog ein paar Papiere aus seiner Aktentasche.

»Es wäre gut, wenn du diese Quittungen unterzeichnen würdest, sie bestätigen, daß ich dir das Geld ausgehändigt habe, ein ganz legaler Vorgang.«

Ich unterschrieb, nahm den Scheck entgegen und steckte ihn gelassen in meine Tasche. Hugo zahlte. Es herrschte absolute Stille. Als Elvira ihren Mann aufstehen sah, zeigte sie sich erleichtert.

»So wie die Dinge stehen, Petra, ist es besser, wenn wir uns nie mehr wiedersehen.«

»Genau das will ich auch«, hörte ich mich antworten.

Es gab das übliche Händeschütteln, aber Hugo gewährte mir diese freundschaftliche Geste nicht. Zwischen uns beiden würde immer sein Haß stehen, so offenkundig und klar, wie mein Verlassen es auch gewesen war.

Der Oberkommissar und ich warteten mit dem Aufstehen, bis sie gegangen waren. Wir schlenderten wortlos über die Straße. Es wurde frisch.

»Vielleicht hätte ich das nicht …« Garzón brach ab.

Ich ging schweigend weiter.

»Vielleicht hätte ich …«

Ich blieb stehen und sah ihm ernst in die Augen. Er war besorgt und verängstigt wie ein Kind. Da explodierte ich. Ein krampfartiges Lachen stieg aus meiner Brust empor. Ich konnte es nicht aufhalten, ich lachte. Und mir versagten die Beine.

»Ach, Fermín!«

Er lächelte verhalten, aber erleichtert.

»Es ist gut jetzt, Petra, hören Sie auf, die Leute schauen schon.«

Aber ich wollte nicht aufhören, ich war gefangen in einem befreienden Lachanfall. Es gelang mir, ganz langsam weiterzugehen. Garzóns Grinsen reichte von einem Ohr zum anderen.

»Wirklich, ich dachte, warum sollen wir denn immer so tun, als wären wir wunderbar? Was soll's? Warum muß man immer zurückhaltend sein, Petra, liebenswürdig, mit guten Manieren und all diesen Dingen? Vielleicht bleibt mir nicht mehr viel, warum dann nicht auch mal ein bißchen unangenehm werden? Das habe ich gedacht.«

Er war begeistert darüber, daß er es gewagt hatte, sich so zu verhalten. Langsam beruhigte ich mich.

»Es tut mir leid, Sie da reingezogen zu haben. Ich dachte, Hugo hätte dieses Essen eingefädelt, um zu demonstrieren, wie perfekt seine neue Frau ist, aber Sie haben es ja erlebt, er wollte auch ein paar Steine auf mein Dach werfen.«

»Und das macht Ihnen was aus?«

»Ich nehme an, er hatte es wirklich geschafft, mich glauben zu machen, seine Art, die Dinge zu sehen, sei die einzig akzeptable.«

»Wir reiben uns ständig auf, damit die anderen gut von uns denken, das ist absurd.«

»Ja, das ist es. Aber Sie sehen ja, nach dem Eindruck, den Sie Hugo von mir vermittelt haben, brauche ich mich darum wohl nicht mehr zu kümmern.«

»Ich wiederhole, daß es mir leid tut, ich bin zu weit gegangen.«

»Nein, es war gut. Vielleicht haben Sie den Bann damit gebrochen. Aber kommen wir zum Wesentlichen. Haben Sie dieses Papierchen gesehen?«

»Drei Millionen Peseten, das ist ein nettes Sümmchen.«

»Brauchen Sie Geld? Wenn Sie wollen, leihe ich Ihnen was.«

»Ich brauche nicht viel, ich lebe ganz gut von meinem Gehalt.«

»Gut, dann gehen wir das an einem der nächsten Abende feiern. Was würde Ihnen gefallen?«

»Ein gutes Abendessen.«

»Davon mal abgesehen, werden wir noch was unternehmen. Wissen Sie, was mir einfällt? Wir gehen ins Liceu und sehen uns eine Oper oder ein Ballett an. Was meinen Sie?«

»Die Karten sind ziemlich teuer.«

»Denken Sie an die drei Millionen.«

»Das würden Sie wirklich für mich tun?«

»Ich bin keine Freundin von Opern, aber ich würde es tun.«

Er sah mich dankbar an. Wir gingen schweigend weiter. Plötzlich blinkte ein boshaftes Leuchten in seinen Augen auf.

»Haben Sie wirklich getanzt?«

»Also nein, Garzón!«

»Ich würde was dafür geben, Sie im Ballettröckchen zu sehen.«

»Scheren Sie sich zum Teufel!«

Zurück im Kommissariat, brach der zeitweilig vergessene Fall wieder über mich herein. Garzón hatte mich überzeugt, ich würde die Opfer nicht in Anwesenheit der Familie Jardiel vernehmen, das war zu gräßlich. Dennoch wurde ich den Verdacht, daß Luisa wußte, wo sich ihr Verlobter aufhielt, nicht los. Ich entschloß mich zu einer gewagten Lösung. Während sich Garzón mit den drei Mädchen beschäftigte und ihnen Fotos von Juan zeigte, in der Hoffnung, sie könnten ihn möglicherweise identifizieren, unterhielt ich mich allein mit Luisa und zeigte ihr die Fotos, die der Gerichtsmediziner von Sonia, Patricia, Salomé und Cristina gemacht hatte. Das Material war ziemlich interessant, es waren Fotos von den markierten Armen der Mädchen dabei, Aufnahmen, auf denen alle Stiche der Blume, Verbände und Blutspuren zu sehen waren. Sie konnten dienlich sein. Vielleicht war meine Hoffnung, Luisas Herz ließe sich erweichen, übertrieben. Es bestand zudem die Möglichkeit, daß sie beim Betrachten dieser nackten Realität ein Haßgefühl oder unmittelbare Abwehr gegenüber den Opfern entwickelte. Es war auch möglich, daß sie tatsächlich nicht wußte, wo Juan sich aufhielt, aber die Ruhe, die ihr Gesicht ausstrahlte, ließ mich zuversichtlich glauben, daß sie es wußte; vielleicht hatten sie es irgendwie geschafft, in Verbindung zu treten. Ich tat alles in meiner Macht Stehende, um ihre Emotionalität herauszufordern, denn ich hatte den Eindruck, daß sie eine zerbrechliche, eine menschliche und zugängliche Seite hatte, ganz anders als ihre von einer stählernen Wand umgebene Pflegemutter. In jedem Fall mußte ich sie allein sprechen, deshalb hatte ich sie offiziell vorgeladen und damit verdeutlicht, daß es ausschließlich um ihre Zeugenaussage ging.

Um sieben Uhr abends teilte man mir mit, daß das Mädchen nun da sei. Sichtlich verschreckt und voller Vorahnungen setzte sie sich. Ohne daß zwischen uns auch nur ein Wort gefallen war, begann ich, ihr die Fotos zu zeigen, in der Reihenfolge, die mir psychologisch angemessen schien, die wirkungsvollsten zuerst. Ich sah ihr sehr aufmerksam ins Gesicht. Ihre Hände zitterten heftig. Sie sah sich die Fotos an und hielt manchmal inne. In ihrem Gesicht stand das blanke Entsetzen, die Angst vor der Wahrheit. Sie begann, langsam den Kopf zu schütteln. Sie schluckte, hypnotisiert von den Bildern und unendlich ernst.

»Das hat er nicht getan«, brachte sie schließlich hervor.

»Alles scheint darauf hinzuweisen, daß er es war.«

»Das war er nicht.«

»Wie willst du das wissen?«

»Weil ich es weiß.«

»Hat er dir das gesagt?«

Sie schwieg. Ich setzte mich ihr gegenüber.

»Vielleicht ist es so, daß du an seine Unschuld glauben willst.«

»Juan ist zu so etwas nicht fähig. Wenn er Lust dazu gehabt hätte, hätte er mit mir schlafen können, wir wohnen zusammen, es hätte viele Gelegenheiten gegeben, aber er hat mich nie angerührt. Er wollte, daß wir erst heiraten. Er ist anständig erzogen worden und hat einen Sinn für Moral.«

Ich seufzte.

»Das kann sogar auf das Gegenteil hinweisen. Immer zu einem untadeligen Verhalten verpflichtet, hat er sich auf diese schreckliche Weise ausgetobt.«

»Nein.«

»Ist seine Mutter streng mit euch?«

»Sie hat uns gut erzogen. Sie mag Leute nicht, die tun, was ihnen gefällt, Jugendliche, die sich wie Tiere benehmen, die Alkohol trinken und Drogen nehmen.«

»Und ist diese Erziehung nicht zu streng gewesen?«

»Nein. Sie ist eine gute und fleißige Frau, sie hat uns Moral und Würde beigebracht, damit niemand etwas gegen uns sagen kann.«

»Und was denkt Juan von all dem?«

»Er findet es gut. Juan und ich mögen keine lasterhaften Menschen, die ihren Verpflichtungen nicht nachkommen, sie ekeln uns an.«

»Das ist euch auch beigebracht worden?«

Sie schwieg, und ihr Blick schweifte durch den Raum. Sie rang die Hände, öffnete den Mund, um etwas zu sagen, und schloß ihn wieder. Dann runzelte sie finster die Stirn.

»Sie sind völlig auf dem Holzweg«, sagte sie plötzlich.

»Hat Ihnen unsere Mutter nichts aus unserer Familie erzählt?«

»Ich weiß, daß deine Eltern bei einem Unfall ums Leben gekommen sind und sie sich um dich gekümmert hat.«

»Das stimmt nicht.«

Mein Puls ging schneller.

»Das stimmt nicht?«

»Nein. Juans Vater ist nicht gestorben und meine Mutter auch nicht. Eines Tages sind sie zusammen abgehauen... Aus den Augen, aus dem Sinn. Juans Mutter nahm mich auf und brachte uns beide durch.«

»Und dein Vater?«

»Der wollte nichts von mir wissen. Er hat zugelassen, daß Juans Mutter mich mitnahm. Sie sagte zu ihm: ›Du wirst sie nie wiedersehen, laß dir später bloß nicht einfallen zu behaupten, du seist ihr Vater.‹ Aber er ist nie wieder aufgetaucht, er wollte nicht einmal wissen, wie es mir geht. Jetzt können Sie ja beurteilen, ob diese Frau gut ist oder nicht und ob sie uns gut behandelt hat. Und Ihnen muß auch klar geworden sein, was Juan und ich für eine Meinung haben von Menschen ohne Moral.«

Diese unglückliche junge Frau war sich nicht bewußt, wie viele Argumente sie mir lieferte; sie zog geradezu einen Kreis von Verdächtigungen um ihren Bruder-Verlobten.

»Warum verheimlicht Juans Mutter das alles und sagt, sie sei Witwe? Warum hat sie sich dieses Märchen mit deinen Eltern und dem Unfall ausgedacht?«

»Was wollen Sie? Daß alle erfahren, wessen Kinder wir sind? Wen geht das was an? Ich habe sie tausendmal sagen hören, daß wir, auch wenn wir einfache Leute sind, ebenso ein Recht auf Würde haben wie andere auch.«

»Und ihr habt nichts mehr von deiner Mutter oder Juans Vater gehört?«

»Das habe ich Ihnen doch schon gesagt, wir haben nichts mehr von ihnen gehört. Und wenn sie sich in unser Leben hätten einmischen wollen, hätte meine Mutter sie beide rausgeworfen.«

»Ich verstehe.«

»Jetzt wissen Sie, warum Juan diese schrecklichen Dinge nicht gemacht haben kann.«

»Und warum ist er dann geflohen?«

»Weiß ich nicht.«

Ich schwieg. Ihr Gesicht hatte einen verletzten Zug angenommen.

»Ich muß dir noch eine letzte Frage stellen, aber ich möchte, daß du genau nachdenkst, bevor du antwortest. Ich möchte, daß du bedenkst, was für Juan unter diesen Umständen ratsam wäre, besonders, wenn er unschuldig ist. Luisa, weißt du, wo er jetzt ist?«

Sie machte nicht einmal eine Pause.

»Nein«, antwortete sie.

»Bist du sicher?«

»Das ist die Wahrheit.«

»In Ordnung, du kannst gehen. Aber wenn du Kontakt zu ihm aufnehmen kannst, sag ihm, daß es zu seinem Besten wäre, wenn er sich stellt.«

Sie antwortete nicht.

Bevor ich nach Hause ging, wollte ich mich noch mit Garzón besprechen. Ich brannte darauf, ihm von der Vernehmung zu erzählen. Nach der neuerlichen Befragung der Opfer kam er müde herüber, warf seinen Mantel über den Kleiderständer und ließ sich auf einen Stuhl fallen.

»Haben sie an Jardiel was wiedererkannt?«

»Nichts.«

»Nicht einmal die Statur, das Aussehen?«

»Sie haben immer nur nein gesagt. Den ganzen Nachmittag ohne Resultat malochen. Zu allem Überfluß hat eine von ihnen angefangen zu weinen.«

»Salomé?«

»Ja. Sie wich vor mir zurück, als wäre ich ein Monster.«

»Diesem Mädchen wird es schwerfallen, das Trauma zu überwinden.«

»Und natürlich fehlt die Aussage von der, die sie in die Vereinigten Staaten geschickt haben.«

»Ich wüßte gern, ob der Vater das Recht hatte, sie aus dem Verfahren herauszuziehen.«

»Kommen Sie mir nicht mit Rechten, ich bin völlig erschlagen.«

Er ließ kraftlos die Schultern hängen. Um ihn aufzuheitern, erzählte ich ihm, was Luisa mir gebeichtet hatte. Ich dachte, daß ihn dieses fürchterliche Melodram bewegen würde, aber er verharrte regungslos wie ein vergessenes Paket an einer Bushaltestelle.

»Erscheint Ihnen das nicht wichtig?«

»Vermutlich schon.«

»Wissen Sie, was es bedeutet, einen Teil seiner Kindheit und die ganze Jugend über moralischem Dogmatismus ausgesetzt zu sein?«

»Ich denke, daß ich dem auch zum Opfer gefallen bin.«

»Das können Sie nicht vergleichen! Diese Jugendlichen haben in einem hermetisch abgeschlossenen, verfälschten und haßerfüllten Umfeld voller Scham- und Schuldgefühle und Rachegelüste gelebt. Man hat sie gelehrt, die Wahrheit zu verbergen und diejenigen zu verachten, die sie auf die Welt gebracht haben. Es ist furchtbar, es ist… der perfekte Nährboden für einen geistigen Defekt. Daraus kann mit größter Leichtigkeit ein Vergewaltiger hervorgehen.«

»Womit bewiesen wäre, was ich immer gedacht habe:

daß eine beschissene Geschichte von einer anderen beschissenen Geschichte herrührt.«

Ich fuhr auf.

»Was sagen Sie da, Garzón?«

Er sah mich unschuldig an.

»Sie haben doch gesagt, daß es Ihnen nichts ausmacht, Kraftausdrücke zu hören.«

»Aber das ist eine Vulgarität, die nicht zu Ihnen paßt.«

Er wurde sehr ernst und schimpfte halblaut: »Es ist keineswegs einfach, zu wissen, was angemessen ist und was nicht.«

Ich stand auf und nahm meine Tasche.

»Offensichtlich haben Sie einen schlechten Nachmittag gehabt. Wir sehen uns morgen.«

Ich ärgerte mich mehr über die Gleichgültigkeit Garzóns gegenüber meinen Ermittlungen als über die Mißstimmigkeiten als solche. Es war schwierig, ihm begreiflich zu machen, daß der Fall als gelöst angesehen werden konnte, wenn man das psychische Profil eines Vergewaltigers hinkriegte. Aber psychologische Beweggründe überzeugten ihn wenig. Er hätte eher geglaubt, daß ein Mann aus purer Bosheit oder wegen des Sexes vergewaltigte. Wie auch immer, diese familiäre Deformation, die mir die Dinge erleuchtete, war für den Oberkommissar nichts weiter als eine beschissene Geschichte. Gepriesen seien die schlichten Gemüter. Und all das, kurz nachdem er sich Hugo gegenüber wie ein Glücksritter verhalten hatte. Es gibt nichts Schlimmeres, als mit einem Helden zusammenzusein, nachdem er eine Heldentat vollbracht hat.

Ziemlich verstimmt betrat ich mein Haus und suchte im Kühlschrank nach etwas Eßbarem. Die Vorräte wurden karger, und ich nahm mir vor, etwas dagegen zu unternehmen, aber nicht heute nacht. Heute nacht brauchte ich nur Schlaf. Trotzdem weckte mich um Mitternacht das Tele-fon.

»Hier ist Fermín Garzón.«

»Was ist los, haben Sie ihn erwischt?«

»Das ist es nicht, ich wollte Ihnen nur sagen, daß es mir aufrichtig leid tut.«

»Wie?«

»Sie wissen schon, was ich vorhin gesagt habe, das mit den besch… Geschichten, das war blöd und ich hätte wissen müssen, daß es bei Ihnen nicht gut ankommt. Aber wissen Sie, was mir gerade auffällt? Ich merke kaum noch, daß ich mit einer Frau zu tun habe.«

»Danke, das ist sehr schmeichelhaft, aber ich weiß nicht, wie ich das verstehen soll.«

»Verstehen Sie es richtig. Haben Sie geschlafen?«

»Ja.«

»Dann habe ich ja gleich zwei Gründe, mich zu entschuldigen.«

»Vergessen Sie's, ich werde sofort wieder einschlafen.«

»Gute Nacht, Hauptkommissarin. Wir sehen uns morgen.«

Ich kuschelte mich in die Kissen und löschte das Licht. Plötzlich überkam mich eine unbändige Lust zu lachen. Und ich lachte. Ich lachte zum erstenmal so, allein im Bett und im Dunkeln.

Im Laufe der folgenden Woche wurde die Suche nach Juan Jardiel fortgesetzt. Obwohl wir so viele wachsame Einheiten zur Verfügung hatten, gab es nicht die geringste Spur. Die Journalisten lagen weiterhin auf der Lauer. Ich machte Umwege, ohne jedoch den Eindruck loszuwerden, daß ich verfolgt wurde. Solange die öffentliche Sensibilität noch so groß war, konnte ich mir den Luxus, einen dieser Berichterstatter zum Teufel zu schicken, nicht erlauben. Ich trat auf der Stelle und grübelte, als würde uns das Grübeln an sich in den Ermittlungen weiterbringen. Garzón folgte meinem Beispiel nicht, er war in Bewegung, begleitete Streifenwagen auf ihrer Suche und unterhielt sich mit dem Richter. Er war wie immer mit seinen Kontakten zu Spitzeln in jenem geheimnisvollen Schmuggelfall beschäftigt, von dem er nicht einmal mir etwas erzählte. Ich bewunderte seinen Tatendrang.

Eines Morgens ging ich zur Bank, um die drei Millionen Peseten einzuzahlen. Dieses Geld sollte eine Weile vorhalten, der letzte Lichtstrahl der Vergangenheit sollte seinen mildtätigen Schein noch einige Zeit werfen. Aber das Sparen würde erst beginnen, wenn ich mein Versprechen gegenüber Garzón eingelöst hatte. Ich ging zum Liceu und kaufte zwei Karten für *Aida*. Als ich es meinem Kollegen am Telefon mitteilte, war er sehr bewegt, und wir verabredeten uns für den nächsten Tag.

Es war ein eisiger Februarabend. Als Garzón bei den Ramblas ankam, mußte ich zweimal hinsehen, um mich zu vergewissern, daß er es auch war. Er trug einen Anzug so dick wie eine mittelalterliche Rüstung, dunkelgrau mit naturweißen Streifen, und ein gelbes Hemd; an der blauen Krawatte steckte eine Krawattennadel mit Perle und im Knopfloch ein winziges Polizeiabzeichen. Sein Haar hatte er sorgfältig gegelt und nach hinten gekämmt, und mit dem ordentlich gebürsteten Bart wirkte er wie eine glänzende, von Greenpeace geborgene Robbe. Ich hatte mir mein schwarzes Kleid für seltene Gelegenheiten angezogen und ein Goldkettchen umgehängt, so daß ich an seiner Seite etwas unscheinbar wirkte.

Er war aufgeregt und albern wie ein Kind angesichts der Gelegenheit, eine Oper zu sehen, das Liceu zu betreten, durch etwas zu schlendern, das für ihn so was wie ein Heiligtum zu sein schien. Er wollte, daß ich ihm die Eintrittskarten zeigte. Er bat mich, sie ihm nach der Veranstaltung zu geben, weil er sie als Erinnerungsstück aufbewahren wollte.

»Die müssen Sie eine Menge Knete gekostet haben«, sagte er.

Ich erläuterte ihm, daß er jederzeit ins Liceu hätte gehen können, denn es war gar nicht so teuer.

»Ich hätte das niemals allein gemacht. Dieser Ort flößt mir soviel Ehrfurcht ein, das ist nicht meine Welt, ich hätte ständig Angst, mich lächerlich zu machen. Außerdem hätte ich mich nicht durchringen können, Geld für so etwas Unnützes auszugeben.«

»Sie müssen sich vor niemandem rechtfertigen.«

»Das stimmt, aber nach so vielen Jahren der Pflichterfüllung ist es einem nicht mehr möglich, das zu tun, wozu man Lust hat.«

Ich lachte. Der Oberkommissar war zuverlässig und pedantisch wie ein Mönch. Er hatte etwas Magisches an sich, eine Art positiver Kraft, die jede Ungewißheit verscheuchen konnte. Aber an diesem Abend war er besonders leuchtend und kontemplativ.

Als wir das Opernhaus betraten, nahmen wir ein Programm und schlenderten durch die majestätische Halle. Garzón befand sich in irgendeinem unergründlichen siebten Himmel. Er war in sich gekehrt, knauserte mit jedem Augenblick, hortete, achtete nicht einmal auf die anderen Leute, seine Trance war privat, eine einzige Verzückung. Während der Vorstellung war er ebenso glückstrunken, wenn auch nicht mehr als beim Spazieren durch die Säle, über die Treppchen und das Foyer. Zwischen den Akten sprach er kein Wort mit mir, er traute sich nicht einmal, eine Zigarette zu rauchen. Ich gebe zu, daß die Oper nie meine Leidenschaft war, aber ich konnte sie mir mit solcher Geistesabwesenheit ansehen, daß ich in totale Konzentration verfiel.

Am Ausgang hatte Garzón leicht verschleierte Augen. Er sagte noch immer kein Wort, und er schien die Kälte nicht zu spüren, die sich in die Knochen fraß.

»Hat es Ihnen gefallen, Fermín?«

»Es war unvergeßlich.«

Das elegant gekleidete Publikum mischte sich langsam unter die Passanten auf den Ramblas. Wir spazierten ohne konkretes Ziel dahin.

»Haben Sie die Absicht, den ganzen Abend nichts zu sagen?«

Er erwachte aus seinem Traum.

»Entschuldigen Sie. Ich bin ein schlechter Gesellschafter, ein Langweiler, aber ich war so gefangen von dem Schauspiel. Ich muß Ihnen dankbar sein, Petra, vielen Dank...«

»Nun werden Sie nicht feierlich und sagen Sie mir, wo Sie gern essen würden.«

»Wo Sie wollen, vielleicht kann ich vor Rührung gar nichts essen.«

»Ich bin sicher, Sie werden sie überwinden.«

Er überwand sie und aß mit großem Appetit mit Scampi gefüllte Avocados und Lammkoteletts. Ich bestellte eine Flasche Champagner, die noch vor dem Nachtisch leer war. Ich bestellte eine zweite, und Garzón protestierte nicht. Der Champagner bekam uns gut, er ließ unsere Gedanken auf einem sprudelnden Kissen tanzen.

»Merken Sie was, Petra? Das muß so was wie Glück sein.«

»Die Oper oder der Champagner?«

»Nicht ganz. Ich meine, daß es großartig sein muß, von seinen Vorfahren soviel Wohlerzogenheit und Geld geerbt zu haben, daß es schon nicht mehr nötig ist, sich zu fragen, ob es erlaubt ist, die Freuden zu genießen.«

»Es ist niemandem verwehrt zu genießen.«

»Bestimmt stamme ich in der achten oder neunten Generation von Sklaven ab, ich bin immer auf den Wert der Dinge hingewiesen worden, immer die Pflicht, immer arbeiten, um das bißchen zu bezahlen, was ich habe. Wenn man was mitbekommen hat, ist das besser.«

»Man sollte meinen, daß Sie Ihr Schicksal hätten ändern können.«

»Kann sein, aber was hätte es mir genützt, mir den Kopf darüber zu zerbrechen, daß meine Mutter kein Französisch sprach? Ich habe mal einen Film gesehen, in dem der Gipfel der Vornehmheit war, wenn die Mutter Französisch sprach.«

»Sie sind vielleicht ein Spinner, Garzón!«

»Aus der Distanz betrachtet bin ich das vielleicht.«

Wir waren bester Laune. Er füllte fröhlich unsere Gläser und leerte seines in einem Zug.

»Gehen wir, wir sind die letzten Gäste, ich fühle mich schon ganz schuldig. Sie sehen, ich fühle mich dauernd schuldig, auch wenn ich mal meine Grenzen überschreite und etwas genieße. Was halten Sie davon, wenn wir noch woanders ein Glas trinken? Diesmal lade ich Sie ein.«

Unter den befremdeten Blicken der Kellner verließen wir das Lokal. Offensichtlich stellten wir nicht das ideale Paar dar. Wieder auf der Straße, machte sich der Oberkommissar in einer Reihe von amüsanten Phantasien Luft. Wir waren beide beschwipst.

»Stellen Sie sich vor, Petra, wir würden jetzt auf den Vergewaltiger stoßen. Ich würde mich auf ihn werfen, ihn mit einer Judoklammer festhalten und ihn zwingen, in den Staub zu beißen. ›Zurück, du Scheißkerl …‹, würde ich sagen. ›Wag es nicht, diese Dame noch mal anzufassen.‹ Dann würden Sie über mich herfallen und beleidigt sagen:

›Garzón, haben Sie noch immer nicht begriffen, daß es für eine Frau erniedrigend ist, wenn ein Mann sie zu retten versucht?‹«

Er war witzig, der gute Garzón, und auch ein bißchen betrunken.

»Später würde uns der Kriminalrat beglückwünschen: ›Sehr gut, Kinder, ein Kripobeamter sollte immer wachsam sein, auch wenn er vorher im Liceu *Aida* gesehen hat.‹«

Er lachte wie ein Besessener.

Wir betraten ein Lokal, in dem leise Jazzmusik lief. Garzón bestellte einen doppelten Cognac und beruhigte sich.

»Ich habe den Jazz nie verstanden, das ist Musik für Intellektuelle.«

Wir ließen den lässigen Strom eines klassischen Quartetts schweigend dahinfließen, Klavierklimpern, Baßbrummen …

»Erzählen Sie mir von der Schuld, Garzón.«

»Von der Schuld?«

»Ja, von der Schuld, die Sie empfinden, wenn Sie Ihre Grenzen überschreiten.«

Sein Lächeln erlosch, er trank einen Schluck Cognac.

»Das ist eine alte Geschichte, Petra.«

Er rieb sich die vom Rauch geröteten Augen und seufzte.

»Meine Mutter war sehr gläubig. Sie brachte mir bei, daß ich nie zuviel Lust empfinden durfte. ›Wenn du ein gutes Stück Fleisch ißt, denk daran, daß es Menschen gibt, die nichts zu essen haben‹, sagte sie. ›Wenn du in deinem warmen Bett liegst, denk daran, daß es Leute gibt, die kein Bett haben.‹ Lauter solche Sachen, und wenn ich antwortete: ›Mutter, ich kenne keinen einzigen Bedürftigen‹, sprang sie wie angestochen auf und antwortete: ›Aber es gibt sie! Auch wenn sie weit weg leben, in Peru. In dem Augenblick, in dem du ein Stück Schokolade ißt, verhungert ein armes Kind, genau in dem Augenblick macht es den letzten Atemzug und übergibt seine Seele Gott.‹«

Er sah mich erschöpft an.

»Unglaublich!« sagte ich, nur um etwas zu sagen.

»Sie sehen ja. Das schlimme war, daß ich nichts für diese Scharen Hungernder konnte. Aber das war egal, das Essen schmeckte mir schon nicht mehr. Ich glaube, deshalb bin ich Polizist geworden, weil ich den Schwächsten helfen wollte. Und später habe ich mein Leben damit verbracht, sie kaputtzumachen und ins Kittchen zu stecken. Denn fast immer sind es die Schwächsten oder die Ärmsten, die Verbrechen begehen, oder?«

»Ich nehme an, daß es so ist.«

»Und es war nicht nur das Naschen oder die Bettwärme, die sie mir vorwarf, später war es dann alles andere: die Vergnügungen, die Freunde. Bis ich die Frau heiratete, die mir geistig am ehesten entsprach, und nicht die, die mir wirklich gefiel.«

»Aber Sie waren doch sehr glücklich mit Ihrer Frau.«

Er schwieg einen Moment, trank seinen Cognac aus und bestellte einen weiteren. Als er ihn bekam, nahm er einen so kräftigen Schluck, daß es wie ein Biß wirkte.

»Das habe ich immer glauben wollen, weil ich nicht verrückt werden wollte. Aber meine Frau war genau wie meine Mutter, oder schlimmer, denn mit meiner Mutter mußte ich nicht das Bett teilen. Ihre Sauberkeitsmanie, ihre Frömmelei, ihre Dummheit und ihre Zimperlichkeit. Was weiß ich, warum ich ihr immer treu war. Freitags, zur Fastenzeit oder zu Weihnachten durfte man sich nicht lieben, weil es unanständig war, ›solche Dinge‹ zu tun, während unser Erlöser geboren wurde. Und als sie an den Eierstöcken operiert worden war und keine Kinder mehr bekommen konnte, hieß es: ›Wofür, Fermín, warum sollen wir zusammensein, wenn Gott uns nicht mehr als Mann und Frau liebt?‹ Sie können sich nicht vorstellen, wie es für einen jungen und kräftigen Mann ist, frisch rasiert, im sauberen Pyjama und mit Kölnisch Wasser parfümiert ins Bett zu kommen und immer dieselbe Antwort zu erhalten.«

Er sah durch mich hindurch. Ich wußte, daß ich jetzt nichts sagen durfte.

»Dann kam ich ins Kommissariat und sah mich mitten in diesem Klima geistiger Misere. Die Kollegen witzelten über die Nutten, die wir gelegentlich festnahmen. Die Abschiedsessen, wenn jemand in Pension ging: Alle hingen betrunken am Tisch und lachten sich halb tot beim Operieren einer Phimose der Würstchen. Das war mein Leben, Petra! Heute, in einem Alter, in dem man sich mit seinen Erinnerungen aussöhnen sollte, könnte ich aus der Haut fahren, wenn ich nur daran denke.«

»Sie haben Ihren Sohn.«

»Meinen Sohn? Als ich ihn in New York besucht habe, wußte er nicht, was er mit mir anfangen sollte. Er stellte mich Leuten vor, die nur englisch sprachen. Nach vierzehn Tagen flippte er vor Freude fast aus, weil ich abreisen wollte. Er hatte nur seltsame Freunde, Leute, mit denen ich es keine fünf Minuten ausgehalten hätte. Jetzt schreibt er mir kaum noch. Vielleicht ist er auch von der Erziehung seiner Mutter traumatisiert, so wie ich, so wie – wie Sie sagen – der Vergewaltiger, den wir suchen.«

Er war blaß, sein Gesicht war verzerrt, und unter den Augen zeichneten sich violette Ränder ab. Er hatte zuviel getrunken und zuviel geredet, die Müdigkeit der Nacht, der Woche, vielleicht des ganzen Lebens trat hervor.

»Glauben Sie nicht, daß Sie der einzige sind, der einsam ist, Fermín. Ich bin es auch, so viele Fehler … abrupte Veränderungen, spontane Projekte, gescheiterte Ehen … Alle

Welt ist einsam, aber so ist es nun mal, wenn du leben willst, mußt du dich durchschwindeln. Wichtig ist der innere Frieden, und niemand weiß, wie man den findet.«

Er war schwer angeschlagen wie ein alter Boxer.

»Sie drücken sich gut aus«, sagte er. »Man merkt, daß Sie studiert haben.«

Wir waren leer und erschöpft, schweigsam.

»Sollen wir gehen, Fermín?«

»Glauben Sie, das *Efemérides* hat noch auf?«

»Um diese Zeit … ich weiß nicht. Wollen Sie noch mehr trinken? Ich bin mir nicht sicher, ob Ihnen das bekommt.«

»Es ist schon spät, Sie haben recht, wir sollten ins Bett gehen.«

Beim Aufstehen schwankte er. Ich war in keinem wesentlich besseren Zustand, aber ich versuchte, den Kamm der Alkoholwelle zu erklimmen, die über mir zusammenschlug. Wir gingen in die eisige Nacht hinaus. Es wäre klug gewesen, ein Taxi zu nehmen, aber es war keines in Sicht. Ich setzte mich ans Steuer, und Garzón ließ sich schwerfällig neben mir nieder. Ich brachte ihn zu seiner Pension. Er starrte konzentriert durch die Windschutzscheibe. Als wir ankamen, erkannte er den Ort nicht wieder. Ich schüttelte ihn sanft.

»Geht es Ihnen gut, Oberkommissar? Sollen wir noch einen Spaziergang machen, bevor Sie reingehen?«

Er tauchte aus seinem Wachtraum auf.

»Nein, ist schon gut. Vielen Dank für diesen wunderbaren Abend.«

»Gute Nacht, Fermín.«

Ich sah ihn auf die Pensionstür zugehen, schwankend unter seiner Rüstung von Anzug. Dann legte ich den ersten Gang ein und fuhr nach Hause, nicht sehr überzeugt davon, daß ich heil ankommen würde. Aber ich kam an.

Angezogen und noch im Mantel, streckte ich mich auf dem Bett aus und dachte, am praktischsten wäre es, so einzuschlafen. Eine Sekunde nach dieser wertvollen Entscheidung klingelte das Telefon.

»Endlich haben wir Sie gefunden, Hauptkommissarin.«

Ich war so durcheinander, es kostete mich Mühe, zu verstehen, und ich habe von diesem Augenblick nur die Erinnerung, ganz ruhig geblieben zu sein und wie ein Kind, das noch nicht in den Telefonhörer sprechen kann, genickt zu haben.

Als ich auflegte, war komischerweise das einzige, was mir Sorgen machte, wie ich Garzón informieren könnte, ohne seine Wirtin zu verärgern. Aber es ließ sich nicht vermeiden, und sie ärgerte sich.

»Es ist eine ernste dienstliche Angelegenheit«, entschuldigte ich mich.

»Warten Sie.«

Zwei Minuten später vernahm ich die Stimme meines Kollegen.

»Oberkommissar? Ich bin's, Petra Delicado. Es tut mir leid, Sie unter diesen Umständen stören zu müssen, aber es ging nicht anders. Sie haben Juan Jardiel gefunden, tot, in einer Gasse. Offensichtlich hat ihn jemand umgebracht.«

Ich erwartete einen überraschten Ausruf, ein Murmeln, einen Fluch, ein Wortspiel, aber das einzige, was an meine Ohren drang, war ein lakonisches und leidenschaftsloses: »Nicht zu fassen!«

# 10

Er war gegen elf Uhr abends in einer Gasse nahe bei seinem Wohnort gefunden worden, ausgestreckt daliegend, mit mehreren Messerstichen links am Hals und in der Brust. Es war der erste gewaltsam zu Tode gekommene Mensch, den ich sah, es war sogar die erste Leiche überhaupt. Ich betrachtete sie kalt und versuchte, meinen Augen einen professionellen Ausdruck zu geben, aber ich hätte es vorgezogen, von hier zu verschwinden.

Überall standen Streifenwagen. Der Kriminalrat war auch da.

»Schlimme Sache, nicht wahr, Petra?«

»Wie ist es passiert?«

»Er wurde von vorn angegriffen, und es gibt keine Spuren eines Kampfes.«

»Er ist überrascht worden.«

»Scheint so.«

»Von vorn überrascht. Merkwürdig, nicht wahr? Es muß jemand gewesen sein, den er kannte, was meinen Sie?«

»Jemand wird sich hier mit ihm verabredet haben. Das ist ein guter Ort, niemand hätte ihn hier schreien hören – wenn er denn geschrien hat.«

»Wie hängt das Ihrer Meinung nach mit dem Fall zusammen?«

»Ich weiß es nicht. Es ist zu früh, um Vermutungen anzustellen. Wir werden sehen, welche Hinweise sich an der Leiche finden, wir werden eine Liste mit Tatverdächtigen anfertigen und … Wer hat ihn identifiziert?«

»Einer der Streifenpolizisten, anhand der Fotos, die Sie verteilt hatten.«

»Gute Arbeit.«

»Die Polizei funktioniert im allgemeinen gut. Ist das der Mann, der Sie angegriffen hat?«

»Ja, ich bin ganz sicher.«

Niemand hatte ihm die Augen zugedrückt. Ich schaute sie erneut an, sie waren im Tod nicht ausdrucksloser als zu Lebzeiten.

»Wo ist Ihr Kollege Garzón?«

»Beim Richter.«

Da erspähte der Kriminalrat meine festliche Kleidung unter dem Mantel und lächelte spöttisch.

»Sie haben sich ja sehr elegant angezogen, doch nicht etwa für die Journalisten? Dort, hinter dem Polizeikordon, steht eine ganze Traube. Ich nehme an, die warten auf Sie.«

»Señor, bitte, ich bitte Sie, sprechen Sie persönlich mit dem Richter und bitten Sie ihn, eine Nachrichtensperre zu verhängen.«

Er lachte.

»Seien Sie nicht kindisch, Petra! Wir versuchen doch immer, unsere Fälle geheim zu lösen, aber die Richter tun, was Ihnen gefällt. Wir werden uns an die Journalisten gewöhnen müssen, da kommen wir nicht dran vorbei.«

Er entfernte sich mit ziemlich einstudiert wirkendem athletischem Schritt.

»Halten Sie mich auf dem laufenden, und wenn Sie Hilfe brauchen, geben Sir mir Bescheid. Ich glaube, ich könnte noch zusätzliches Personal freimachen.«

Ich kniete mich neben die Leiche. Jetzt konnte ich ihn wirklich in Ruhe untersuchen. Es war rührend, die großen aufgerissenen Augen gegen den dunklen Himmel. Das geronnene Blut auf den Wunden wirkte wie eine Reihe von

Nachrichten im Kaffeesatz. Die Beine gespreizt und die Arme ebenfalls zum Kreuz ausgestreckt. Ich streckte meine zitternde Hand nach seinem Gesicht aus und zog, fast ohne sie zu berühren, die Oberlippe hoch. Der schwarze Zahn kam zum Vorschein. Ich ließ die Lippe angewidert los, doch sie blieb leicht aufgeworfen hängen. Ein entsetzliches Lächeln. Ich drehte mich um, überwand den Impuls zu gehen, und beugte mich wieder über den toten Körper. Vorsichtig betrachtete ich sein Handgelenk. Er trug eine Uhr, eine ganz gewöhnliche Uhr. Wenn die Leiche offiziell freigegeben war, würde ich sie untersuchen können. Die Tatsache, daß er das Stachelding nicht trug, sprach gegen die Möglichkeit, daß ihn jemand bei einem Überfall in Notwehr getötet hatte. Aber konnte man wirklich etwas ausschließen? Er konnte versucht haben, ein Mädchen zu vergewaltigen, ohne sie markieren zu wollen. Obwohl das schwer zu glauben war. Ein polizeilich gesuchter Typ, allein, verunsichert, wie sollte er in der Lage gewesen sein, ein weiteres Verbrechen zu begehen? Wenn es sich nicht gar um den Versuch handelte, die Polizei irrezuführen und den Verdacht auf jemand anderen zu lenken. Vielleicht war die Gleichgültigkeit, die wir ihm von Anfang an unterstellt hatten, noch größer, als wir dachten, vielleicht hatte er vorsätzlich darauf verzichtet, die unselige Uhr mit den Stacheln mitzunehmen. Vielleicht hatte dieses Mädchen sich gewehrt, hatte ein Messer bei sich gehabt, hatte mehrmals zugestochen und war danach entsetzt weggelaufen.

»Viel zu kompliziert«, sagte Garzón.

»Wer weiß, *mon ami*, wer weiß«, antwortete ich wenig überzeugt.

Zwei Tage später erhielten wir den Bericht des Gerichtsmediziners. Tatsächlich hatte es vor Eintritt des Todes keine Gewalteinwirkung gegeben. Der Mörder, wer auch immer er war, hatte ihn weder geschlagen noch gekratzt. Das Opfer hatte sich nicht verteidigt. Er hatte sich vor Juan gestellt oder hatte mit ihm gesprochen und ihn dann ohne Warnung angegriffen. Keinerlei Gegenwehr, auf unglaubliche Weise war er überrascht worden und hatte sich umbringen lassen. Fünf mitteltiefe Messerstiche demonstrierten, daß es sich um eine wohlüberlegte Tat gehandelt hatte.

»Es muß ein Racheakt gewesen sein«, bekräftigte ich.

»Oder jemand kannte sein Geheimnis schon lange und brachte ihn aus einem Grund, den wir nicht kennen, um.«

Wir untersuchten die Uhr, die der Tote getragen hatte. Sie war neu, eine dieser Armbanduhren, die man überall für zwei- oder dreitausend Peseten kaufen konnte. Garzón folgerte daraus, daß sie erworben worden war in der Absicht, die Erinnerung an die Stacheln für immer zu begraben.

»Auf diese Weise würde er, falls man ihn erwischte, dieses Beweismittel nicht bei sich tragen.«

Ich dachte nach.

»Etwas will mir nicht in den Kopf. Erstens ist es nicht logisch, daß ein Tatverdächtiger an mildernde Umstände im Falle des Geschnapptwerdens denkt. Außerdem, mal angenommen, er hätte die Uhr mit den Stacheln in den Gully geworfen, warum trug er dann eine neue?«

»Weil er sie als Ersatz gekauft hatte.«

»Das würde bedeuten, daß er die Uhr mit den Stacheln gewohnheitsmäßig trug, was ich absolut nicht glaube. Also, wo ist dann die, die er jeden Tag getragen hat? Seine Mutter sagte, daß sie ihm vor Jahren eine geschenkt hat, das kann unmöglich diese neue sein. Wo ist also die Uhr, die er jeden Tag trug? Warum trug er sie nicht, als er starb?«

»Er wollte nicht, daß wir ihn anhand einer seiner Uhren identifizieren.«

»Das ist absurd, Garzón.«

»In der Panik ist der Verstand nicht immer voll funktionstüchtig. Er wird geglaubt haben, daß eine neue Uhr weniger gefährlich sei.«

Ich schüttelte geistesabwesend den Kopf und seufzte: »War die Familie da, um ihn zu identifizieren?«

»Ja.«

»Und?«

»Ein Drama, können Sie sich ja vorstellen.«

»Kann ich mir vorstellen.«

»Aber auch nicht eine solche Tragödie, wie ich erwartet hatte. Genaugenommen waren sowohl die Mutter als auch die Verlobte eher aggressiv als traurig.«

»Aggressiv?«

»Unter Tränen wiederholten sie ständig, daß Sie an Juans Tod schuld seien.«

»Das kann ich mir vorstellen. So zu denken ist einfach. Ich habe ihn ohne konkrete Beweise zum Täter gemacht, und jetzt hat ihn sich jemand vorgeknöpft, weil er der Vergewaltiger war. Das paßt zu ihnen. Und der Uhrmacher, war er schon hier, um die Leiche zu identifizieren?«

»Noch nicht. Er sagte, er käme nach Ladenschluß.«

»Schöne Sauerei!«

»Er hat erklärt, er sei ein Werktätiger und die Polizei könne nicht einfach so über ihn verfügen.«

»Scheißkerl!«

Wir mußten fast zwei Stunden im Leichenschauhaus warten, bis der Juwelier zu erscheinen beliebte. Ich war wütend. Er kam wie immer unwillig und zornig. Auf dem Kopf trug er eine große Hahntrittmütze, die er nicht einmal aus Respekt vor dem Toten abnahm. Wir ließen die Aufsicht kommen und das Kühlfach öffnen. Der Juwelier sah mit angeekeltem Gesicht hinein.

»Ist das der Junge, den Sie gesehen haben?«

Er betrachtete ihn, als wäre er einer dieser Müllhaufen, die überall auf der Welt herumliegen.

»Kann sein.«

»Sehen Sie ihn genau an.«

Er drehte sich um und kräuselte die runzligen Lippen beim Sprechen: »Hören Sie, ich habe es Ihnen schon bei den Fotos gesagt, und ich sage es Ihnen noch zwanzigmal. Ich bin alt, ich sehe viele Leute, und ich kann mich nicht an alle erinnern. Ich denke, das ist jetzt klar.«

Angespannt und nervös ging ich auf ihn zu.

»Jetzt hören Sie mir mal zu. Seit ich Sie zum erstenmal gesehen habe, haben Sie nichts als Schwierigkeiten gemacht. Jetzt untersuchen wir einen Mord, begreifen Sie das endlich! Wenn Sie sich weigern mitzuarbeiten, werde ich mich persönlich darum kümmern, daß Ihnen ordentlich das Gesicht poliert wird, ich meine das ernst, egal wie alt Sie auch sein mögen.«

Er erschrak und sah hilfesuchend zu Garzón.

»Schauen Sie mich an«, schrie ich. »Und dann schauen Sie sich den Toten an und sagen uns, verdammt noch mal, ob er Ihnen den Auftrag erteilt hat.«

Er zögerte noch. Ich nahm ihn beim Arm und schob ihn direkt vor Jardiels Leiche. Er zitterte.

»Ja, er hat Ähnlichkeit, ja. Der, der bei mir war, hatte auch diese Haarfarbe, und das Gesicht, ja, ich glaube, das ist er.«

Ich zog die Oberlippe des Toten hoch und entblößte den schwarzen Zahn.

»Ja, er ist es, er ist es ganz sicher.«

»In Ordnung, Sie können gehen.«

Er verschwand, so schnell er konnte. Garzón sah mich ironisch an.

»Das Raubtier ist wieder zum Vorschein gekommen, nicht wahr, Hauptkommissarin?«

»Und das schlimme ist, daß es diesmal echt war. Ich sollte mir langsam Sorgen machen.«

»Warum regt Sie dieser ehrbare Kaufmann so auf?«

»Zum Teufel mit den ehrbaren Kaufleuten!«

»Wenn ich mich nicht irre, sind Sie ernstlich sauer.«

»Und was meinen Sie, was ich sein sollte? Was soll denn noch passieren? Wir haben den Vergewaltiger praktisch eingekreist, und er entwischt uns vor unserer Nase. Eine Woche später wird er umgebracht, und es gibt keinen einzigen Hinweis darauf, wer es gewesen ist und aus welchem Grund er es getan hat. Finden Sie das zum Lachen?«

»Lassen Sie uns einen Kaffee trinken gehen.«

Wir verließen das deprimierende Leichenschauhaus. Ich war dankbar für den kräftigen und alltäglichen Kaffeeduft und das Lachen der Menschen.

»Soll ich Ihnen was sagen, Fermín? Wenn sie uns jetzt den Fall entziehen würden, dann hätten wir es wirklich verdient.«

»Haben Sie Angst, sich lächerlich zu machen?«

Ich trank einen Schluck aus meiner Tasse.

»Sie haben recht, gerade ist ein Mann ermordet worden, und ich fühle mich nur in meiner Berufsehre gekränkt.«

»Was können Sie anderes tun?«

»Ich weiß es nicht, bekümmert sein, Mitleid empfinden oder mich freuen, weil es jetzt keine Vergewaltigungen mehr geben wird, alles, nur nicht, mich um meinen Chef sorgen. Die Kripoarbeit ist grausam.«

»Das sind alle Arbeiten, die Grausamkeit steckt in unserer Seele.«

»Gut, Oberkommissar, werden Sie wieder poetisch? Machen wir, daß wir rauskommen, wir können unsere Zeit nicht in Kneipen verplempern.«

»Wo wollen Sie hin?«

»Zu den Jardiels. Ich will, daß sie die Uhr identifizieren, die Juan bei seinem Tod trug.«

»Wenn Sie es wünschen, gehe ich allein hin.«

»Nein, ich komme mit. Fürchten Sie, daß die beiden über mich herfallen?«

»Das wäre ziemlich ungewöhnlich, aber auch ohne Ausfälligkeiten könnte es unangenehm werden.«

»Und Sie haben vor, mich vor der harten Realität zu bewahren. Ich weiß nicht, ob ich Ihnen dankbar sein oder mich aufregen soll.«

Noch bevor wir das dunkelgrün gestrichene Treppenhaus betraten, wo wir Stimmen und Geräusche aus den Wohnungen vernahmen, überfielen mich Beklemmungen. Sie verstärkten sich noch, als Juans Mutter die Tür öffnete und uns eintreten ließ. Da war sie wieder, diese kalte und saubere Ordnung, die unpersönliche Banalität der Bilder und Möbel. Das mußte der Stolz der bescheidenen Leute sein, im Chaos leben zu können, es aber nicht zu verursachen, peinlich sauber zu sein, organisiert, damit nicht ein Staubflöckchen der eisernen Kontrolle entging. Davon mußte ihr Sinn für Würde herrühren.

Entgegen meinen Erwartungen sah mich die Frau ohne eine Spur von Haß an, ohne Spuren von Tränen, völlig ausdruckslos.

»Wann werden Sie meinen Sohn freigeben, damit ich ihn begraben kann?«

»Wenn die Autopsie und die Untersuchungen abgeschlossen sind, werden wir Sie benachrichtigen.«

»Und was wollen Sie?«

Ich holte die Uhr heraus, die wir bei dem Toten gefunden hatten, und zeigte sie ihr.

»Ist das die Uhr, die Sie Ihrem Sohn geschenkt haben, Señora?«

Sie nahm sie mit spitzen Fingern. Ihre kurzen Wimpern flatterten befremdet.

»Nein, das ist sie nicht, diese Uhr habe ich noch nie gesehen. Die ich ihm geschenkt habe, war schon älter.«

»Sind Sie ganz sicher?«

»Ja.«

»Ist Ihre Tochter zu Hause?«

Sie machte ein säuerliches Gesicht.

»Ich will nicht, daß Sie sie belästigen. Sie weint die ganze Zeit.«

Garzón mischte sich ein.

»Nur eine Sekunde.«

Die Frau überwand sich und kam auf mich zu.

»Kriegen Sie denn nie genug? Ich habe mein Leben lang gearbeitet, von morgens bis abends war ich ohne Mann, mit einem Sohn und einer Pflegetochter. Ich konnte mich nie über sie beklagen. Sie sind zur Schule gegangen, haben saubere Kleider getragen, haben warme Mahlzeiten bekommen, und es hat ihnen an nichts gefehlt. Wir haben nie Anlaß zum Klatsch gegeben. Und jetzt gaffen uns die Leute im Viertel und bei der Arbeit an. Es ist Ihre Schuld, daß mein Sohn umgebracht wurde und alle Welt glaubt, er sei ein Krimineller gewesen, ein Vergewaltiger. Lassen Sie das Mädchen in Ruhe und verschwinden Sie.«

Der Oberkommissar stellte sich zwischen uns. Sicherlich befürchtete er, daß meine Reaktion zu heftig ausfallen würde.

»Wir verstehen Sie, Señora. Aber die Dinge lassen sich

nicht auf diese Art klären. Rufen Sie Ihre Tochter, damit wir mit ihr reden können, ich bitte Sie.«

Sie preßte die Lippen zusammen und verließ den Raum. Einen Augenblick später kam sie mit dem Mädchen zurück. Luisa hatte vom Weinen gerötete Augen, das Gesicht war geschwollen und die Nase zuckte. Wortlos hielt ich ihr die Uhr hin.

»Ist das Juans Uhr?«

»Ich habe sie ihm vor etwa einem Monat geschenkt.«

Die Frau blickte das Mädchen gedankenverloren an.

»Warum?«

»Nur so, ist mir einfach eingefallen. Die Sie ihm geschenkt haben, Mutter, war schon sehr alt. Danach hat er mir diese gekauft.«

Sie griff sich an den Hals und zog unter ihrem Pullover ein winziges Goldherzchen an einer Kette hervor. Die Frau sah sie verständnislos an.

»Und warum hast du mir nichts davon erzählt?«

»Wir hatten Angst, daß Sie es falsch verstehen könnten, Mutter, weil Sie ihm doch die andere geschenkt haben... Aber Sie wissen doch, daß Verlobte sich etwas schenken, das tun alle. Es war nicht mehr lange hin bis Weihnachten, dann wollten wir es Ihnen sagen. Es war eine Laune.«

Die Mutter preßte die Lippen zusammen und sah sie hart an. Wir verfolgten die Szene schweigend. Ich beobachtete die beiden Gesichter aufmerksam. Plötzlich wandte sich die Frau an uns und sagte schneidend: »Ist noch etwas?«

Ich verneinte. Wir gingen durch den schmalen Flur. Als wir gerade die Wohnungstür öffnen wollten, hörten wir erneut diese harte und trockene Stimme.

»Ich werde im Fernsehen auftreten, ich bin eingeladen worden. Und ich werde aller Welt erklären, daß Sie den

Mord an meinem Sohn verschuldet haben, daß er unschuldig war. Ich werde sagen, daß nicht Sie, sondern andere Polizisten die Ermittlungen weiterführen sollen, ich werde darum ersuchen, daß Sie rausgeworfen werden. Jetzt wissen Sie's.«

Ich drehte mich um.

»Werden Sie für Ihren Auftritt bezahlt, Señora Jardiel?«

»Was geht Sie das an?«

»Natürlich nichts, ich wollte nur wissen, ob Sie vom Tod Ihres Sohnes profitieren wollen.«

»Verschwinden Sie!«

Garzón schob mich eilig zur Tür hinaus. Als wir auf der Straße waren, sah ich ihn an.

»Ein echter Charakter? Sie hatte beide völlig unter Kontrolle, Sklaverei nennt man das. Und Sie weigern sich, psychische Motivierungen zu akzeptieren. Wäre meine Mutter so gewesen, wäre sogar ich zur Vergewaltigerin geworden.«

Er schnaubte und zog den Autoschlüssel aus der Tasche.

»Seien Sie still, mein Gott, hören Sie auf, Unsinn zu reden!«

Während er fuhr, fing ich an zu lachen. Glücklicher Garzón, hart und unsensibel wie ein Stein, aber zögerlich im Kampf, bei den verbalen Konfrontationen, Verfechter der friedlichen Koexistenz und der Gleichgültigkeit.

»Worüber lachen Sie, ist Ihre schlechte Laune verflogen?«

»Nein, aber wenn ich mich von meinen Launen hinreißen ließe, könnte ich etwas Gefährliches tun, zum Beispiel, Sie angreifen.«

Er sah mich an, als wäre ich ein verwöhntes Kind.

»Wissen Sie, was wir tun werden, Fermín? Einmal werden wir die Ermittlungen wie in einem amerikanischen Film aufziehen…«

Ergeben hörte er mir zu.

»Wir gehen zu mir nach Hause, machen uns was zu essen und stellen eine Tafel an die Wand.«

»Und?« fragte er.

»Und dann denken wir nach, wir werden nachdenken, bis uns der Kopf raucht.«

Es war mein Ernst. Wir fuhren zu mir nach Hause. Ich stellte die Heizung an, und Garzón sah als erstes nach den Geranien. Er verlor kein Wort über meine mangelhaften gärtnerischen Fähigkeiten. Mein eigenes Haus war mir so fremd wie ein Atombunker oder eine Ölplattform. Ich zog zwei Pizzaböden aus dem Gefrierfach und stellte den Backofen an. Garzón lehnte schüchtern am Küchentisch. Ich schalt ihn.

»Kommen Sie, Fermín, schauen Sie nicht nur zu. Wenn Sie was essen wollen, müssen Sie mir schon ein bißchen helfen. Verhalten Sie sich, als wären Sie zu Hause in Ihrer Küche.«

»Sie wissen doch, daß ich keine Küche habe. Ich esse in der Kneipe und abends in der Pension. Seit meine Frau gestorben ist … Außerdem war ich noch nie ein begnadeter Koch. Einige Kollegen können Paella machen, Barbecues, aber ich …«

»Machen Sie diesen Schrank da auf und holen Sie raus, was Sie finden. Sehen Sie auch im Kühlschrank nach. Sie legen auf Ihre Pizza, worauf Sie Appetit haben, und ich mach' das gleiche mit meiner.«

»Alles durcheinander?«

»Das schmeckt gut. Wollen Sie sich eine Schürze umbinden, oder ist Ihnen das zu entwürdigend?«

Er lächelte mich an. Ich zeigte auf eine Schublade und ging ins Wohnzimmer, weil das Telefon klingelte. Einen Augenblick später war ich zurück.

»Das war Pepe, er wollte vorbeikommen. Ich habe ihm gesagt, daß er es nicht wagen soll, jetzt aufzutauchen.«

»Sie sind ganz schön hart.«

»Warum?«

»Vielleicht möchte er nicht alle Bindungen abbrechen.«

»Ach nein! Dann würde er herkommen, wenn er deprimiert ist, wenn er Zahnschmerzen hat, wenn er was essen will. Er hat eine gewisse Tendenz, sich von älteren Frauen versorgen zu lassen. Kommt nicht in Frage! Man muß den Blick in die Zukunft richten, nicht in die Vergangenheit. Reichen Sie mir die Salami rüber.«

»Obwohl die Frauen sich emanzipiert haben, sind sie noch genauso hart wie zuvor.«

»Glauben Sie? Komische Interpretation!«

Wir belegten unsere Pizzen. Auf der des Oberkommissars türmte sich bereits ein Hügel. Er hatte eine unmögliche Mischung zusammengestellt: Anchovis und Gorgonzola, Schinken, Kapern, Thunfisch. Er betrachtete sein Werk.

»Glauben Sie, daß noch ein Stückchen Chorizowurst dazu paßt?«

»Nur zu, immer rauf damit!«

Wir aßen in der Küche und spülten mit einem guten Bier nach. Garzón schien begeistert.

»Ich hätte nicht gedacht, daß Kochen so leicht ist.«

»Sie sollten sich eine Wohnung suchen. In Ihren eigenen vier Wänden wären Sie viel freier.«

»Das ist alles so kompliziert! Die Küche, die Wäsche, der Einkauf...«

»Es gibt Waschsalons, Supermärkte, Gefrierschränke, Fertiggerichte...«

Er schluckte artig einen Parmesanfaden. Es war, als würde ich ihm die Aufgaben des Herkules und die sieben ägyptischen Plagen auf einmal aufzählen. Er fühlte sich unfähig zu ersteren und konnte sich nicht damit abfinden, daß letztere ihm auf den Kopf fielen und seine Ruhe störten.

Nachdem ich einen Liter Kaffee gekocht hatte, machten wir uns an die Arbeit. Ich lehnte die Tafel an ein Regal und schrieb oben richtungweisend »Fall Jardiel« und darunter »Erste Möglichkeit«. Wir stimmten darin überein, daß wir berücksichtigen mußten, daß der Mord in Notwehr geschehen sein könnte, auch wenn wir diese Hypothese wieder verwerfen würden. Der Oberkommissar kritzelte die Schwierigkeiten hin:

- Es gab keine Anzeichen eines Kampfes.
- Die Uhr mit den Stacheln fehlte.
- Es ist unwahrscheinlich, daß ein Mädchen bewaffnet ist.
- Ohne Kampf kann sie dem Vergewaltiger das Messer kaum entwunden haben, aber es gibt keine Spuren eines Kampfes.
- Es ist seltsam, daß das vermeintliche Mädchen danach nicht zur Polizei gegangen ist.
- Ein Mädchen mit der Körperstatur der anderen Opfer hätte nicht die Kraft gehabt, ihm so tiefe Stichwunden beizubringen.

Ich zeigte sehr professionell mit der Kreide auf Garzón.

»Wenn Juan Jardiel wehrlos ermordet worden ist, dann wäre anzunehmen, daß der Angreifer ein Bekannter war, vor dem er sich nicht zu schützen brauchte.«

»Sagen wir, wenn es kein Bekannter war, muß es zumindest jemand gewesen sein, der ihn dort hinbestellt hat«, meinte Garzón.

»Gut, dann kommen wir zur Rachehypothese. Obwohl ich hinzufügen muß, daß diese ihre Schwachstellen hat. Zum Beispiel, welcher Rächer oder welche Rächerin konnte den Unterschlupf eines polizeilich gesuchten Flüchtigen kennen? Wie hat er Kontakt mit ihm aufgenommen?«

»Es könnte sich um jemanden aus seinem Umfeld handeln. Die Begleichung einer offenen Rechnung.«

Begleichung einer offenen Rechnung? Ich sah kein Motiv. Jardiel gehörte weder zur Halbwelt, noch hatte er etwas mit Drogen zu tun. Es war lächerlich zu glauben, daß er ein Doppelleben in diesem Sinne geführt hatte, nichts erlaubte uns, das zu unterstellen.

»Nein, Oberkommissar, der Grund für Jardiels Tod muß bei den Vergewaltigungen liegen, es gibt kein anderes Motiv.«

»In diesem Fall ist eine Liste von Tatverdächtigen unvermeidlich.«

Aber die Liste würde kurz sein. Wer konnte den Tod Jardiels wünschen? Wir hoben zwei Verdächtige ersten Ranges hervor: Salomé und Señor Masderius. Salomé war das sprödeste Opfer gewesen, das rätselhafteste und möglicherweise diejenige, die es am schlimmsten getroffen hatte. Masderius in seiner Erbitterung stand ein bevorzugter Rang zu. Dennoch stellte sich bei beiden dieselbe Frage: Wie war es ihnen gelungen, den Vergewaltiger zu finden?

»Salóme hätte durch die jungen Leute, Freunde von Freunden, Kontakt zu ihm aufnehmen können. Jugendliche, die ihr nicht mißtrauten wie beispielsweise der Polizei, hätten ihr Anhaltspunkte geben können.«

»Obwohl sie nicht aus demselben Viertel stammte? Das würde mich wundern, Fermín; aber einverstanden, fügen wir das als Arbeitshypothese hinzu. Trotzdem, glauben Sie wirklich, daß Salomé sich diesen Typ vorknöpfen würde?«

»Wir waren beide der Meinung, daß sie eine Tatverdächtige sein könnte. Sie ist ein seltsam reserviertes

Mädchen, das sich bei den Befragungen komisch verhalten hat. Wer weiß, ob hinter ihrer Zurückhaltung nicht Gewalt lauert? Stellen Sie sich das mal vor: Sie denkt, daß die Polizei mit ihren Ermittlungen auf dem Holzweg ist. Sie kennt jemanden aus dem Viertel von Juan, oder sie läßt einen Freund oder sogar die Verlobte fragen. Die Polizei ist eine langsam arbeitende Organisation, bürokratisch und schwerfällig, die Jugendlichen haben andere Methoden und kennen Seitenwege. Gut, dieser Verlobte, ein Freund oder sie selbst macht Juan ausfindig, täuscht ihn und schleppt ihn zu dem Gäßchen, wo …«

»Hat Salomé einen Freund?«

»Das weiß ich nicht, das müßte man herausfinden. Wir sollten das unter den noch ausstehenden Schritten notieren.«

Ein großes Bild entstand auf der Tafel. Währenddessen tranken wir unmäßig viel Kaffee. Und Señor Masderius, wie, verdammt noch mal, hätte Señor Masderius Juan ausfindig machen können? Die Hindernisse, die Garzón auflistete, waren völlig logisch. Niemand konnte annehmen, daß zwischen den beiden auch nur der geringste gemeinsame Nenner, irgendeine mögliche Verbindung bestanden hatte. Wir starrten ins Leere oder, besser gesagt, in den Rauch.

»Er hätte einen Privatdetektiv engagieren können«, sagte ich.

Garzón sah mich verblüfft an.

»Verdammt, daran habe ich nicht gedacht! Wenngleich das die Annahme voraussetzt, daß ein Privatdetektiv finden kann, was uns entgeht.«

Ich hatte seinen professionellen Nerv getroffen.

»Sie selbst haben gerade gesagt, daß die Polizeiorganisation sehr schwerfällig ist.«

Er schenkte Kaffee nach, ohne sich überzeugt zu zeigen.

»Das mit dem Detektiv werde ich nachprüfen.«

Er notierte es auf der fast vollen Tafel. Dieses Brainstorming-System zeigte erhellende Wirkung, aber es hatte nicht dazu gedient, eine gewichtige Hypothese zu formulieren. Selbst das mit Masderius war schwach. Ein Mann des Establishments, ein erfolgreicher Geschäftsmann, entsprechend begütert, mit gutem Ruf... Ich konnte mir nur schwerlich vorstellen, wie er im Dunkeln auf einen Vergewaltiger einstach. Und trotzdem, er war so außer sich gewesen, er hatte so peinlich genau versucht, die Spuren der Vergewaltigung seiner Tochter zu verwischen... Vielleicht hatte er beschlossen, noch etwas weiter zu gehen. Er konnte zudem nicht nur einen Privatdetektiv beauftragt haben, sondern obendrein einen professionellen Killer, der Jardiel hatte verschwinden lassen.

Ich begann die ersten Anzeichen des Kaffeerausches zu spüren. Mein Herz schlug ab und zu in einem leichten Galopp, meine Hände kribbelten, und ich hatte einen bitteren Geschmack im Mund. Es war zwei Uhr früh. Ich ließ mich auf dem Sofa zurücksinken. Wir schwiegen. Ich betrachtete meine leicht geschwollenen Füße.

»Es sei denn...«, begann Garzón.

Ich war zu müde, um nachzufragen. Er schwieg. Dann setzte er mit frischem Elan erneut an.

»...es sei denn, Petra, daß wir uns völlig geirrt haben. Hören Sie mir aufmerksam zu.«

Er stand auf und begann, mit raschen Schritten im Zimmer auf und ab zu gehen. Dann kehrte er an seinen Ausgangspunkt zurück und blieb direkt vor mir stehen. Aus seinen Augen sprang ein intensiver, leicht wahnwitziger Blick. Unter Innehalten, Reflektieren, Zögern und lebhaften Ansätzen entwickelte er schließlich eine neue und komplexe Theorie. Angenommen, Juan Jardiel war nicht der Vergewaltiger gewesen. Ernstzunehmende Hinweise konnten darauf schließen lassen, daß er in Wirklichkeit jemanden gedeckt und demjenigen sogar geholfen hatte, seine Pläne auszuführen. Er dachte an einen Freund, ein *alter ego,* einen ebenso kaputten Typen, nur viel mutiger, viel forscher und kühner als Juan. Das wäre der wirkliche Vergewaltiger. Er benutzte Jardiel, er beauftragte ihn, zu dem Juwelier zu gehen und um die Uhr herum die Stacheln anbringen zu lassen, so daß er nie identifiziert werden könnte. Jedesmal, wenn der Mann vergewaltigt hatte, traf er sich danach mit Juan und erzählte ihm von seiner Missetat. Juan, ein schüchterner und charakterloser Typ, von seiner Mutter kastriert, konnte auf diese Weise ein krankhaftes Vergnügen ausleben und wurde zum Komplizen, so daß sich der wirkliche Vergewaltiger seines Schweigens sicher sein konnte. Bis der Kreis um Juan offenkundig immer enger wurde und ihn nervös werden ließ. Laut Garzón traf das alles an dem Tag aufeinander, als wir ihn suchten; er entwischte von seiner Arbeitsstelle und machte sich zur Kneipe auf, um zu telefonieren, um mit dem Phantom-Mann Kontakt aufzunehmen, ihn darüber zu informieren, daß die Polizei ihn suchte, und ihn erschrocken um Instruktionen zu bitten. Aber er stolperte über mich, die ich seine Absichten vereitelte. Wie auch immer, nach seiner Flucht aus der Kneipe ging er in die Wohnung des Phantoms, das ihn die ganze Zeit über versteckt hielt. Bis ihm klar wurde, daß er Juan nicht mehr loswerden würde, so groß sein Einfluß auf ihn auch sein mochte, daß der Junge sich zur Gefahr entwickelte. Da führte er den zweiten Teil seines perfekten Planes aus. Er stellt ihm eine Falle, verabredet sich mit ihm unter irgendeinem Vorwand in einem

Gäßchen, vielleicht mit dem Versprechen, ihm bei der Flucht aus dem Land zu helfen, und Zack!, sticht er ihn nieder. Deshalb versuchte Jardiel nicht, sich zu wehren. Frei von jeglicher Verdächtigung hatte das Phantom der Polizei den gesuchten Vergewaltiger zugespielt und konnte sein normales Leben, wie auch immer das aussehen mochte, weiterführen.

Er sah mich an, benommen von seiner Fähigkeit, Schlußfolgerungen zu ziehen. Ich hatte den Ausführungen ohne auch nur einen Wimpernschlag gelauscht.

»Verdammt, Garzón! Warum sind Sie noch nicht Kriminalrat?«

»Weil ich nicht studiert habe.«

»Das wäre auch gar nicht nötig.«

»Was sagen Sie denn zu meiner Theorie?«

»Nun … es ist in der Tat eine Theorie. Aber, Sie werden sehen, sie hat einen Schwachpunkt. Wenn das, was Sie sagen, richtig ist, wenn das Phantom sich seiner Verantwortung entledigen wollte, wie erklärt sich dann, daß Juans Leiche ohne die Uhr mit den Stacheln aufgetaucht ist? Hätten wir sie bei ihm gefunden, wäre das doch der Beweis gewesen: Das ist der Täter, und das ist seine Waffe. Dann hätte der Phantom-Mann in aller Ruhe nach Hause gehen können, es wäre ein perfektes Verbrechen gewesen.«

»Sie sind besessen von Uhren.«

»Antworten Sie, Garzón, wie paßt das in Ihre Theorie?«

»Schließlich und endlich ist nicht jeder Plan vollkommen, Petra. Vielleicht hat das Phantom vergessen, sie an besagtem Tag mitzunehmen, vielleicht hat er nicht daran gedacht …«

»Ein so scharfsichtiger Typ?«

»Vielleicht braucht er dieses Werkzeug noch einmal.«

»Für weitere Vergewaltigungen?«

»Könnte sein.«

»Also nein, Garzón, das ist absurd! Zuerst ist er dazu fähig, sich einen Komplizen zu suchen, damit aller Verdacht auf den fällt, er riskiert sogar, daß dieser ihn hintergeht und plaudert. Er tötet ihn, um jede Möglichkeit auszuräumen, daß sein Name rauskommt, und dann begeht er schutzlos eine weitere Vergewaltigung. Das ist Sand im Getriebe, das kann so nicht sein.«

»Sie waren es, die von Anfang an daran geglaubt hat, daß es sich um eine gestörte Persönlichkeit handelt. Daß er sehr intelligent ist, muß ja nicht heißen, daß er kein Spinner ist. Stellen Sie sich vor, er ist nicht nur degeneriert, sondern er spielt auch gern, will zeigen, daß sein Verstand dem der Polizei überlegen ist.«

»Ich weiß nicht, Garzón, das klingt nach Hollywood.«

»Aber wir wissen doch definitiv nichts von ihm, sollte er weitere Vergewaltigungen begehen, wo würden wir anfangen, ihn zu suchen? Sämtliche Vorbereitungen für das Verbrechen sind von einem anderen ausgeführt worden, und dieser andere ist tot. Das ist ein Schachspiel, das wäre, wie wieder von vorn anzufangen. Kann durchaus sein, daß er sich herausgefordert fühlt.«

»Sie wollen mich verrückt machen, Garzón, nichts von alledem ist im geringsten zu beweisen.«

»Wie soll man Beweise gegen jemanden finden, den man bisher gar nicht gesucht hat?«

»Sie klingen wie ein Drehbuchautor.«

»Wären Sie fähig, diese Hypothese auf einen Streich zu verwerfen?«

Er war euphorisch. Nachdem er seine Theorie laut ausgeführt hatte, glaubte er noch leidenschaftlicher daran. Das war wohl der Kaffee. Ich versuchte, überzeugt zu sein, um ihn zufriedenzustellen.

»Ich würde sie nicht auf einen Streich verwerfen, natürlich nicht, es ist tatsächlich eine weitere Möglichkeit. Ich sage nur, wir sollten von greifbareren Realitäten ausgehen.«

Garzóns Einfall hatte mich überrascht, und warum sollten wir diesem aus dem Nichts entstandenen Phantom nicht einen Platz in der Reserve einräumen?

Wir wischten alle Überlegungen von der Tafel, denn es war an der Zeit, zusammenzufassen. Die Schlußfolgerungen ergaben nichts Neues, sie führten dazu, daß wir bereits gemachte Befragungen erneut vornehmen mußten. Es war notwendig, noch einmal mit den Mädchen zu sprechen, besonders mit Salomé, sich nach ihren Freunden zu erkundigen, Druck auszuüben. Dann war da noch Masderius, gegen den wir wegen der möglichen Einschaltung eines Detektivs ermitteln mußten. Ich konnte mich des Eindrucks nicht erwehren, daß wir nicht aus dem Kreislauf herausfanden. Vielleicht hatte Garzón recht, vielleicht hatte das Epizentrum immer außerhalb gelegen.

»Fermín, ich glaube, daß Sie am ehesten in der Lage sind, den vermeintlichen Detektiv von Masderius ausfindig zu machen. Wollen Sie das übernehmen?«

»Und meine Theorie? Wollen wir nicht nach dem Phantom fahnden?«

»Wenn Sie wollen, werde ich Nachforschungen über Juans Freunde anstellen.«

»Das ist in Ordnung. Obwohl wir ja wissen, daß er nie viele Freunde hatte.«

»Es wird einen geben, von dem aus wir die Spur des geheimnisvollen Mannes aufnehmen können, wenn er denn existiert.«

»Ich bin immer mehr davon überzeugt, daß er existiert.«

Ich betrachtete mitfühlend seine fleischige Nase, sie

wirkte eifrig und aufgeregt, bereit, wie ein Jäger die Spur aufzunehmen.

»Ist noch Kaffee da?« fragte er so frisch, als wäre er gerade erst gekommen.

Am Morgen, als ich gerade aus dem Haus gehen wollte, rief Pepe an. Er wollte wissen, ob ich ferngesehen hätte. Was er erzählte, als ich verneinte, überraschte mich überhaupt nicht. Juans Mutter war in der TV-Show aufgetreten und hatte sich offenbar unverhohlen geäußert. Der Oberkommissar und ich waren an den Pranger gestellt worden, Luisa war eher zweitrangig geblieben.

»Sie hat den Mund nur aufgemacht, um zu sagen, daß ihr Verlobter nicht der Vergewaltiger war. Sie war besessen davon: Er war nicht der Vergewaltiger. Die Mutter wurde deutlicher, sie hat euch beschuldigt, Juans Tod provoziert zu haben. Es klang wahrscheinlich, sie hat ihre Sache gut gemacht. So wie die Dinge liegen, dürfte alle Welt dich und Garzón hassen.«

»Ich vermute, sie hat dargelegt, was man eine unparteiische Analyse nennt. Hast du es aufgezeichnet.«

»Ja.«

»Wir kommen irgendwann vorbei und sehen uns das an.«

Ich hätte mich in die Enge getrieben fühlen müssen, von den Medien schachmatt gesetzt, aber durch irgendeinen inneren Selbstschutzmechanismus fühlte ich mich nicht wie die Hauptdarstellerin dieses Fortsetzungsromans. Die Vorreiter des Guten als Anstifter zum Mord? Zu kitschig! Andererseits ärgerte mich der Gedanke an diese schlaue Journalistin, die im *Efemérides* herumschnüffelte, uns unsichtbar verfolgte und gleichzeitig eine gefühlsduselige Intrige anheizte. Obwohl, was machte ein bißchen mehr Haß schon aus? Die Rolle der Hexe war im Grunde amüsant. Die vermeintlichen Beschützer des Volkes verwandelten sich in dessen Feinde. Nie wäre mir in den Sinn gekommen, daß man sich nur auf die Seite des Gesetzes stellen mußte, um in allen Ehren ausgegrenzt zu werden.

Von all diesen erklärtermaßen haßerfüllten Menschen war Señor Masderius derjenige, der uns am heftigsten ablehnte. Ich bemühte mich, ihm nie direkt in die Augen zu sehen, denn sofort überfiel mich der schreckliche Eindruck, daß er mich von der Welt ausradiert wissen wollte. Als er erfuhr, daß ich ihn zu befragen wünschte, ließ er mir ausrichten, ich solle mich mit seinem Anwalt unterhalten – »mein derzeitiges Sprachrohr« –, und als ich ihm mitteilte, daß die Polizei nicht mit Mittelsmännern verhandelte, wurde er wütend. Aber es blieb ihm nichts anderes übrig, als mich zu empfangen und in sein Büro zu bitten. Ich nehme an, er erhoffte sich einen gewissen einschüchternden Effekt, wenn ich ihn in seinem Reich erblickte. Ich war gelassen, aber als ich mit ihm zu reden begann, änderte sich mein Gemütszustand. Er verhielt sich so überlegen! Er ließ mich mehr als zehn Minuten warten, bis er sich entschloß, den Blick von seinen Papieren auf dem Schreibtisch zu heben. Mit überheblichem Gesichtsausdruck, voller Bitterkeit und Haß, sah er mich an.

»Nun?«

Ich fragte ihn, ob er von Juans Tod erfahren hätte. Er sagte ja. Ich fragte ihn, wo er am Tag des Verbrechens gewesen sei. Er öffnete einen dicken Kalender und sah nach.

»Ich hatte eine Konferenz mit dem Geschäftspersonal.«

»Dem ganzen Personal?«

»Es war die vierteljährliche Generalversammlung.«

»Ich verstehe.«

»Verdächtigen Sie mich?«

»Es müssen alle Möglichkeiten in Betracht gezogen werden.«

Er lächelte, wobei er alle Gesichtsmuskeln monströs verzog.

»Sie glauben wirklich, ich hätte ihn umgebracht?«

»Jeder, der ein Motiv hat, könnte der Mörder sein.«

Er warf lautstark eine Schublade zu.

»Wie können Sie es wagen, hierherzukommen und mich einschüchtern zu wollen? Ist Ihnen nicht klar, wo Sie sich befinden? Das hier ist kein Armenviertel, wo Sie eine Razzia unter den Nutten machen, ich bin ein angesehener Mann, ich gehöre nicht zu den Kreisen, in denen Sie sich bewegen, ich laufe nicht herum und steche Leute nieder, ich habe was zu verlieren! Man muß blind sein, um das nicht zu sehen.«

Ich spürte Glas in meinem Kopf zerspringen, ich beugte mich über seinen Schreibtisch.

»Señor Masderius, bei einem Mord zählt der gesellschaftliche Rang nicht, auch wenn Sie mit hundert Menschen zusammengesessen haben, beweist das nicht Ihre Unschuld. Ich habe schon glattere Alibis zusammenbrechen sehen.«

»Raus hier!«

Er hatte die Beherrschung verloren, sein wütender Zeigefinger wies mir die Tür. Er wirft mich raus, dachte ich, und stellte fest, daß ich bis dahin noch nie von irgendwem hinausgeworfen worden war.

»Ich versichere Ihnen, Señor Masderius, sollten Sie Juan Jardiel umgebracht haben, werde ich höchstpersönlich dafür sorgen, daß Sie bezahlen. Vielleicht müssen Sie sich dann einem schlimmeren Schicksal stellen als die Nutten bei einer Razzia.«

»Verschwinden Sie!«

Er war weiß und starr vor Wut, seine Augen sprühten vor Empörung und Ungläubigkeit. Ich erhob mich und verließ so arrogant und aufrecht wie nur möglich den Raum. Meine Würde hatte einen ordentlichen Schlag erlitten. Während ich durch dieses beeindruckende Bürogebäude ging, überkamen mich wilde Rachegelüste, der Wunsch zu morden. Ja, jeder konnte morden, und nicht im Affekt, sondern aufgrund der scharfen Erkenntnis, daß sich nichts auf der Welt ändern würde, wenn ein weiterer elender Wicht von ihr verschwände. Masderius, der Vergewaltiger… war gar nicht so schlecht der Gedanke: zulassen, daß die einen die anderen auslöschen, außerhalb dessen, was man lächerlicherweise »das Reich der Gesetze« nennt.

Ich kam mit noch immer beschleunigtem Puls im *Efemérides* an. Garzón war da. Sie sahen sich das beleidigende Videoband an. Ich bat Hamed um ein Bier und trank es in großen Schlucken. Im Fernseher sprach Juans Mutter, sie trug einen neuen Mantel.

»Ist das nicht entsetzlich? Sie werden vergewaltigt, ihre Söhne werden umgebracht, aber alle rennen zum Friseur, um im Fernsehen aufzutreten«, sagte Garzón.

»Kann das bitte jemand abstellen?«

Sie sahen mich sprachlos an. Pepe ging zum Fernsehapparat und stellte den Ton ab.

»Ist dir eine Laus über die Leber gelaufen?«

»Das ist alles eine große Scheiße.«

Pepe stieß einen Pfiff aus.

»Ich ahne, daß es schlimm ist.«

Garzón setzte sich zu mir, ohne das Bierglas auch nur abzusetzen.

»Sie sollten sich anhören, was sie sagt. Sie legt sich grundsätzlich mit Ihnen an. Sie meint, daß eine Frau nicht mit den Ermittlungen in einem Vergewaltigungsfall betraut werden dürfte.«

»Ach nein, und warum?«

»Weil zu viele Emotionen mitspielen, sie läßt sich von ihren Gefühlen für die Opfer beeinflussen und muß irgendeinen Täter finden, auch wenn es der falsche sein sollte. Ist gar nicht dumm, diese Señora.«

»Vielleicht sind Sie ja ihrer Meinung.«

»Das habe ich nicht gesagt, ich sage nur, es hat was, darüber nachzudenken. Was haben Sie, warum sind Sie so aggressiv?«

»Ich hatte gerade eine Auseinandersetzung mit Masderius.«

»Glauben Sie, das ist es wert? Er ist ein einflußreicher Mann. Vielleicht entziehen sie uns den Fall jetzt wirklich.«

»Das ist mir egal, oder haben Sie etwa Geschmack daran gefunden, sich im Schmutz zu wälzen?«

»Aber ich dachte, Sie ...«

»Warum sich auf meine Professionalität versteifen, meinen Sinn fürs Lächerliche, mein weibliches Bewußtsein? Nein, Garzón, ich habe diesen ganzen Schlamassel satt bis oben hin. Von mir aus kann der Kerl elftausend Jungfrauen vögeln, ist mir Wurscht.«

Hamed zog die Augenbrauen hoch, er litt wie immer darunter, daß ich mich so drastisch ausdrückte. Pepe sah mich an und spielte mit der Fernbedienung.

»Petra, Ana Lozano war hier, die Leiterin der Sendung. Sie will dir Gelegenheit geben, dich zu verteidigen und deine Argumente im Fernsehen vorzutragen. Ich glaube, du solltest das annehmen, du könntest dem ganzen Geschwätz und den Diskreditierungen ein Ende machen.«

»Tust du mir einen Gefallen, mein lieber Pepe? Wenn diese Nutte hier wieder auftaucht, sag ihr, wenn sie sich mir noch einmal in den Weg stellt, wird sie es bereuen.«

»Petra, sei doch vernünftig!«

»Das bin ich.«

Garzón riß die Augen auf.

»Werden Sie zurücktreten?«

Ich trank den letzten Schluck Bier.

»Einen Scheiß werde ich!«

Ich ging zur Tür und ließ das verdutzte Trio zurück.

»Ach du lieber Gott!« hörte ich Hamed sagen.

»Sei still, mach sie nicht noch mehr an«, zischte Garzón. Offensichtlich waren die drei übereingekommen, daß ich unerträglich war. Das fand ich lustig, es schmeichelte mir und animierte zum Weitermachen.

Ich zog es vor, Salomé allein zu befragen. Garzón versuchte weiter, herauszufinden, wo Juan Jardiel sich aufgehalten hatte. Salomés Gesicht war nach wie vor ein verschlossenes Bild. Was konnte ich sie fragen?

»Du weißt, daß dieser Junge, Juan, ermordet worden ist?«

»Ja.«

»Wir fragen uns, ob du etwas darüber weißt.«

»Nein.«

In diesem Augenblick fiel die Hypothese, daß sie die Mörderin sein könnte, in sich zusammen. Ein Mädchen, das vergewaltigt worden war, dessen Haltung zwischen Rache und fataler Akzeptanz schwankte, hatte nicht das Profil einer Täterin. Ich fühlte mich schuldig. Vielleicht hatte Ana Lozano recht, und ich ließ mich von meiner weiblichen Subjektivität hinreißen. Ich sollte rigoroser sein.

»Wo warst du, als Jardiel ermordet wurde, so um acht oder neun Uhr?«

»Ich weiß nicht, spazieren.«

»Allein?«

»Ja.«

»Du gehst um diese Zeit allein spazieren?«

»Manchmal, nach der Arbeit. Wenn ich gleich nach Hause gehe, muß ich meiner Mutter helfen. So kann ich ein bißchen ausspannen.«

»Und du hast keine Freunde, die dich begleiten?«

»Zur Zeit nicht. Jeder ist mit sich selbst beschäftigt.«

Schlicht, einsichtig, als würde sich ein Mosaiksteinchen nach dem anderen in einen wahrscheinlichen Zusammenhang einfügen.

»Hat dich jemand beim Spazierengehen gesehen?«

»Weiß ich nicht.«

»Und du, hast du irgendeinen Bekannten gesehen, der das bestätigen könnte?«

»Ich glaube nicht.«

»Bist du nicht an einem bekannten Geschäft, einer Kneipe vorbeigekommen, hast du nicht einen Freund gegrüßt?«

»Nein.«

Und auf der anderen Seite war das ein absolut dürftiges Alibi. Ihre Haarfransen waren durcheinander, ihre Augen müde, und sie trug eine bis zum Hals zugeknöpfte Bluse. Sie verachtete mich.

»Wird man behaupten, daß ich ihn umgebracht habe?«

»Irgendwer hat es getan.«

»War die Leiche markiert?«

»Nein, warum fragst du das?«

»Wenn die Leiche nicht markiert war, dann kann ich es nicht gewesen sein, denn ich hätte ihn markiert, so wie er es mit mir getan hat, aber im Gesicht.«

Sie schob ihren Ärmel hoch und zeigte mir den Arm. Da war es noch immer, das Blumenmal, trocken, pergamentfarben und an den Rändern faltig. Ich erschauderte und flehte zu Gott, daß es Masderius gewesen war, der sich den

Täter vorgenommen hatte, und nicht dieses Mädchen. Meine eigenen Gedanken erschreckten mich.

»Hat dir jemand erzählt, wo Juan sich versteckt?«

»Nein.«

»Hat einer deiner Freunde ihn für dich ermordet?«

»Nein.«

»Wenn du gewußt hättest, wo er ist, wärst du zu ihm gegangen?«

Sie dachte angestrengt nach, sie hatte einen angeekelten Ausdruck um den Mund.

»Ich weiß nicht.«

Wenn sie sich nicht leidenschaftlich verteidigen mußte, war das ein gutes Zeichen. Außerdem hatte sie recht, der Angriff eines Opfers hätte erbarmungsloser, rachsüchtiger ausfallen müssen, und Juans Leiche hatte keine Spuren von Grausamkeit aufgewiesen, nur die Messerstiche, die ihn getötet hatten.

Ich fragte sie, worin ihre Arbeit bestand. Sie arbeitete in einer Konfektionsfabrik, Miederwaren und Wäsche. Sie nähte auf der Maschine die Körbchen für Büstenhalter. Acht Stunden täglich. Sie tat nichts anderes als die Teile so zusammenzufügen, daß sie in ihren Händen die Form einer Halbkugel annahmen. Nach der Arbeit ließ ihre Mutter sie für das Abendessen Kartoffeln schälen. Natürlich war es nicht viel amüsanter, Haare zu waschen oder einer despotischen und vulgären Mutter beim Waschen der Gören zu helfen, wenn sie müde von der Arbeit kam. Keines, keines der drei Opfer hätte den Vergewaltiger töten können, ihnen war schon vor Jahren der nötige Stolz abhanden gekommen, um so was zu tun, der individuelle Impuls, der zum Töten unverzichtbar war. Und das vierte Opfer konnte auch ausgeschlossen werden, es war in New York. Dennoch, die empfindungslosen Antworten Salomés enthielten auch ein Fünkchen innerer Rebellion, die sie vielleicht zerstörte. Ihre passive Revolte bestand in diesem hartnäckigen »Das ist mir egal«, das sie auch als Abschiedsfloskel benutzte.

»Wenn du nicht beweisen kannst, daß du zur Stunde des Mordes spazieren warst, kann ich dir nicht versprechen, daß dir keine weiteren Befragungen bevorstehen. Möglicherweise müssen wir dich dem Richter vorführen.«

»Das ist mir egal«, antwortete sie.

Garzón war nach den Verhören von Sonia und Patricia zum gleichen Schluß gekommen wie ich: Keine der beiden konnte es gewesen sein. In seinem Fall war die Aufklärung leichter, beide hatten ein gesichertes Alibi und es war unsinnig zu denken, daß sie einen Profikiller engagiert hatten. Hatte ein Freund die Arbeit für sie erledigt? Kaum. Der Oberkommissar lauschte meinen Erläuterungen über Salomé, und trotz der Schwachstellen ihrer Aussage stimmte er mit mir überein, daß sie nicht die Mörderin sein konnte. Überrascht bemerkte ich, daß er darauf verzichtete, mir meine Subjektivität vorzuwerfen, vielleicht, weil er sich im Grunde auch vom Mangel an Methode hinreißen ließ. Nur hatten seine und meine Subjektivität wenig miteinander zu tun. Ich verfocht die These, daß die jahrhundertelange Unterdrückung der weiblichen Würde unmöglich zu einer gewaltsamen Reaktion führen kann, und er führte wieder die Bürde mit dem Sockel und der Blume an. Wie konnte eine Frau, ein ätherisches Wesen, weit entfernt vom dunklen Bodensatz dieser Welt, dazu fähig sein, aus Rache zu morden? Er war immer noch darauf erpicht, seinen Mann zu suchen, den Phantom-Vergewaltiger, dessen Komplize und schließlich kaputtes Spielzeug Jardiel gewesen war.

»Ich habe herausgefunden, daß er in letzter Zeit mit einem nicht bekannten Kerl gesehen wurde, einem jungen

Mann mehr oder weniger in seinem Alter, vielleicht etwas jünger.«

»Das kann jeder sein.«

»Er hatte nicht viele Freunde.«

»Aber mit jemandem zu reden ist nichts besonderes.«

»Ich werde absolut alle befragen, mit denen er auch nur den geringsten Kontakt hatte.«

»Was ist mit Masderius?«

»Keine Sorge, den habe ich nicht vergessen. Nur sind die Nachforschungen viel komplizierter, wenn es sich um Privatdetektive handelt. Sie entschlüpfen einem wie Aale aus den Netzen. Aber wenn er einen beauftragt hat, finden wir das heraus. Vertrauen Sie mir. Denken Sie daran, daß ich meine Erfahrungen habe mit dieser Art Nachforschungen.«

»Sind Sie immer noch an dieser Sache mit der Guardia Civil dran?«

»Das habe ich fast gelöst. Der Schmuggel wird in Kürze auffliegen.«

»Woher nehmen Sie die Zeit für all das?«

»Es ist nicht sehr gemütlich in der Pension. Und Sie wollen mir eine Wohnung aufschwatzen! Wenn ich mich erst richtig einniste, wird die Arbeit darunter leiden.«

Wer verstand schon Garzón, der plötzlich so zufrieden war, stolz auf sein ungeordnetes Leben. Ich wollte ihm nicht die Illusion nehmen, aber ich hatte mit dem Kriminalrat gesprochen. Der hatte mir bei all unseren Schritten Vorsicht nahegelegt. Wir konnten weiterhin mit seinem Vertrauen rechnen, aber wenn von höherer Ebene irgendein Ansuchen um Ablösung käme, bliebe ihm nichts anderes übrig, als dem Folge zu leisten. Ob ich das verstünde? Ich sagte ja, wir waren noch nicht in der Lage, etwas zu fordern. Wenn das so weiterging, würde unser Kopf bald mehr wert sein als der von Jack the Ripper. Wir waren im Begriff, einen absoluten Rekord aufzustellen: Wir würden die ganze Welt gegen uns haben. In dieser Geschichte, wo Opfer und Henker durcheinandergerieten, konnten wir nicht mit einer einzigen tröstlichen Hilfe rechnen. Ich erinnerte mich an die freundliche Geste dieses Mannes in der Kneipe, der mir den Cognac brachte, nachdem mir Juan Jardiel den Hieb versetzt hatte. Vielleicht hätte ich die andere Wange hinhalten sollen oder endlich im Fernsehen auftreten und schwören, daß auch wir Polizisten weinen und Reue empfinden können. An diesem Punkt meiner trübseligen Überlegungen löste sich die filterlose Zigarette in meinem Mund etwas auf, was mir einen guten Grund lieferte, auszuspucken.

## 11

So wie die Dinge standen, blieb mir nichts anderes übrig, als die Verhaftung von Salomé anzuordnen. Angesichts der schweren Anschuldigung war ihr Alibi zu schwach. Auch die Berichte des Psychologen und der Sozialarbeiterin sprachen gegen sie. Salomé war bescheinigt worden, daß sie menschenscheu war, wenig Bereitschaft zur Mitarbeit zeigte und in einer für ihr Alter untypischen fatalen Gleichgültigkeit gefangen war. Laut den Berichten ließ sich nicht völlig ausschließen, daß sie zu einem gewaltsamen Akt imstande war. Die selbstgenügsame Isolation, die sie zur Schau trug, wurde als zynischer Charakterzug, als allgemeines Mißtrauen der Gesellschaft gegenüber eingestuft. Was mir zynisch erschien, war dieses abstrakte Geschwafel. Selbstverständlich mißtraute sie der Gesellschaft! Das war nur gesund und logisch. Seit ihrer Geburt war sie einem peinigenden Mechanismus ausgeliefert, der sie in ihrer Freiheit und in ihren Möglichkeiten der Selbstverwirklichung einschränkte; sie schrubbte Böden, nähte Büstenhalter, ertrug eine Familie, die in ihr nichts weiter sah als eine zusätzliche Arbeitskraft. In der Blüte ihrer Jugend war sie vergewaltigt und dann unter Druck schamlos im Fernsehen ausgestellt worden. Sie war die einzige, die sich zurückgehalten und am allerwenigsten an diesen schmutzigen Spielen teilgenommen hatte. Ihre Haltung war tatsächlich die einzig mögliche, die einzig elegante: Sie verbarg ihren Schmerz und empfand Abscheu für alle, Aggression gegen alle, und das war noch nicht gesetzlich verboten. Aber meine persönliche Erklärung der Geschehnisse war eine Sache, die allgemeinen Ermittlungsvorschriften eine ganze andere.

Es würde schwierig werden, aus einem sachlichen Verdacht eine reale Anklage zu machen, so sehr die Polizeitheorie das auch verlangte. Wie wollten wir beweisen, daß Salomé fähig gewesen war, Juan Jardiel ausfindig zu machen? Immer wieder tauchte die Hypothese von dem eingeschalteten Freund oder Verlobten auf. Und dann war da Garzón, der hartnäckig auf seinem Phantom bestand und darauf, über die bisherigen Grenzen des Falles hinauszugehen. Ich hingegen versteifte mich auf das Gefühl, daß die Teile des Rätsels sich vor unseren Augen befanden und wir unseren Kinderblick auf einen Zusammenhang richteten, den wir schlicht nicht erfassen konnten. Vielleicht fehlte ein Teil, vielleicht zwei, aber es gab genug Material, damit das Bild langsam Konturen annehmen konnte.

Die Kaution für Salomé belief sich auf eine halbe Million Peseten, die die Familie nicht zu bezahlen gedachte. Ich stellte mir die Frage mehr oder weniger streng, überdachte sie, rekapitulierte, und schließlich bezahlte ich die Kaution, womit ich mein persönliches und mein professionelles Ich in einen beunruhigenden Konflikt brachte. Garzón wurde wütend, als ich es ihm sagte. Das schien ihm übertrieben, eine Anwandlung von Mitgefühl. Er versicherte mir, daß es nicht lange dauern würde, bis ich es bereute.

»Gedenken Sie, sich auf alle Fälle, die Sie übernehmen, dermaßen einzulassen?«

»Wenn wir aus diesem Dickicht raus sind, gedenke ich keinen Fall mehr zu übernehmen.«

»Sie haben das getan, weil es ein Mädchen ist, stimmt's? Weibliche Solidarität und all das.«

»Ich habe es getan, weil ich im Grunde nicht glaube, daß

sie es war, so sehr ich mich auch verpflichtet sehe, sie als Tatverdächtige zu betrachten.«

»Das ist in Ordnung, aber ihr die Kaution zu bezahlen…«

»Es ist nicht gerecht, daß sie weiter beschissen wird, nach allem, was sie erleiden mußte. Außerdem, war unser letzter Stand nicht, daß für Sie die Frau eine Blume ist?«

»Jede Blume hat ihren Gärtner.«

»Es gibt Blumen, Garzón, die erblühen ohne Saatgut und ohne jegliche Pflege im Straßengraben. Niemand gießt sie, niemand beachtet sie. Sie erhalten nur den Segen des Regens und der Sonne…«

Er schwieg. Zerstreut zog er seine Zigaretten heraus.

»Das war sehr poetisch. Ich meine das ernst, wirklich, ich denke noch immer, daß Sie sich gut ausdrücken können.«

»Ich bin Anwältin, erinnern Sie sich?«

»Aber die Kaution zu bezahlen…«

An diesem Abend aßen Garzón und ich zusammen in einer Kneipe. Er war melancholisch. Schließlich gestand er mir, daß er Geburtstag hatte. Ich gratulierte ihm überschwenglich, aber das holte ihn auch nicht aus seiner offensichtlichen Niedergeschlagenheit. Er zeigte keine Neigung zum Reden, sondern verschlang mit der gleichen Konzentration, mit der Einstein seine Theorien ersonnen haben dürfte, einen Teller Tortellini. Ich hielt mich respektvoll zurück und widmete mich den Nudeln, ließ ihn in Ruhe, bis mein Verstand den Fall mit all seiner lästigen Bürde wieder auswürgte.

»Oberkommissar, wir müssen die Karten neu mischen. Ich schlage Ihnen ein weiteres Brainstorming vor, denn ich bin davon überzeugt, daß es etwas gibt, das wir nicht sehen, das uns entgeht, auch wenn wir es vor uns haben wie ein Leuchtbild.«

Zu meiner größten Verblüffung antwortete Garzón: »Wissen Sie, was mir meine Frau zu jedem Geburtstag geschenkt hat?«

Seine Augen, die an ein erkältetes Flußpferd denken ließen, starrten mich an.

»Unterwäsche«, sagte er, als wäre das die größte Tragödie, die ein Mann zu ertragen hätte. »Socken, Unterhosen, Unterhemden... genau so viele, daß ich ein Jahr lang angemessen gekleidet war. Merken Sie was? Nicht ein Rasierwasser, nicht eine Überraschung... nichts, Strümpfe, die immer zwischen schwarz und braun changierten. Einen Geburtstag nach dem anderen, immer das Gleiche.«

Mir blieb das Essen im Hals stecken. Ich begriff, daß mein Kollege einen sentimentalen Schub erlitt.

»Einem sensiblen Mann wie mir. Als Sie das mit den Blumen im Straßengraben gesagt haben, dachte ich an mich.«

Es fiel mir schwer, mir einen so runden Mann als Blume vorzustellen. Trotzdem war sein Gefühl von Einsamkeit nicht witzig.

»Mir ist das Leben auf die dümmste Weise unter den Händen zerronnen. Das wird mir erst jetzt klar, seit ich Sie kenne.«

Ich ahnte, daß mir die Pasta nicht bekommen würde.

»Aber, Fermín, ich...

»Sie waren in Bewegung, Petra, Sie sind der echten Liebe hinterhergelaufen, Sie haben zweimal geheiratet, haben sich scheiden lassen, haben den Beruf gewechselt, haben studiert, haben über Ihre Konflikte und Probleme nachgedacht... vielleicht sind Sie sogar zum Psychiater gegangen.«

Das überraschte mich.

»Zum Psychiater? Nein, aber erscheint Ihnen das wünschenswert?«

»Natürlich! Wenn ich einen Psychiater gehabt hätte, würde mein Leben heute irgendwo vorkommen: in seinem Archiv, auf einer Karteikarte, in seinem Kopf, es wäre jedenfalls nicht wie eine Pfütze verdampft.«

»Der Psychiater als Zeuge? Das ist wirklich das Hirngespinst eines Polizisten.«

»Machen Sie sich nicht lustig, ich meine es ernst.«

»Entschuldigen Sie, Garzón, aber ich kann mich nicht daran gewöhnen, daß Sie so eigentümlich sind. Sie nehmen die Dinge aus einem eher seltsamen Blickwinkel wahr.«

»Das ist ein schwacher Trost.«

Wir bestellten Kaffee. Wenn der Oberkommissar gewußt hätte, daß mir sein monolithischer Charakter, sein Pflichtgefühl, seine Klarheit gefiel! Aber alle Mauern, auf die ich mich zu stützen beabsichtigte, brachen wie die von Jericho zusammen. Ich konnte ihm nicht verzeihen, daß er mir seine Lebensängste offenbarte. Warum, zum Teufel, sollte meine Haltung ansteckend sein? Da ich keine Lust hatte, die Nacht mit Heulen zu verbringen, putzte ich ihn in meiner schulmeisterlichen Art herunter.

»Lassen Sie den Scheiß, Fermín! Das Leben, das wirklich zählt, ist nicht das vergangene, sondern das, was wir noch vor uns haben.«

Verwundert über meine eigene Vulgarität und in der Absicht, ihm seine detektivische Rechtsgläubigkeit wiederzugeben, fuhr ich fort.

»Denken Sie an den komplizierten Fall, der in unseren Händen liegt. Ohne Ihre Erfahrung werden wir ihn nie lösen können, was wiederum zeigt, daß Ihre Vergangenheit wertvoll ist, sie ist vorhanden und hat einen Bodensatz hinterlassen, sie wird sich nie verflüchtigen.«

Er warf mir einen müden Blick zu.

»Trinken wir ein Gläschen Grappa, und Sie erzählen mir, was Sie morgen vorhaben.«

»Das Vorhaben ist für heute nacht geplant, aber es ist nicht nötig, daß Sie mich begleiten. Ich gehe allein.«

Er hatte sich in einer Spielhalle mit ein paar Jungs verabredet, die Juan kannten. Wir folgten noch immer der Spur des Phantoms.

Das Gläschen Grappa war das einzige, was mich ein bißchen wärmte, als wir in die regenschwere Nacht hinausgingen. Schweigend gelangten wir zu der entsetzlichen Vergnügungsstätte mit Neonschildern. Dort erwarteten uns vier junge Männer. Sie hatten grobe und pickelige Gesichter, die weniger auf ein Verbrechen als viel mehr auf schlechte Erziehung hindeuteten. Sie lachten und stießen sich gegenseitig mit dem Ellbogen an. Garzón fragte sie ohne Umschweife: »Wann kam Jardiel hierher?«

»Wenn seine Mama ihn ließ.«

»Und wann war das?«

»In der Freizeit, manchmal schlich er sich heimlich nach der Arbeit her, aber er mußte immer gleich nach Hause unter die Fuchtel.«

»Seine Mutter ist ziemlich ätzend. An einem Tag haben wir eine Runde Fußball gespielt, und plötzlich tauchte sie hier auf.«

»Hat sie Krach gemacht?«

»Nein, sie warf ihm nur einen Blick zu, das hat schon gereicht.«

»Und, hat ihm das denn geschmeckt? Hat er euch irgend etwas Negatives über seine Mutter erzählt?« mischte ich mich zum erstenmal ein.

Sie sahen mich an wie eine lästige Fliege.

»Und die da, wer ist die?« fragte der Jüngste.

»Meine Chefin, Hauptkommissarin Delicado.«

Ich wiederholte meine Frage.

»Nein, das war seine Sache. Wir waren nicht seine Freunde, verstehen Sie? Wir haben ihm auch nicht den Schwanz gehalten, wenn er zum Pinkeln ging.«

Sie lachten. Glücklicherweise hinderte die Melancholie den Oberkommissar daran, statt meiner auf die Provokation zu antworten, und ich konnte unerbittlich fortfahren.

»Hat ihn jemand neulich mit einem bestimmten Mann gesehen?«

»Wollen Sie sagen, daß er schwul war? Hat es nicht geheißen, daß er der Vergewaltiger war?«

Erneut brachen sie in Gelächter aus. Ich sah an ihren langen Beinen zu den großen Füßen hinunter, die in unförmigen Turnschuhen steckten. Ich glaube, ich litt mehr an dem unangenehmen ästhetischen Eindruck, als an irgend etwas anderem, aber dann blaffte ich sie an: »Ich habe keine Zeit für Schwachsinnigkeiten. Wenn ihr mit uns reden wollt, dann redet gefälligst.«

»Wir sind keine Verbrecher«, sagte einer von ihnen trotzig.

»Die Zeit der Polizei zu verschwenden ist ein Verbrechen. Ich hätte nicht übel Lust, euch mit ins Kommissariat zu nehmen, aus dem ihr möglicherweise schnell wieder raus seid, aber mit ein paar Schrammen mehr, das versichere ich euch.«

Sie wurden ernst, sahen Garzón an, der zuckte die Schultern und lächelte. Der Jüngste sprach wieder.

»Kürzlich ist Juan ein paarmal mit einem Neuen hier gewesen. Ich glaube, der verkauft so merkwürdige Pornozeitschriften.«

»Wo wohnt der?«

»Weiß ich nicht, ich sagte ja schon, daß er neu ist hier.«

»An manchen Tagen geht er in den *Diamond Pub*.«

»Es war uns ein Vergnügen.«

Ich ging, ohne sie noch eines Blickes zu würdigen, und Garzón flüsterte mir zu: »Sie sind viel besser geworden in bezug auf den nötigen Druck.«

»Einmal muß man ja anfangen.«

Nächste Station unserer nächtlichen Runde war der *Diamond Pub.* Mein Kollege bewegte sich unendlich gewandt an diesen schmutzigen Orten. Er sprach mit dem Besitzer, einem älteren Mann, der aussah, als hätte er alle Etappen eines Abstiegs bis in die Hölle durchgemacht. Er zeigte sich höflich und stellte uns zwei Whiskys auf Kosten des Hauses auf den Tresen. Einer, der pornographische Zeitschriften verkauft? Kenne ich nicht. So was war zu erwarten gewesen. Dennoch ließ er sich in sinnlosem Geschwafel über einige seiner Gäste aus. Nichts Interessantes. Offensichtlich wollte er seinen guten Willen zeigen. Wir sagten ihm, daß wir auf der Spur eines Vergewaltigers seien. Er blieb ungerührt, die Welt war eben so, die Jugendlichen auch. Er wundere sich über nichts mehr. Wir tranken unseren Whisky und verabschiedeten uns.

An der Tür holte uns ein Junge ein. Er wollte reden, aber nicht vor dem Pub. Wir verabredeten uns mit ihm zwei Straßen weiter. Er folgte uns in einiger Entfernung.

»Lassen Sie ihn reden, fragen Sie ihn nichts«, sagte Garzón.

»Ich weiß, wer der Typ ist, den Sie suchen, ich habe Sie in der Kneipe belauscht. Ich weiß auch, wo der wohnt. Aber ich denke nicht daran, Ihnen zu sagen, wie ich heiße.«

»Ist gut, schieß los.«

Er nannte die Adresse, die mein Kollege sofort notierte.

»Ich kann Typen, die vergewaltigen, nicht ausstehen.«

Ich nickte. Er lief davon und sah sich dabei in alle Richtungen um.

»Jetzt habe ich ihn, gehen wir.«

Wir nahmen das Auto. Ich begriff, daß Garzón sich vorgenommen hatte, aktiv zu werden.

»Es ist drei Uhr früh«, erinnerte ich ihn.

»Um so besser, dann ist er vielleicht zu Hause.«

Er hatte sich von seinem Anfall mit der Unterwäsche erholt. Ich war leicht überdreht, das war neu für mich. Tatverdächtige auf dem Kommissariat verhören war nicht das gleiche, wie einen Pornographen nachts in seiner Höhle zu schnappen. Garzón murmelte wie zu sich selbst.

»Früher, wir hätten früher hierherkommen sollen.«

Ich spürte seine Nervosität; er war überzeugt davon, daß wir die letzten Schritte zur Lösung des Falls machten. Mir ging das alles viel zu glatt. In einem einzigen Streich Mörder und Vergewaltiger, ein zu großer Zufall.

Wir hielten in einem Außenbezirk, in den ich nie einen Fuß gesetzt hatte. Garzón führte mich in einem verfallenen Gebäude ohne Fahrstuhl zu der Wohnung. Wir klingelten an einer ungestrichenen Tür im fünften Stock, aber nichts regte sich. Ich klingelte erneut, und diesmal vernahmen wir ein paar Pantoffeln, die zur Tür schlurften. Endlich wurde aufgeschlossen. Wir hatten einen sehr jungen, großen und athletisch gebauten Mann vor uns. Garzón wies sich aus, und der Junge platzte sofort heraus: »Ich tue nichts Illegales.«

»Du hast pornographisches Material hier«, sagte mein Kollege.

»Das ist erlaubt.«

»Vielleicht sollten wir nachprüfen, welcher Art es ist. Hast du Videos von Kindern, Morden, Folter?«

»Nein, ich schwöre es. Es ist alles künstlerisches Material, ich kann es Ihnen zeigen, wenn Sie wollen.«

»Laß uns rein.«

Er trat zur Seite. Wir befanden uns in einem kleinen Zimmer voller Regale, in denen jede Menge Papierrollen lagen.

»Das sind Poster«, sagte der Junge.

An den leeren Stellen an der Wand hingen eher wahnwitzige Poster: eine spiralförmige um den nackten Körper einer Frau gewundene Schlange, glühende Rubine in beiden Augen. Ein behaarter Zwerg in Rückenansicht, der an der klassischen Statue eines Jünglings Fellatio praktizierte. Garzón betrachte die Bilder überrascht.

»Das hast du hier?«

»Ich habe es Ihnen doch gesagt, das ist Pop-art.«

Garzón setzte sich auf ein Sofa voller schmieriger Kissen.

»Woher kennst du Juan Jardiel?«

»Wen?«

»Du weißt genau, von wem ich rede.«

»Nein, weiß ich nicht.«

Ich holte Zigaretten aus seiner Tasche und bot Garzón eine an. Er machte mir ein Zeichen, daß ich in die Befragung eingreifen sollte, aber ich schüttelte den Kopf; ich wollte, daß er weitermachte.

»Du bist mit ihm gesehen worden, in letzter Zeit mehrmals, also ist es sinnlos, wenn du es leugnest.«

»Hier kommen viele Typen her, um sich Material zu kaufen, und manchmal treffe ich einen von ihnen in einer Kneipe wieder, aber das heißt nicht, daß wir uns kennen.«

»Der, von dem ich rede, wurde der Vergewaltigung verdächtigt, und jetzt hat man ihn erledigt.«

»Ich weiß nicht, wovon Sie reden.«

»Also gut. Wo warst du am fünfundzwanzigsten zwischen ein und drei Uhr morgens?«

»Weiß ich nicht… hier, nehme ich an, um diese Zeit bin ich immer hier.«

»Kann das jemand bestätigen?«

»Sofort, wenn Sie wollen, meine Freundin wohnt bei mir.«

Er verschwand im dunklen Korridor und kam einen Augenblick später mit einem verschlafenen Mädchen zurück, das kaum älter als fünfzehn sein konnte. Sie trug einen Slip und ein T-Shirt, ihre Haut war weiß wie Wachs, und sie hatte eine wunderbare Renaissancemähne.

»Sag ihnen, wo du immer bist«, befahl ihr der Junge.

»Hier«, antwortete sie und sah uns ängstlich an.

»Immer, ständig?« Garzón wurde ungeduldig.

»Ja, bei ihm.«

Sie klammerte sich an ihren Freund, der ihr schützend den Arm um die Schultern legte.

»Sie sehen ja.«

»Ja, wir sehen schon.«

Garzón wandte sich mir zu. »Hauptkommissarin, ich schlage vor, daß wir einen Streifenwagen rufen und einen Haftbefehl einholen. Was meinen Sie? Bis beides hier ist, bleibe ich bei diesen Kindern.«

Als ich jenen Ort verließ, empfand ich unendliche Erleichterung. Ich erledigte, was mein Untergebener mir aufgetragen hatte, und fuhr nach Hause. Im Bedürfnis, meine Haut von schmutzigen Ausdünstungen und meinen Geist von Bildern zu reinigen, ließ ich die Badewanne vollaufen und reicherte das Wasser mit Moschusbadesalz an. Ich versank darin und wurde vollkommen ruhig. Waren wir zu einer Lösung gekommen? Garzón glaubte, den Vergewaltiger zu haben, ein absolut verschlagenes und rätselhaftes Wesen, einen Degenerierten, der einen entsprechenden Plan für seine Schandtaten ausheckt, um einen anderen zu belasten. Jemand, der fähig war, dem Komplizen seinen Willen zu rauben und ihn nach und nach in sein verderbtes Spiel hineinzuziehen. Und ihn dann umzubringen. Es fiel mir sehr schwer, in dem jungen Mann, den wir gerade festgenommen hatten, dieses Monster zu sehen. Und das Mädchen im T-Shirt… war das die Freundin eines hinterhältigen Vergewaltigers? Schwer zu sagen, weil Monster vielleicht nicht notwendigerweise zwei Köpfe oder eine gespaltene Zunge hatten.

Aber vieles ergab keinen Sinn. Warum hatte der Typ in der Kneipe geleugnet, Juan Jardiel zu kennen? Natürlich, laut Garzón war es normal, daß die Leute der Polizei prinzipiell jede Mitarbeit verweigern. Er hoffte, diesen Jungen so lange im Kommissariat festhalten zu können, bis er auspackte. Andernfalls waren die Beweise, die wir gegen ihn hatten, minimal. Nein, niemand, der neben einem Mädchen im T-Shirt schläft, kann ein Vergewaltiger sein. Garzóns Nachforschungen brachten uns vom Weg ab, aber mir fiel nichts Stichhaltiges ein, das ihn zur Umkehr hätte bewegen können.

Am nächsten Morgen kam ich früh ins Kommissariat, aber Garzón war natürlich schon da.

»Befragt er den Tatverdächtigen?« fragte ich einen Aufsichtsbeamten.

»Nein, ich glaube, er telefoniert«, antwortete er.

Ich setzte mich ins Konferenzzimmer, zündete mir eine Zigarette an und seufzte, aber noch bevor ich meinen Denkapparat auf die Arbeit konzentrieren konnte, platzte Garzón wütend herein und knallte die Tür hinter sich zu. Er war aufgeregt, hatte gerötete Wangen, und seine Krawatte war gelockert.

»Petra, vielleicht haben Sie recht«, stieß er hervor.

»Was meinen Sie?«

Er begann zu schnaufen.

»Beruhigen Sie sich, Oberkommissar.«

Er setzte sich, zog eine Zigarette aus der Brusttasche und zündete sie an.

»Verdammt, Garzón, beruhigen Sie sich, und sagen Sie mir endlich, was los ist!«

»Ich habe den Privatdetektiv gefunden, den Masderius beauftragt hat.«

»Nein!«

Er nickte ernst. Der Detektiv war ein unterbelichteter komischer Kauz, der in einer kleinen Detektei in der Barceloneta arbeitete. Eines dieser schlechtgehenden Unternehmen, die sich der Suche nach untreuen Ehegatten oder irgendwelchen Gläubigern widmeten. Es war offensichtlich, daß Masderius diskret vorgehen wollte. Mit einem solchen Laden würde ihn schwerlich jemand in Verbindung bringen. Aber Garzón war ein Spürhund mit unbezahlbarem Instinkt.

»Sehr gute Arbeit, Glückwunsch, Oberkommissar, Sie haben den Nagel auf den Kopf getroffen.«

Offenbar war es dem Detektiv ziemlich schwer gefallen, die Wahrheit zuzugeben. Er hatte angefangen, ihn mit dem Schutz der Anonymität des Klienten zu nerven, bis mein Kollege ihm mit einer Anklage wegen Deckung eines Mörders drohte. Schließlich sagte er es klar und deutlich: Señor Masderius hatte ihn beauftragt, Juan Jardiel ausfindig zu machen. Unglücklicherweise, wie er versicherte, hatte er ihn nicht gefunden. »Und was wäre geschehen, wenn?« hatte Fermín gefragt. »Natürlich hätte ich ihn bei der Polizei angezeigt«, antwortete der Trottel. Selbstverständlich bemühte sich der Detekteiinhaber energisch, von allem Abstand zu nehmen. Señor Masderius? Das war ein Fall, den sein Angestellter ohne vorherige Genehmigung angenommen hatte. Er setzte ihn an die Luft, wie es so oft geschah.

Garzón war pfeifend auf dem Kommissariat erschienen

und hatte Masderius zu einem sofortigen Verhör bestellt, aber seine Eile war umsonst, offensichtlich hatte der Detekteiinhaber Masderius gewarnt, und der tauchte gleich mit seinem Anwalt auf.

Ich bemerkte im Gesicht des Architekten einen Anflug von Angst, den es bis jetzt nicht gehabt hatte. Kaum machte der Anwalt den Mund auf, begriff ich, daß er seinen Mandanten kein einziges Wort würde sagen lassen.

»Zur Stunde des Mordes befand sich mein Mandant im Club und spielte mit seinem Kollegen Pedro Pifarré Tennis. Das können Sie sofort bestätigt bekommen.«

»Ich nehme an, das ist nicht nötig«, antwortete ich.

»Dann ...?«

»So wie Sie, Señor Masderius, jemanden beauftragt haben, Jardiel zu finden, können Sie auch einen professionellen Killer beauftragt haben.«

Der Anwalt antwortete wieder für ihn.

»Das müssen Sie beweisen, außerdem wird sich noch herausstellen, ob Sie die Aussage des Detektivs nur durch Einschüchterung bekommen haben.«

»Werden Sie versuchen, den Zeugen zu kaufen, damit er widerruft?«

Der Anwalt breitete seine geschmeidigen Pfauenfedern aus.

»Sie wissen, wer Señor Masderius ist?«

»Ich weiß, daß er jemand ist, der parallel zu den polizeilichen Ermittlungen einen Privatdetektiv beauftragt hat.«

Angesichts des alarmierten Blicks seines Verteidigers mischte sich Masderius ein.

»Polizeiliche Ermittlungen? Daß ich nicht lache! Sie waren unfähig, irgendwas aufzuklären, absolut unfähig! So funktioniert alles in diesem Land: das Gesundheitswesen, der Handel, die Post ...«

»Soll ich das so verstehen, daß Sie im Ausgleich zu der polizeilichen Unfähigkeit auf eine private Initiative zurückgreifen mußten?«

Der Anwalt griff ein.

»Das hat mein Mandant nicht gesagt.«

Er legte Masderius eine Hand auf den Arm. Ich fuhr fort.

»Wenn Sie so denken, Señor Masderius, wird es Sie wohl auch sehr schmerzen, Ihre Steuern zu zahlen.«

Der Anwalt sah mich überheblich an.

»Ich bedaure, das verstehe ich nicht.«

»So haben sie Al Capone erwischt, er zahlte keine Steuern und wurde deshalb eingesperrt.«

Masderius sträubte sich wie eine eingekreiste Katze.

»Solche Beleidigungen werde ich nicht dulden!«

»Señor Masderius, selbstverständlich sollte Sie das nicht beleidigen, wenn man erst mal straffällig geworden ist...«

Der Anwalt legte seine Hand auf Masderius' anderen Arm, er hätte ihn mundtot gemacht, wenn er gekonnt hätte.

»Hauptkommissarin Delicado, Sie wissen sehr gut, daß mein Mandant ein Mann mit vielen Verpflichtungen ist, wir können unsere Zeit nicht mit Scherzen verschwenden.«

»Selbstverständlich weiß ich das, ich bin auch Anwältin, ich erkenne sofort, wie bedeutend die Arbeit einer Person ist. Trotzdem muß ich Sie darauf aufmerksam machen, daß sich Ihr Mandant in Schwierigkeiten gebracht hat. Ich werde dem Richter das Ermittlungsergebnis zukommen lassen, und er wird es begutachten.«

Sie gingen ohne einen Gruß. Als Masderius an mir vorbeikam, sah ich, daß er nervös und sichtlich aus der Fassung war, kurz vor einem Anfall.

Garzón sah mich an.

»Sehr gut, Hauptkommissarin, sehr gut. Klar, ich tauge für Verhöre des Pöbels, aber wenn es um die höheren Sphären geht…«

»Untertreiben Sie nicht, Garzón, wer hat denn den Detektiv ausfindig gemacht und erreicht, daß er singt? Überhaupt, wie haben Sie das eigentlich erreicht?«

»Mit Druck, ich habe ihn eingeschüchtert.«

Ich lächelte.

»Sagen wir, wir sind ein ausgewogenes Team.«

»Das mit Al Capone war sehr gut. Wie sind Sie darauf gekommen? Masderius wäre fast gestorben.«

»Aus purer Lust, ihn zur Sau zu machen. Außerdem habe ich gerade entdeckt, daß es vorteilhaft ist, Verhören einen kleinen surrealen Anstrich zu geben.«

»Ein tolles Team, Sie haben recht!«

»Jubilieren Sie nicht zu früh, Garzón, dieser Fall wird immer undurchsichtiger.«

»Verzweifeln Sie nicht, am Ende werden wir Licht sehen.«

»Eine Stichflamme in den Augen erscheint Ihnen erhellend?«

»Sie sind vielleicht eine Pessimistin!«

»Warum wenden Sie nicht Ihre wundervollen Gaben der Schlußfolgerung auf diesen Fall an? Er wäre bereits gelöst!«

Er lachte gutmütig über meine Ironie.

»Al Capone, unglaublich!«

Seine Wampe bebte wie ein Pudding. In mir stieg eine Welle der Sympathie für ihn auf, und dann wurde mir plötzlich eiskalt. War dieser Mann mein Bruder, mein Freund, mein Komplize? Gab es in seinem Berufsleben nicht vielleicht eine dunkle, lasterhafte, unheilvolle Seite? Lange Nächte brutaler Verhöre, Unterdrückung, Machtmißbrauch? War er etwa eine wohltätige Seele gewesen, die durch die Flure schwebte, ohne die Verderbnis auch nur zu streifen?

»Gehen wir was trinken?« fragte ich.

Wir gingen ins *Efemérides*, wo Hamed uns mit zwei Cocktails mit Namen »Willige Oase« beglückte. Es war Ruhetag, aber wir erfreuten uns einer Sondererlaubnis. Allerdings hielt die wohlige Entspannung nicht lange vor, weil Pepe sich darauf versteifte, den Fernseher anzustellen.

»Die Show von Ana Lozano kommt.«

»Ich bitte dich, schalt das ab!«

»Aber ihr seid die Hauptattraktion! Seit Wochen dreht sich alles nur noch um euch.«

Ich lachte. Was machte das schon noch aus? Mein Lachen wurde bald wie ein Herdfeuer erstickt. Salomé war das erste Bild, das vor unseren Augen auftauchte. Es war ein Einzelinterview mit allem Pomp und Trara. Eigentlich normal, warum nicht noch ein bißchen Knete herausholen wie die anderen? Sie antwortete mit einem giftigen Gesichtsausdruck, aber sie antwortete. Sie beantwortete eine Frage nach der anderen, wobei sie Ana Lozano häppchenweise ihre Würde auslieferte.

»Das ist alles sehr hart für dich gewesen?«

Sie war in den Anblick ihrer leeren und ruhigen Hände versunken.

»Ich habe es schon oft bereut, ihn angezeigt zu haben.«

Das war das Schlimmste, was sie hatte sagen können, das letzte Glied einer Kette, die mir den Hals zuschnürte, auch Demütigung genannt.

»Schalt das ab, Pepe.«

Garzón sah mich mit grollendem Blick an.

»Ist Ihnen was aufgefallen, Petra? Sie hat nicht einmal erwähnt, daß Sie ihre Kaution bezahlt haben.«

»Sie bereut es, den Fall in die Hände der Polizei gegeben zu haben. Wenn sie wirklich so denkt, warum sollte sie mir dann dankbar sein?«

Langsam verließ ich die Kneipe. Es war eine schimmernde und stille Abenddämmerung. Wann würde ich wieder spazierengehen können, mich ohne Hast unter die Leute mischen, meinem Geist erlauben, harmlose Bilder zu streifen? Irgendwann blieb ich stehen, weil ich befürchtete, zu weit gegangen zu sein. Ich befand mich in Muntaner. Meine Schritte hatten mich fast unbewußt hierher geführt. Ich sah nach oben, in Masderius' Arbeitszimmer brannte noch Licht. Als ich im Fahrstuhl den Knopf zum fünften Stock drückte, hatte ich nur eine Hoffnung: daß seine Sekretärin schon gegangen war. Es war spät genug, es war möglich. Tatsächlich war es Masderius selbst, der mir öffnete. Er war verblüfft, gelähmt vor Schreck, mich zu sehen, aber er warf mir auch nicht die Tür vor der Nase zu.

»Sie wissen ganz genau, daß ich nur in Anwesenheit meines Anwalts rede.«

»Ein Fehler.«

Wir standen einander gegenüber, ich schwieg. Er war müde.

»Señor Masderius, ich bin davon überzeugt, daß Sie diesen Jungen nicht umgebracht haben. Lassen Sie mich kurz rein, ich gehe gleich wieder.«

Überraschenderweise ließ er mich eintreten. Er ging in sein Arbeitszimmer, und ich folgte ihm. Er setzte sich und machte mir ein Zeichen, es ihm gleichzutun.

»Denken Sie gut darüber nach. Wenn Sie weiterhin leugnen, den Privatdetektiv beauftragt zu haben, werden Sie mit Beweisen überhäuft, die Sie in einen Tatverdächtigen verwandeln. Danach wird es schwierig sein, das zu berichtigen, ohne sich in Widersprüche zu verwickeln.«

Er senkte den Kopf, nahm die goldgerahmte Brille ab und rieb sich entmutigt die Lider. Dann drückte er die Finger auf seine Augen und begann zu reden.

»Ja, ich habe ihn beauftragt. Ich wollte, daß er Jardiel vor der Polizei findet, aber er hat ihn nicht gefunden.«

»Wie sind Sie auf eine solche Idee gekommen?«

»Ich wollte ihm eine Tracht Prügel verabreichen, ihn gar kastrieren, ich weiß nicht... und ihn dann sinnloserweise vor dem Kommissariat zurücklassen.«

»Aber Sie sind ein zivilisierter Mensch, Masderius, ich begreife nicht...«

Er fuhr heftig auf.

»Was wissen Sie schon! Seit meine Tochter vergewaltigt wurde, habe ich nicht mehr schlafen können, weder arbeiten noch essen, es ist eine Obsession. Ich dachte, wenn Cristina weit weg wäre, ginge es mir besser, aber das hat nicht funktioniert. Es ist sinnlos, mein Leben ist nicht mehr so, wie es vorher war, und es wird auch nie wieder so sein. Glauben Sie, es hat mich getröstet, daß dieser arme Teufel tot ist? Ich schwöre Ihnen, nein, ich wache immer noch mitten in der Nacht auf und weiß, daß es passiert ist, daß es wirklich passiert ist.«

»Aber das Leben...«

Er fuhr sich ohnmächtig durchs Haar.

»Erzählen Sie mir nichts über das Leben, ich bitte Sie.«

Wir schwiegen. Noch nie hatte ich jemanden so bewegt, so erschöpft gesehen.

»Vielleicht hätte ich den Kerl nicht einmal angefaßt. Aber wenigstens habe ich etwas getan, indem ich den Detektiv bezahlt habe, verstehen Sie? Ich konnte nicht die Hände in den Schoß legen und verzweifeln.«

Ein Mann der Tat. Wenn ihn jetzt nicht bald ein Psychiater betreute, würde es nicht lange dauern, und er würde zerbrechen.

»Señor Masderius, ich rate Ihnen, sollte der Richter Sie vorladen, dann sagen Sie ihm genau das, was Sie mir gerade erzählt haben.«

»Ich habe ihn nicht umgebracht.«

»Das glaube ich Ihnen.«

Ich stand auf, und er machte eine schüchterne Geste, mich zu begleiten.

»Lassen Sie nur, ich kenne den Weg.«

Er blieb in seinem dunkelroten Ledersessel sitzen. Als ich bei der Tür war, hörte ich ihn sagen: »Jetzt kann niemand definitiv beweisen, daß er wirklich der Vergewaltiger war, und er wird für sein Verbrechen nicht vor der Öffentlichkeit bezahlen.«

Ich antwortete nicht, vielleicht hatte er recht. In jedem Fall wäre es lächerlich gewesen, einem verzagten Mann Versprechungen in Sachen Pflichterfüllung zu geben.

Wieder zu Hause, hatte ich ernsthafte Probleme, etwas Eßbares zu finden. Wenn alles vorüber wäre, würde ich einen monströsen Einkauf machen, der mich die ganze Eiszeit über am Leben erhielte: frisches Gemüse, Getreide, Käse aus zwanzig Ländern, eine Spanferkelkeule, Dutzende Wachteleier und Brot, Berge von Brot: Schwarzbrot, Weißbrot, Mischbrot.... Aber im Augenblick würde ich mich mit einem Paket Kekse und einer Tasse Tee begnügen müssen. Ich ging in den Garten, machte das Licht an, um die Geranienleichen zu gießen, und traute meinen Augen nicht. Ich mußte mich hinknien, um sicherzugehen, daß ich mich nicht geirrt hatte. Aber nein, dort, an einem der struppigen Stiele, waren sie deutlich zu erkennen: kleine grüne Wülste, Triebe, die ums Sprießen kämpften. Ich lief zurück ins Haus und rief Garzón an.

»Was ist passiert, Petra?«

»Die Geranien, Oberkommissar, sie sind nicht tot, sie fangen an zu treiben, Sie haben es geschafft, sie wiederzubeleben.«

»Verdammt, Sie haben mich vielleicht erschreckt, ich dachte schon, es ist noch ein Unglück geschehen!«

»Entschuldigen Sie, Sie haben recht, ich sollte Sie nicht mit so einem Blödsinn belästigen. Was tun Sie gerade?«

»Zu Abend essen.«

»Es tut mir sehr leid, entschuldigen Sie, das war kindisch.«

»Seien Sie unbesorgt, die Wirtin hat sich keine große Mühe gegeben: wäßrige grüne Bohnen und eine kleine Tortilla.«

»Suchen Sie sich eine Wohnung, machen Sie sich unabhängig! Sie werden sehen, was für deliziöse Mahlzeiten Sie sich bald zubereiten werden.«

»Vielleicht, Hauptkommissarin, vielleicht.«

Überwältigt vom Ausmaß meiner Verlogenheit und voller Neid auf Garzóns grüne Bohnen legte ich mich todmüde ins Bett. Ich hätte nicht eine Sekunde länger wach bleiben können.

Um fünf Uhr früh weckte mich ein Klingeln. Ich hatte so tief geschlafen, daß meine Stimme den Dienst verweigerte.

»Hauptkommissarin Delicado? Hier ist das Kommissariat. Tut mir leid, Sie wecken zu müssen, aber der Kriminalrat hat angeordnet, daß Sie sich sofort bei folgender Adresse einfinden sollen. Haben Sie etwas zum Schreiben zur Hand?«

»Was ist passiert?«

»Das weiß ich nicht. Die Anordnung lautete, Sie und Oberkommissar Garzón zu benachrichtigen. Ich diktiere Ihnen die Adresse.«

Beim Fahren betete ich einen Rosenkranz unheilvoller Möglichkeiten herunter. Ich war verwirrt. Trotzdem hatte ich ein merkwürdiges Gefühl, das sich über jeden logischen Gedanken schob: Masderius hatte sich umgebracht. Entgegen meiner früheren Überzeugung war er doch Jardiels Mörder. Unfähig, sich öffentlich zu seinem Verbrechen zu bekennen, sah er sich von den Beweisen in die Ecke gedrängt, und mit diesem Schuldgefühl war es das würdigste, sich umzubringen. Auf diese Weise wäre der doppelte Fall durch seine Destruktivität gelöst.

Von weitem sah ich die Streifenwagen, die Absperrungen, Polizisten, die sich im Morgengrauen bewegten. Dann machte ich den Kriminalrat und die runde Silhouette Garzóns aus. Ich parkte und stieg aus. Schließlich entdeckte ich das zugedeckte Häufchen auf dem Boden. Es war deutlich der Umriß einer Leiche. Masderius?

»Guten Morgen, die Herren. Was ist passiert?«

Garzón hatte vor Müdigkeit oder vor Entsetzen trübe Augen. Der Kriminalrat sah mich ernst an.

»Sie sehen ja, Petra, da kommen wir nicht raus, ein weiterer Mord.«

»Wer ist es?«

»Salomé, das erste Mädchen, das vergewaltigt wurde.«

Ich spürte, wie mir das Blut in den Adern gefror.

»Man hat ihr einen kräftigen Schlag auf den Kopf versetzt und sie dann ermordet. Ist das nicht schrecklich?«

»Ich verstehe nicht…«

»Warten Sie, ich bin noch nicht fertig. Ihr Rock war hochgeschoben und der Slip heruntergerissen.«

»Vergewaltigt?«

»Vergewaltigt vom selben Vergewaltiger.«

»Was sagen Sie?«

»Sie haben es doch gehört, sehen Sie selbst.«

Er kniete nieder und zog die Decke von dem leblosen Körper. Da lag Salomé, weiß und zerbrechlich wie eine kaputte Puppe, mit verdrehtem Hals auf einem großen schwarzen Fleck. Ich schluckte mühsam. Der Kriminalrat hob ihren Arm und richtete den Lichtstrahl einer Lampe auf eine bestimmte Stelle. Dort, neben dem alten Mal, war eine neue Blume, geschwollen, blutig, sie sah genauso aus wie die erste. Ich sah Garzón an, der noch immer kein Wort gesagt hatte, und er erwiderte meinen Blick ernst.

Der Kriminalrat sagte, daß wir bis zur Freigabe bleiben müßten und daß er mit uns sprechen wollte. Wir gingen in eine Kneipe, die gerade aufmachte, einen Kaffee trinken. Er suchte einen abgelegenen Platz aus.

»Herrschaften, Sie sehen ja, wie die Dinge liegen. Dieser Fall wird immer komplizierter. Natürlich habe ich nicht vor, Sie jetzt zu entbinden. Im Gegenteil, ich bekräftige mein Vertrauen in Sie; ich glaube, Sie machen Ihre Sache gut. Dennoch verpflichten mich die Umstände, eine Entscheidung zu treffen, bei der ich zwiespältig bin. Ich habe Hilfe aus einem anderen Kommissariat erbeten.«

»Glauben Sie, daß das nötig ist?«

»Sehen Sie, Petra, die Angelegenheit hat sich in einen Serienfall verwandelt, der von der Gesellschaft folgendermaßen interpretiert werden wird: Die Polizei verfolgt die Spur eines Vergewaltigers, bis sie ihn offenbar hat. Sie verkündet es aller Welt mit erhobenem Zeigefinger und sagt: Da ist er! Das hat zur Folge, daß jemand ein Objekt hat, an dem er seine rachsüchtige Wut auslassen kann, geht also hin und mordet. Gut, aber der Zufall will es, daß nicht Jardiel der wirkliche Vergewaltiger war, sondern ein Typ X, der frei herumläuft und sich an der ganzen Verwirrung ergötzt. Selbstverständlich ist solch ein Mensch völlig verrückt und beschließt, die bereits verspottete Polizei in

Schach zu halten. Zu allem Überfluß vergewaltigt er jetzt noch einmal dieselben Opfer, und nicht nur das, er bringt sie auch noch um. Klingt logisch, finden Sie nicht? Es ist, als würde die Polizei selbst die Fäden knüpfen und die Verbrechen herbeiführen.«

»Es hat nur den Anschein.«

»Einen Anschein, den wir uns nicht erlauben können.«

»Aber bevor Sie Hilfe von einem anderen Kommissariat erbitten …«, begann Garzón.

Der Kriminalrat unterbrach ihn energisch.

»Tut mir leid, Garzón, die Hilfe ist schon erbeten. Morgen schicken sie uns einen Hauptkommissar aus der Polizeidirektion Gerona. Ich glaube zu wissen, wer es ist, ein junger, sehr kompetenter Mann, einer der Besten; er kommt uns als Verstärkung sehr gelegen.«

»Und die Leitung?«

»Übernimmt er mit Hauptkommissarin Delicado, das ist selbstverständlich.«

Logischerweise hätte ich das fragen sollen, aber ich war nicht in der Stimmung, mich um meine Position zu sorgen. Im Grunde hatte der Kriminalrat sehr viel Verständnis für uns gehabt, wir konnten dankbar sein, daß er uns nicht direkt über die Klinge hatte springen lassen und uns statt dessen den besten Mann schickte.

Ich ordnete an, die anderen beiden vergewaltigten Mädchen zu überwachen und zu schützen. Sollte dieses merkwürdige Spiel weitergehen, würden sie als nächste dran sein. Garzón machte den Eindruck eines geschlagenen Mannes.

»Haben wir Zeit für einen Kaffee?« fragte er.

»Jetzt nicht, Oberkommissar. Sie werden sofort die Autopsie von Salomé in Angriff nehmen. Ich möchte da sein, wenn das Ergebnis feststeht.«

Eine halbe Stunde später standen wir im Flur der Gerichtspathologie. Von weitem hörte man den Verkehrslärm. Drinnen herrschte völlige Stille. Mich überkam eine Welle der Trauer.

»Das erinnert mich an den Tag, als wir im Krankenhaus gewartet haben«, sagte Garzón.

»Entsetzlich, nicht wahr? Als stünden wir immer wieder am Anfang.«

»Nein, jetzt ist es viel schlimmer.«

»Wenigstens sind jetzt drei Menschen auf einmal entlastet. Sie haben den Phantom-Vergewaltiger gewiß freigelassen?«

»Er ist noch immer als Tatverdächtiger in Untersuchungshaft.«

»Ist niemand aufgetaucht, um ihn zu besuchen, hat niemand eine Beschwerde eingebracht?«

»Weiß ich nicht. Um ehrlich zu sein, ich habe ihn ganz vergessen. Man müßte ihn gehen lassen, er kann es nicht getan haben, wenn er eingesperrt war.«

Ein metallisches Geräusch erklang von irgendwoher, vielleicht das Zusammenprallen von Instrumenten. Meine Gedanken kreisten immer weiter um die vernünftige Anordnung der Teile, wie in einem intellektuellen Spiel. Wie und wer? Und wenn Jardiel nicht der Vergewaltiger gewesen war, was hatte dann die Zeugenaussage mit seinem schwarzen Zahn für einen Sinn, und warum war er geflohen?

Ich sah zu Garzón hinüber, er war eingenickt. Ich erinnerte mich nicht, wann ich das letzte Mal geschlafen hatte, ohne zu träumen, ohne hochzufahren, ohne den Eindruck zu haben, daß im nächsten Moment wieder ein alarmierender Anruf kommen könnte. Der Kopf des Oberkommissars sackte hin und wieder nach vorn. Sein Mund stand halb offen, und beim Atmen zischte die Luft an seinen Zähnen entlang. Noch nie hatte ich ihn so erschöpft und verlassen gesehen. Wieviel ihm wohl bis zur Pensionierung fehlte? Vielleicht verbrachte er seine letzten Jahre in einem Altenheim, wo er den anderen Senioren erzählte, daß er an hochgefährlichen und strenggeheimen Einsätzen teilgenommen hatte. Und ich? Konnte sein, daß mich das gleiche Schicksal erwartete, schließlich war ich genauso allein wie er. Na gut, wenn es denn so sein sollte, war es wohl besser, sich dem demütig zu stellen. Ich streckte die Beine aus, stützte den Kopf gegen die Wand und döste, zugedeckt mit meinem Mantel, ein.

So fand uns der Pathologe vor: hemmungslos schlafend. Als ich mich endlich aufrappeln konnte, räusperte sich der Arme so laut, daß es schon besorgniserregend klang.

»Ich verstehe, daß man hier nicht viel tun kann«, sagte er diplomatisch, womit er uns einen glänzenden Einstieg ermöglichte.

»Es ist so friedlich«, antwortete ich und stupste den Oberkommissar mit dem Ellbogen.

»Wenn es Ihnen recht ist, werde ich Ihnen den Autopsiebericht abtippen lassen. Das dauert nicht lange.«

»Haben Sie etwas gefunden?«

Er strich sich die Haare aus der Stirn. Der Geruch von Desinfektionsmitteln mischte sich mit seinem Rasierwasser.

»Na ja, es ist merkwürdig ... sie ist mit einem glatten Gegenstand vergewaltigt worden. Es gibt keine Risse, keine Spuren von Brutalität. Ich glaube behaupten zu können, daß das Objekt erst nach ihrem Tod in die Vagina eingeführt wurde. Das Gewebe ist völlig entspannt, es hat praktisch keine Reibung stattgefunden.«

»Das ist wirklich eine Neuigkeit! Und das Mal, Doktor, gleicht es dem anderen?«

»Ja, absolut, auch denen auf den Fotos, die Sie mir haben zukommen lassen. Wenn es nicht mit demselben Objekt zugefügt wurde, was unmöglich zu bestimmen ist, war das neue Objekt eine Nachahmung dessen, das der Vergewaltiger immer benutzt hat.«

»Interessant. Gab es keine Anzeichen eines Kampfes?«

»Das hat mich überrascht, aber es gab keine.«

»Warum hat Sie das überrascht?«

»Manchmal ist der Tod eines Mädchens, das in der Absicht einer Vergewaltigung überfallen wurde, die Folge eines gescheiterten Versuchs. Wenn der Vergewaltiger impotent ist oder der Akt mißlingt, kommt es häufig vor, daß der Täter seinen Frust am Opfer ausläßt und es sogar tötet. Wir reden hier selbstverständlich von sehr gestörten Menschen.«

»Wenn es sich um denselben Mann handelt, hat er bei anderer Gelegenheit bewiesen, daß er nicht impotent ist.«

»Aber er hätte sich schuldig fühlen oder erschrocken gewesen sein können.«

»Glauben Sie, daß ein erschrockener Mann es wagen würde, sein früheres Opfer erneut zu vergewaltigen? Das kann ich nicht glauben.«

»Wenn es sich um einen wirklich Irren handelt, ist alles möglich, Hauptkommissarin.«

»Ja, ich nehme an, das ist so.«

Er ging mit athletischem Schritt davon. Garzón rieb sich ausdauernd die Augen.

»Jetzt wird es Zeit, daß wir einen Kaffee trinken gehen«, sagte ich.

Wir tunkten Churros in unsere Tassen, und im Kontrast zu dem Ort des Todes, den wir gerade verlassen hatten, erklang um uns herum das angenehme Gemurmel von Unterhaltungen. Trotzdem konnte ich meine Gedanken nicht stoppen. Tot und danach mit einem Gegenstand vergewaltigt. Warum? Hatte sie diesmal sein Gesicht gesehen, und er mußte sie beiseite schaffen? Aber selbst dann, warum hatte er sie auf diese Weise vergewaltigt? Ich fand keine überzeugende Erklärung.

»Was gedenken Sie zu tun?« fragte Garzón, als er den Mund wieder frei hatte.

»Ich weiß es nicht, ich schwöre Ihnen, ich weiß es nicht. Diese Sache mit dem Gegenstand…«

»Ich meine den Hauptkommissar aus Gerona.«

»Und was wollen Sie, das ich tun soll?«

»Werden Sie ihn dulden?«

»Ich verstehe Sie nicht, Garzón.«

»Ich dachte, Sie würden dagegen protestieren. Ehrlich, jetzt, wo wir den schlimmsten Teil hinter uns gebracht haben, kommt dieser Typ… Paff! Pflanzt sich hier auf und schaut, was es zu angeln gibt. Außerdem hat er den gleichen Dienstgrad wie Sie, er wird versuchen, sich vorzudrängen und uns ins Handwerk zu pfuschen.«

»Das ist nicht so wichtig.«

Er sah mich an und verstand kein Wort.

»Aber… Sie sind eine Frau!«

Ich lachte.

»Ja, das wußte ich schon.«

»Und Sie gedenken nichts zu tun, kein Schreiben einzureichen, zu beweisen, daß Sie allein zurechtkommen?«

»Nein, ich gedenke gar nichts zu tun.«

Konzentriert trank er einen Schluck Kaffee. Ich amüsierte mich. Garzón hatte geglaubt, mit einem meiner üblichen Beschwerdeschreiben rechnen zu können, um das Problem mit der Konkurrenz zu lösen. Aber nein, er konnte nicht damit rechnen, schließlich glänzte ich nicht gerade als Hauptkommissarin, auch wenn ich eine Frau war.

# 12

Garzón setzte mich vor dem Kommissariat ab und machte sich auf den Weg, sein »Phantom« auf freien Fuß zu setzen, denn nicht einmal wegen unerlaubten Besitzes von Pornographie konnte er den Jungen weiter festhalten. Ich machte vier Schritte, und dann fiel dieses menschliche Bündel über mich her. Während es mich an den Jackettaufschlägen packte und schüttelte, konnte ich das Gesicht nicht sehen, aber an der schrillen Stimme und dem durch die Luft wirbelnden Haar erkannte ich, daß es sich um eine Frau handelte. »Er war es nicht!« schrie sie. Ich versuchte, sie wegzustoßen, um zu sehen, wer sie war. Mit Mühe und Not schaffte ich es. »Er war es nicht, er war es nicht!« Luisa, Jardiels Verlobte, sträubte sich und hörte nicht auf, mich kräftig zu schütteln. Die beiden Polizisten, die vor dem Kommissariat Wache hielten, kamen auf uns zu, aber da war noch jemand an der Ecke, eine Kamera zeichnete alles auf, jedoch klugerweise aus einiger Entfernung. »Sie haben ihn beschuldigt, aber er hat nie jemand vergewaltigt, jetzt haben Sie ja gesehen, daß er es nicht war!« Die Polizisten hielten sie fest, aber sie schrie weiter: »Mörderin! Sie haben ihn umgebracht, er war unschuldig!« Um uns herum hatte sich eine Traube von Neugierigen gebildet. Jemand nahm mich am Arm, es war Garzón.

»Gehen wir rein, Hauptkommissarin, hier entlang.«

Ich ließ mich führen, denn ich war viel zu verwirrt, um irgend etwas Vernünftiges zu tun. Einer der Polizisten kam näher.

»Sollen wir das Mädchen festnehmen, Hauptkommissarin?«

»Nein, lassen Sie sie gehen.«

Als erstes ging Garzón zum Automaten, um mir einen Kaffee zu holen.

»Ich habe vom Wagen aus alles gesehen, ich hatte schon mit so was gerechnet, aber ich war nicht schnell genug. Geht es Ihnen gut?«

»Ja, seien Sie unbesorgt, ich bin in Ordnung. Und die Kamera, woher kam die plötzlich?«

»Keine Ahnung. Ich war so auf das Mädchen konzentriert, fuhr den Wagen auf den Bürgersteig, und als ich näher kam, waren die schon da. Ich kann mir nicht erklären, woher die in so kurzer Zeit gekommen sind; zweifellos war das Ganze vorbereitet, und die haben auf Sie gewartet. Es waren zwei Reporter.«

»Ist ja auch egal. Da sie uns ohnehin ständig verfolgen, kann es auch Zufall gewesen sein.«

»Geht es Ihnen wirklich gut?«

»Ganz sicher, gehen Sie an Ihre Arbeit, hauen Sie ab.«

»Verlassen Sie das Kommissariat nicht, bevor ich zurück bin. Für den Fall, daß sich solche Auftritte wiederholen, bleiben wir besser zusammen.«

»Ich bezweifle, daß sie sich wiederholen.«

Er ging ein bißchen unentschlossen. Ich mußte die ganze Zeit lächeln und beweisen, daß mir das Ganze überhaupt nichts ausgemacht hatte, was natürlich nicht stimmte. Ich spürte mein Herz klopfen und die Hitze im Gesicht, meine Hände zitterten. Aber ich mußte das irgendwie verbergen, denn einer der Polizisten löste Garzón ab.

»Möchten Sie ein Glas Wasser, Hauptkommissarin? Was für eine Hysterikerin, nicht wahr?«

»Ich kann Ihnen sagen. Gibt es was Neues?«

»Der Kriminalrat hat mir diese Nachricht für Sie mitgegeben.«

Ich legte den Zettel auf den Tisch, um zu verhindern, daß er in meinen Händen zitterte. »Der Hauptkommissar aus Gerona trifft morgen ein. Ich habe ihm die Akte zukommen lassen, damit er bestens informiert einsteigen kann.«

Der Polizist stand noch immer vor mir.

»Ist noch was?«

»Ja, Hauptkommissarin, eine junge Frau möchte Sie sprechen. Sie erschien mir nicht verdächtig, ehrlich, aber wenn Sie wollen, bleibe ich da, wenn sie kommt.«

»Mein Gott, nein, das ist nicht nötig! Warten Sie noch fünf Minuten, und lassen Sie sie dann herein.«

Ich räusperte mich, schlug die Hände vors Gesicht und begann, tief durchzuatmen, das würde mich beruhigen. Ich versuchte mich zu sammeln. Masderius auf Kaution frei. Der Richter glaubte ihm nicht, die neuerliche Vergewaltigung sprach nicht gerade für ihn. Natürlich waren das zwei verschiedene Dinge, auch wenn Jardiel nicht schuldig war, war der, der ihn umgebracht hatte, nicht auf dem laufenden gewesen und hatte in der Annahme getötet, den wirklichen Vergewaltiger beiseite zu schaffen. Deshalb hatte mich Luisa vor der Tür so geschüttelt, obwohl sie das schon hätte tun können, als ihr Verlobter ermordet aufgefunden wurde … aber damals war auch sie von seiner Schuld überzeugt gewesen. Schrecklich, selbst wenn du tot bist, schwebt das Verdikt noch über dir, macht dich schuldig oder unschuldig, noch außerhalb dieser Welt verfolgt dich das Urteil bis in die Hölle.

Es klopfte. Ich hatte mich beruhigt. Meine Stimme klang fest: »Herein!«

Ein junges Mädchen stand vor mir, eine Unbekannte, die

jedenfalls im Moment keine Absichten zu haben schien, mich anzugreifen.

»Wie geht es Ihnen?« fragte sie.

»Gut, wer sind Sie?«

»Erinnern Sie sich nicht an mich?«

Mit hochgezogenen Augenbrauen betrachtete ich sie aufmerksam.

»Nein, tut mir leid.«

»Ich heiße Esther Sánchez. Sie haben mich kürzlich nachts gesehen, als Sie meinen Freund abholten.«

Das Bild des schlanken Mädchens im T-Shirt stand mir wieder klar vor Augen.

»Ja, natürlich, jetzt weiß ich, wer Sie sind.«

»Er ist seit einigen Tagen in Untersuchungshaft, aber er hat nichts getan, wirklich, ich kann es beweisen.«

Ich hätte ihr sagen können, daß genau in diesem Augenblick Garzón nicht weit von hier ihren Freund aus der Haft entließ, aber etwas hielt mich zurück, ich wollte sie reden hören, erfahren, worauf sich ihr sicherer Tonfall begründete.

»Setzen Sie sich.«

Im Sitzen wirkte sie noch kindlicher.

»Niemand ist gekommen, um ihn zu besuchen oder um seine Freilassung zu erbitten. Sein Vater hat sich weder für ihn interessiert, noch hat er den Schnabel aufgemacht. Er ist ein Scheißkerl. Emilio, mein Freund, will nicht, daß ich es Ihnen erzähle, er kann aushalten, was Sie ihm vorwerfen, vielleicht sogar so lange, bis Sie ihn des Mordes anklagen, aber ich nicht. Anfangs habe ich geschwiegen, aber jetzt ist er lange genug im Gefängnis, jetzt ist Schluß.«

Sie legte ihre harmlosen Fäuste auf meinen Tisch.

»Was haben Sie mir zu sagen?«

»Emilio ist der Halbbruder von Juan Jardiel.«

Meine gerade beruhigte Atmung beschleunigte sich erneut.

»Wie bitte?«

»Das ist die Wahrheit, sie sind Söhne vom selben Vater. Ich weiß nicht, ob Sie von der Sache wissen, aber Juans Vater ist mit einer anderen abgehauen und hat seine Frau, Juans Mutter, sitzenlassen. Ein paar Jahre später bekamen sie ein Kind, das ist Emilio. Können Sie mir folgen?«

»Ich glaube schon.«

»Juan traf seinen Vater heimlich, ohne daß seine Mutter etwas davon wußte. Er liebte ihn sehr und vertraute ihm. Mit Emilio traf er sich auch. Aber der Vater ist ein Scheißkerl, der hat sich um keinen der beiden gekümmert. Emilio hat er praktisch rausgeschmissen, er muß sich sein Leben mit den Pornopostern verdienen. Es ist nicht nur so dahergesagt: Zum Glück hat er mich kennengelernt, und wir beide zusammen werden den Absprung schaffen.«

»Und Emilios Mutter?«

»Ist gestorben.«

»Warum hat Emilio nicht den gleichen Nachnamen wie Juan?«

»Dazu hatte er nicht das Recht, sein Vater hat ihn nicht einmal anerkannt, er trägt die beiden Nachnamen seiner Mutter.«

»Aha.«

Mein Kopf rauchte, suchte Fakten, prüfte sie, versuchte, sie wie ein Computer abzuspeichern.

»Reden Sie mit seinem Vater, er weiß alles von Juan, er wird Ihnen sicher interessante Geschichten erzählen. Ich habe keine Lust mehr, ihn zu schützen. Emilio hatte nie etwas mit seinem Bruder zu tun, er mochte ihn nicht einmal. Er fand es nicht gerecht, daß sein Vater Juan vorzog, daß er ihn seinen Namen tragen ließ, daß er sich in seiner Freizeit mit ihm traf.«

»Wo kann ich ihn finden?«

»Er hat eine Kneipe, *Diamond Pub*, das ist…«

»Ja, dann weiß ich schon, wo.«

Als ich ihr sagte, sie solle nach Hause gehen, weil ich mich persönlich darum kümmern wollte, daß Emilio freigelassen würde, glaubte sie mir nicht. Sie war zu vorsichtig geworden, um zu glauben, daß etwas in ihrem Leben einfach sein könnte. Und sie hatte recht, aber auch wenn sie mir nichts von alledem erzählt hätte, wäre ihr Freund freigekommen. Ich hatte nur Zeit gebraucht. So wie die Dinge jetzt lagen, würde sie die Beschuldigung ertragen müssen, den geheimnisvollen Vater denunziert zu haben. Es gibt Menschen, die wirklich nie Glück haben.

Ich bat zwei Streifenpolizisten, mich zu begleiten, und wir machten uns auf den Weg zum *Diamond Pub*. Unter diesen Umständen auch nur eine Minute zu verlieren, hätte für mich fatal sein können, ich mußte es wissen. Ich erinnerte mich genau an den verschlagenen Typen, der uns hatte irreführen wollen, an sein undurchdringliches Gesicht, an seine scheinbare Höflichkeit. Ich mußte mir keine Vorwürfe machen, es wäre eine übermenschliche Heldentat gewesen, in diesem Mann denselben wie auf dem Foto wiederzuerkennen, das Juans Mutter aufbewahrt hatte; der eine hatte nichts mit dem anderen zu tun, nur die Korpulenz, vielleicht die Festigkeit des Blicks, waren geblieben.

Er stand hinter dem Tresen, und ich mußte ihn nur anschauen, um zu wissen, daß er mich sofort wiedererkannt hatte.

»Wie geht's Jardiel?«

»Wie sagen Sie?«

»Sparen wir uns das, bitte, Sie sind Ricardo Jardiel.«

Er wusch in aller Ruhe Teller ab und sah mich frech an.

»Na gut … und?«

»Sie haben Ihren Sohn Juan versteckt, nachdem er vor uns geflüchtet ist, stimmt's?«

»Mein Sohn ist tot.«

»Und vielleicht wissen Sie auch, wer ihn umgebracht hat.«

»Sind Sie verrückt?«

Er hatte die Stimme erhoben. Einige Jungs, die Billard spielten, sahen zu uns herüber.

»Begleiten Sie mich aufs Kommissariat, Sie müssen aussagen. Und zwingen Sie mich nicht, die Streifenpolizisten reinzurufen.«

Er ging in die Küche und kam mit einer deutlich jüngeren Frau wieder heraus.

»Bleib hier vorn, ich bin gleich zurück.«

Bevor wir das Büro betraten, fragte ich nach Garzón. Ich gab Anweisung, daß er zu der Befragung dazukommen sollte, sobald er eingetroffen sei.

Ricardo Jardiel war nicht nervös und fragte, ob er rauchen dürfte. Er hatte den Ausdruck eines verhärteten Mannes, ein gegerbtes und stolzes Gesicht. Ich setzte mich vor ihn hin und gab ihm eine Zigarette.

»Ich will offen zu Ihnen sein, Jardiel, die Sache steht schlecht. Überlegen Sie gut, was Sie mir sagen, und achten Sie vor allem drauf, daß alles stimmt. Wenn Sie sich widersprechen, kann Sie jegliche Anschuldigung treffen: Vergewaltigung, Mord, irgendwas.«

»Ich habe nichts getan, und das wissen Sie. Ich kann es auch beweisen. Denken Sie, ich habe nicht genügend Zeugen mit all den Gästen in meinem Laden? Ich bin immer dort.«

»Dann haben Sie ja nichts zu befürchten. Erzählen Sie mir von Ihrem Sohn Juan.«

»Von Juan? Ich hatte ihn nicht mehr gesehen, seit ich von seiner Mutter fortgegangen war. Vor ein paar Jahren hat ihm wohl jemand erzählt, wo er mich finden kann, und dann tauchte er in der Kneipe auf. Wir unterhielten uns. Es hat mir gefallen, plötzlich einen Sohn zu haben.«

»Aber Sie hatten doch noch einen mit Ihrer zweiten Frau.«

»Emilio? Hat er Ihnen gesagt, daß ich Juans Vater war?«

»Nein, erzählen Sie mir von Juan.«

»Was soll ich Ihnen erzählen? Ich weiß auch nicht viel, er war ein guter Junge. Diese Nutte von Mutter hatte ihn eingeschüchtert. Er kam in meine Kneipe und trank ein Bier. Sein Leben lang hat er zu hören gekriegt, daß ich ein Scheißkerl sei, er hätte mich hassen können, aber das hat er nicht getan.«

»Haben Sie ihm Ratschläge gegeben?«

»Was?«

»Haben Sie ihm geraten, sich von seiner Mutter zu lösen?«

»Kann sein, daß ich ihm das mal gesagt habe.«

»Verhalten Sie sich nicht so defensiv, Jardiel. Ich wiederhole, es ist besser, wenn Sie rauslassen, was Sie wissen.«

»Gut, ja, ich habe es gesagt, ich habe ihm gesagt, daß er das nicht sein Leben lang ertragen würde, daß er dieses Mädchen, das sie ihm ausgesucht hatte, nicht heiraten solle. Ist doch normal, daß ich das sage, oder?«

»Alles, was Sie tun würden, um Ihren Sohn zu retten, ist normal. Hören Sie mir gut zu: Auch wenn Sie Ihren Sohn versteckt haben, als er auf der Flucht war, wird kein Richter Sie dafür verurteilen.«

»Ich habe nicht gewußt, daß er ein Vergewaltiger war.«

»Mit anderen Worten, Sie haben ihn versteckt.«

»Ich habe nicht gesagt, daß ich ihn versteckt habe. Sehen Sie, daß ich der Vater von diesem Jungen bin, ist nichts weiter als Zufall, schließlich und endlich hat sie ihn erzogen. Ich weiß nichts, und deshalb werde ich auch nichts sagen. Wer weiß schon, ob er der Vergewaltiger war oder nicht? Er hat das Geheimnis mit ins Grab genommen.«

»Kann aber auch sein, daß nicht. Warum haben Sie mir verheimlicht, wer Sie sind, als wir das erste Mal bei Ihnen in der Kneipe waren?«

»Wer bringt sich schon gern in Schwierigkeiten?«

»Ist in Ordnung, Sie können gehen.«

Er war verblüfft.

»Ich kann schon gehen?«

»Wenn Sie nichts wissen ...«

Er stand auf, glaubte aber keinen Moment lang an solch ein einfaches Ende. Doch was konnte ich tun? Der Typ war eine harte Nuß, er würde nicht reden, solange er dachte, daß alle Beweise mit seinem Sohn verschwunden waren. An der Tür wartete Garzón. Er sah mich fragend an. Ich holte meinen Mantel.

»Haben Sie diesen Jungen schon freigelassen?«

»Ja.«

»Wann?«

»Vor einer Stunde.«

»Ich vermute, er wird nach Hause gegangen sein, fahren wir hin.«

Im Auto erklärte ich dem Oberkommissar die Zusammenhänge. Er war überwältigt.

»Wir sind nah dran, Petra, ich fühle es.«

»Jubeln Sie noch nicht, es gibt einen Haufen Fragen, die noch immer nicht beantwortet sind, eine ganze Reihe von Verbrechen, die auf einen Tatverdächtigen warten.«

»Zumindest ist es ein Weg.«

Emilio war zu Hause. Müdigkeit, Neugier und Erbitterung lagen in seinem Gesicht.

»Und was wollen Sie jetzt schon wieder, verdammt?«

»Dein Vater hat es zugegeben.«

Das Mädchen kam im T-Shirt herbei und stellte sich neben ihn. Sie hatte geweint.

»Na wunderbar, und warum erzählen Sie mir das?«

»Hör auf, den Naiven zu spielen, gehen wir. Diesmal wirst du nicht so leicht davonkommen.«

Seine Freundin klammerte sich an seinen Hemdsärmel.

»Was hat er denn getan?«

»Seinen Bruder Juan versteckt, als er von der Polizei gesucht wurde. Du wußtest ganz genau, daß er der Vergewaltiger war, er hat es dir gesagt.«

»Das ist nicht wahr! Das hat mein Vater nicht gesagt.«

»Also los, verlieren wir nicht noch mehr Zeit, das kannst du alles dem Richter erzählen.«

Das Mädchen stellte sich vor ihn.

»Nein, Sie werden ihn nicht mitnehmen, er hat nichts getan.«

Emilio hielt sie am Ärmel zurück.

»Sei still!«

»Nein, ich werde nicht still sein, du warst sowieso wütend auf mich, weil ich endlich geredet habe, dann kann ich es auch noch mal tun.«

»Wenn du nur den Mund gehalten hättest!«

»Wärst du noch im Gefängnis. Glaubst du, dein Vater hat etwas unternommen, um dich rauszuholen? Er ist nichts weiter als ein Schwein.«

Garzón und ich wohnten dieser Szene schweigend bei. Es gab nichts hinzuzufügen, der Köder war ausgeworfen, entweder es funktionierte, oder wir drehten uns im Kreis.

»Du weißt, daß ich die Wahrheit sage, ein Scheißkerl; er hat es riskiert, deinen Bruder zu verstecken, aber er war nicht imstande, dich im Gefängnis zu besuchen oder die Kaution zu bezahlen.«

Emilio schlug die Augen nieder. Das Mädchen wandte sich mir zu.

»Sein Vater wußte ganz genau, was Juan getan hatte, er wußte, warum er gesucht wurde. Er versteckte ihn im Getränkelager, und wenn Juan nicht umgebracht worden wäre, hätte er ihm Geld gegeben, um ins Ausland zu gehen. Er hatte ein schlechtes Gewissen und wollte ihm helfen.«

Es entstand ein knisterndes Schweigen.

»Du weißt, daß das die Wahrheit ist, Emilio, es schien ihm sogar zu gefallen, daß Juan imstande war, zu vergewaltigen und solch einen Skandal auszulösen.«

»Du weißt ja nicht, was du sagst, schweig endlich«, sagte er leise.

»Es wäre besser, wenn du vor dem Richter aussagst, Emilio, besser für dich, für deinen Vater und für alle.«

Ich bemühte mich, sanft zu klingen. Das Mädchen sah mich an.

»Und wenn er ausgesagt hat, lassen Sie ihn dann nach Hause?«

»Ich denke schon.«

Ich atmete tief durch, es hatte funktioniert. Ich brachte die beiden jungen Leute zum Gericht, und Garzón machte sich auf den Weg, um einen Haftbefehl für Ricardo Jardiel zu besorgen.

Wir trafen uns zum Essen. Garzón war nervös.

»Wann verhören wir diesen Vogel?«

»Lassen Sie ihn ein paar Stunden schmoren, ich will, daß er gut nachdenkt, daß er begreift, in welche Nesseln er sich gesetzt hat. Außerdem werden wir ihm nicht mit Geschichten kommen. Wir werden ihm eine Kopie von Emilios Aussage vor den Latz knallen. Wenn wir wollen, daß er plaudert, müssen wir sehr schwarz malen.«

»Und Sie glauben nicht, daß es genügen würde, es ihm zu sagen? Wir würden Zeit sparen.«

»Sie haben es aber plötzlich eilig! Warum?«

»Wie, warum?«

»Sie sind doch sonst nicht für überstürzte Aktionen. Was zum Teufel ist los?«

»Verdammt, Petra, vom vielen Ermitteln werden Sie noch eine Deformation davontragen! Das einzige, was los ist, ist, daß der Hauptkommissar aus Gerona eingetroffen ist. Heute nachmittag müssen wir uns mit ihm unterhalten. Er hat den ganzen Vormittag die Akten studiert.«

»Daher weht der Wind! Und Sie wollen, daß wir in zwei Stunden den Fall lösen und bei unserem Treffen zu ihm sagen: Voilá, Herr Kollege, Sie sind zu spät gekommen!«

Er druckste herum.

»Werden Sie es ihm erzählen, Petra?«

»Was?«

»Unsere neuesten Erkenntnisse, das mit Jardiels Vater?«

»Machen Sie Witze? Selbstverständlich werde ich es ihm sagen!«

Er stand auf. Ein miesepetriger Fleischkloß.

»Eines steht fest: Ich denke nicht daran, seine Anweisungen zu befolgen. Hier waren Sie von Anfang an die Chefin. Also, wenn Sie noch eine Anweisung haben ...«

»Beruhigen Sie sich, Fermín, wenigstens ist es ein Mann. Stellen Sie sich vor, sie hätten uns eine weitere Frau geschickt!«

Er warf mir einen grollenden Blick zu.

»Das ist wirklich das Allerletzte, das müssen Sie zugeben.«

Gut, dachte ich, auch wenn es uns nicht gelingt, diesen verfluchten Fall zu lösen, war es doch sowohl für Garzón als auch für mich eine positive Erfahrung. Wir beide hatten etwas gelernt, unsere Kollegialität war echt und entbehrte jeglicher Gezwungenheit. Er hatte gelernt, daß eine Frau bei der Arbeit vernünftige Anordnungen treffen konnte, ich war bescheidener geworden. Das Eintauchen in die erbärmliche Welt des Verbrechens, der Mangel an Glanz in diesem Geschäft …

»Sie gedenken also nicht, sich dagegen zu verwahren, daß sich ein anderer Chef einmischt?« insistierte er.

»Vergessen Sie's, Fermín. Alles scheint darauf hinzuweisen, daß wir dazu beigetragen haben, den Fall zu verkomplizieren, statt ihn in akzeptabler Zeit zu lösen.«

»Aber wir haben ihn doch schon fast in der Tasche.«

»Ach ja? Erklären Sie mir, wie?«

»Juan Jardiel war der Vergewaltiger, und Masderius hat ihn umgebracht.«

»Einverstanden, und wer hat Salomé umgebracht und dann noch einmal vergewaltigt?«

»Scheiße, woher soll ich denn das wissen!«

»Lassen wir uns noch ein bißchen Zeit. Es ist möglich, daß dieser Hauptkommissar uns hilft. Bestimmt. Wissen Sie seinen Namen?«

»Ramón García del Mazo, ein lächerlicher Name.«

Ich lachte auf.

»Ich lade Sie zu einem Kaffee ins *Efemérides* ein. Bis um vier haben wir Emilios Aussage. Haben Sie Lust?«

Er hatte keine Lust, aber er akzeptierte. Warum, zum Teufel, war er jetzt so zögerlich gegenüber der Obrigkeit?

Im *Efemérides* war Mittagspause; Pepe und Hamed aßen gerade, so daß wir uns zu ihnen an den Tisch setzten und auf den Verdauungskaffee warteten. Sie aßen einen exotischen Lammeintopf mit Pfefferminzblättern, dem der Oberkommissar nicht widerstehen konnte.

»Nur ein bißchen zum Kosten, wir haben gerade gegessen.«

Ich bewunderte seine Fähigkeit, sich auf gastronomische Themen einzulassen und die Mahlzeiten so ausgiebig zu genießen. Der Glückliche! Er hatte immer eine letzte Lebensreserve, an der er sich festhalten konnte.

»Wie kommt der Fall voran?« fragte Hamed.

»Na ja, ihr wißt ja, was das Fernsehen erzählt.«

»Ja, wir haben dich kürzlich gesehen, die Bilder von dir waren nicht sehr schmeichelhaft.«

»Das stimmt, ich wußte nicht, daß sie mich mit der Kamera verfolgen. Seitdem suche ich meine Kleidung sehr sorgfältig aus, bevor ich das Haus verlasse.«

»Sie haben dich nicht verfolgt«, sagte Pepe ernst.

»Und woher willst du das wissen?«

»Ana hat's mir gesagt. Dieses Mädchen, Luisa, die Verlobte von Juan Jardiel, hat sie angerufen und ihr gesagt, daß sie dir eine Szene machen wird. Sie hat sie darum gebeten, dort zu sein und alles aufzuzeichnen.«

»Sie hat sie darum gebeten?«

»Ja, ihr war sehr daran gelegen, zu betonen, daß ihr Verlobter nicht der Vergewaltiger war.«

»Vielleicht hat sie sich geirrt.«

»Und warum wurde dann das andere Mädchen noch mal vergewaltigt, mit der Markierung und allem drum und dran? Jardiel konnte es ja nicht mehr tun.«

»Ich weiß es nicht, Pepe, und auch wenn ich es wüßte, könnte ich nicht darüber reden, schon gar nicht, wenn ich weiß, daß Ana Lozano ein Stammgast in diesem Lokal ist. Spioniert sie uns immer noch nach?«

Pepe richtete seine hübschen kastanienbraunen Augen auf mich.

»Glaubst du nicht, daß du einen Verfolgungswahn entwickelst? Ana Lozano kommt hierher, aber das bedeutet nicht, daß sie dir auf den Fersen ist, vielleicht bist du gar nicht so wichtig.«

Pepe griff mich an? Das war neu für mich, ein Meilenstein, eine Ausnahme, fast ein Grund zum Feiern.

»Kann sein, daß du recht hast, ich habe das Fuchs-auf-der-Jagd-Syndrom.«

Hamed stand auf.

»Ich werde einen Aromatee kochen.«

»Diesem Mädchen muß sehr daran gelegen sein, aller Welt mitzuteilen, daß Jardiel nicht der Vergewaltiger war. Das war ihr fast wichtiger, als ihn wie einen Hund erschlagen zu sehen.«

»Wenigstens rettet sie so seine Ehre«, sagte Hamed aus der Küche.

»Was hast du gesagt?« fragte ich.

Er kam mit einer dampfenden Kupferteekanne zurück.

»Das einzige, was von einem Toten bleibt, ist seine Ehre.«

»Orientalische Mentalität«, bemerkte der Oberkommissar und schenkte sich einen Tee ein.

»Vielleicht«, räumte ich ein.

Wir konzentrierten uns auf das Getränk. Pinienkerne schwammen in der Flüssigkeit.

»Ein köstlicher Tee nach arabischer Art«, schwärmte Garzón.

»Kann sein, daß Orient und Okzident nicht so weit auseinander liegen«, kommentierte ich nachdenklich.

»Philosophierst du?« fragte Pepe ironisch.

»Wie kommst du darauf?«

»Deine natürliche Neigung zum Philosophieren ohne besonderen Grund.«

Ich war verwundert, ein weiterer Hieb. Was war geschehen? Garzón sah mich schräge an und lächelte.

»Hauptkommissarin, meinen Sie nicht, daß es schon ziemlich spät ist?«

Im Auto dachte ich immer noch über Pepe nach. Mein Kollege bemerkte es sofort.

»Machen Sie sich um etwas Sorgen?«

»Ist Ihnen aufgefallen, wie aggressiv Pepe mir gegenüber war?«

Er nickte bedächtig.

»Vielleicht ist das gesund.«

»Gesund, warum?«

»Sie haben vor langer Zeit Ihre Geschichte mit ihm beendet, vielleicht ist jetzt der Moment bei ihm gekommen.«

Ich zündete mir eine Zigarette an.

»Also, Garzón, wenn Sie andeuten wollen, daß er mit Ana Lozano zusammen ist – das scheint mir offensichtlich. Aber diese Beziehung wird ihm nicht helfen, irgendwas zu klären.«

»Sind sie sicher?«

»Diese Journalistin ist so alt wie ich!«

»Es sind nicht alle wie Sie. Es gibt Menschen, die ihr Grundmuster wiederholen.«

»Wie auch immer, das ist kein Grund, sich so zu verhalten.«

»Das ist die erste Kriegsphase, sie wird vorübergehen.«

Ich betrachtete ihn. Er war wie eine verschlossene Schatulle, aber der Glanz des Goldes schimmerte aus seinen Mundwinkeln.

»Sie haben ihm das geraten, stimmt's? Sie haben ihm geraten, daß er lernen soll, hart zu mir zu sein.«

»Ich habe ihm gar nichts geraten, aber wir sind Freunde, erinnern Sie sich? Und deshalb haben wir über viele Dinge geredet.«

Ich schüttelte überrascht den Kopf.

»Verdammt, Garzón, Sie sind mir ja einer!«

Er lachte erfreut.

»Sie haben etwas erreicht, das mir allein nicht möglich gewesen ist: mich aus dem Kielwasser meiner Männer zu befreien.«

»Sind Sie verärgert?«

»Keinesfalls! Ich bin dankbar.«

Meine Überraschung hauchte Garzón neues Leben ein, er hatte aufgehört, sich wie ein Provinztölpel zu benehmen, er spreizte seine Pfauenfedern, er war Experte im Dschungel der Gefühle geworden.

»Wir sind da.« Er stieg aus und kam mit einer Verbeugung zu meiner Tür: »Die Dame zuerst«, sagte er voller Stolz.

»Das ist der Gipfel, Fermín! Ernsthaft.«

Emilios Aussage lag unterschrieben und abgezeichnet vor: Sein Vater hatte Juan Jardiel Unterschlupf gewährt. Ich nahm das Blatt zufrieden an mich. Dieses Stück Papier war unsere einzige Waffe, um den Mann zum Reden zu bringen.

»Ist Ricardo Jardiel schon da?«

»Er sitzt in Zimmer zwanzig, Hauptkommissarin.«

»Soll ich draußen bleiben?« fragte Garzón.

Ich schüttelte den Kopf. Ich hatte nicht den Eindruck, daß Jardiel sich von der Anwesenheit eines anderen negativ oder positiv beeinflussen lassen würde. Und ich hatte mich nicht geirrt, er sah meinen Kollegen nicht einmal an. Sein geringschätziges Verhalten hatte sich trotz der Untersuchungshaft nicht verändert. Psychologische Spielchen zogen bei ihm nicht, er würde nur das akzeptieren, was er nicht direkt abstreiten konnte. Es schien mir unumgänglich, direkt zur Sache zu kommen, also hielt ich ihm die Aussage vor die Nase. Er las sie. Nur wenn man sein Gesicht sehr aufmerksam beobachtete, konnte man die Bewegungen seines Kiefers wahrnehmen. Er ließ das Papier fallen und sah mich gelassen an.

»Na gut, und?«

»Jetzt werden Sie nicht mehr leugnen können, daß Sie Ihren Sohn versteckt haben.«

»Mir blieb nichts anderes übrig, er war mein Sohn, ich leugne es nicht. Sie können mich deshalb anklagen.«

»Wir können Sie noch wegen ein paar anderen Dingen anklagen. Sie wußten, daß Ihr Sohn der gesuchte Vergewaltiger war.«

»Nein.«

»Das hat Emilio ausgesagt.«

»Das wird er sich ausgedacht haben. Was weiß der schon, er hat ihn ja nicht einmal gesehen. Außerdem, wenn er das behauptet, warum steht das nicht in seiner Aussage?«

»Hören Sie, das ist kindisch; warum, dachten Sie, wurde Ihr Sohn gesucht? Weil er bei Rot über eine Kreuzung gefahren war?«

Er hatte seine Antworten gut vorbereitet, er zeigte sich keinen Moment nervös.

»Sie wissen, daß ich eine Kneipe besitze. Da kommen viele Jungs hin, ich rede mit ihnen, ich kenne sie gut. Die Jugendlichen heutzutage haben viele Probleme, manchmal geraten sie wegen Drogenkonsums oder so was mit dem Gesetz in Konflikt. Mein Sohn tauchte auf und sagte mir, daß er ein Problem hätte; ich habe ihm keine Fragen gestellt.«

Ich stand auf und ging ein paar Schritte auf und ab.

»Das ist unglaubwürdig, Jardiel. Ich kann verstehen, daß Sie keine Lust auf eine Anklage wegen Begünstigung haben, aber das unglaublichste daran ist, daß Sie nichts tun, um zu klären, wer Juan umgebracht hat.«

»Juan ist tot.«

»Das ist eine große Wahrheit, eine fast so große Wahrheit wie die, daß Sie der Vergewaltiger sind und Ihren eigenen Sohn umgebracht haben.«

Aus dem Augenwinkel sah ich, daß Garzón eine kaum wahrnehmbare Geste der Überraschung machte.

Jardiel hob spöttisch die Hände zum Kopf.

»Ja, und Kennedy habe ich auch ermordet.«

Es war unvermeidlich, ich mußte mein ganzes schauspielerisches Talent einsetzen.

»Lachen Sie nur, je mehr, desto besser. Damit Ihr Vergnügen komplett ist, werde ich Ihnen endlich die komplette Anklage vorlesen, die der Richter gegen Sie aufgelistet hat. Sind Sie bereit?«

Er zog die Augenbrauen so weit hoch, daß jeglicher Gesichtsausdruck sich auflöste.

»Sie, Ricardo Jardiel, waren von Anfang an der Vergewaltiger. Niemand bezweifelt, daß Sie eine stärkere Persönlichkeit haben als Ihr Sohn; möglicherweise haben Sie in letzter Zeit sehr großen Einfluß auf ihn ausgeübt. Ihr Sohn Juan wußte, daß Sie diese jungen Mädchen vergewaltigt und markiert haben, Sie haben es ihm erzählt und ihn benutzt. Sie haben ihn losgeschickt, um die Uhr mit Stacheln präparieren zu lassen, so daß im Fall der Fälle der Juwelier nur ihn wiedererkennen würde. Aber Ihr Sohn wurde nervös, als er erkannte, daß sich der Kreis der Verdächtigungen um ihn schloß. Er kam zu Ihnen und bat um Schutz, und Sie haben ihn im Getränkelager versteckt. Natürlich war das keine endgültige Lösung, so daß Sie Ihrem Sohn eine ordentliche Summe Geld versprachen, um ihn heimlich außer Landes zu schaffen. Eine Summe, über die Sie unglücklicherweise nicht verfügten und nie verfügen würden, deshalb war das einzige, was Sie tun konnten, ihn sich vom Hals zu schaffen: Sie haben ihn ermordet. Danach haben Sie natürlich wieder vergewaltigt, Sie sind krank, Jardiel, ein Wahnsinniger, der nur Mitleid verdiente, wenn er nicht so gefährlich wäre.«

Garzón beobachtete mich bewundernd. Jardiels Gesicht war weiß geworden; aber obwohl er eine erste Erschütterung erfahren hatte, sagte er, Ruhe vortäuschend: »Sie können sich so viele Geschichten ausdenken, wie Sie wollen, aber als Juan ermordet wurde, habe ich Bier ausgeschenkt. Mal sehen, wie Sie Ihre Phantasien beweisen wollen.«

»Ihr Sohn Emilio hat ausgesagt, daß Sie stolz über die Vergewaltigungen gesprochen haben, die Juan begangen hat. Das hat den Richter interessiert. Emilio hat auch ausgesagt, daß Sie Juan die Flucht ins Ausland bezahlen wollten. Es scheint, als hätten Sie Ihr Gewissen erleichtert, indem Sie ihn Zeuge falscher Tatsachen werden ließen. Das hat den Richter auch interessiert. Die Puzzleteile fügen sich perfekt zusammen. Besonders, weil Ihr Sohn Emilio gerade ausgesagt hat, daß Sie so kühl reagiert haben, als Sie erfuhren, daß Ihr Sohn Juan ermordet worden ist. Und das ist noch nicht alles. Zuletzt hat er gesagt, daß die Uhr, mit der die Mädchen markiert wurden, in Ihrem Besitz ist.«

»Ich habe nichts davon in seiner Aussage gelesen.«

»Es gibt eine zweite Aussage. In der, die Sie gelesen haben, tauchte auch nicht auf, daß Sie Ihren Sohn zu seinen vermeintlichen Untaten ermutigten, daß Sie ihn im Getränkelager versteckt haben, und ihm die Flucht ermöglichen wollten, und dennoch, Sie sehen ja, wie ich es erfahren habe.«

Jetzt war er wirklich verwundet, mein Florett hatte ihn getroffen. Wir würden ja sehen, wie tief die Wunde war.

»Denken Sie gut nach, Jardiel, es ist sehr ernst. Morgen werde ich Sie wieder ins Kommissariat holen, es wird unser letztes Verhör sein, das nächste wird der Richter führen, unter formeller Anklage. Überlegen Sie sich, was auszusagen angebracht wäre, bevor es zu spät ist.«

Ich stand auf, und Garzón folgte mir. Wir gingen in den Flur hinaus, und nach ein paar Schritten konnte mein Kollege seine Neugier nicht mehr bezwingen.

»Ich verstehe gar nichts mehr, Hauptkommissarin. Hat Emilio wirklich ausgesagt, daß sein Vater die Uhr hat?«

»Nein, er hat nichts dergleichen gesagt, aber ich denke, Jardiel hat es geschluckt. Ich habe Emilio eine unvollständige Aussage zum Unterschreiben vorgelegt, es fehlten viele Fakten, die er uns gegeben hat. Ich habe mir gedacht, daß die Fakten in unserer Hand nützlicher und flexibler sind; wenn man die eine oder andere Lüge hinzufügt, kann das auch zur Wahrheit führen.«

»Genial, Hauptkommissarin, genial!«

»Schmeicheln Sie mir nicht, die Theorie von dem Phantomvergewaltiger haben Sie ausgebrütet, ich habe nur andere Schlußfolgerungen gezogen.«

»Hut ab.«

»Na, dann setzen Sie ihn wieder auf. Wenn dieser Typ seine Gelassenheit, die er einen Augenblick lang verloren hatte, wiederfindet und die Dinge sorgfältig überdenkt, wird er morgen die zweite Aussage von uns verlangen, und dann…«

»Gott wird uns beistehen, Petra, das wird nicht geschehen.«

»Gott läßt sich auf so was nicht ein, Fermín, um sich zu offenbaren, würde er sich was Bunteres einfallen lassen. Er würde Ana Lozano erscheinen und ihr den Weg aufzeigen, und sie würde ihn im Fernsehen interviewen.«

Punkt fünf Uhr waren wir im Büro des Kriminalrats; García del Mazo war eingetroffen. Er war ein Mann mehr oder weniger in meinem Alter, nicht sehr groß, und trug ein schmales Oberlippenbärtchen. Er war ernst, versteinert, und falls ein Hauch von Verbindlichkeit in seinem Gesicht lag, muß ich einräumen, daß meine Antennen nicht darauf ausgerichtet waren, das wahrzunehmen. Es folgte die übliche Vorstellungszeremonie, der der Kriminalrat einen höflichen Anstrich geben wollte. Dann setzte er dem Ganzen das I-Tüpfelchen auf.

»Ich möchte Ihnen nicht noch mehr Verantwortung aufhalsen, aber Sie wissen ja, daß dieser Fall von der Öffentlichkeit ungewöhnlich aufmerksam verfolgt wird. Ich bitte Sie also nachdrücklich, ihn so schnell wie möglich zu lösen. Natürlich liegt die Leitung in den Händen beider Hauptkommissare. Noch eine Frage?«

Wir drei schwiegen. Kaum hatte er uns allein gelassen, versuchte García del Mazo zu lächeln.

»Alle Chefs reden gleich, vermutlich absolvieren sie Rhetorikkurse.«

Auch ich versuchte zu lächeln.

»Haben Sie die Berichte gelesen?«

»Sag du zu mir, ich heiße Ramón.«

Ich nickte.

»Und ich Petra.«

Garzón hüllte sich in dichtes Schweigen, und mein neuer Kollege bezog ihn auch nicht ein.

»Ich habe sie gelesen. Wenn ihr meine Meinung hören wolle, ich finde sie gut, sie sind nur etwas zu allgemein, sie vermitteln eine gewisse Verzettelung. Ihr seid nicht sehr systematisch vorgegangen, oder täusche ich mich?«

»Ich fürchte, du hast recht, wir sind den Ereignissen hinterhergehinkt, haben ziemlich plötzliche Umschwünge gemacht.«

»Das geschieht oft, darüber brauchst du dir nicht den Kopf zu zerbrechen.«

Garzón rutschte unruhig hin und her.

»Ich schlage vor, daß wir den Computer noch einsetzen, die polizeilichen Datenbanken habt ihr kaum genutzt.«

»Es gibt aktuellere Fakten, die noch nicht erfaßt sind, wenn du willst, informiere ich dich darüber.«

Ich erzählte ihm die ganze Geschichte mit dem Verhör von Ricardo Jardiel. Er nickte gelegentlich, ohne daß sich sein Gesichtsausdruck im geringsten veränderte. Er schien weder beeindruckt zu sein, noch kamen ihm meine Ausführungen besonders wichtig vor.

»Sehr gut, mach da weiter, obwohl … das beste Ergebnis aus diesem Verhör wäre die Bestätigung des Vaters, daß Juan der Vergewaltiger war. Was wahr sein kann, aber auch nicht. Die Frage ist: Wer hat ihn ermordet? Es ist ja offensichtlich, daß der Mörder des Jungen der spätere Vergewaltiger ist, kann sogar sein, daß er auch die früheren Vergewaltigungen begangen hat, und selbstverständlich war er Salomés Mörder.«

Er sprach sicher und so eindringlich, daß man sich als Zuhörer genötigt sah, seinen Begründungen zu glauben oder zumindest seinen Erläuterungen zu folgen, als wären sie etwas Neues.

»Es gibt da etwas, das ihr meiner Meinung nach grob vernachlässigt habt.«

Der Oberkommissar und ich sahen einander schuldbewußt an.

»Es handelt sich um den Mord an Salomé. Niemand hat sich um die letzten Schritte in ihrem Leben gekümmert, ihre möglichen Bekannten, die Veränderungen in ihren Gewohnheiten.«

Garzón mischte sich ein.

»Ich bin bei ihr zu Hause vorbeigefahren, und mir wurde gesagt, daß alles gewesen sei, wie immer, keine Veränderungen.«

»Das ist nicht genug, Oberkommissar...« Er hatte ihn nicht in die Vertraulichkeit des Duzens aufgenommen. »Was weiß schon die Familie über die Abenteuer eines jungen Mädchens? Ist es nicht ein zu großer Zufall, daß sie zweimal zum Opfer wurde? Was bedeutet das? Schlicht eine burleske Herausforderung an die Polizei? Wir befinden uns nicht in einer Fernsehserie!«

Sein schulmeisterlicher Ton begann mich zu stören, aber er hatte recht, bei allen Teufeln der Hölle, dieser kurzschwänzige Technokrat hatte recht.

»Mach dir keine Sorgen, Petra, ich werde in diese Richtung ermitteln, du mach mit Jardiel weiter, und Sie, Oberkommissar, gehen am Computer die Kartei mit den Wiederholungstätern durch.«

»Die Kartei der Straffälligen durchzugehen war das erste, was wir getan haben.« Diesen Einwand leistete sich Garzón.

»Ich sprach von Wiederholungstätern, auffälligen Wiederholungstätern, würde ich sagen. Diese Kartei befindet sich im Informationsteil, die Datenbank in Barcelona ist wirklich ziemlich vollständig.«

Garzón wurde ernst.

»In Ordnung, Hauptkommissar, zu Befehl.«

Ich kannte seinen eisigen Stil des offiziellen Gehorsams. Dieser Kollege ging ihm ziemlich auf die Nerven.

García del Mazo blätterte seine Notizen durch.

»Also, mal sehen... was wollte ich euch noch sagen? Ach ja«, er schlug einen beiläufigen Ton an, »da ist noch das Problem der Vorgehensweise, mit der ich auch nicht einverstanden bin. Es handelt sich um die Beziehungen zur Presse. Meine Herrschaften, bitte, wir befinden uns im zwanzigsten Jahrhundert, bald im einundzwanzigsten! Warum sich auf Biegen und Brechen weigern, Stellungnahmen abzugeben? Das darf nicht sein, in unserem Kollegium sind Spezialabteilungen für Öffentlichkeitsarbeit eingerichtet worden. Es ist absolut bewiesen, daß die Behinderung der Journalisten nichts anderes bewirkt, als uns die Arbeit zu erschweren. Dieses Problem läßt sich ganz einfach lösen: Man wählt einen Polizeisprecher und beruft gelegentlich eine Pressekonferenz ein. Das ist alles. Etwas Wesentliches sagen? Ist nicht nötig, nur allgemeine Hinweise, die die Neugier der Öffentlichkeit befriedigen. So wahren wir unser Image und verhindern exzessive Spekulationen.«

Er lächelte mich verständnisvoll an.

»Ich weiß, daß du das nicht gutheißt«, fügte er hinzu.

»Jetzt sind wir ja zu zweit und teilen uns die Leitung. Wenn das mit der Presse für dich so einfach ist, kümmerst besser du dich darum.«

»Wenn es dir nichts ausmacht und du es nicht selbst übernehmen willst, tue ich das.«

»Nur zu, ich glaube, du bewegst dich in diesen Kreisen lockerer als ich.«

Er machte eine zustimmende Handbewegung.

»Im übrigen scheint es mir angebracht, daß wir uns zweimal täglich zusammensetzen: morgens und abends.«

Garzón platzte heraus: »Zweimal täglich? Zu welchem Zweck?«

»Das Zusammentreffen ist der Zweck an sich, das Arbeitswerkzeug, die Grundlage für den Austausch von Ideen und Hypothesen.«

»Und wenn wir nichts auszutauschen haben?«

»Ich kann Ihnen berichten, Oberkommissar, daß in den Vereinigten Staaten ein Modellversuch gemacht wurde, bei dem sich alle leitenden Angestellten eines Unternehmens ein Jahr lang zwei Stunden täglich in einem Zimmer versammeln mußten. Es gab weder einen triftigen Grund noch eine Tagesordnung, keine konkreten Themen, und, was das merkwürdigste war, niemand leitete die Zusammenkunft. Und wissen Sie, was geschah? Nach einer Zeit hatte das Unternehmen seine Umsätze um vierzig Prozent erhöht, die innere Organisation war verbessert worden, und alle Angestellten hatten mehr Verantwortung erhalten. Wie finden Sie das? Selbstverständlich wird es Tage gegeben haben, an denen die Leute minutenlang schweigend dasaßen und der Verzweiflung nahe waren, einfach nicht wußten, was tun; aber am Ende fand sich immer ein Faden, den man aufnehmen konnte. So sind sie zum Kern der Sache vorgedrungen.«

»Sie haben sie wahrscheinlich verschaukelt«, sagte Garzón.

García del Mazo lächelte nachsichtig.

»Vielleicht.«

Er verabschiedete sich mit gerade so viel Freundlichkeit, wie der Situation angemessen war, und verschwand forschen Schrittes. Er trug einen gut geschnittenen dunkelblauen Anzug und eine Krawatte mit winzigen Steigbügeln.

»Was für ein Vogel!« rief Garzón aus. »So modern und tüchtig, diese Sorte kenne ich wie meine Westentasche.«

»Der wird Karriere machen. Gehen wir ein Bier trinken, Fermín?«

Wir überquerten schweigend die Straße. Mein Kollege spannte das Vierergespann des Teufels ein, das ihn in vollem Galopp mitreißen würde. Ich erwartete mit philosophischer Ruhe, ihn in einen Kutscher verwandelt schwungvoll an mir vorbeirasen zu sehen. Es ließ nicht auf sich warten.

»Sie haben die Hosen ausgezogen, nicht wahr, Petra?«

»Hat es so gewirkt?«

»Da können Sie sicher sein. Gemeinsame Leitung und der ganze Scheiß, großartige feministische Forderungen, und jetzt sagen Sie nur noch ja.«

»In einigen Dingen hatte er recht.«

»Mit der Presse auch?«

»Ich weiß nicht, worüber Sie sich beklagen, Sie haben immer genauso gedacht wie er.«

»Und wer fragt, was ich denke? Sie sind die Chefin.«

»Das ist das einzige, was Sie schmerzt, nicht wahr? Die verdammte Leitung, die Macht. Man muß wirklich ein Mann sein, um so zu denken.«

»Schauen Sie, ich denke gar nichts mehr, ich werde nicht fürs Denken bezahlt, aber es ist klar, daß ein Typ nicht einfach so aufkreuzen und sich einen Fall unter den Nagel reißen kann, an dem sich seit Monaten andere abrackern.«

»Lassen Sie doch ein für allemal die Rüstung zu Hause.«

Er trank sein Bier in einem Zug aus, er war verärgert und hatte, was meine Autorität anging, eine Enttäuschung hinnehmen müssen.

»Ich gehe, Petra. Wir werden ja in einer der Zusammenkünfte Ideen austauschen.«

»Richten Sie Pepe Grüße aus, und einen guten Rat…«

Jetzt war er erst richtig wütend und stapfte hinaus. Ich

bestellte noch ein Bier. Nach Salomés Tod keine weiteren Nachforschungen in ihrem Leben angestellt zu haben, war ein ziemlicher Fehler gewesen, und es würde nicht unser letzter sein. Halsstarrig darauf zu bestehen, den Fall zu behalten, als wir Gelegenheit hatten, ihn abzugeben, war unverantwortlich gewesen. Ich spürte, wie der atmosphärische Druck auf meinen Kopf stärker wurde. Meine hartnäckige Weigerung, den Kontakt zur Presse zu pflegen, war auch ein Zeichen von kindischer Haltung; sie hatte, da hatte García del Mazo recht, der Entwicklung der Geschehnisse geschadet. Und die Improvisationen... Ich trank das zweite Bier schneller, denn ich wollte unbedingt noch ein drittes. Natürlich war dieser Kollege eingebildet, unangenehm, theoriesüchtig und ehrgeizig, aber er war ein echter Profi der neuen Jahrgänge, er hatte vernünftige Dinge gesagt. Dennoch erschreckte mich die Aussicht auf die täglichen zwei Zusammenkünfte mit ihm und Garzón; die unausgesprochenen Animositäten würden die Atmosphäre unerträglich machen.

Plötzlich betrat ein Streifenpolizist das *La jarra de oro* und kam auf mich zu.

»Hauptkommissarin Delicado, Sie werden vom Vorsteher des Untersuchungsgefängnisses am Telefon verlangt.«

Ich atmete tief durch, und der Effekt des Alkohols verflüchtigte sich.

»Ist Oberkommissar Garzón im Kommissariat?«

»Nein, er ist mit Ihnen gegangen und nicht wiedergekommen.«

»Versuchen Sie ihn zu finden, und sagen Sie ihm, daß er kommen soll.«

Ich war mir sicher, daß es endlich soweit war. Der Beamte erklärte mir, daß Ricardo Jardiel noch einmal aussagen wollte.

»Ist gut, bringen Sie ihn sofort her.«

Nach einer knappen Stunde traf er ein, und als ich ihn vor mir sah, wußte ich, daß er zermürbt war, die Ungewißheit hatte seinen kalten, verächtlichen Zynismus besiegt.

»Na gut, Jardiel, fangen wir noch mal von vorn an. Eines schönen Tages tauchte Juan auf und sagte Ihnen, daß ihm die Polizei auf den Fersen sei. Sie nahmen ihn auf, versteckten ihn in Ihrem Lager und glaubten, daß niemand Sie beide miteinander in Verbindung bringen würde und daß er dort sicher wäre. Bis hierher waren wir gekommen. Nun die erste Frage: Wußten Sie, daß Ihr Sohn der Vergewaltiger war?«

»Ja.«

»Seit wann?«

Er verschanzte sich hinter seinen Händen und riß die Augen weit auf.

»Jetzt reicht's aber! Er hat es mir am selben Tag gesagt.«

»Das glaube ich nicht.«

»Ich schwöre es bei Gott.«

»Kommen Sie, verarschen Sie mich nicht, zu diesem Zeitpunkt bei Gott zu schwören! Sie waren über jeden seiner Schritte informiert, Sie haben sich eins ins Fäustchen gelacht und ihn vielleicht sogar angespornt weiterzumachen!«

»Denken Sie, ich bin verrückt? Juan wurde tot aufgefunden, aber Sie hätten ihn lebend finden können. Warum sollte ich es riskieren, von der Polizei als Komplize angeklagt zu werden?«

»Weil Sie die Aktivitäten Ihres Sohnes genossen haben.«

»Ich bin kein alter Ekelbolzen, ich kann auf andere Art genießen.«

»Aber was Frauen passieren kann, ist Ihnen Wurscht. Sie

haben Juans Mutter verlassen, dann die von Emilio, und Sie werden Ihre jetzige Frau verlassen, wenn Sie genug von ihr haben.«

»Emilios Mutter ist gestorben.«

»Aber Sie hatten ihr das Leben schon schwer genug gemacht und sie viel früher verlassen.«

»Hat Ihnen das auch Emilio erzählt?«

»Nein, das habe ich selbst abgeleitet.«

Er rieb sich die Nase, und seine Hände zitterten. Wenn ich sein Schuldgefühl ausnutzte, würden wir vielleicht endlich weiterkommen. Perfekt, eine gute Erkenntnis, sogar die elendsten Kerle hatten dieses verfluchte Gefühl irgendwo sitzen. Ich seufzte tief und bot ihm eine Zigarette an.

»Hat Juan Ihnen die Uhr gegeben, mit der er die Mädchen markiert hat?«

»Nein!«

»Aber er hat sie Ihnen gezeigt?«

Er zögerte einen Augenblick.

»Ja, er hat sie mir gezeigt.«

»Und Sie haben sie sich zeigen lassen?«

»Ich verstehe nicht, was Sie damit meinen. Er pflanzte sich vor mir auf und sagte: ›Schau mal, ich habe das Ding schon zwanzig Mal vor deinen Augen getragen.‹ Dann öffnete er es, und ich sah, was drin war.«

Mir lief ein Schauer über den Rücken.

»Beschreiben Sie die Uhr.«

»Ich dachte, Sie wissen, wie sie aussah.«

»Beschreiben Sie sie.«

»Es war eine gewöhnliche Uhr, ziemlich alt, erst mal sah man gar nichts, aber unter dem Zifferblatt war ein zweites Zifferblatt eingesetzt, das mit Stacheln umgeben war. Ich nehme an, daß er bei den Überfällen das obere Zifferblatt abgenommen hat. Dann hat er es wieder draufgedreht und die Uhr ganz normal getragen.«

»Sehr einfallsreich, Ihr Sohn, ich verstehe, daß Sie stolz auf seine Abenteuer waren.«

»Ich war nicht stolz auf ihn! Aber ich schuldete ihm den Gefallen, ihn zu verstecken. Ich habe ihm auch gesagt, daß er nicht sein Leben lang dort bleiben könne.«

»Sie haben ihm angeboten, ihn aus Spanien rauszubringen.«

»Er hatte schon jemanden, der ihm helfen wollte.«

»Wen?«

»Ich schwöre Ihnen, daß ich es nicht weiß, aber wer es auch war, derjenige hat ihn umgebracht.«

»Erklären Sie mir das.«

»Juan rief jemanden an, verabredete sich mit ihm, ging zu dieser Verabredung und kehrte nicht zurück. Am nächsten Tag erfuhr ich aus dem Radio, daß er ermordet worden war.«

»Und er hat Ihnen nicht gesagt, wen er angerufen hat?«

»Nein, ich versichere Ihnen, das ist die Wahrheit.«

»Trug er die Uhr mit den Stacheln, als er ging?«

»Ja.«

»Sind Sie sicher?«

»Ja. Ich habe darauf geachtet, ich habe ihm gesagt, daß es besser wäre, nicht mit dem Ding auf die Straße zu gehen, aber er hörte nicht auf mich. Er war verrückt, seine Mutter, diese Nutte, hat ihn verrückt gemacht. Und ich bin kein Monster, verstehen Sie? Ich hatte meine Gründe, sie zu verlassen, und die nächste auch, die war eine schwache Frau, unerträglich, als wir uns trennten, ging sie zu ihrer Tochter und flehte sie an, sich doch mit ihr zu treffen, aber die wollte nicht. Warum sollte ich ein Heiliger sein, wenn es die anderen auch nicht sind?«

»Ich bin nicht hier, um über Ihr Leben zu urteilen, Jardiel, Sie werden schon wissen, was Sie getan haben. Ich hoffe nur für Sie, daß Sie mich nicht angelogen haben.«

»Ich bin kein Vergewaltiger, auch kein Komplize von einem Vergewaltiger. Das einzige, was ich getan habe, war, meinem Sohn zu helfen.«

Ich stand auf und nahm meine Tasche.

»Sie haben sich im Zeitpunkt geirrt. Hätten Sie ihm früher geholfen, hätte es Ihrem Sohn vielleicht etwas genützt.«

Ich verließ das Büro so aufgeregt, daß ich überhaupt nicht wußte, was ich tun sollte. Ich ging ein paar Schritte den Flur hinunter und dann wieder zurück, auf einen Wachpolizisten zu.

»Haben Sie Oberkommissar Garzón erreicht?«

»Er war nirgends zu finden, Hauptkommissarin, weder in seiner Pension noch in der Kneipe, wo ich ihn manchmal anrufe ...«

»Ist gut. Und Hauptkommissar García del Mazo, wissen Sie, wo der ist?«

»Mir scheint, er ging ins ...«

Ich legte ihm eine Hand auf den Arm.

»Lassen Sie, es ist nicht so wichtig, ich sehe ihn morgen.«

Jeder Versuch, Garzón vor dem Abendessen aufzustöbern, wäre fruchtlos gewesen, und García del Mazo konnte der Teufel holen, also fuhr ich nach Hause. Ich mußte dringend das Feuer, das mein Gehirn zu verschlingen drohte, in aller Ruhe mit einem Drink löschen.

Ich kam nicht einmal auf den Gedanken, mir etwas zu essen zu machen. Nachdem ich mir einen kräftigen Margarita-Tequila gemixt hatte, ließ ich mich aufs Sofa fallen. Die Dinge nahmen einen neuen Verlauf, war er erhellend? Ganz langsam, sagte ich zu mir selbst, jetzt heißt es sehr sorgfältig vorzugehen, nichts Überstürztes tun, keine einfachen Schlußfolgerungen. Wo, zum Teufel, war dieser launenhafte Garzón geblieben?

# 13

Ich wachte mit einem stechenden Schmerz im Hals auf, meine Beine kribbelten, und als ich hochfuhr, verkrampften sich alle meine Muskeln. Ein Blick auf die Uhr, na wunderbar! Eine hervorragende Art, in diesem Fall eine neue Richtung einzuschlagen. Ich griff zum Telefon.

»Sánchez? Geben Sie mir Oberkommissar Garzón.«

»Er sitzt gerade mit Hauptkommissar García del Mazo zusammen.«

»Ist egal, sagen Sie ihm, es sei dringend.«

Kurz darauf vernahm ich die belegte Stimme meines Kollegen.

»Wo sind Sie, Petra? Wir haben Sie zu unserem Gespräch erwartet.«

»Ich will, daß Sie sofort zu mir nach Hause kommen.«

»Und García del Mazo?«

»Entschuldigen Sie sich und fahren Sie los.«

»Und die gemeinsame Leitung?«

»Vergessen Sie die gemeinsame Leitung!«

»Ich wußte, daß Sie so reagieren würden. Ich werde ihm sagen, daß es etwas Dringendes in meinem Schmuggelfall gibt. Das ist eine kleine Notlüge, schließlich war ich bis zum Morgengrauen damit beschäftigt.«

»Deshalb konnte ich Sie nicht finden.«

»Und Sie, warum sind Sie nicht hergekommen?«

»Ich habe verschlafen, Garzón, ich habe verschlafen. Müssen Sie eigentlich alles wissen?«

Nach einer knappen Stunde war er da, zeigte sich aber nicht eben begeistert von der eilig einberufenen Sitzung.

»Machen wir heute eine Pizza?« fragte er.
»Jetzt ist keine Zeit für Pizzen.«
»Und die Tafel?«
»Es gibt auch keine Tafel. Wir müssen alle Möglichkeiten im Kopf haben, Garzón, sie uns vorstellen, sie uns einprägen, und wenn wir eine verwerfen, müssen wir fest davon überzeugt sein, daß das endgültig ist.«

Er sah mich etwas beunruhigt an, es war offensichtlich, daß er an diesem Morgen keine Lust hatte, die Realität so nahe an sich herankommen zu lassen. Doch als ich mein As aus dem Ärmel zog und ihm von dem Verhör mit Ricardo Jardiel erzählte, blieb ihm natürlich der Mund offenstehen.

»Vergessen Sie Ihr Phantom, Fermín, Juan Jardiel *war* der Vergewaltiger.«

»Und dann... Was ist mit seinem Tod und der letzten Vergewaltigung und dem Mord an Salomé?«

»Gehen wir etappenweise vor. Warum setzen Sie sich nicht?«

Er bat darum, sein Jackett ausziehen und die Krawatte lockern zu dürfen. Dann kratzte er sich mit dem Zeigefinger den Bart und hörte mir zu.

»Wahrscheinlich hat derjenige, mit dem er verabredet war, ihn ermordet und ihm die Uhr abgenommen.«

»Das ist es.«

»Jemand, der sich an ihm rächen wollte.«

»Sagen wir, ja.«

»Und die Uhr hat er ihm abgenommen in der Absicht, mit den Vergewaltigungen weiterzumachen und die Opfer genauso und mit demselben Instrument zu markieren.«

»So scheint es.«

»Aber, verdammt noch mal... Masderius?«

»Ich kann mir vorstellen, daß Masderius einen Detektiv

beauftragt, auch kann ich mir vorstellen, daß er Juan Jardiel umgebracht hat, aber auf keinen Fall halte ich ihn für fähig, ein junges Mädchen zu vergewaltigen und zu ermorden.«

»Das ist wahr, es ergibt keinen Sinn.«

Garzón stand auf, warf einen Blick nach draußen zu den Geranien und lief nervös auf und ab.

»Vielleicht sollten wir die Hypothese von den zwei Tätern nicht ganz verwerfen: Wir haben den Mörder von Jardiel und den Mörder des Mädchens. Was die Uhr anbelangt...«

»Keine Hypothesen, Garzón, diesmal keine Hypothesen. Gehen wir die Fakten noch mal durch. Wollen wir uns eine Pizza machen?«

»Lassen Sie jetzt die Pizzen, Petra, das ist nicht der richtige Moment.«

Wir setzten uns einander gegenüber. Ich öffnete die Hände wie beim Abendmahl.

»Vier Mädchen sind vergewaltigt worden. Sie wurden mit einer seltsamen Blume auf dem Arm markiert. Durch einen Zeugen haben wir den mutmaßlichen Täter gefunden, aber er ist uns entwischt. Ein paar Tage später taucht er ermordet wieder auf. Kurze Zeit danach finden wir das erste Opfer, erneut und auf dieselbe Weise vergewaltigt – und ermordet.«

»Nicht ganz genauso wie beim ersten Mal, die zweite Vergewaltigung wurde mit einem Gegenstand verübt.«

»Genau. Letzten Endes haben wir auf einen neuen und vertrauenswürdigen Zeugen gezählt, der uns versicherte, daß Juan der Vergewaltiger war. Große Überraschung. Warum große Überraschung? Die Abfolge der Ereignisse hatte uns glauben gemacht, daß Juan unschuldig war.«

»Nach seinem Tod gab es eine weitere Vergewaltigung,

und die Uhr mit den Stacheln hat man auch nicht bei ihm gefunden. Das war Grund genug zu glauben, er sei unschuldig gewesen.«

»Genau, wir fanden die Uhr nicht, aber nicht nur das, zudem war sein Handgelenk nicht nackt. Hätte er nichts am Handgelenk getragen, hätten wir annehmen müssen, daß jemand das Werkzeug geklaut hätte. Aber nein, die Leiche trug eine Uhr.«

»Eine ganz gewöhnliche Uhr, die ihm seine Verlobte geschenkt hatte.«

Ich schwieg.

»Eine Uhr, von der seine sonderbare und hyperdominante Mutter nichts wußte.«

»Eine Kleinigkeit, die uns entgangen ist.«

»Sie sehen ja, es ist uns noch mehr entgangen, zum Beispiel, daß Juan schon lange heimlich seinen Vater besuchte. Trotzdem, wenn der Vater uns bestätigt hat, daß Juan die Uhr mit den Stacheln getragen hat, als er die Kneipe verließ, warum, zum Teufel, trug dann die Leiche eine andere?«

»Vielleicht trug er beide.«

»Nein, niemand trägt zwei Uhren, wenn er lästige Fragen vermeiden will. Ich bin mir sicher, daß der Mörder ihm die Uhr mit den Stacheln abgenommen und sie woandershin gebracht hat.«

»Und woher konnte der Mörder die Uhr haben, die Juans Verlobte identifiziert hat?«

»Das ist eine gute Frage.«

»Glauben Sie, die junge Frau hat gelogen, weil sie ihren Verlobten decken wollte?«

»Schauen Sie, Garzón, ich glaube nur, daß die Person, die ihn ermordet hat, wollte, daß Juan Jardiel unschuldig wirkt. Sie hat ihm die verräterische Uhr abgenommen, ihm irgendeine andere angelegt und, damit der Verdacht ganz aufgelöst wird, erneut vergewaltigt und markiert.«

Garzón kratzte sich am Haaransatz.

»Und wer könnte ihn von Schuld befreien wollen und ihn gleichzeitig ermorden? Außerdem, die gefundene Uhr war nicht irgendeine, sondern die, die ihm seine Verlobte geschenkt hat.«

»Die, von der die Verlobte *sagt*, daß sie sie ihm geschenkt hat.«

Wir schwiegen. Garzón schüttelte den Kopf, als hätte er in eine Zitrone gebissen.

»Ich glaube, ich weiß, was wir als nächstes tun werden.«

»Ja?«

»Luisa befragen.«

»Sie irren sich. Unser nächster Schritt wird sein, uns endlich die verfluchte Pizza zu machen. Diesmal dürfen wir nichts überstürzen, wir müssen genau abwägen, ob wir Luisa im Guten befragen oder ...«

Das Telefon klingelte. Ich nahm ab, nickte, nickte ... Garzóns runde Augen verfolgten jede meiner Bewegungen und begannen mich nervös zu machen. Ich legte auf.

»Es war García del Mazo, er erwartet uns im *La jarra de oro* zum Essen.«

»Warum haben Sie ihn nicht zum Teufel geschickt?«

»Ruhig, Fermín.«

»Werden Sie ihm etwas erzählen?«

»Nur von Jardiels Aussage, aber kein Wort über unsere Mutmaßungen.«

»Das kommt nicht in Frage, Sie werden ihm gar nichts sagen.«

»Und die gemeinsame Leitung?«

»Mir geht die gemeinsame Leitung auf den Geist; dieser

Kerl kann nicht kurz vor Abschluß des Falls daherkommen und sich die Medaillen anstecken wollen.«

»Ich verspreche Ihnen, daß wir den Fall lösen werden, auch wenn der Kerl unsere Punkte einstreicht.«

»So werden Sie in Ihrem verdammten Leben nie aufsteigen.«

»Wer hat Ihnen gesagt, daß ich aufsteigen will?«

Wir schnappten uns unsere Mäntel und gingen los.

»Regen Sie sich nicht auf, Garzón, das mit der Pizza wäre ohnehin schwierig geworden, ich habe nur noch Oliven…«

»Eine Pizza mit Oliven und etwas Öl wäre nicht schlecht gewesen.«

»Ich bin sicher, daß Sie kulinarische Fähigkeiten besitzen, von denen Sie Ihr Leben lang nichts gewußt haben.«

Er knurrte und legte den ersten Gang ein, er war verstimmt.

Das Essen zog sich ewig hin. García del Mazo ließ sich darüber aus, wie wichtig in der Polizeipraxis neben allen Technologien der menschliche Faktor sei. Im Grunde war er kein schlechter Kerl, er hatte sich nicht einmal über unser Fehlen bei der ersten Zusammenkunft geärgert. Irgendwie war er sogar sympathisch, er war nur zum falschen Zeitpunkt aufgetaucht, er unterbrach und verzögerte den Ermittlungsprozeß. Ich war davon überzeugt, daß wir kurz vor der Lösung unseres Falls standen, und es störte mich, daß ich ihm Erklärungen liefern mußte, und er im Verlaufe der noch ausstehenden Ermittlungen wie eine Klette an uns hängen würde. Garzón bedachte seinen neuen Chef mit mörderischen Blicken, und ich hatte Schwierigkeiten, seinen Ausführungen zu folgen. Meine Gedanken kreisten ständig um dasselbe: Nur eine Person konnte an der öffentlichen Rehabilitierung Jardiels interessiert sein, und diese Rehabilitierung trug zwangsläufig den Tod in sich.

Als ich García del Mazo wieder zuhören konnte, sagte er gerade: »Das mit Juans Vater ist sehr wichtig, Kinder. Ich werde ihn auch verhören, um zu sehen, ob er sich in Widersprüche verstrickt. Wer weiß, ob er uns nicht auf eine falsche Fährte führt? Dieser Typ ist sehr verdächtig. Außerdem werde ich eine Zeichnung von der Uhr auf dem Computer anfertigen lassen. Sie wird hervorragend, so werden übrigens auch die Phantombilder gemacht. Im Zuge einer solchen Untersuchung muß man viele Dinge berücksichtigen, Informationen von anderen Abteilungen anfordern, nachbohren, drängen, andernfalls wird man als unfähig abgestempelt.«

Garzón sah mich an. Ich lächelte.

»Man merkt, daß du Erfahrung mit internen Angelegenheiten hast, Ramón.«

Er sah mich stolzgebläht an.

»Ich kann dir versichern, daß mich heutzutage niemand mehr Lügen straft.«

»Ist das ein Angeber«, sagte Oberkommissar Garzón, als wir die Kneipe verließen.

»Schluß mit den Feindseligkeiten, machen wir uns lieber an die Arbeit. Wie spät ist es?«

»Viertel vor fünf.«

»Nun, dann müssen wir warten, bis die Läden schließen.«

Wir fuhren zu dem Supermarkt, in dem Luisa arbeitete. Garzón parkte so weit entfernt, daß wir die Tür im Auge behalten konnten, aber niemandem unsere Anwesenheit auffiel. Wir schalteten das Radio ein und widmeten uns dem, was Polizisten bei einer Überwachung zu tun pflegen: Wir rauchten. Ich stieß kleine einzelne Wölkchen aus, während mein Kollege alles in dicke Schwaden hüllte. Fünf vor acht kamen die letzten Kunden aus dem Geschäft, und um acht wurde das Gitter heruntergelassen. Eine halbe Stunde später verließ das Personal den Laden durch eine Seitentür. Luisa war allein; sie hatte es offensichtlich nicht eilig, nach Hause zu kommen. Wir sahen sie weggehen und sich wie einen Pinselstrich auflösen.

»Und dieses Mädchen soll jemanden umbringen können?«

Ich nickte schweigend, denn ich war ganz auf Luisas elastische und große Schritte konzentriert, gefangen von der Silhouette, bis ich ihren braunen Mantel nicht mehr sehen konnte.

»Haben Sie das bedacht, Petra?«

»Ich habe es bedacht.«

Alles lief gut. Der Geschäftsführer kam als letzter heraus, und während er die Schlüssel suchte, stiegen Garzón und ich aus, gingen zu ihm und gaben uns als Kripobeamte zu erkennen.

»Arbeitet Luisa López bei Ihnen?«

»Sie ist gerade gegangen.«

»Sehen Sie, sie hat uns gesagt, daß sie hier ein Beweisstück aufbewahrt, und wir hatten vereinbart, daß... Wir haben uns ein bißchen verspätet. Sie hat nichts für uns hinterlegt?«

»Nein.«

»Haben Sie eine Ahnung, wo sie ihre Sachen haben könnte?«

»Jeder Angestellte hat einen eigenen Spind, aber wenn sie nicht da ist...«

Ich lächelte: »Ersparen Sie es uns, extra einen Durchsuchungsbefehl zu besorgen, es dauert nur einen Augenblick.«

Mißtrauisch trat er zur Seite und ließ uns hinein. Durch einen Flur voller Kartons führte er uns in die Hinterräume des Ladens. Schließlich standen wir in einem ziemlich großen Zimmer, in dem neben Putzgerätschaften eine Reihe von Metallspinden aufgestellt war.

»Ich glaube, die Nummer zwölf ist ihrer.«

»Haben Sie einen Zweitschlüssel?«

Er verschwand, eindeutig verärgert, und kam kurz darauf mit einem Schlüsselbund zurück. Er suchte einen heraus und gab ihn mir.

»Würde es Ihnen was ausmachen, uns allein zu lassen? Wir sind sofort fertig.«

Seine Voreingenommenheit umgab ihn wie eine Aura. Er ging unwillig hinaus. Ich sah Garzón an.

»Machen wir uns an die Arbeit.«

Seine Augen waren groß wie Kinderaugen vor dem Ende eines Märchens. Als ich den Schrank öffnete, drang ein intensiver Geruch nach billigem Kölnisch Wasser an unsere Nasen. Garzón hatte sich hinter mich gestellt und sah mir über die Schulter, ich spürte seinen keuchenden Atem. Auf einem Bügel hing Luisas Uniform, ein blaues Jackett. Auf dem Boden lagen verschiedene Kosmetikartikel, ein Handtuch, ein Haarreif und ein Haufen sorgfältig aufeinandergestapelter Zeitungsartikel.

»Lassen Sie uns nachsehen, was die Zeitungen schreiben.«

»Einen Moment, Fermín.«

Aber es war sinnlos, Ruhe anzuordnen, Garzóns übliche Zurückhaltung war in Ungeduld umgeschlagen. Ich begriff, daß er sich wie ein Marionettenspieler fühlte, der zu langsam ist. Also trat ich einen Schritt zurück und forderte ihn auf: »Machen Sie weiter.«

Sofort warf er sich auf die Papiere und begann zu blättern. Diese Seiten enthielten Informationen über den Fall, etwas sehr Logisches, das nichts bewies. Im Inneren des Schrankes gab es eine kleine Schublade, die er durchwühlte. Er zog zwei bunt eingewickelte Pralinenschachteln, einen Spiegel und einen Kamm hervor.

»Hier ist nichts.«

Er zog die Schublade ganz heraus und steckte die Hand in die Höhle. Nach kurzem Tasten fischte er ein kleines Bündel aus Taschentüchern heraus. Zuerst hielt er es mir vor die Nase, dann wickelte er es auf, wobei er darauf achtete, den Inhalt nicht zu berühren. Da war sie, die verfluchte Uhr, das Werkzeug, mit dem man Blumen stechen konnte, die Waffe des Vergewaltigers.

»Sehen Sie das, Petra?« fragte Garzón unnötigerweise mit unsicherer Stimme.

Es war genau zu erkennen, wie das Zifferblatt in den Kreis aus Stacheln eingelassen war, aber wir durften es nicht anfassen, solange der Erkennungsdienst es nicht untersucht hatte. Ich empfand Vergnügen und Neugier, aber gleich darauf erschrak ich. Etwas Abstraktes hatte sich materialisiert, hatte reale Existenz angenommen. Wir hatten mit den Teilen eines grausamen Puzzles gespielt, und jetzt war es fast vollständig. Diese Stacheln durchlöcherten Haut, hatten sich in schutzlose Arme gebohrt und Blut fließen lassen. Plötzlich erklang eine kräftige Stimme hinter uns.

»Was tun Sie hier?«

Ich drehte mich um, am Rande der Hysterie. Es waren zwei Streifenpolizisten der Nationalpolizei.

»Was zum Teufel sucht ihr?«

»Ganz ruhig, Kollegen«, sagte Garzón.

Der Geschäftsführer hatte die Polizei gerufen. Völlig normal, unser Verhalten war so verdächtig gewesen, daß er keine Alternative gesehen hatte. Wir mußten uns ausweisen und ein paar vage Erklärungen geben. Panisch dachte ich daran, daß diesem Mann auch eingefallen sein konnte, Luisa zu informieren. Wir baten die Kollegen, uns zu ihr zu begleiten, um sie festzunehmen. Sie stiegen in ihren Streifenwagen und folgten uns.

»Mein Gott! Es scheint, als wäre dieses Mädchen die Mörderin, aber wessen?« sagte Garzón.

»Wir wissen es noch nicht, aber alles deutet darauf hin, daß sie Juan ermordet hat. Niemand außer ihr konnte wissen, wo er war, und ihm die Uhr abnehmen.«

»Und die Vergewaltigung?«

»Sie haben es viel zu eilig, wir müssen sie erst einmal festnehmen und verhören.«

Mit seinem edlen Elefantenschädel konnte er gleichzeitig Auto fahren und bittere Schlußfolgerungen ziehen.

»Den eigenen Verlobten ermorden, ihren Bruder, glauben Sie wirklich, daß sie das gewagt hat?«

»Sie ist ziemlich hart, erinnern Sie sich an das, was Ricardo Jardiel erzählt hat? Sie wollte nicht einmal ihre leibliche Mutter sehen, sie war nicht bereit, ihr zu verzeihen.«

Beim Gedanken an die dunklen Seiten des Menschen schüttelte er empört und philosophisch den Kopf.

»Das menschliche Wesen, wie kompliziert!«

Wir kamen zur Wohnung der Jardiels. Luisa war nicht geflüchtet, sie öffnete selbst die Tür. Ihr Ausdruck war ganz normal, aber eine Sekunde später sah sie die Streifenpolizisten hinter uns, und ihr Blick wurde reserviert.

»Luisa, du mußt uns aufs Kommissariat begleiten.«

»Warum?«

Garzón steckte die Hand in die Jackentasche, zog das kleine Bündel heraus und hielt es ihr hin.

»Wir haben das in deinem Spind im Supermarkt gefunden.«

Sie senkte die Augen, und ihr Gesicht wurde von einem leichten rötlichen Schimmer überzogen.

»Ich hole meinen Mantel.«

In diesem Moment kam Señora Jardiel heraus. Sie sah uns mürrisch an.

»Was tun Sie schon wieder hier?«

»Luisa muß mit uns kommen, sie muß eine Aussage machen.«

Das Mädchen ging wortlos an ihr vorbei.

»Eine Aussage, um diese Zeit? Kommt nicht in Frage! Wir essen gleich zu Abend. Haben Sie sich nicht schon genug in unser Leben eingemischt?«

»Es ist sehr ernst, Señora, sie muß mitkommen.«

Luisa holte ihren Mantel.

»Wo willst du hin?«

»Ich gehe mit ihnen, Mutter, ich komme später wieder.«

»Du bewegst dich nicht von der Stelle.«

Sie waren einen Moment lang wie gelähmt. Die Frau hielt ihre Pflegetochter am Arm fest, diese hob den Kopf und sah sie an.

»Lassen Sie mich, Mutter, ich muß gehen«, sagte sie leise.

Garzón schob sie sanft zur Tür hinaus. Ich trat einen Schritt vor.

»Wir werden Sie vom Kommissariat aus benachrichtigen, wann Sie Ihre Tochter sehen können.«

Sie sah mich mit glühenden Augen durchdringend an.

»Ich spucke auf Sie«, sagte sie und spuckte mir vor die Füße. Ich nickte erbittert, wandte mich ab und ging. Das Zuschlagen der Tür dröhnte durch das erbärmliche Treppenhaus. Immer zwei Stufen auf einmal nehmend lief ich hinunter, als würde ich aus der Hölle entfliehen. Verfluchte Herkunft, verfluchte Schuld, die nie ans Licht kommen würde. Diese Frau hatte ihren dichten Schatten geworfen wie ein großer Baum, unter dem nie die Sonne scheint und alles verfault.

Mir blieb nichts anderes übrig, als García del Mazo darüber zu informieren, daß wir das Mädchen festgenommen hatten. Sofort berief er eine Zusammenkunft vor dem Verhör ein. Garzón war wütend. Er wies uns auf das übliche Vorgehen hin, daß die Festgenommene einem psychologischen Test zu unterziehen sei. Wichtig bei dieser Methode war nicht, daß die Psychologen irgendwelche Persönlichkeitsmerkmale herausfanden, sondern daß Zeit verging, damit die Person zusammenbrach. Es hatte sich offenbar erwiesen, daß dies eine entscheidende Phase war, um die im letzten Moment erdachten Strategien der Beschuldigten zunichte zu machen; zudem bot sie den Beamten die Möglichkeit, sich auf das Verhör vorzubereiten und die Angelegenheit ohne die Voreingenommenheit, die aus der Euphorie der Festnahme resultierte, angehen zu können.

Luisa brauchte zwei Stunden, bis sie Fragen wie »Was würden Sie im Falle eines Schiffbruchs tun?« beantwortete. Währenddessen untersuchten die Sachverständigen die Spuren auf der Uhr. Fest stand, daß García del Mazo an dem Verhör teilnehmen würde. Als Oberkommissar Garzón das erfuhr, lief sein Gesicht krebsrot an.

»Das ist unerhört! Er hat kein Recht, sich jetzt einzumischen.«

»Lassen Sie ihn, Fermín, wir wissen doch gar nicht, was rauskommt.«

Er sah mich giftig an und bemitleidete mich wegen meiner Naivität.

Als ich Luisa sah, kam es mir so vor, als wäre sie in dieser Zeit schlanker geworden. Ihr kräftiger Körper war zusammengesunken, und unter den gleichgültigen Augen zeichneten sich dunkle Schatten ab. García del Mazo machte mir ein bedeutsames Zeichen, das besagen sollte: Sie ist fertig, sie wird nicht standhalten. Er ergriff die Initiative.

»Es ist wohl kaum nötig, dir zu sagen, daß leugnen nichts nützen wird, es ist besser, wenn du uns die Wahrheit sagst, schnell und ohne Umschweife. Willst du eine Zigarette?«

Luisa schüttelte den Kopf. Sie wirkte trotz ihres eingefallenen Aussehens gelassen.

»Die Sachverständigen haben bestätigt, daß die Uhr in deinem Spind dieselbe ist, mit der die vergewaltigten Mädchen markiert wurden. Warum war sie in deinem Besitz?«

»Jemand hat sie mir gegeben.«

»Wer?«

»Der Mann, der sie vergewaltigt hat.«

»Du weißt, wer es ist?«

»Ja, derselbe, der Juan ermordet hat.«

»Sag uns seinen Namen.«

»Den weiß ich nicht, Juan kannte den Typ.«

»Und er hat dir die Uhr gegeben?«

»Er hat sie mir geschickt.«

»Warum?«

»Weiß ich nicht.«

»Wer ist dieser Mann?«

»Weiß ich nicht.«

»Aber du weißt, daß er der Vergewaltiger ist und daß er Juan ermordet hat.«

»Er hat mich angerufen und es mir gesagt.«

»Erwartest du, daß wir dir das glauben?«

»Es ist die Wahrheit.«

García del Mazo drehte sich zu uns um und machte eine

verärgerte Handbewegung. Ich ging zu Luisa und fragte sie: »Wußtest du, daß Juan mit seinem Vater Kontakt aufgenommen hatte, daß er ihn besuchen ging und sie in seiner Kneipe zusammensaßen?«

»Nein.«

»Wußtest du…«

»Mit Ihnen will ich nicht reden. Sie sind an allem schuld, Sie haben ihn beschuldigt, und Ihretwegen ist er ermordet worden.«

»Täusch dich nicht, Schuld hat nur derjenige, der vergewaltigt und gemordet hat, sonst niemand.«

»Mit Ihnen will ich nicht reden, wenn Sie dableiben, sage ich kein Wort mehr.«

García del Mazo griff ein.

»Hauptkommissarin Delicado…«

Ich unterbrach ihn.

»Lassen Sie sie, wenn meine Anwesenheit das Problem ist, gehe ich.«

Garzón machte Anstalten, mir zu folgen, aber der Hauptkommissar hielt ihn zurück.

»Bleiben Sie, Garzón, vielleicht brauche ich Sie noch.«

Mein Kollege setzte eine Märtyrermiene auf und sah mir trübsinnig nach.

Ich setzte mich in den Flur. Deckte Luisa jemanden? Quälende, schmutzige Familiengespenster, die mit ihren Totenbildern den Haß eines ganzen Lebens nährten. Ein Fall für den großen Vater Freud. Ich ging zu dem diensthabenden Polizisten.

»War die Mutter der Festgenommenen hier?«

»Nein, Hauptkommissarin.«

»Hat sie angerufen oder nach ihr gefragt?«

»Ich werde nachsehen, aber ich glaube nicht.«

Einen Augenblick später kam er zurück.

»Nein, sie hat keinen Kontakt mit dem Kommissariat aufgenommen.«

»Ist gut. Wenn die Kommissare aus dem Verhör kommen, sagen Sie ihnen, ich hätte noch was zu erledigen gehabt.«

Er nahm in einer eiligen Bewegung Haltung an, und ich, beschämt darüber, Ziel solch soldatischen Benehmens zu sein, ging schnell davon.

Señora Jardiel empfing mich ungern, was nichts Neues war, aber zumindest ließ sie mich ein und bat mich, im Wohnzimmer Platz zu nehmen. Keine einzige Frage kam ihr über die Lippen.

»Ihre Tochter wird des Mordes angeklagt werden.«

Nicht die geringste Reaktion.

»Des Mordes an Juan Jardiel.«

»Hat sie das gestanden?«

»Sie wird es gestehen. Wir haben bei ihren Sachen die Uhr gefunden, die der Vergewaltiger benutzt hat. Juan war der Vergewaltiger, sie hat ihn aus Rache umgebracht.«

»Und die Vergewaltigung danach und die andere Tote?«

»Das wird noch untersucht. Meine Kollegen verhören sie seit einiger Zeit; ich habe es vorgezogen, hierherzukommen.«

»Weswegen?«

»Wußten Sie, daß Juan Kontakt zu Ihrem Exmann hatte?«

Das undurchdringliche, steinerne Gesicht wurde rissig um die Lippen.

»Wußten Sie, daß er nach seinem Vater gesucht hat? Er tauchte in seiner Kneipe auf und gab sich zu erkennen. Sie haben sich oft getroffen, sie haben miteinander geredet, sie mochten sich. Als wir Ihren Sohn suchten, hat Ihr Exmann ihn versteckt..«

»Das ist nicht wahr.«

»Doch, das ist wahr; Ricardo Jardiel war in Haft, ich habe ihn vorgestern verhört, er hat mir das alles erzählt. Jetzt muß er mit einer Klage wegen Irreführung der Justiz und Komplizenschaft rechnen, weil er einem Flüchtigen geholfen hat.«

Sie rang die Hände im Schoß, stand auf und verließ das Zimmer. Kurz darauf kam sie mit einer Metallschachtel zurück. Sie setzte sich und öffnete sie: lauter Fotos, die sie eins nach dem anderen auf den Tisch legte. Fotos von Luisa und Juan als Kinder. Zwei große und traurige Kinder, in abgetragener Kleidung und schweren Schuhen. Nebeneinander auf dem Balkon. Juan allein, aufrecht, ein bißchen pathetisch, mit einem verlorenen Blick, der zwischen Lächeln und Angst schwankte. Erneut die beiden nebeneinander auf der Plaza de Cataluña, umgeben von Tauben, die ihnen die Hände und den Kopf pickten. Gehorsame Marionetten ohne jeden Charme, die resigniert und sprachlos das Knipsen über sich ergehen lassen. Nicht eine spontane Aufnahme von einer vergnügten Spielszene. Ich empfand Mitleid mit ihnen: die Unglücklichen, wir Unglücklichen, die wir mit jeder Generation den Haß und die Sünde erben, um sie unbewußt zum eigenen Schrecken zu machen. Sie hielt mir eine Vergrößerung vor die Nase. Es war Luisa in einem pompösen Kommunionkleid.

»Es hat ihnen nie an etwas gefehlt, niemals. Ich habe mir die Beine ausgerissen, verstehen Sie, für sie habe ich mir die Beine ausgerissen, ohne Hilfe, ohne zu protestieren, ich habe nicht einmal den Nachbarinnen von meinem Kummer erzählt, weil niemand uns bedauern sollte. Ein Leben lang, das ganze Leben.«

Ihre Stimme war trocken und fest, nicht ein Schwanken, nicht ein Schluchzer.

»Aber am Ende ist alles, wie es ist. Der Sohn ist ein Schwein, sie eine Hure, was soll man erwarten? Ich wußte immer, daß so was passieren würde. Jeden Tag, wenn ich aufwachte, habe ich mich gefragt, ob das der Moment ist, in dem sie die Wahrheit aufdecken. Daß er vergewaltigt hat? Wundert mich nicht. Daß sie getötet hat? Ich nehme an, sie ist fähig dazu. Ich will nichts davon wissen, verstehen Sie? Ich habe getan, was ich konnte, ich habe ein reines Gewissen. Jetzt ist es, als wären beide tot.«

»Begleiten Sie mich zum Kommissariat, Señora Jardiel. Sie müssen mit Ihrer Tochter reden.«

»Ich habe keine Tochter.«

»Wollen Sie sie nicht wenigstens einmal sehen?«

Ihre ohnehin schreckliche Miene wurde noch bitterer. Sie dachte nach.

»Ja einmal. Danach bitten Sie mich um nichts mehr.«

Das war das letzte, was sie sagte. Auf der ganzen Fahrt zum Kommissariat schwieg sie und verschanzte sich in ihrem abgetragenen Mantel, der nach Staub roch. Ich fragte den Wachpolizisten, ob meine Kollegen noch beim Verhör der Tatverdächtigen seien.

»Hauptkommissar García del Mazo ist gerade rausgekommen, Oberkommissar Garzón ist noch bei dem Mädchen, ich glaube, sie unterschreibt die heutige Aussage.«

Ich betrat das Büro und nahm Garzón beiseite.

»Hat sie etwas Neues gesagt?«

»Nicht ein Wort.«

»Suchen Sie García del Mazo, und kommen Sie beide wieder her. Ich glaube, es wird etwas Entscheidendes geschehen.«

Er machte Anstalten zu gehen.

»Oberkommissar … lassen Sie sich Zeit, verstehen Sie?«

Er nickte und ging. Luisa sah uns nicht einmal an. Ich

ließ ihre Mutter rufen. Kaum daß sie sie erblickte, entspannten sich ihre Gesichtszüge, aber sie sagte nichts. Sie standen einander gegenüber.

»Hallo, Mutter, wie geht es Ihnen?«

Ihre Stimme klang unsicher, ängstlich, Zuwendung einfordernd.

»Du hast Juan umgebracht, nicht wahr?«

Luisa riß panisch die Augen auf.

»Nein, hören Sie nicht auf die, ich war es nicht.«

»Du hast ihn umgebracht, weil er ein Schwein war, nicht wahr?«

»Nein!«

»Das hast du gut gemacht, jetzt fehlt nur noch, daß du stirbst. Ich bin hergekommen, um dir zu sagen, daß du nicht auf die Idee kommen sollst, mich anzurufen, nach Hause zurückzukehren oder mir überhaupt unter die Augen zu treten. Schade, daß ich das Brot, mit dem ich euch großgezogen habe, nicht an die Hunde verfüttert habe. Mehr habe ich dir nicht zu sagen.«

Sie sah mich an.

»Kann ich jetzt gehen?«

Ich nickte. Mein Puls war beschleunigt, und ich bemühte mich, meine Atmung in den Griff zu bekommen. Sie warf die Tür hinter sich zu. Luisa setzte sich hin. Ich zündete mir eine Zigarette an. Das war der Augenblick zum Angriff.

»Du siehst ja, wie die Dinge liegen, Luisa.«

Ihre Schultern waren eingefallen, der Blick auf den Boden geheftet.

»Sie haben ihr gesagt...«

»Ich habe ihr gar nichts gesagt, aber begreifst du nicht? Der Richter wird dich des Mordes anklagen, die Beweise, die er hat, reichen aus. Und Juan werden sie wegen Vergewaltigung anklagen. Glaubst du, die Dinge kommen nicht ans Licht, wenn du nicht redest?«

Es schien mir, als füllten sich ihre Augen mit Tränen.

»Deine Mutter weiß von der Uhr, meinst du, die Uhr ist nicht Beweismittel genug? Glaubst du wirklich, daß dir jemand die Geschichte mit dem unbekannten Mann abnimmt? Mein Gott, Luisa, kehr in die Wirklichkeit zurück, die Sache ist aufgeflogen, geht dir das nicht in den Kopf? Es ist aus!«

Die Tränen begannen über ihre Wangen zu kullern.

»Deine Mutter weiß es, ich weiß es, alle wissen wir, daß du Juan ermordet hast, das einzige, was wir noch herausfinden müssen, ist, ob dir jemand geholfen hat und ob dieser Jemand danach Salomé vergewaltigt und ermordet hat.«

Sie bedeckte ihr Gesicht mit den Händen. Ich vermißte Garzón.

»Du liebst deine Mutter sehr, nicht wahr, Luisa?«

Sie stieß den ersten Schluchzer aus.

»Du liebst sie, und du weißt, daß ihr die Reputation sehr wichtig ist, stimmt's? Deshalb bist du so erschrocken, als du erfahren hast, daß Juan ein polizeilich gesuchter Vergewaltiger ist. Später rief er dich aus seinem Versteck an, und du hast beschlossen, ihn zu töten. Das war die einzige Möglichkeit, seine Ehre zu retten und eure Mutter vor diesem Alptraum zu bewahren. Du hast dich mit ihm verabredet. Es war sinnlos, daß er dir seine Unschuld beteuerte. Du hast seine Perversion geahnt, du hattest die Pornoblätter gesehen, die er in seinem Zimmer versteckt hatte, du wußtest, daß er merkwürdig war, daß er verklemmt war. Es war einfach für dich, ihn zu erdolchen. Wie hatte er nur so tief sinken können? Danach hast du ihm die Uhr abgenommen und sie durch eine neue ersetzt, die du gerade gekauft hattest. Der erste Schritt, um der Öffentlichkeit zu beweisen, daß er nicht schuldig war. Der zweite war es, Salomé umzubringen und sie zu vergewaltigen, so würde jeglicher Verdacht von ihm genommen. Wer hat dir geholfen, Luisa?«

Sie ließ die Hände sinken und hob den Kopf. Ich erschrak, ihr Gesicht war verschwollen und gerötet.

»Ich war es allein«, flüsterte sie.

Die Worte kamen langsam und deutlich aus ihrem Mund.

»Ich mußte sie töten, damit sie nicht mehr reden konnte.«

»Und du hast sie vergewaltigt?«

»Nachdem ich sie umgebracht hatte, ja, mit einem großen Türgriff, den ich zuvor im Eisenwarenladen gekauft hatte.«

»Aber warum gerade dieses Mädchen, warum nicht irgendeine andere, zufällig ausgesuchte?«

Zerstreut schaute sie zur Tür. Ich wiederholte die Frage.

»Es war mir egal, und bei dieser war es einfach: Im Fernsehen hatten sie gesagt, um welche Uhrzeit sie vergewaltigt worden war, wo sie wohnte, welchen Weg sie jeden Abend nahm. Wozu noch weiter suchen?«

Erschreckend. Es war so simpel, so offensichtlich, und es hätte vermieden werden können. Wir schwiegen, beide starrten wir auf den abgetretenen Fußboden des Raumes.

»Du wirst diese Aussage wiederholen und alle Fragen des Richters beantworten müssen, Luisa.«

»Werde ich zum Tode verurteilt?«

»In diesem Land gibt es keine Todesstrafe mehr.«

»Gut, dann werde ich ins Gefängnis kommen.«

»Du wirst verurteilt werden.«

»Im Gefängnis wird es gut sein.«

Sie weinte nicht, sie reagierte nicht, sie sagte nichts mehr.

Ich stand langsam auf und ging hinaus. In diesem Moment kamen Garzón und García del Mazo zurück.

»Wo haben Sie denn gesteckt?«

Garzón gestikulierte übertrieben herum.

»Es war lächerlich, wirklich, eine halbe Stunde Versteckspielen mit dem Hauptkommissar. Suchte ich ihn im Archiv, war er gerade gegangen. Ob er wohl einen Kaffee trinken gegangen war? Da sind wir uns dann über den Weg gelaufen. Ich dachte schon, wir würden uns nie mehr wiedersehen.«

García del Mazo hörte gar nicht zu.

»Was ist passiert?« fragte er mich.

»Luisa hat gerade gestanden.«

»Wie hast du denn das geschafft?«

»Ich habe ihre Mutter herkommen lassen, sie war sehr hart zu ihr, und da ist sie zusammengebrochen.«

»Wunderbar! Ist sie da drin?«

»Nimm die Aussage schriftlich auf, ich bin nicht ins Detail gegangen.«

Er stürzte in den Raum. Garzón und ich blieben zurück. Ich ging zu einer Bank und ließ mich daraufplumpsen.

»Geht es Ihnen gut, Petra?«

»Geben Sie mir eine Zigarette, ich habe meine drinnen vergessen.«

Er suchte eifrig das Päckchen und zündete mir eine an.

»Perfekt, Garzón, Sie haben es gerade so lange hingezogen, daß es noch wahrscheinlich aussieht.«

»Petra, ich wußte ja, daß Sie…«

Er unterbrach sich.

»Sie hat also gestanden.«

»Sie hat gestanden, daß sie Juan Jardiel und Salomé umgebracht hat.«

»Und die Vergewaltigung?«

»Sie hat einen Türgriff benutzt.«

»Nur aus Rache?«

»Und zur Ehrenrettung.«

»Die Ehre von wem?«

»Aller, Fermín, die ihrer Mutter, die Juans, ihre eigene … Die Ehre ist keine individuelle Angelegenheit, da sind alle betroffen, genauso wie bei der Korruption.«

Er nickte und dachte angestrengt nach. Ich rieb mir die Augen, mir war schwindelig, zuviel Tabak, zuviel Kaffee, ich war unendlich erschöpft.

»Ist was mit Ihnen?«

»Ich weiß nicht, das Leben ist so häßlich … Es ist alles so erbärmlich …«

Er legte seine Bärentatze auf meine Schulter und gab mir tapsige Klapse.

»Trösten Sie sich, Petra …«, sagte er. »So ist es immer gewesen.«

Das war ein trauriger Trost. Ich ließ meinen Kopf an seine Schulter sinken, und an seinen dick gefütterten Parka gelehnt fühlte ich mich besser.

## 14

Es gab jede Menge Befragungen, aber die des Psychiaters war am aufschlußreichsten. Luisa war für ihre Taten voll verantwortlich, keine strafmildernde Unzurechnungsfähigkeit, aber ihr Fall wurde als psychologisch kompliziert eingestuft. Eine traumatische Erfahrung wie das Verlassenwerden von den Eltern hätte ausgereicht, um ihr einen ersten Knacks zuzufügen, aber später war alles noch viel schlimmer gekommen. Ihre Pflegemutter hatte den Weg geebnet für eine Entwicklung, die ans Pathologische grenzte: ein Leben unter der absoluten Herrschaft einer verhärteten, verbitterten und haßerfüllten Frau. Permanent daran erinnert, daß sie eine angenommene Tochter war, lebender Beweis für eine Sünde, die Tochter der Frau, die das Unglück in diesem Haus mit verursacht hatte. Eine kastrierende Erziehung auf der Basis von Angst und Schuld, voller sexueller Repressionen, begleitet von einem absoluten Mangel an Zärtlichkeit. Und neben ihr Juan. Zwischen ihnen war ein Gefühl der Komplizenschaft und der Zärtlichkeit entstanden, beide neigten zur Glorifizierung der Mutterfigur, zu einer Ehrfurcht vor ihren Prinzipien, die als einzige Rettung vor der ihnen aufgestempelten Schuld galten. Schreckliche Widersprüche zu den echten Wünschen, zum natürlichen Pulsschlag des Lebens. Laut dem Psychologen war Jardiel bei den Vergewaltigungen ergriffen gewesen von eben diesem nicht eingestandenen Haß auf seine Mutter, der sich gegen die ganze weibliche Sexualität richtete. Er markierte sie mit einem Zeichen von sich, von seinem Einfluß, er, dem es nicht einmal erlaubt gewesen war, ein Foto an die Wand seines Zimmers zu hängen. Bei ihm hatte es tatsächlich pathologische Züge angenommen. Er war ein Psychopath gewesen, der vor Gericht ganz sicher nicht für seine Taten hätte verantwortlich gemacht werden können.

Der Kriminalrat beglückwünschte uns.

»Fall abgeschlossen!« sagte er und rieb sich die Hände. »Und es war nicht leicht, das muß man sagen! Daß eine Frau eine Vergewaltigung begeht, kommt nicht alle Tage vor. Sie drei waren ein sehr gutes Team.«

»Danke, Señor... aber ich möchte darauf aufmerksam machen, daß Garzón und ich den Fall gelöst haben, ohne fremde Hilfe.«

»Dessen bin ich mir bewußt«, sagte er sehr ernst.

García del Mazo kam herein. Wir schwiegen, und er strahlte zufrieden.

»Bevor ich nach Gerona zurückkehre, möchte ich, daß wir zusammen zu Abend essen. Schließlich haben wir alles erledigt, ist es nicht so, Kollegen?«

»Ich denke, ja. Der Richter hat alle Tatverdächtigen ohne Auflagen freigelassen.«

»Dann können wir ja zufrieden sein. Fall abgeschlossen! Und was ist mit den Journalisten, wie verhalten wir uns? Man müßte eine Pressekonferenz einberufen. Natürlich können wir nach der Polemik, die dieser Fall ausgelöst hat, nicht einfach so einen Pressesprecher hinschicken, ich glaube, es käme dir zu, dort aufzutreten, Petra.«

»Mir? Kommt nicht in Frage! Ich habe mich die ganze Zeit aus Prinzip geweigert, mit denen zusammenzuarbeiten, und jetzt, wo der Fall gelöst ist, soll ich mich ins Rampenlicht stellen? Nein, ich will nicht, daß jemand denkt, ich suche Beifall.«

»Na dann... werde ich es tun müssen. Spricht irgend etwas dagegen?«

»Ich finde es in Ordnung.«

Der Kriminalrat sah mich ironisch an. Selbstverständlich kam García del Mazo nicht einmal auf den Gedanken, Garzón diesen Auftritt zu überlassen.

Den restlichen Tag erholten wir uns, oder zumindest hätten wir das tun sollen, aber es gestaltete sich ziemlich schwierig, mit meinem murrenden und fluchenden Kollegen ein bißchen Erholung zu finden. Daß García del Mazo vor der vierten Gewalt siegreich dastehen würde, war mehr, als er ertragen konnte.

»Ich wußte es, ich wußte, daß dieser Typ sich die Medaillen anstecken würde, die ihm nicht zustehen.«

Die Sache mit den Medaillen war eine echte Obsession von ihm. Ich witzelte umsonst, stellte Medaillen und ihre Nützlichkeit in Frage, malte scherzhaft Szenarien aus: Medaillen, von hinkenden Helden nach dreißig Jahren bei einem Umzug zur Schau gestellt, Olympiamedaillen, Medaillen von Hundewettbewerben oder mit dem Jesuskreuz. Er fand das überhaupt nicht witzig, sondern meinte, daß ich meine Ehre öffentlich wiederherstellen müßte, indem ich genau das Medium benutzte, das sie mir genommen hatte. Aber all diese Vorwürfe waren nichts weiter als ein tröpfelndes Bächlein. Als García del Mazo die Pressekonferenz zelebriert hatte, kam der Wasserfall, der ungebändigte Strom, das Hochwasser, die Überschwemmung, die Sintflut.

Die Lokalnachrichten aller Zeitungen stimmten mehr oder weniger in ihren Schlußfolgerungen überein. Einige sagten es ohne Umschweife, andere deuteten es nur an: Der Fall war gelöst worden, nachdem der Hauptkommissar aus Gerona zu dem Ermittlungsteam gestoßen war, ein erfahrener Mann mit modernen Methoden, ein echter Profi. Fehlte nur noch die Behauptung, daß García del

Mazo mit seinen Erklärungen dieses Fazit genährt hatte; zumindest hatte er es nicht geleugnet, ihm war es ganz recht. Über Nacht verwandelte er sich in eine populäre Figur, gewährte Interviews, ließ sich fotografieren und genoß die Augenblicke des Ruhms.

Ana Lozano machte in ihrer Sendung ein beträchtliches Spektakel daraus. Mit Hilfe von Schauspielern führte sie eine dramatisierte Rekonstruktion des Falls vor, die anzusehen ich mich weigerte. Aber Garzón erzählte mir, kein Detail habe gefehlt, alles sehr glaubhaft und sehr sorgfältig erarbeitet, ein Kunststück auf dem Gebiet der Kriminalreportage.

Schließlich erließ der Richter eine Nachrichtensperre für die Dauer des Verfahrens, um die Persönlichkeitsrechte der Angeklagten zu schützen. Ruhe zog ein. Luisa bekam im Gefängnis psychiatrische Hilfe. Sie litt an einer fortschreitenden Depression. Vergeblich bat der behandelnde Arzt die Pflegemutter, sie besuchen zu kommen. »Das werde ich nie tun«, antwortete eine würdige Señora Jardiel, die sich verbittert und sichtlich gealtert in ihrem Haus verschanzte. Eine schmutzige, traurige und vertrackte Geschichte, übel und finster.

García del Mazo kehrte nach Gerona zurück. Das vorgeschlagene Abendessen im Kollegenkreis kam nie zustande. Ich arbeitete mich wieder in meiner Abteilung ein, was mir nicht eben leichtfiel. Garzón und ich wurden immer wieder vom Richter und der Mordkommission gebeten, unserem Bericht Details hinzuzufügen und Erläuterungen abzugeben.

Obwohl die Presse verstummt war, war mein Kollege noch immer verärgert und kämpferisch, ziemlich unerträglich. Eines Tages hatte ich genug.

»Jetzt reicht's, Fermín! Die ganze Angelegenheit hängt

mir zum Hals raus. Es ist unwichtig, wer das Verdienst für sich reklamiert. Ich brauche es nicht, daß meine Ehre wiederhergestellt wird, Sie sehen ja, zu welchen Extremen die verdammte Ehre führen kann. Wenn Sie Ihre Laufbahn ausschmücken wollen, brauchen Sie nur den Erlaß des Richters zu umgehen und Ihre eigene Pressekonferenz einzuberufen. Dort können Sie dann alles geraderücken, aber mich erwähnen Sie nicht, verstanden?«

»Schade, daß Sie jetzt Ihre ganze Wut an mir auslassen!«

Er war ernsthaft sauer. Er drehte sich um und ging grußlos davon. Am nächsten Tag rief er mich im Archiv an.

»Was machen Sie nach Dienstschluß, Hauptkommissarin?«

»Was schlagen Sie vor?«

»Ein Bierchen im *La jarra de oro.*«

»Ich komme.«

Er erwähnte unsere Auseinandersetzung nicht, aber er war auch noch nicht wieder der alte, er hatte seinen bebenden Zorn gegen eine zynische Mutlosigkeit von existenzialistischem Zuschnitt eingetauscht.

»Alles ist Müll«, erklärte er, als er sein Bier absetzte.

»Was alles?«

»Die Polizei, die Pflicht, die Arbeit, alles.«

»Ach, vergessen Sie diese Geschichte. Bald wird alles seinen normalen Gang nehmen.«

»Petra.«

»Ja?«

»Ich muß Ihnen etwas sagen.«

»Nur zu, ich höre.«

»Hier am Tresen nicht, setzen wir uns dort drüben an einen Tisch.«

Ich nahm mein Glas und fragte mich, welche Mücke den

großen Stier nun wieder gestochen hatte. Wir setzten uns, und er sah mich an.

»Es geht um den Schmuggelfall.«

Ich machte ein verständnisloses Gesicht.

»Den Zigarettenschmuggel, erinnern Sie sich nicht?«

Ich nickte.

»Von Spitzel zu Spitzel bin ich zum Kern der Sache vorgedrungen. Ich weiß, wo sich die Ladungen befinden, wie sie vorgehen und mit wem sie Kontakt haben.«

»Das ist wunderbar! Ich habe allerdings auch nichts anderes von Ihnen erwartet.«

»Jetzt kommt das, was ich Ihnen erzählen muß. Sie haben mir Geld für mein Schweigen angeboten, und ich weiß nicht, was ich tun soll.«

Ich war überrascht.

»Viel Geld?«

»Einen ganzen Haufen.«

Ich trank einen Schluck und legte meine Hände auf dem Tisch übereinander.

»Nehmen Sie es an, Garzón. Wie Sie eben schon sagten, das mit der Pflicht ist nichts weiter als Selbstbetrug.«

»Schweigen und bei der Polizei bleiben, kommt nicht in Frage, dazu wäre ich nicht fähig. Wenn es rauskommen sollte, könnte ich mit dieser Schande nicht weiterleben. Wenn, müßte ich abhauen, das Geld nehmen, über die Grenze gehen und an einem anderen Ort neu anfangen. Ich glaube, die Summe würde dafür ausreichen.«

»Scheint mir keine schlechte Idee. Nehmen Sie das Geld und gehen Sie. Gehen Sie in die Vereinigten Staaten zu Ihrem Sohn.«

»Ach nein, was soll ich denn dort? Es sei denn… es sei denn, Sie kommen mit, Petra.«

In meinem Kopf klingelte es.

»Ich?«

»Sie sprechen englisch, und Sie verändern sich gern. Wir könnten eine spanische Kneipe aufmachen, so was wie das *Efemérides*. Ich mache Ihnen keine Liebeserklärung, Petra, das würde ich nicht wagen. Wir hätten beide unsere eigene Wohnung. Aber wir sind zwei Einsiedler, wir ergänzen uns gut, wir würden einander Gesellschaft leisten.«

Ich lächelte, strich mir das Haar aus dem Gesicht und pustete.

»Sie haben mich ganz schön überrumpelt, ich weiß nicht, was ich sagen soll... es ist kompliziert. Sehen Sie, mit diesem verfluchten Fall habe ich gerade ein heilsames Bad in der Realität genommen. In solchen Momenten wünsche ich mir nur, ein geordnetes Leben zu führen, die Geranien zu gießen und allein zu sein. Die kleinen alltäglichen Dinge erscheinen mir wie ein Privileg. Ich glaube, diesmal möchte ich meine Pläne nicht ändern, jetzt sehe ich sie mehr denn je als richtig an, und ich glaube, ich täusche mich nicht. Nein, vorläufig werde ich so weitermachen, Fermín.«

Ein ordentlicher Schluck Bier lief seine Kehle hinunter.

»Ich verstehe.«

»Und Sie, werden Sie es wagen?«

»Ich muß ernsthaft darüber nachdenken, ich kann es nicht mehr lange hinauszögern.«

Wir schwiegen verlegen.

»Ich danke Ihnen aufrichtig für dieses Angebot.«

Er winkte ab.

»Ich meine es ernst. Und ich will, daß Sie wissen, daß Sie ein wunderbarer Mann sind, ein perfekter Kollege, ein echter Schatz. Aber ich würde Ihnen nur das Leben schwer machen.«

»Das habe ich mir immer gewünscht, ein paar Komplikationen!«

»Hören Sie auf mich, versuchen Sie es allein, Fermín, Sie werden bestimmt Glück haben.«

Er lachte auf.

»Vielleicht tue ich es, verdammt noch mal, binnen einer Woche werde ich mich entscheiden. Vielleicht mache ich unter der Freiheitsstatue einen Paella-Imbiß auf.«

Er säuberte sich die dicken Lippen, die gepolstert und gemütlich aussahen wie Stuhlkissen.

Am selben Samstag luden Pepe und Hamed uns zum Abendessen ins *Efemérides* ein, und als die Bestellungen der Gäste nachließen, setzten sie sich zum Nachtisch und zum Tee zu uns. Sie waren von der Lösung des Falls sehr beeindruckt. Hamed befürchtete, daß alle Frauen sich durch diese Geschichte angeregt fühlen könnten, ihre Ehre und die ihrer Männer auf diese Weise zu retten. Wenn das geschähe, gäbe es ein Gemetzel, denn seiner Meinung nach ist die Frau in ihren Entscheidungen unbeugsam und bereut nie etwas.

»Soll das heißen, daß dir die Frau nicht mehr wie eine Blume vorkommt?«

»Für mich wird sie das immer sein, zumindest solange ich an die Liebe und an die Zärtlichkeit glaube.«

»Die Liebe war hier auch nicht rein«, kommentierte ich. »Sie ist ambivalent, krankhaft. Die Liebe von Luisa und Juan, welcher Art war sie? Leidenschaftlich, geschwisterlich, eine Haßliebe? Luisa mit ihrer Dankbarkeit gegenüber ihrer Pflegemutter – hat sie sich nicht gerächt, indem sie ihren Sohn ermordet hat?«

»Eine kranke Geschichte.«

»Ungesund. Wäre sie das nicht gewesen, was denkt ihr, hätte die Presse sich dann auch so dafür interessiert?«

»Das ist etwas übertrieben.« Pepe war pikiert.

»Überhaupt, wie geht es deiner Journalistenfreundin?«
»Sehr gut. Ich ziehe nächste Woche zu ihr.«
»Aber hallo! Für wie lange?«
»Unbefristet, vielleicht für immer.«
»Wunderbar, Glückwunsch!«
Er sah mich argwöhnisch an. Garzón mischte sich ein.
»Stoßen wir darauf an!«
Mein früher so zärtlicher Ex-Ehemann war trotzig. Ich lächelte ihn verständnisvoll an, denn ich war zu dem Schluß gekommen, daß das einzige, was das menschliche Wesen mit gewisser Freiheit tun konnte, war, sich zu irren. Möglicherweise irrte er sich, wenn er glaubte, daß er mit dieser Frau glücklich werden würde, so wie auch ich mich wieder irren würde, wie Garzón sich irrte, wie Hamed sich irrte, wenn er glaubte, alles Feminine sei rein und ätherisch.
»Stoßen wir auf die Blumen an«, schlug ich vor. »Auch wenn sie Stacheln haben«, fügte ich hinzu.
Beim Abschied war Garzón nachdenklich. Er begleitete mich nach Hause und wurde feierlich.
»Gut, Petra, vielleicht ist das heute ein endgültiger Abschied. Dieses Wochenende muß ich mich entscheiden. Wenn Sie am Montag ins Kommissariat kommen und ich nicht da bin … Ich möchte Ihnen sagen, daß es ein Vergnügen war, mit Ihnen zusammenzuarbeiten, daß ich viel über Frauen gelernt habe, daß … nun, warum noch weiter ausholen. Sie verstehen schon, was ich sagen will.«
»Fermín, wenn das der Abschied ist, warum duzen wir uns dann nicht?«
»Bitten Sie mich nicht darum, niemals. Solange wir beide Polizisten sind, sind Sie Hauptkommissarin und ich Oberkommissar.«
»Also gut, dann lassen wir es. Ich wünsche Ihnen viel Er-

folg, und werden Sie glücklich. Schreiben Sie mir eine Karte, berichten Sie mir, wie es Ihnen geht, wenigstens eine Weihnachtskarte.«

»Sehen Sie sich vor, das tue ich.«

Ich gab ihm einen Kuß auf die fleischige Wange, die nach Babypuder roch. Dann stieg ich aus dem Wagen und hörte ihn davonfahren. Garzón war ein guter Mann. Ich wünschte, daß er, wo immer er landen mochte, ein bißchen Frieden finden würde.

Ich verbrachte den ganzen Sonntag mit Hausarbeit. Mein Haus sah aus wie besetztes, aber noch unbewohntes Terrain. Ich polierte das Parkett, putzte die Fenster, stellte meine Bücher ins Regal – Pepe würde es nicht mehr tun – und suchte im Telefonbuch die Nummer irgendeiner Firma, die sich einmal pro Woche um den Hausputz kümmern würde. Ich organisierte mich genau so, wie ich es schon vor Monaten hatte tun wollen. Aber das Leben ist voller Ecken und Kanten, zwischen einer Absicht und ihrer Realisierung kann es zu einer längeren Verzögerung kommen.

Ich sprengte den Garten. Die Geranien hatten große kräftige Triebe, die im Frühjahr mit ihrer ganzen Kraft aufbrechen würden. Ich warf mich müde aufs Sofa, und mein Verstand war träge und unstet. Ich stellte den Fernseher an, es gab eine Modenschau aus Paris. Große dürre Frauen mit glänzenden Haaren schritten elegant über einen roten Teppich. Ich sah zum Fenster hinaus, es war angenehm hier. Als es dämmerte, machte ich mir einen Tee. Von jetzt an konnte ich mich beglückwünschen, weil die Härte des Lebens mich nicht jeden Morgen beim Aufstehen geißelte. Die Realität war aus vielen Seiten desselben Prismas gemacht, aber es gab keinen Grund, für immer mit ihr abschließen zu wollen. Weder an Verbrechen noch an Vergewaltigungen zu denken, wenn auch nur theoretisch, und darüber hinaus die Legion der Jugendlichen zu vergessen, die an einem finsteren Ort der Stadt Haare wuschen, Pakete ausfuhren oder Schraubenmuttern anfertigten. Ich hatte ruhige, gleichförmige Tage vor mir, diesmal wäre jede Veränderung eher schlecht. Auf der Mattscheibe führte ein Model ein wunderbares Kleid mit orientalischen Anleihen vor, und so ungerecht es auch sein mochte, ich fand es gut und tröstlich, sich als Frau einmal wie eine Herrscherin zu fühlen.

Ich schlief gut, das Telefon klingelte kein einziges Mal. Ich frühstückte und ging zur Arbeit, genau das, was man gewöhnlich auf der Welt tut. Im Archiv hatten sich jede Menge Papiere angehäuft. Mir fiel auf, daß ich die Gewohnheit, methodisch vorzugehen, während der langen Zeit, in der ich im Zickzack hinter den Ereignissen hergelaufen war, abgelegt hatte. Ich mußte von vorn anfangen. Ich klassifizierte und ordnete, aber um zehn Uhr konnte ich meine Neugier nicht mehr bezwingen. War Garzón abgehauen? Ich würde eine Pause machen und einen Kaffee trinken gehen.

Durch verschlungene Flure gelangte ich in die Räume der Mordkommission. Ich suchte im Verhörzimmer, im Besprechungsraum, im Vorzimmer des Kriminalrats. Plötzlich fiel mir die Registratur ein, ich öffnete die Tür und … da saß Garzón.

»Fermín! Was zum Teufel tun Sie in diesem Raum?«

»Sie haben mir hier vorübergehend einen Arbeitsplatz eingerichtet.«

Ich sah ihm in die Augen.

»Hat das Pflichtgefühl gesiegt?«

»Sie sehen ja, hier bin ich.«

»Das ist gut.«

»Ich bin mir nicht so sicher, vielleicht bereue ich es in ein paar Monaten.«

»Haben Sie Zeit, einen Kaffee trinken zu gehen?«

»Aber natürlich!«

Er sprang auf und zog seinen altgedienten Parka an.

Wir gingen über die Straße zum *La jarra de oro*, der Wachpolizist an der Tür grüßte uns, er war daran gewöhnt, uns zusammen zu sehen.

»Das mit dem Kaffee um zehn Uhr sollten wir jeden Tag machen«, sagte Garzón. »Außerdem ist das Frühstück in der Pension entsetzlich, und ich habe um diese Zeit einen Bärenhunger.«

»Sie müssen sich eine Wohnung suchen, Fermín, ich werde nicht aufhören, es zu wiederholen. Das mit den Pensionen ist altmodisch.«

Er lachte auf.

»Jetzt haben Sie mir wirklich einen guten Grund genannt! Ja, ich sollte mal ernsthaft darüber nachdenken, altmodisch will ich nicht sein. Nehmen Sie Milchkaffee?«

Er rief dem Kellner mit dröhnender Jupiterstimme die Bestellung zu. Ich betrachtete aus den Augenwinkeln seinen Anzug und den über die Hose hängenden Bauch und begriff, daß wir den Grundstein für eine lange und schöne Freundschaft gelegt hatten, auch wenn wir uns nie duzen würden.